深見けん二
俳句集成

ふらんす堂

2002(平成14)年11月27日
撮影／橋本功司

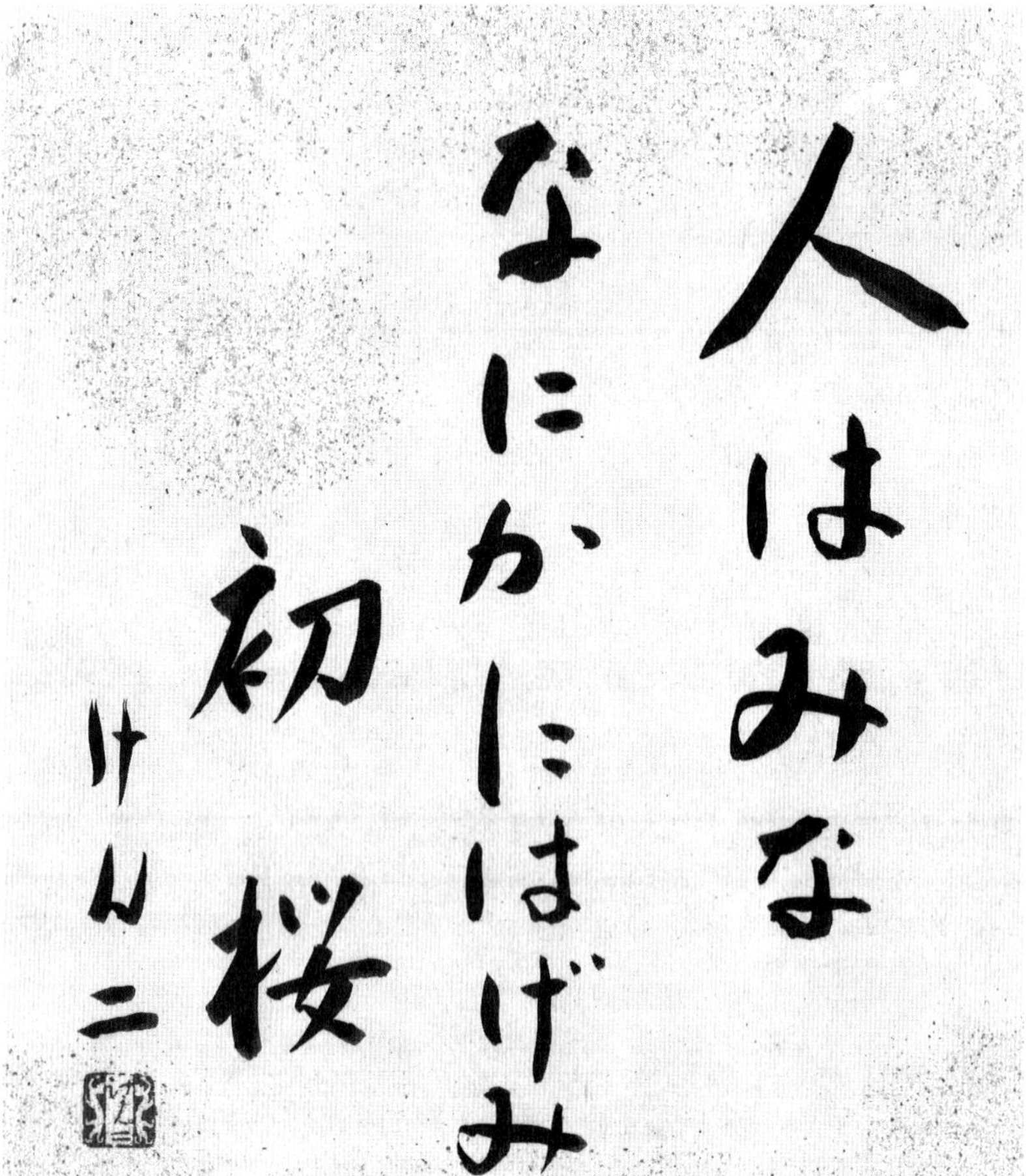
人はみな
なにかにはげみ
初桜
けん二

深見けん二俳句集成＊目次

第一句集　父子唱和

第二句集　雪の花

深見けん二俳句集成

凡例

○本書は、深見けん二の既刊句集『父子唱和』『雪の花』『星辰』『花鳥来』『余光』『日月』『蝶に会ふ』『菫濃く』の八句集及び『日月』以後三〇句、『菫濃く』以後平成二十六年（二〇一五）初夏までの作品を収録した俳句集成である。

○既刊句集は原則として初版を用いている。

○句の仮名遣い表記は初版にしたがったが、漢字表記は原則として新字体とした。

○俳句作品のほかに「わたしの昭和俳句」「高濱虚子句集『遠山』解説」を収録した。

○巻末に初句索引と季題索引を付けた。季題は講談社版「日本大歳時記」におおむね準じた。

○本書に収録した作品は、二九六〇句である。

第一句集

父子唱和（ふししょうわ）

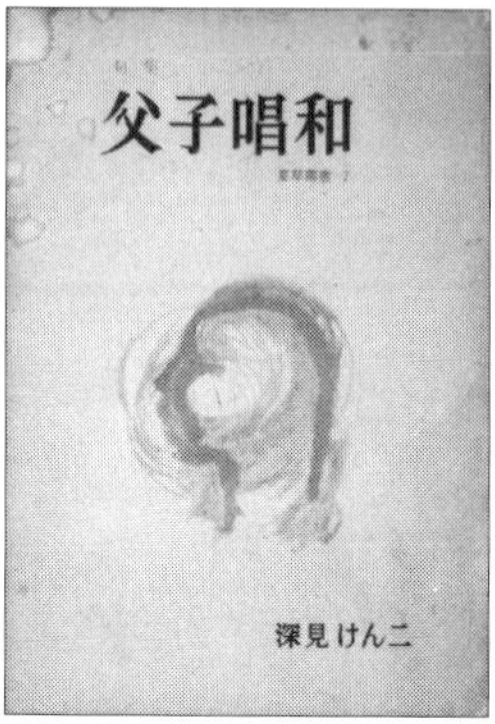

昭和31年11月30日発行
夏草叢書第七輯
発行者　近藤伝之介
装　丁　高橋芙蓉
印刷者　森山忠吾
定　価　250円

をりからの芍薬切つて涙哉

虚子

が、また未熟といふ作者の謙譲の意もこめたのであらう。九十四句といふ精選である。終戦後といふ困難がまだ続いてゐる。然し特に悩みなどといふものが句の表面に出てゐない。これはホトトギスのモットー花鳥諷詠といふことからすれば当然のことである。たとへ悩みがあつてもあらはには出さない、これは一つのたしなみである、苦悩はないわけではない。けん二君はひたすらこのモットーを守つてゐる。

山の風松虫草を吹き白め
外套の中の寒さを覚え立つ
石垣の下一塊の冬の草
青林檎旅情慰むべくもなく

しづかに詠つてはゐるが、そこに戦後の不満がある、白々した世の中にゐる若いけん二君の姿が見える。

　ここに来るとけん二君もかなり成長して、形から内奥に入つて来た。同時にまた写生といふことにも忠実である。

紅のにじみふちどる蓮浮葉
柄を曳いて吹き上げられし蓮浮葉
庭薄暑蠅取草は三ところに

じつとものを見つめてゐる、何かの動き、何かの作用が起るまでは動かないといふ態度である。

だんだんに見上げ一輪梅早し
とまりたる蝶のくらりと風を受け
クローバや蜂が羽音を縮め来て

　同じ写生の句でももう一歩進んで、心をはたらかせたものがある。傍線の部分のやうなところである、こつちの感情がかなり入つてゐる、相手の動静には違ひないが、こつちの心が入つてゐる。

　かういふ作句態度であるからけん二君の句は概して地味である、鑑賞者の方も句に対してじつと眺めてゐなければ面白さが出て来ない、にじみ出てくるまで対決しなければならないといふやうな場合が多い、これは一つの特徴である。

蒲団しきくれたるよりの宿夜長
人のよき小さき目尻に汗の玉
夕立にあひゐることと夕立見る
昼寝より覚めし心を整へぬ
母を亡くし友ここに住み都鳥

だんだんに人情といふものがすこしづつ句の中に入るやうになつた、それは淡々たる情緒である、この淡さはけん二君の句柄にふさはしい程度である、もしこれが濃厚なものであつてはかういふ句柄では背負ふことが出来ないであらう。

ひらきたる薄紅梅の空に触れ

鶏頭のかむりの紅の初々し

写生の句として、ここまで初々しく、ナイーブに、生な唇にふれるやうな感覚で詠んだことに敬服する、この種の句の珠玉である。

英勝寺といふ題下の群作がある、この寺は鎌倉の尼寺で、私達もよくここの座敷を借りて句を作つた――。

さして来る黒き春雨傘は尼

尼通る春の風雨に傘しづめ

尼寺の今日の風雨の春燈

高々と尼の干物五月晴

小走りの尼に蜥蜴のきらと跳ね

深くはないが、尼の姿が描けてゐる、最後の句などはかなり才知のひらめきが出てゐる。

月真澄しづかといふは父の面

月を見てをりたる父の諭すこと

父といふものがけん二君には全く尊い存在であつた、これは子として当然のことであるかも知れないが、その当然さの程度ではない。けん二君の後記にもあるやうに、また私が君から直接聞いたところによつてもいかに父君はけん二君にとつてよい父であり尊敬すべき父であつたかが分かる。さういふ父にして、この子あり、けん二君はまことに親孝行であつた。

上に挙げた二句に於ても父のしづかな顔、月の如く澄んでゐることをたたへ、月を見てゐた父は何かじゆんじゆんと諭したことを素直に受けてゐる――この心は立派だ、そして句も立派だ、水のごとく静かだ。再びいふが、ここに来て俄然けん二君は人間としても俳句に於ても成長した。

病む父に梅雨寒の又障りしや

梅雨を病み永びく父に子とし我

父の病気に対して心を労し、自覚して孝養をつくしてゐる。

第一章は昭和二十五年から三十年までであつて、句集の後半を占めやうやく活躍期に入つた、病父頌といふ章で、父の病気を中心にして家庭のさまが詠ひ出されてゐる。

二十五年は一月父君発病、エンポリ半身不随といふ困難な病状の中に初まつてゐる。

「父病む」といふ十二句がまづ心を打つ——

父のため受く一筋の破魔矢かな
父病みてよりの光陰辛夷咲く
父のこと心に梅雨の傘を持ち
病む父の目覚め語りに雪積る
病む父のありての家路寒の月

病床の父のことがいつも頭にある、初詣しては父のために破魔矢を受ける、辛夷が咲いても父のこと、梅雨の中の出勤にも退勤にも、また旅先でも父のことが心にかかるのである。

大学の研究室から会社の試験所の方へ職が変つた。それでも俳句に対する熱情は変らなかつた。夏草の外にホトトギス、玉藻、冬扇などに属して活躍し始めた。

睡蓮のしばらく人を絶ちて紅し

鶏頭の炎の先へ蟻上る

印象的、感覚的である。感情が洗練されて来た。

ガラス戸に額を当てて短き日

これは人間の一瞬のポーズである、些末な事柄である、ガラス戸に額をあてて外を眺めてゐる、短日といふものの象徴だ、ぴつたりする。何故こんなことが俳句になるのか——、俳句といふものはさういふ詩だ、これだけのことで、人間が描かれるのだ。

トリビヤルなものから私達俳人は人間を、また宇宙を把握する、人間の一日、一生はこのトリビヤリテーの集積だ、これを閑却することは出来ない。

湖碧し蜜柑の皮を投げ入れし

これもさうだ、ミカンの皮を水に投げればどうなんだ、つまらないと人はいふかも知れない、然し決してそれだけではない、ミカンを投げる人の姿、心持、色の美しさ、紺碧と橙色と——俳句だけがなし得る表現ではないか。

とりあげし赤き塗箸五加木飯

これもさうだ――。

金魚また留守の心に浮いてをり

又もとの端居心に戻りゐし

義理欠いて又俳諧の菊にあり

辞すべしや即ち軒の梅を見る

これよりの心きめんと昼寝かな

人の云ふ幸せ我に虫を聞く

立つてゐる子は子の心初時雨

屋上の夜の涼しさよ淋しさよ

一方かういふやうに淡い心の動き、ふんはりと人の心にふれてくるやうな作品もある。

結婚をし、子供が出来て、けん二君の作品にも人生が織りこまれて来た、人間はここまで来なければほんとの人生は語れない。

春燈下妻の型紙机を覆ふ

妻の手のアイロン往き来春燈下

この二句などなかなか面白い。

子供が生れて、いよいよ生彩をそへて来た。

提げ帰る子へオルゴール夜の枯木

泣いてゐる子に花冷えの大玻璃戸

春燈の映る玩具の馬車走れ

吾子をらぬとき吾子の椅子桜草

吾子の口菠薐草のみどり染め

これらの句はしやれた表現をとつてゐる、モダーンな感じである。かうしてスタイルも徐々に変つて来た。

以上はけん二君十五年間の作品四百句に与へる私の評言である。けん二君はまだ若い、俳句を作つて、いまここに到達した、この位置はこれから益々高められなければならない。それはけん二君自身を高めるためばかりでなく、俳壇を高めることに貢献しなくてはならない。益々人生を豊かにし、心象を深め立派な作品を世に示すであらうことを期待し、明日をたのしみに待つことにする。

昭和三十一年十一月二十日

雑草園にて　山口青邨

病父頌　昭和二十五年より昭和三十年

父病む　十二句

父のため母のためにと破魔矢受く

父のため受く一筋の破魔矢かな

父病みてよりの光陰辛夷咲く

父のこと心に梅雨の傘を持ち

朴の花父を尊ぶごと対し

病む父をのこし極暑の旅十日

父思ふ心に虫も澄みきつて

父の居間障子を立てて菊日和

父の幸我が幸障子白く立つ

病む父の目覚め語りに雪積る

病む父に話ふれ来し日向ぼこ

病む父のありての家路寒の月

バス停り重り降り来春著の娘

春山の懐へ径入りゆく

サイレンのしづまつてゆく春の山

冷え来しと思ひし風に落花のり

ボート屋の柱ゆらぎてかぎろへる

街路樹下薄暑の帽をとりいこふ

顧みし君病む門の夏萩を

榠樝青し重ねし旅の帽を手に

音もなく草刈をりぬ心字池

向日葵と立つ門衛や農学部

睡蓮のしばらく人を絶ちて紅し

目をとめしその桔梗のうすかりし

今日の日を惜みて折りし濃竜胆

鶏頭の色に染まりて蝗落つ

鶏頭の炎の先へ蟻上る

母の故郷　四句

車窓越し枯野ふるさと見えて来し

ふるさとの那須の乙女の頰かむり

那須嶽の北風当る祖父の墓

霜晴の那須野那須嶽故郷去る

落葉焚くしづかな音に慕ひ寄り

庭なべて凍て冬薔薇の紅も

ガラス戸に額を当てて短き日

大仏の裏山黒く雪もよひ

大仏の胸に風花生れ浮き

大仏の裾に一縷の冬の水

その人の母を心に桜餅

吾を迎ふ雪の如くに八重桜
とり上げし赤き塗箸五加木飯
春燈の一つ一つに迎へられ
卒業の丘下り来て水に雲
今ここに辛夷の下に師の言葉
母の日のカーネーションを我も買ふ
岩飛んで麦藁帽の物売女
バラ散つてバラ咲いて今朝下り立ちし
金魚また留守の心に浮いてをり
又もとの端居心に戻りゐし

山中湖畔稽古会　十一句

持ちなれし扇開き見旅一人
やはらかに山の西日の衰へし
ここは涼しここは涼しと皆坐り
夏雲の湧く山麓に荘傾斜
一人ゆく潔きかな炎天下
赤富士に滴る軒の露雫
赤富士の色となりゆく閑古鳥
大勢の着きたる宿の日雷
サイダーも薊も厨水につけ

人急に去りたる宿の夜の蠅
去り難な銀河夜々濃くなると聞くに
離愁とは郭公が今鳴いてゐる
かなかなやかぶれる帽をやや浮かせ
涼風をさへぎりゐしよ気がつきぬ
坑出れば身に秋の日のしみとほる
穂芒のかたまりなびく鉱山《やま》さらば
義理欠いて又俳諧の菊にあり
垣の菊ほのぼの赤しつぼみつつ
枯れ枯れし草やはらかに我をのせ

百姓の玉と抱へし冬菜かな

京都真如堂

わが立ちて冬木のいのちわがいのち
面伏せてをれば黒髪室の木瓜
窓一つより早春の街の音
この雪の春の深雪となるおそれ
辞すべしや即ち軒の梅を見る
水溜澄みきつてをり落椿
わが庭の辛夷の月に下り立ちぬ
家々にひびかひ走り春の水
滝音にまぎれつつ家建ちすすむ

老鶯に旅をはらんとしてゐたり

二三日師の喪に服し梅雨に入る

誰ぞ燈すうしろの燈夕端居

空に色なくなつて来し夕端居

風涼し老僧の耳遠くして

人の声今美しく星祭る

夕焼の一瞬さめし桔梗かな

これよりの心きめんと昼寝かな

別荘に表札打てばほととぎす

高原の秋めくゴルフリンクかな

咲きまじる白萩もあり見つつ来し

夕顔の咲く見て別れ来りけり

鶏頭のもゆるにまかせ山の寺

横浜埠頭　三句

セーターの男タラップ駈け下り来

見てゐたる出船の汽笛蜜柑むく

泊船のロープの張も秋の晴

秋燈の少し暗しと相対し

どこまでも枯桑遠く日が沈む

工場の煙に火の粉短き口

歳晩の燈に雑踏の浮き上り

人の名を心に留め冬椿

祝ぎ心しづかに燈下桜餅

春の雪尚降る学舎窓燈り

潮騒をうしろに上る春の山

紅梅や船の汽笛の山越えて

舟宿の窓歪みをり春惜しむ

妻母に答へ洗濯秋の晴

秋山のしづけさ妻は傍に

鰯雲くづれゆきつつ月の雲

窓の外道あれば人秋の暮

人の云ふ幸せ我に虫を聞く

そくばくのものに並べて柿を売り

見覚えの門入りて訪ふ菊の宿

一面といふ月見草今は枯れ

落葉踏む音落葉掃く音とあり

街音の中に芙蓉は枯れ果てて

枯れ果てて芙蓉は風に音もなく

境内の冬木のひまに街燈る

サイレンの音雪空にすぐ終る

墓地の空凍てをり茶屋の玻璃戸越し

墓地の中ゆく外套の中の我

寒燈に影曳いて来て歩み去る

鳥居中遠くの鳥居初詣

鉱山事務所出て春の月くらかりし

鉱山更けて来し春燈を消して寝む

母と妻街の噂を桜餅

土牢といふものありぬ花人に

山吹や厨房既に網戸はめ

鵜原御宿　九句

揚げ舟に波のしづけさ松の花

見えわたる音なき波に耕せる

更けてゆく沖の鯖火はかなしきまで

汀行き薊の花を好きといひし

幟立つ海女の部落に入りけり

御宿は海女の名どころ菖蒲葺き

聞いてもみ海女のくらしといふものを

壺焼にこもる心と知りて酎む

海女見えず浜昼顔の咲いてただ

潮風の強くて強くてたんぽぽ黄

一日の空白なりし水を打つ

水打つて人には会はぬ門を閉ぢ
待つ用意大方は出来水を打つ

鹿野山　四句

墓の前跼み小さくなりて拝む
勤行の扉は朝霧を堰きあへず
空の色うつりて霧の染まるとか
授札所の僧ただ読書ほととぎす

安房白浜　三句

軒に燈る燈籠安房の果に着く
とりわけて傷の鮑の大きかり
そこに海あるまくらがり籐椅子に
ふりかへる女の顔に蛍飛ぶ

ラムネ飲めば飛行機ビラをまきて過ぐ
ハンカチもて払ひて肩の松の塵

茅舎青露庵

庭掃除とどき芒の乱るるも
秋風や敬ふ故に言少な
長き夜の筧の音に柱立ち
菊の虻翅を光となして澄む
落日をのせ稲車ひいて来る
野の鵙や夕日に眉を染めてゆけば
桑枯るる我がゆく径は水も急ぐ

登呂遺跡　三句

水田跡たんぽぽかへり咲く一つ

枯草に跼み日輪ある遺跡

稲架の中離れ離れに遺跡あり

冬苺海一枚となり光る

遠くよりその人らしく薄紅葉

立つてゐる子は子の心初時雨

門前の塵塵取に初時雨

門よりの時雨るる坂となり下る

見てをりし落葉の門に犬入る

街燈の燈る寒さの一つづつ

祝電を打たん冬空蒼々と

都鳥だんだんにふえ鳴くもあり

都鳥嘴の赤さを見せて飛ぶ

近々と飛び都鳥あはれ鳴く

舟の上しばらく高し都鳥

我等ここに都鳥見て君を送る

寒紅をひきしづかなる一日を

温泉の煙北風しづまれば山かくす

温泉櫓の立ちて冬木とまぎれたる

とり散らし旅の絵葉書夜の炬燵

靴脱いで子は春水にためらはず

春燈下妻の型紙机を覆ふ

妻の手のアイロン往き来春燈下

窓よりの物干竿を花の枝

庭に聞く選挙演説花苺

外井戸の何時もぬれゐる濃山吹

桜草提げ街の燈の中かへる

麦秋の旅は帽子を膝に置き

新緑に飛ぶ三階の軒雫

戸樋こはれをる雨音か夜の蝿

旅遠し矢車草の花乱れ

お見舞の目を中庭の萩若葉

蛍飛ぶまで小説を読む女

指先につまみ点して蛍売る

横断の歩の揃ひたる梅雨晴間

梅雨晴の犬は鎖の先を駈け

別府行　十二句

驟雨来し上甲板の日除かな

晩涼の島重つて近づきぬ

ラジオ消し銀漢船に迫りたる

甲板に振りしハンカチ今たたみ

軽便車発つ蓮池のほとりより

晩涼や着きしばかりの旅鞄

城島高原　四句

句碑に立つ旅の鞄に山の蝶

撫子にはじまる句碑の秋の草

昔沼ありしと話しあやめ野に

あやめ野の遠く遠くと目を移し

別府の燈旅の端居の膝抱けば

旅ここに端居のラジオドラマ了ふ

四万日向見　九句

昼も鳴くひぐらし四万に逗留す

四万の奥日向見といふ葛の花

宿の婢に遠きふるさと葛の花

浴衣見て日向見館の客かといふ

くらやみに目の馴れ来れば地虫鳴く

秋耕の一人に瀬音いつもあり

鬼百合の傾ぎ抜んで杣の宿

杣の家もろこしがくれ燈がちらと

紅葉貼りこめし障子に夜の瀬音

厨窓夕焼永くありしこと

病葉を掃き大学の老使丁

音のなきときの青天昼花火

屋上の夜の涼しさよ淋しさよ

屋上やビルのかげなる遠花火

芭蕉葉に燈し公園事務所あり

風に音ありて芭蕉葉ひるがへり

秋風の当り流るる肘曲げて

高稲架を重ねし果は日本海

正面に工場の門豊の秋

箱根初冬　十句

マフラーを巻きぬ芦の湖渡らんと

湖碧し蜜柑の皮を投げ入れし

火口壁枯れ果つ底に湖たたへ

桟橋に舟着く紅葉昃るとき

落葉降る坂に傾け車駐め

見返りの松と仰ぎ見紅葉中

濃紅葉に偲ぶ関所の昔はも

落つる日を惜しみ枯野に車駐め

芒山紅葉山色重ね暮れ

枯山を重ね重ねし果に海

下諏訪　七句

一刷の日の移りゆく鴨の湖

鴨流れゐるや湖流るるや

宿場跡今みなとやの冬燈

屋根の上湖の小春の鏡置き

雁渡る下赤彦の歌碑に立つ

赤彦の松時雨るるに来て立てり

赤彦の住み今刀自住める冬山家

清崎敏郎氏新居　四句

袖垣の冬の紅葉に沿ひて訪ふ

やや寒きことも親しや新居訪ふ

海見えてゐる明るさに落葉降り

バレリーナ着かへ炭つぐ妻として

吾子誕生　十七句

かびるもの黴び吾子の瞳の澄みにけり

子の名前考へてをり扇風機

どこかの子泣いてゐる声吾子昼寝

子をねかせ妻と露けき言交す

提げ帰る子へオルゴール夜の枯木

父として受く八幡の破魔矢これ

病む父のため子のための春を待つ

泣いてゐる子に花冷えの大玻璃戸

春燈の映る玩具の馬車走れ

吾子をらぬとき吾子の椅子桜草

吾子の口菠薐草のみどり染め

吾子膝にありひらひらと辛夷散り

抱けば吾子眠る早さの春の宵

春燈のくらく小さく吾子眠り

子をねかせ春燈妻と我にあり

自動車を見に子を抱いて梅雨晴間

吾子の髪刈るわが鋏梅雨晴間

青林檎　昭和二十一年より昭和二十四年

朝富士に松虫草は盛りかな

山の風松虫草を吹き白め

焼跡の天の広さよ仏生会

月真澄しづかといふは父の面

月を見てをりたる父の諭すこと

新人会発会　三句

外套の中の寒さを覚え立つ

石垣の下一塊の冬の草

羽子の音一つとなりて澄む書斎

大学の今日のしづけさ笹鳴ける

梅早き鎌倉宮の神事かな
紅梅に別るる如く園を出づ
鶯や我に親しき母の客
日の当り来て連翹の雨はじき
満開の花より花のなき枝が
花を見る母の心に従ひて
この亭の欄に身を寄せ濃山吹
山吹の色の残りて障子閉づ
春蟬や濡れて日当る松の幹
人々に春の日高く街汚れ

紅のにじみふちどる蓮浮葉
柄を曳いて吹き上げられし蓮浮葉
庭薄暑蠅取草は三ところに

小諸稽古会　五句

手鞠に扇を入れて雑誌出し
本丸の跡日盛りの松一つ
ひぐらしの鳴きそむころの沢の家
朝顔や高くなりたる空の紺
稲妻や夜の水打つ山の町
一本の銀杏黄葉の村社
紅葉冷えして来て古き宮柱

蒲団しきくれたるよりの宿夜長
かざし持つ破魔矢の影を面にうけ
一束の破魔矢加ふる矢桶かな
海苔舟の人立ち上り棹を押す
縁側を咳きてしづかに尼通り
だんだんに見上げ一輪梅早し
草青む玻璃に向ひて受話器とる
午後の雲動き学園下萌ゆる
大試験教師うしろの扉より
時計塔芽ぶく銀杏の上に晴れ

とまりたる蝶のくらりと風を受け
囀や宮の敷石十文字
クローバや蜂が羽音を縮め来て
庭に入る牡丹明りに導かれ
目の前に牡丹目つぶり師の牡丹
虚子去りて遂に崩れし牡丹かな
紅のほのと幼き実梅かな
縁上る人のうしろに藤落花
月見草胸の高さにひらきそめ
人のよき小さき目尻に汗の玉

夕立にあひゐることと夕立見る
三階の窓に西日が今燃ゆる
遅れたる友待ち伏せの草矢かな

小諸稽古会　六句

青林檎旅情慰むべくもなく
浅間嶺へ夕立雲の屏風立ち
大滝の音に打たれて写真とる
滝の音ひびく柱に酔ひ凭れ
昼寝より覚めし心を整へぬ
毎日の夕立ぐせの其の時刻

中流の鮎釣一歩歩を進め
感激や大暑の中に読み了る
真向に涼しき月の面かな
盛んなる花火を傘に橋往き来
戻りたる神輿に子供ぶらさがり
疑ひを師の著に質し夜学かな
師のために馳す雑事また年の暮
吾に賜ふ師の一言の冬木道
母を亡くし友ここに住み都鳥
ひらきたる薄紅梅の空に触れ

大風に手洗水飛び椿飛び
大粒の雨を玻璃戸に雛納め

英勝寺　五句

さして来る黒き春雨傘は尼
尼通る春の風雨に傘しづめ
尼寺の今日の風雨の春燈
高々と尼の干物五月晴
小走りの尼に蜥蜴のきらと跳ね
気弱しといはれうべなひ桜餅
アントニー・ジェー・グレコ住み八重桜
病む父に梅雨寒の又障りしや

梅雨を病み永びく父に子とし我
百合の香をまとひて出入梅雨の花舗
炎天や本山再興図絵を立て
墓の前立ちてしづかに汗流れ
何を祈り去る老や此の日盛りに
旅の師に心飛ばして夕端居
鶏頭のかむりの紅の初々し
朝顔や第一日の稽古会
朝顔にすぐ日の高くいそがしく
侘び住みてをり一本の紅蜀葵

夕焼のさめし打水黒々と

だんだんに心一つに鉦叩

線路までゆるき傾斜や栗林

雪降つてゐる赤門や冬休

父病みて我病みて夜々隙間風

卒業まで　昭和十六年より昭和二十年

虚子選初入選

一筋の煙動かず紅葉山

雨止めばすぐに人出て泳ぐなり

鳳仙花亡き老僕のなつかしき

一人なる旅の気安さ嵯峨の秋

手を出せば寄り来る鹿の霧にぬれ

凍雲に一筋届く煙あり

一片の雲美しき参賀かな

破魔矢持つて来るは少年航空兵

氷蹴る子らにかなしき里曲あり

水餅のすぐふくれたるめでたさよ

紅梅の前のベンチに立ちかはり

窓外の椿に雨や鉱山事務所

日盛りや鉱山の発破に小屋ゆるる

夏山を削りうち建て坑夫小屋

坑内を出て夏川のひびきある
鉱山社宅ダリア盛りを訪ひ訪はれ
紫に夕焼さめし廃石《ずり》場かな
坑を出て話し別るる夜の秋
鉱山に近づく祭鳳仙花
かなかなや細かにしるす鉱山日誌
稲妻の折々かかる廃石場かな
燈れる研究室や花の雨
実験衣きて校庭に春惜しむ
夕焼や学園古りて厳かに

父の道つぎて我立つ夜学かな
夕焼に鋭く犬を呼ぶ婦人
隠元をつむと手延ばす夕焼けて
山の雲一日低し吾亦紅
夕焼に染まり人立つ蓮かな
蓮池の中の社の燈りけり
稲刈の大勢をりて遥かかな
好日や日に日にあせて曼珠沙華
雨の中出てゐる神輿秋祭
かたまつて枯れてゐるのは吾亦紅

鵙鳴いて松美しきお城かな

師の病みて憂ひの日々も年の暮

歳晩の銀座に近き病舎訪ふ

万両や障子のうちの話し声

春潮のひびける島の宮柱

学校の上に雲あり青き踏む

沈丁の闇にかけるや門の鍵

勤労動員日本鋼管

身につけし新作業服大南風

さしこめる夏の日淡し転炉燃ゆ

転炉の火運河に映り明易き

涼風や高炉の階を上るとき

炎天の海の見えゐる高炉かな

夜業人合図の笛を胸にかけ

夜業人並び突つ立つ鋼滓《のろ》明り

工場やゑのころ草に雨上る

貨車の鉄おろしてゐるやゑのこ草

工場の朝爽やかに学徒来る

更に輪西製鉄所

岨てる高炉の下の秋日和

北海に突き出し工場暮の秋

冬海に捨てたる熔滓《のろ》にたたむ波

雪雲の走りて暮るる高炉かな

氷柱垂れ同じ構の社宅訪ふ

垂らしたる襟巻の中荷物もち

角巻の行き橇のゆく二重窓

病臥

虫聞けば秋の如くに梅雨久し

梅雨明の蜂の来てゐる軒端かな

卒業の近づく虫の夜を重ね

後記

この句集は、私の作句をはじめてから、昨三十年度までの作品を、三つの時代に分けて最も新しい時代のものから年代順に並べたものである。遅遅とした歩みではあつたが、俳句が、十七字、季題の詩であることに、心からの愛着と情熱を感じ、一筋に写生道といふものを信じて来た平凡な一俳句作者の正直な記録といふことは出来ると思ふ。私は、俳句はもとより、他の方面に於ても、多くの師友に恵まれて来た。従つて私といふ個人の形成は一に、これら師友のかはらぬ指導と鞭撻の賜物である。さうして、私の中に一人間として認められる点があるとすれば、それは父の下に成長した間に父より享けたものだと私は考へてゐる。父は仕事に全精力を尽し、しかも誠実な人格者として生涯を通じ、去る五月二十日、六年余りの病床生活の後に永眠した。父のおかげで、私は多くの方々の恩顧を蒙つて来た。その方々への私の感謝は尽きない。此の句集を第一に父に捧げることを許していただきたい。

社会生活を行つてゐるものにとつて、社会性も人間性も無関心ではあり得ない。殊にこの科学の進歩のはげしい、しかも混乱した世相に於て、これらから目を外らすことは、行くべき道ではない。私も私なりに一俳句作者として、此の問題に直面してゐるわけである。しかし俳句は直接に之らを表現すべきものと、私は思はない。誠実に苦しみぬいて、その人間が季題によつて触発された感情の十七字詩が俳句だと思つてゐる。今私は専門の上からも大事な時期にあることを痛感してゐる。その中で、ともすれば、ただ日々の多忙に流されてゆく自己へのたまらぬ不快さを味ふことが屢々ある。その時私は、研究座談会に於て深く刻まれた虚子先生の説かれる客観写生の道と、永い間の御指導を通じて知つてゐる青邨先生の歩まれて来た道とによつて新しい勇気を奮ひ起してゐる。挫け易い、遅々とした歩みではあるが、私はその中に私の道を見つけてゆきたいと心から念願してゐる。

本句集を夏草叢書の一つに加へていただき御懇篤な序文を賜つた青邨先生の御厚情に改めて衷心より感謝申上る次第である。

その上終始御指導を仰いでゐる虚子先生には父の死去に際してたまはつた悼句を巻頭にかかげて、此の貧しい句集を飾らしていただいた。亡父ともども幸せを痛感してゐる。

又年尾先生、立子先生、正一郎先生に更めて感謝し、泰、敏郎、桃邑、曹人氏の友情を銘記してゐる。

をはりに句集上梓については近藤書店主伝之介氏の細い御配慮御尽力をいただいた。厚く御礼申上る。

昭和三十一年九月

けん二

第二句集　雪の花（ゆきのはな）

昭和52年3月5日発行
発行所　玉藻社
印刷所　三生印刷株式会社
定　価　2000円

東山より日が出づる花にあふれ

青邨

書を愛し秋海棠を愛すかな

青邨

序にかへて

たしか、昭和二十一年のことだつたと思ふ。深見けん二、湯浅桃邑、上野泰の御三人が発起人となつて、ホトトギス新人会といふものが結成され、私も御誘ひを受けて、それに参加した。これは、高濱虚子先生に、直接指導を受けるといふことを目標としたもので、毎月、句会なり、吟行をして、その句稿を虚子先生に見ていたゞくことが、主たる目的であつた。けん二さんとのおつきあひは、この時から始まつてゐるので、はや三十年の歳月を閲してゐるわけである。当時、若手揃ひだつた新人会は、吟行のための旅行を重ねたり、鹿野山、山中湖畔での稽古会に臨んで、波多野爽波氏率ゐる西の春菜会と、しのぎを削つたり、なか〳〵に活溌な活動をしたことだつた。けん二さんも、その一員として、大いに活躍された。と同時に、山口青邨門下として「夏草」誌上で健吟を示し、健筆を揮はれてゐたことは申すまでもない。が、この時期の作品は、おほよそ、第一句集「父子唱和」に収められてゐるのである。

昭和三十四年、虚子先生が遠逝された。この時期から、新人会の活動も、次第に鈍つて来た。一つには、会員が、それ〴〵、壮齢期に入つて、社会人としての多忙さを加へて行つたといふ事情があつたためかも知れない。これより先、時雨会――後に竹芝会と改称されて、現在でも、細々乍ら、月々の例会は欠かしてをらない――といふ、高濱年尾先生に直接御指導を仰ぐ会があつて、けん二さんも私も、その会員にしていたゞいてゐるのだが、とも〴〵怠けがちで、句会の席上で、顔を合はせる機会が、少いのである。

それで、その後どういふ道をたどられたか、興味が持たれたことである。

この句集、先づ、「父逝く」といふ章で始まつてゐる。それは、ちやうど、この時に、父君を失はれたといふ物理的事情からといふだけのことではなささうである。父思ひのけん二さんが、そんな事情とは別に、この章を巻首に置かれた心情は、私にも察せられる。処女句集に「父子唱和」といふ題名を与へられてゐることから、お父さんに対して、父子としての情といふにとどまらぬ、深い思ひを抱いてをられるやうである。同じ鉱山技術者としての道をゆく大先達として、父君に、深く傾倒されてゐるのだらう。

草青み父の衰へ止むべくも
春眠といふ一刻の父に欲し
病む父に朝は遠しも蛙鳴く
花を打つ雨と聞きつゝ父みとる
満開の花の一枝とかざし見せ
看病の目にまばゆさの花散るも
父の魂失せ芍薬の上に蟻

　たしか、脳血栓で、長年、病臥されたお父君であつた。けん二さんの御宅――千歳烏山だつた――で新人会の吟行句会でうかがつたことがある。その折に、一度、御見舞をした折の温顔が、今眼前に浮ぶ。父の衰へを、止むるすべもない子の嘆き。一刻の安眠に対する切なる願ひ、不眠を訴へられる父君に、早い朝明を待つ、もどかしい心持――この病気には、安眠が何よりの安らぎである。同じ病で、父を失つた私には、これがよくわかる――。さうした情が、「草青み」「春眠」「蛙」といつた季題によつて、いき〳〵と描かれてゐるのである。父を看とつてゐる。窓外では、盛りの花を雨が打つてゐるだらう。その雨の音ばかりが聞えてくる。この静けさは、まことにさびしい。看病の目を挙げてみると、まばゆい日ざしの中に、花が散つてゆく。この明るさは空しい。芍薬の花の散つたうてなに、這つてゐる蟻を見つめてゐる。父の亡くなつてしまつたせつなさ。何れをとつても、内へ〳〵と抑制して、地味に詠はれてゐるけれど、却つて、そのために、父恋ひの情は、惻々と迫つてくるのである。

　この句集の末尾には「秋から冬を」といふ一章が設けられてゐる。通読してみると、欧米に外遊された折の作品を、まとめられたものらしい。外遊の経験を持たない私は、かうした句の鑑賞には、まことに不得手なのだが、

菊の卓鷗は窓に翼ひろげ

――随分、大きな鷗らしい。こんな鷗は、内地で飛んでをらない――

窓の女秋燈まざと照らしをり

――窓に倚つて、外を眺めてゐる女に、部屋の中の秋燈が射してゐるのだらう。古い洋館、そんな背景を思はせる――

覚めて又同じ枯野のハイウェー

——枯野を貫ぬくハイウェーを、自動車を飛ばしてゐるうちに、ふとまどろんだ。覚めてみても、やはり枯野がつづいてゐる。これは大陸の景だ——

雪いつか降り今を降り街燈る

——内地の風景のやうに見えて、不思議に、さうでないものが感じられる——

しぐるゝと赤い傘さし老婆ゆく

——かうした老婆は、日本にゐない——

といつた句には、たしかに、異国風景が感じられるのである。

ところで、残りは、四季別に分けられてゐる。春の部から、先づ、読みすすんでみる。

夜となりし扉の中や針供養

燭の燈のすみゆく針を祭りけり

針叢の中へ一筋針納む

祭らるゝ針の林のしじまかな

これらの句には記憶がある。年時は忘れてしまつたけれど、新人会で、浅草寺境内の淡島様の針供養に吟行した折の作であつたらう。昏れかかつた、薄暗いお堂の中で、千羽鶴を詠んだり、針山や豆腐を詠んだり、落針を詠んだりしたことを思ひ出す。「燭の燈の」「針叢の」といつた句が、如何にも、けん二さんらしい佳吟だといふ評判だつたと、皆で語り合つたことを思ひ出す。

おそく来て若者一人さくら鍋

追込の一人離れてさくら鍋

船を見てゐる外套の背を並べ

この三句にも、記憶がある。さくら鍋の句は、新人会だつたか、時雨会だつたかは忘れたけれど、深川の櫓下の馬肉屋へ吟行して、さくら鍋をつついた折の作品であることは間違ひなからう。この句はホトトギスの巻頭か二席になつて、たしか、「おそく来て」の方が雑詠句評会にとりあげられたと記憶してゐる。外套の句は、新人会で、横浜の山下公園に吟行した折の所産で詠まれた情景が、今でもはつきりと、眼前に浮んでくる。この他にも、御一緒した時の句があるはずだが、今は、思ひ浮ばない。
それは、ともかく、其の他の大部分は、今度、はじめて拝見するものである。

初富士の暮るゝに間あり街燈る
わが持てる破魔矢一筋月照らす
剪定の鋏の音に近づきぬ
流れゆくもの水になし猫柳
口開かぬひじきの浜のつゞきをり
花影を重ね夕べの鉄線花
日当りて雨はじきをり白牡丹
墓の道水漬きて額の花映し
夕空に新樹の色のそよぎあり
松蟬や波音低くくりかへし
銀座裏火の見櫓が夕焼けて
吊橋を照らす一燈夏の山
帆掛島遊覧船の窓にあり
島へゆく船の積荷の中に菊
湖の波寄せて音なし草紅葉
退勤時鉱山の蜩鳴き揃ふ
秋の浜足跡あまた我も踏み
水族館やゝ寒人の声こもる
火祭の薪はぜる音はじまりし
葬列の枯野の道は線路越す
揚舟に下りて吹かるゝ寒鴉

かう書き抜いてきてみると、まことに、まつたうな、正鵠な写生句であり、而も、格調高いことが肯かれるであらう。「父子唱和」の句風が、継承されてゐることが窺はれるのである。句集「雪の花」の基調が、ここにあることは、申すまでもない。が一方、心情的、心境的な句柄のものも、少くはないのである。

我踞み妻より低し夕蛙
人よりも早き目覚めに閑古鳥
潮じめりして晩涼の髪膚かな
まともなる鉱山の西日もなつかしく
虫聞くや明日へとつゞくわが勤め
父とありし今子とありて法師蟬
掛けて久し父の遺影も秋の晴
落葉踏み逆ふ心今はなく

この系列のものは、「父子唱和」にも既に、見えてゐるのだが、それは、言はば、青春の思ひ出であり、これは、中年の思ひ出といふことになるのであらう。それだけの沈潜と深まりを見せてゐるのである。かうした句を作るのが、まことに不得手な私にとつては、まことに羨しい句境ではある。

ここで、紙幅は、ほとんど尽きてしまつたのだが、最後に、二句を掲げておきたい。

この軍旗かの枯山を幾度越えし

峠に見冬の日返しゐし壁ぞ

前句は、武田信玄を詠まれたものだらうか。例の風林火山の軍旗は、塩山の恵林寺にあつたかどうか、記憶が怪しいけれど、この軍旗、まのあたりする枯山を、幾度越えて、他国を討つて出たことだらうといふ、詠史、懐古の一句であらう。後句は、先ほど、峠路で見かけた、山村の農家の壁を、今、まのあたりにしての――今は、日が昃つてゐるのだらう――感じなのだらう。何れも従来の型を破つて、新しい方面を拓かうといふ意欲が窺はれるかと思ふ。ここに既に、第三句集へのスタートがきられてゐるとも見られるであらう。

本来、この句集の序文は、山口青邨先生なり、高濱年尾先生なりが書かれるべきものだが、けん二さんは、両先生の御多忙を思つて、遠慮されたのだらう。これも、その御人柄によるところである。それで私に廻つてきたわけだが、序文とは、如何にも、をこがましいので、「序にかへて」とさしていたゞいたのである。それでも、あるひは僭越かも知れない。勝手な、読後感といふに過ぎない。

昭和五十二年一月

清崎敏郎

父逝く

草青み父の衰へ止むべくも

風光り父の衰へ人に告ぐ

父見舞ふ客続き来る垣の木瓜

春眠といふ一刻の父に欲し

父の息見守る手置き春火桶

春寒の夜の襖染め電熱器

嵩へりし父と見みとる春燈下

中天に蛙鳴き更け父みとる

病む父に朝は遠しも蛙鳴く

子の眠る春燈父の病む春燈

花を打つ雨と聞きつゝ父みとる

花に死すといふこと父よ寿

満開の花の一枝とかざし見せ

過去清く持ち父は病む花の中

希望なほ持つべし落花繽紛と

看病の目にまばゆさの花散るも

薔薇はその人の情の紅に

母家を出ぬ一と月やたんぽゝ黄

父我に命よ生きよ風薫る

父の魂失せ芍薬の上に蟻

新年

元日の暮れて燈す服喪にて

誰も来ぬ元日なれば子と散歩

初富士の暮る、に間あり街燈る

電車降り月明らかに破魔矢持ち

わが持てる破魔矢一筋月照らす

羽にとまる雨の白銀破魔矢持ち

師の墓に詣り合はせて年賀かな

輪飾の影月光に垂れてあり

地球儀の赤道に燈や初句会

春

剪定の鋏の音に近づきぬ

剪定の一人の鋏音を立て

夜となりし扉の中や針供養

燭の燈のすみゆく針を祭りけり

針叢の中へ一筋針納む

祭らる、針の林のしじまかな

かなしみの中の月日や虚子忌来る

子の顔の尖り来りぬ大試験

日曜の散歩子と買ふサイネリヤ

芝起伏してたんぽゝの黄を秘むる

夜の梅咲きふゆるなり月育ち

梅林の急坂海へ遠ざかる

老梅にいよ〳〵青く空鏡

金盞花畑に立てり朝の海女

森くらく祀る水神みくさ生ふ

師の忌日風をさまりて落花かな

駈けて来る子の顔暗し夕桜

花人の中を急ぎて人に逢ふ

花に死す思ひのまゝに酒に生き

流れゆくもの水になし猫柳

上州の一雨過ぎし桑畑

桑畑の向ふの顔も知つてをり

げんげ田の畦先立てる妻の黙

我踞み妻より低し夕蛙

鉱山下りて来て初蝶にひとり逢ふ

花挿してあれば窓にも深山蝶

黒揚羽翅しづめたる巌かな

手を濡らす汀の波に黒揚羽

口開かぬひじきの浜のつゞきをり

忘れ去るべく盃を春燈下

埠頭倉庫春燈よごれ梁にあり

発着所デッキの如し春の潮

門川に沿ひ雨風の春の宵

　　　夏

人の顔たそがれて来て薔薇白し

白牡丹月光に散り城はなし

夕影を得てしづもれり白牡丹

日当りて雨はじきをり白牡丹

白牡丹滾々として傘寿の詩

雨滴置きつゝ月の鉄線花

花影を重ね夕べの鉄線花

父の忌や鉄線花に雨通り過ぎ

人影と花影とあり鉄線花

朝の雨過ぎし日当り鉄線花

紫陽花の昨夜の雨の水鏡

忌日なる芍薬のたゞ白かりし

母立てる夕べの土に薔薇散つて

父偲ぶ日々庭の薔薇部屋の薔薇

送らるゝ紫陽花は濃く雨の中

紫陽花や母の心の浮き沈み

墓の道水漬きて額の花映し

立ちくらみ紫黒く花菖蒲

その人の記憶断片芥子の花

鬼百合に白波立てゝ湯檜曾川

われのみのこれよりの刻月見草

もちの花こぼれ夕べは主婦の刻

裏窓を飾る青柿吾子生れし

舟とめて真菰屑又早苗屑

夕空に新樹の色のそよぎあり

五十鈴川新樹の雨のさゝ濁り

一と並び一と塊りの夜の新樹

子が磨く墓碑に新樹の映りをり

新緑の中来し我にトルソの眼

新緑や罪あるごとく手足冷え

緑蔭の冷えゆくばかり信と愛

緑蔭に水棹交錯十二橋

病葉の流れ放生池真昼

人よりも早き目覚めに閑古鳥

暁の郭公聞けば父恋し
一人来て郭公鳴けり父の墓
郭公の鳴き移り来し父の墓
掃き清めたる父の墓閑古鳥
松蟬や波音低くくりかへし
ロッカーの中の作業衣梅雨に入る
大原の梅雨晴水車珠を吹く
師を悼む稿書きつゞけ梅雨深し
明治以来大正以来梅雨の像
退勤の鉱山人連ね梅雨の傘

梅雨の月十九日なり山離れ
梅天に錫立て厄除大師像
工場の中の往き来に五月富士
抱へ来る笊には雷魚五月晴
忌日墓参卯の花腐しその日より
雷雲の一過拝殿屋根の反り
炎天が戻る地上にロダンの像
日々勤め晩夏陸橋人に従き
犬連れて散歩晩夏の城下町
虹立ちしことはさいぜん月かゝり

銀座裏火の見櫓が夕焼けて

夕焼の雲より下り鉱山の蜘蛛

五月またかなしみ一つ加はりし

潮じめりして晩涼の髪膚かな

我立てば師の句碑鏡なし涼し

磨崖仏風雪の御手欠け涼し

まともなる鉱山の西日もなつかしく

清浄と覗く炎天採石場

石仏炎天くらくら立ちたまふ

吊橋を照らす一燈夏の山

夏山を負ふ燈台へ海起伏

滴りの絶えぬ師の墓去り難し

滴りの音なく巌穿ちをり

登山靴しめ直しゐる背に蝶

汗の顔もて来て会ひぬ生れし子に

汗ひいてゆきつゝ話すなつかしき

絵馬並べ飾る鴨居に団扇さし

絵馬堂の畳の上の夏帽子

藁帽子見えて鮎釣居りにけり

潮焼けの老いし肋や祭酒

避暑二日父ののこせし山荘に
子に託す心の張りの水を打つ
帆掛島遊覧船の窓にあり
白靴や葬儀屋主人戻りをり

秋

母いつか老のまなざし菊日和
母と子の心は鏡菊日和
訪へば親し仏の話菊の話
島へゆく船の積荷の中に菊
海に日の沈みて墓の菊白し
峡の村暮るゝ早さの菊白し
野菊摘む若き心の母にあり
濃竜胆精霊舟に飾りそへ
白萩や木目乾びて閉ざす門
コスモスや湖の入江の捨小舟
野の墓の芒の光り子と歩む
芒刈りすゝみて礎石現るゝ
山畑の大雨のあとの貝割菜
湖の遠き白波吾亦紅
湖の波寄せて音なし草紅葉

昨夜の雨流せし色の花野かな

昃りて日当りて濃き赤のまゝ

蔦紅葉雲は二十重に富士包む

柿落としをりたる音に行き会ひぬ

雨雫飾りくわりりんは枝にあり

人も亦父偲びをり鶏頭花

虫聞くや明日へとつゞくわが勤め

山の虫野の虫に窓二つ開け

船窓の如くに凭れ虫の窓

父とありし今子とありて法師蟬

秋蟬や後姿の兄弟

かな〳〵や今の命を吊橋に

峡の村かな〳〵が鳴く昃れば

退勤時鉱山の蜩鳴き揃ふ

人ゐても人ゐなくても赤とんぼ

工場の空地ばつたの飛ぶ日和

鳥渡る勤め帰りの鞄抱き

鵙鳴いてちらと子のこと退勤時

工場の裏田鉄塔雨の鵙

湖に向く窓の秋風いつか冷ゆ

丘上り来て秋風のわたる墓

波白く岩捉へをり秋の風

熔鉱炉火の色動く秋の風

秋雨にぬれいそぐ我誰が為ぞ

街尽きて波音ありぬ諏訪の秋

昨夜会ひ今会ひ長き夜の師弟

ガラス戸にうつり夜長の背並ぶ

秋の浜足跡あまた我も踏み

公園の夜寒の顔の文目なし

船著きて卸す積荷の音夜寒

水族館や、寒人の声こもる

霧我へ流すばかりぞ諏訪の湖

月に飛ぶもとより重き使命持ち

掛けて久し父の遺影も秋の晴

秋日和母のよろこぶ顔を見て

火祭の火の粉流る、星の中

火祭の薪はぜる音はじまりし

稲掛の遠き母娘を見て母と

冬

おそく来て若者一人さくら鍋

追込の一人離れてさくら鍋

外套の軽し重しや日々勤め

外套に今の心を包みゐる

外套の後姿に気づかざり

船を見てゐる外套の背を並べ

母いつか老いなか〱に風邪ぬけず

身につきし工場暮し日向ぼこ

くぐり開け赤門勤労感謝の日

湖をかこむ冬の燈わが宿も

悲しみに兄弟集ひ煖炉燃ゆ

山の背を渡りゆく日に蒲団干し

湯気立て、五山文学今は無し

雪眼尚ありて近代美術館

倖せの星子にあれと日記買ふ

風除に今日沖晴れて一と日ゆく

探梅やうしろより来し老夫婦

額枯れて曇天楚人冠旧居

落葉踏み逆ふ心今はなく

枯蓮にともに彳むことありし

枯蓮の色が遠くに集れる

葉牡丹にライフワークの稿の燈が

舟宿の海光黄菊枯れそめし

夜の海の波音起り枯芒

海を吹く風こゝになし枯芒

落葉うちまじりて草の枯れなだれ

落葉掃く父なきあとの母の日々

夜の部屋の鏡の裏の枯木立

落日は枯桑畑遠く燃ゆ

蜜柑むき人の心を考へる

藁塚のそこより闇となる枯野

葬列の枯野の道は線路越す

諏訪の冬山肌汽笛こだまして

この軍旗かの枯山を幾度越えし

母こゝに育ちし窓や山眠る

皇子の墓ふところにして山眠る

甲斐の山重なり眠り遺訓あり

遺訓なほ今に伝へて山眠る

貯水池も既に歴史や鴨が来る

池染めし日の沈みゆき鴨が鳴く

胸白く羽搏き下りし番ひ鴨

揚舟に下りて吹かるゝ寒鴉

都鳥父亡き我に高く飛ぶ

小春日の母の心に父住める

庭先の涸れし舟路が湖へゆく

波頭冬の没日へしぶき上げ

霜突きし杖の泥拭き納棺す

沖晴れて時雨るゝ此処が三国町

大阪へ青森へ汽車みぞれつゝ

墓地包む冬雲厚く父恋し

峠に見冬の日返しゐし壁ぞ

赤城山頂染めし冬日はや

住職やくわりん干したる冬日向

こゝに城ありしくらさに冬の星

寒風に吹きさらさるゝ我と富士

北風に暮れて明けたる窓の富士

凩の吹ききはまりし海の紺

故郷の那須は雪雲裏戸開け

寒かりしこと海青くありしこと

大寒の海は夕焼け墓拝む

つらゝ垂れいつよりかある星明り

星の空深し氷柱の育ちをり

歳晩の木の間の星の農学部

年迫る追はるゝことはいつもいつも

勤め了へし机にありて日脚伸ぶ

秋から冬を

窓に垂る氷柱も真夜のエアポート

たゞ白し基地日曜の雪敷いて

秋天下雲流れ潮流れをり

菊の卓鷗は窓に翼ひろげ

時雨過ぎ天の夕焼地の水に

橋のせて黒き運河の街冬に

夜鳥鳴く冬木が天に影をなし

窓の女秋燈まざと照らしをり

街角の花にも落葉ベルリン市

祈り幾歳ベルリン月の浮寝鳥

噴水の秋日失ひ秋燈

足下の石にも歴史草の花

廃墟中瓦礫の抱く秋日影

屋根の窓秋燈燈し暮れゆく野

巌角にかゞやき流れ秋の雲

落葉松の谷くらくして天高し
雪窓にはりつき我等ワイン酌む
或は一家或は恋人落葉道
セーヌ流れわが靴音に落葉降る
接吻やマロニエ落葉降り埋み
今落ちし落葉にリスのたはむるゝ
古時計今日の冬日の時刻む
蔦青く冷く覆ふ墓なりし
雲うすれ来て太陽や滝しぶき
冬の芝青く雨降り瀑布落つ

大枯野牧牛をればみどりあり
ハイウェーは弧を画く空の渡り鳥
覚めて又同じ枯野のハイウェー
君の眉雪片つけて顧みし
雪いつか降り今を降り街燈る
今別れゆく外套の背を見せて
野の果は知らず雪積みハイウェー
冬の夜の空金色に塔浮ぶ
教会の落葉影置く石畳
教会を出て寒燈に歩き去る

エアメール葉書投函渡り鳥

椰子の葉に当る風音冬日和

羊歯谷の日かげは冬のしづけさを

虹かゝるトゥインピークのユーカリに

しぐるゝと赤い傘さし老婆ゆく

ワイキキの黒き夜空の火取虫

十二月人々木蔭得て歩く

あとがき

この句集は、「父子唱和」につぐ、私の第二句集であり、昭和三十一年から五十年までの句より三百を集めた。三月五日で五十五歳となり、昨年九月、日本鉱業（株）を退職し、日鉱エンジニアリング（株）に勤務することとなつたので、私の人生の一つの区切りとして、作品をまとめることとした。

　昭和三十四年四月八日には、高濱虚子先生の御遠逝に会つた。虚子先生には特に晩年、研究座談会に於て、得難い多くのお教へを受けたが、今も先生の厳しい闘志を秘めた温顔で説かれた花鳥諷詠、客観写生の道を考へると、私の胸は熱くなる。以来研究座談会は続けられ、私の俳句の支へとなつてゐる。

　忽ちに過ぎたこの二十年を振り返ると、勤めの上でも、俳句の上でも、貧しさの反省をかくすことは出来ない。しかし乍ら今は、これからの新しい勤めと、俳句に、私なりの力を尽すことに自らをかけたい。

　勤めでは、多くの上司、友人にお世話になり、ことに現日本鉱業中央研究所顧問吉村善次博士には、格別のお世話になつた。

　又俳句では、山口青邨先生、高濱年尾先生、星野立子先生の御指導に与り、夏草、ホトトギス、玉藻、春潮、子午線、冬扇のおかげを蒙つて来た。

　この句集には、日頃尊敬する青邨先生のお許しを得て、私共夫婦の結婚の時に頂戴した御句を巻頭にかゝげさせていたゞいた。又二人の畏友古舘曹人氏の数々の助言と、清崎敏郎氏のあたゝかい序をいたゞいた。身に余るものとして感謝申上げる次第である。

　出版はすべて野村久雄氏にお願ひした。

をはりに今日の私をあらしめた方々に更めて厚く御礼申上げる。

深見けん二

第三句集

星辰（せいしん）

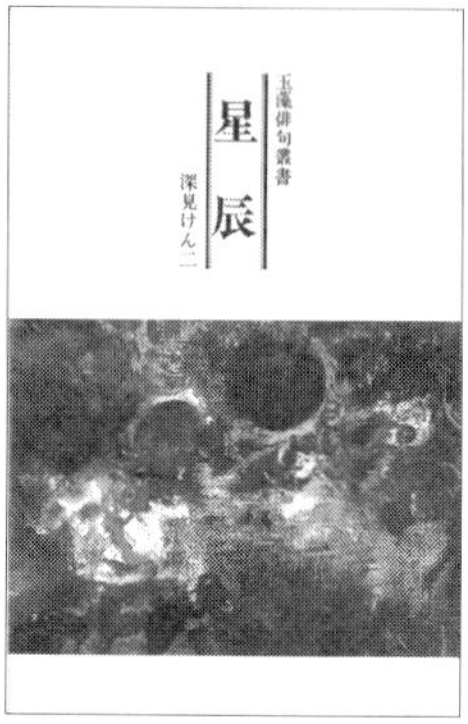

昭和57年8月20日発行
玉藻俳句叢書
発行者　佐々藤雄
発行所　東京美術
装　画　松尾隆司
印　刷　東京美術センター
製　本　関川製本
制　作　木下子龍
定　価　1000円

武蔵野台地　自昭和五十一年至昭和五十六年

やゝ暗きところ白妙破魔矢立ち

石塀を雨黒く染め石蕗の花

雪晴の海水平に鳥飛び

枝燃やし日輪はあり池普請

十二橋その一橋を青田中

石仏や妻が日傘を閉ぢる音

涼風や老師敬ふ弟子二人

月照らす師のふるさとに師と旅寝

降つて来る落葉の空の十日月

月光や木の葉一枚落ちし音

夕空は青とり戻し春隣

選びたる道を誇りに卒業す

子には子の恃む道あり卒業す

稽古会小諸に発す虚子忌かな

客観を説き給ひたる虚子忌かな

師に遠き日々近き日々虚子忌来る

二た昔とも昨日とも高虚子忌

寿福寺の夕べの甘茶来て注ぐ

朗々と虚子忌の披講尚つづく

外人墓地見ゆ春昼の酒少し

初花の枝ゆらし吹く海の風

一片の落花影濃き父の墓

行春の御苑ひたすら雨注ぐ

結界や天一蝶を点じたる

校門の中緑蔭にポストあり

句碑囲む十薬星を鏤めし

遠花火音にぎやかになりて止む

向日葵の厚き花芯や朝日吸ふ

一本の向日葵が立ち一家あり

向日葵をめぐりて虻の止らず

向日葵の大輪風にゆるぎなく

向日葵の花弁の炎燃え上り

向日葵の花芯の凹み夕べ来し

自画像を飛びし黒点夜の蠅

靴屋《コルドニエ》冬日の棚に靴すこし

外套と赤い帽子が画布にある

薪積み上げて小さな焚火の図

裸婦赤く塗りて焚火の色あせて

デッサンの蟻百態のノートあり

茄子数顆向き〱置かれ色満てり

かまつかのゆるみそめたる紅の張り

一叢の芒粗ならず密ならず

鶺鴒や川下遠く昼の月

日は既に山が奪ひぬ烏瓜

音もなく落葉籬に波と寄せ

夕月の光を加ふ松納

燈を集めくらき拝殿一の午

師の下に馳す心尚虚子忌来る

晩年の虚子百句これ高虚子忌

地より暮れ雑草園の白菫

野火止に祀る水神額蕾む

藤房のことに密なる夕かげり

空梅雨の靴の先なる土埃

よく汗をかく父なりし墓洗ふ

歩み寄る我の高さに庭紫苑

今日の日もかまつかも燃えつくしたる

霧の中短き言葉交し過ぐ

祝意残る疲れのほのと秋燈

立冬の白面さらす朝の月

玻璃すこしよごれて時雨来りけり

黒々と暮れて色ある紅葉山

冬紅葉車の窓を染めて過ぐ

わが行く手夕月淡し年は逝く

黒き輪のゆれて日の落つ大晦日

咲き散れる白山吹を庭の奥

春煖炉焚きて心を占むるもの

朴の花揺れしづまりて座を得たる

たかんなのいただき夕日ちり〳〵と

青梅雨や御舟に青の時代あり

空梅雨の月煌々とかなしけれ

忘草川は小さな渦を持ち

秋燈の届く木立の先は湖

雨滂沱たる夜の花野訪ね当て

富士かくす雲に高々糸芒

穂芒となりたるときに訪れし

いつの間に雨止んでゐし萩の露

師の下に馳せし日遠き花野かな

師の花野師に従ひし歩の如く

たゞ立つや霧ひた包む虚子旧廬

師の句碑に岩菲一輪誰が心

葉より葉へ霧が雫を落す音

忽ちに霧濃くなつて霧雫

紅ほのと染む虎杖の咲きそむる

燈のとゞく夕顔に雨かぎりなし

夕顔の咲きて茜を刷きにけり

夕顔にありし茜のすでになし

夕顔の一輪として咲ききりし

夕顔の咲きて二輪を重ねたる

夕顔の風かあらぬか香りけり

月消ゆるたゞ一輪の夕顔に

母老いて夕顔の香もいとひけり

コスモスに一つ夕べのまぎれ蝶

コスモスのくらくらくらと風遊ぶ

月光に揺れコスモスの白世界

日当りてしばらく紅葉散らぬとき

日の力失ふときの冬紅葉

冬日和燈台守が鍵鳴らす

鶺鴒のつゝと水辺に胸映す

枯草に馥郁と日の満ちにけり

一輪の寒紅梅の天地かな

炭点前座をひきしめて了りたる

風が空ゆすつてをりぬ猫柳

水仙に一かたまりの夕日かな

水仙を活けても心定まらず

春寒やピカソの女眇して

愛といふ言葉法王梅二月

ものの芽の一つ一つは傾ける

シクラメン真つ赤振子を振る時計

糸のごと落ちて筧の水温む

香合にのせ春光を廻したる

春陰や主税の墓の千羽鶴

皆若き義士の行年鳥帰る

義士の墓一掬づつの水温む

春風の虚子の句心癒えたまへ

うつりゆく万朶のゆらぎ夕桜

鎌倉に来て赤椿虚子椿

夕風に山吹色をのせにけり

一葉にゆかりの僧と春惜む

連鶴の十花をつらね白牡丹

曇天にまぶしさのあり花みづき

じやがたらの花遠くまで朝日さし

じやがたらの花簪のそろひたる

黝々とありてさだかに夜の新樹

こゝに又散り急ぐものえごの花

止りし蟻の思案のすぐ終り

一燈に闇青々と梅雨の入り

紫陽花のしんしんと色加へをり

あぢさゐの水色にじみそめにけり

紅粉の花へだて最も師に近し

点前窈窕青梅雨の師を正客に

向いて来し金魚の顔と対しけり

君と見し蛍小諸の水車小屋

走馬燈虚子桃邑と廻るなり

暑に負けてくるめく空の青さあり

かな〳〵や森は鋼のくらさ持ち

母老いてふるさと遠し盆の月

一花よし二花なほ月下美人かな

月下美人たまゆらの香の満ちにけり

月下美人人の気配にゆらぎたる

草に音立て、雨来る秋燕

まさらなる秋の扇のうらおもて

街中にふるさとはあり秋祭

遥かなる跫音子規忌子規墓前

子規の墓去り鶏頭の炎消ゆ

梧桐の実にさん〳〵と午後の雨

秋の蚊や寄木作りの御本尊

秋彼岸詣り合はせてみな親し

庇よりゆるき矢となり夕蜻蛉

立冬のハンカチ白き駅に買ふ

胸の中まで日が射して年惜む

あとがき

虚子先生に最も親しく教へを受けた時、先生は「玉藻」に力を注がれ、稽古会、研究座談会も「玉藻」の企画として行はれた。その席に連り、私は立子先生の俳句の魅力に惹かれ育てられた。

研究座談会は今も続けられ、晴子先生にもお世話になつてゐる。そのおかげで、今回「玉藻叢書」の一員に加へていたゞいた。誠に光栄のことであり、この機会を与へて下さつたことに御礼申し上げる。

句集名「星辰《せいしん》」は、「虚子俳話――自然は大」の中にある「仰げば空は日月星辰を蔵して無限大に広がつてゐる。」から頂戴した。

句は既刊の二句集から二〇〇、その後の句から一五〇を選んだ。自註句集とはなるべく重複を避けたが約八〇は重つてゐる。

かへりみて、今日迄四十年間一貫して御指導を受けてゐる山口青邨先生をはじめ、多くの得難い師友、先達のおかげで俳句をつゞけることが出来た。誠に有難いことである。

今後は常に初心を忘れず作句に精進したい。

（五七・七・三）

第四句集　花鳥来（かちょうらい）

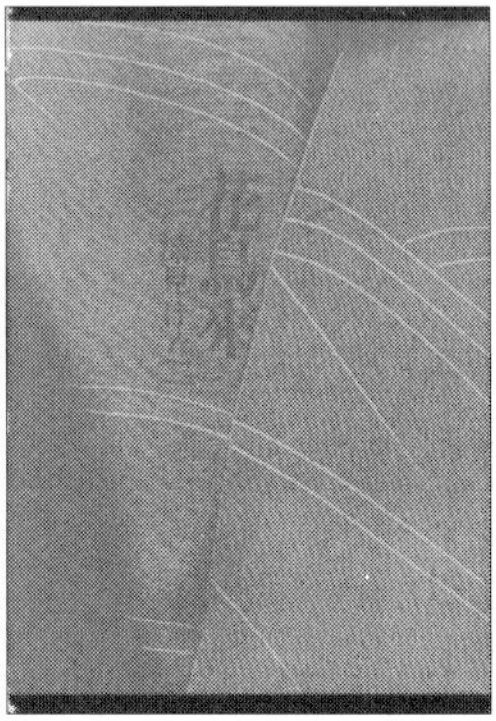

平成3年2月1日発行
現代俳句叢書Ⅲ20
発行者　角川春樹
発行所　角川書店
装　丁　伊藤鑛治
印　刷　株式会社熊谷印刷
製本所　株式会社鈴木製本所
定　価　2524円＋税

昭和五十七年

退勤の夕闇明り猫の恋

雛壇の昼の翳いま夜の翳

ものの芽のほぐるる先の光りをり

春の水ふくれ流るるところあり

俊一結婚

父に告ぐこと囀の墓にあり

虚子庵の椿に立てば月日なし

そのままの虚子庵椿かいま見て

薔薇園の薔薇よりも濃き夕茜

一の倉沢　四句

仰ぎ見る雪渓光ることもなし

うすき日に白根葵の色満たす

新緑に染まりて風と走りけり

石楠花にひびきて深き渓の水

ただ一花雑草園の白菖蒲

郭公や武蔵野台地住みなじみ

山百合の昃りて画布の昃りけり

台風の過ぎていたみし山の色

掃苔や父の一生一穢なし

萩に手をふれて昔の如く訪ふ

虚子も亦遠くの人の子規忌かな

七草の供華の芒はゆれ易し

秋雨にすぐ潦八重の墓

句碑を去る靴音一つ鰯雲

せみ塚に紅葉木洩日ありにけり

山寺の天の高きを来て仰ぐ

山寺のつめたきまでに月明し

しぐるるや燈してこけし作りの座

月山の空に浮べる冬芽かな

水明り首突つこんで鴨すすむ

鴨黒く飛びぬ不忍夕まぐれ

冬空にまぎれつつなほ船煙

大根売る八百屋ありけり中華街

行年の日の沈みゆく中華街

昭和五十八年

くぐり来し橋ふりかへり都鳥

生き残りたる人の影春障子

花の色白きを濃しといふべかり

こらへゐし空かたくりの花に雨

桐の花夕べの色を重ねたる

日の当る遠くの吹かれ花菖蒲

山の日のまぶしかかりけり青山椒

公園へ少し下りや夏至の街

涼しさの冷たきまでに水の音

大雨に張り出してある秋日除

流れ出てしわしわと水澄みにけり

女傘明るき墓前獺祭忌

雨の音どこかに残りちちろ虫

その上にその上に飛び夕蜻蛉

鮎落ちし黒羽にゐる忌日かな

一もとの桜紅葉のかくす景

街角となりたる柿の色づきし

野葡萄の一と日一と日と玉の色

コスモスのふたいろ淡く咲きまじり

心の荷一つおろして秋桜

冬の蠅いきなり飛びて光りけり

葉牡丹や遠くの道を郵便夫

池普請一人離れて徒渉(かちわた)る

昭和五十九年

雪のせて庭木一本づつ暮るる

雪積る胸の子睫毛長く閉ぢ

堂の中人の満ち退き針供養

草萌ゆる小江戸と呼びし川堤

売つてゐるなんでも名代春の塵

草もちと大きく貼つて蔵造り

刺子吊る雪解雫の蔵の中

逆さまに捨てあり閼伽の厚氷

春眠の子のやはらかに指ひらき

又つぎの花の下へと歩を移し

庭にある背負籠一つ鯉幟

沼風の少しにほひて夏の蝶

沼見えて垣のからたちよくにほふ

若芦のどこからとなく映りをり

富山・八尾　六句

新緑の谿へ電車の先曲る

玉のごと囀る一羽峡の空

前山に余花の見えゐる生簀かな

まつくらな海へ見にゆく蛍烏賊

攩網《たも》の底かたまり光り蛍烏賊

巣燕に雨のほつほつ八《やつ》尾《お》町

それぞれにくらしほどほど梅雨の月

ゆれてゐることもたのしき舟遊

晩涼の波ひたひたと熔岩《らば》を打ち
湖に少し離れて明易き
裏富士の風が窓より昼寝覚め
うしろより霧を噴きゐる登山小屋
鮮やかに色を見せたる蜆蝶
見下ろして隣の庭の芝刈機
烏瓜咲ききはまつてもつれなし
送火の風を誘ひて消えにけり
法師蟬鳴き終りたる水明り
一輪の夕顔の闇ありにけり

橋なかば渡り来りて葛にほふ
降りさうでいきなり照つて鳥威
向ふ岸日の残りをり蓼の花
そのままに厩はくらし乃木祭
棗の実二人で仰ぎ希典忌
もの焚いて山ふところの秋の暮
点となり光となりて夕蜻蛉
行き違ふ手提の中の供養菊
内陣のうしろも拝み菊供養
菊の屑しづかに掃いて菊供養

金竜山魚がし講の菊供養

傘ぬれてべつたら市の人通り

鋪道ぬれべつたら市の燈りたる

小春日や硯を買ひて中華街

山茶花や同じ心に師を慕ふ

霜除の縄巻き上げてゆるみなし

蕪村忌のそれぞれ家に更けにけり

昭和六十年

乾《いぬい》門ほとともりたる松飾

焚き加ふ松榾焰移りそめ

手相見に両手をひらく日脚伸ぶ

七人に水仙の卓ゆれやすし

次の間に次の間のあり針供養

もののかげどこかくづる春の霜

芽柳といふ色にこそうちけぶり

夜となりてつのる雨風桜餅

初花のふるるばかりや街燈《あか》り

人はみななにかにはげみ初桜

かたかごの蕾ほとほと人遠し

どの花となくかたかごの昃りたる

花影のゆれとどまりし水面かな

椿寿忌やわが青春の稽古会

梨の花蜂のしづかににぎはへる

夕闇の既に牡丹の中にあり

買ふ人のうしろに薔薇を見てゐたり

ちちははも神田の生れ神輿昇く

座を移るときも吹きをり祭笛

椎の花例大祭はしづかなる

関趾の榠樝の花も終るかな

その奥へつづく緑蔭関所趾

吹かれゐるひとつひとつの花菖蒲

花菖蒲さびしき色をあつめたる

葉を一つ落とし泰山木の花

髪を刈る鏡の中の立葵

雪加鳴く沼一枚に日を返し

師は如何に南部風鈴軒に吊り

なほひとつ首をのばして羽抜鶏

やすやすと抱かれて腕の羽抜鶏

水打つて燈ともるまでの佃島

水かけしものに雨来る草の市

川蜻蛉水にうつりて現れし

秋蟬の音立てとまる堂庇

白粉花の闇の匂ひのたちこめし

掃苔の一人の音を立ててをり

植込の中に人ゐて生姜市

人声の墓のあたりに子規忌寺

萩挿してくれなゐさやに律の墓

獺祭忌悪人虚子を敬ひて

みちのくに信濃の人と小望月

店の中月の芒の一間あり

池の中小さな島の秋日和

足あとの畝間に深き菊畑

懸崖の蕾の菊を飾り了ふ

茶の花の今年大きく夥し

鴨小屋の水より浮きて柱立ち

貫ける太梁一つ紙を漉く

紙漉場居間の障子を立ててあり

一葉の晩年日記冬桜

関所趾立てしばかりの松飾

頭上げて白鳥水に映りたる

拭きこみし酒蔵の階新走

年の瀬の上げ潮となりさくら橋

昭和六十一年

とつぷりと暮れて音立て松納

真中に杭打ちこんで池普請

だんだんに水の光に薄氷

大玻璃戸春山一つやや険し

道いつか春山深くなりゐたる

戸を開けて椅子に主や濃山吹

山吹やわが頰にまた夕日さし

手づかみの草餅大き虚子忌かな

玫瑰やきのふより濃き空の色

降り出して茅の輪の映る石畳

一つづつ遠くけむれり梅雨の橋

船窓に雨降り卓にさくらんぼ

あぢさゐの濃き毬二つ剪り抱へ

傘さしてしばらく合歓の花の下

風鈴を奥にも吊りて雑貨店

丹後　五句

二条より嵯峨にかかりし扇かな

鰻捕りとも見ゆ峡の岩の上

棹立てて土用蜆の舟廻す

黒鯛釣るや与謝の入海あをあをと

青柿や帯織りつぎて石田てつ

掃苔や隣の墓は知らぬ人

箱釣の電球二つ点けて暇

元《はじめ》忌の昨日でありし残暑かな

枝折戸のありて隣へ萩の寺

お暇《いとま》は厨口より紅芙蓉

鶏頭の芯までほてりゐたりけり

穂芒の一つ一つの夕明り

墻に透く糸瓜の水の半ばほど

一昔そのまた昔秋の山

禊沢水ほとばしり初紅葉

コスモスの落花の上を水走り

通草蔓ひつぱつてみて仰ぎけり

色鳥や山荘の名に覚えあり

うしろよりさし込む夕日菊花展

くくらるる小菊もありて菊畑

どんぐりの影ものびたる土の上

燈を受けてゐて燈に透けて冬紅葉

囮鴨時々鳴いて波の上

籠の中頸を重ねて囮鴨

指の先つめたくなりぬさねかづら

胸立てて鶏走る小春かな

白菜の一山値札つきさして

着水の音して鴨のはやまぎれ

真中を夕日貫き鴨の陣

芦と沼ただ一色に枯れにけり

畦道に残るみどりも冬ざるる

蓮根掘体あづけて田舟押す

蓮根掘又二三歩を踏みかへし

尚深く踞みて掘りし蓮根かな

鴨四五羽翔ち二三羽のおくれ翔ち

昭和六十二年

春著着て人形町を小走りに

佇みて寒紅梅をへだてける

札幌　二句

更けて又除雪車街をゆつくりと

雪の川日のきらめきをのせにけり

雨かしら雪かしらなど桜餅

地震やみしあとのしじまや猫の恋

紅梅や心離れぬ師の恙

囀の見えて一羽の枝移り

義仲寺の水のにごれる彼岸かな

春の蚊やまみえてくらき翁像

春障子立てて近江の一夜かな

囀やあまたの中の父の墓

仰ぎゐる人の面の花明り

湯浅桃邑氏七回忌　二句

今日の花昨日の花と忌を重ね

墓に立ち花に立ち又墓に立ち

花の中落花しそめてをりにけり

歩き来て水に映れり花衣

蝶の影大きく飛んで白つつじ

新緑に吹きもまれゐる日ざしかな

置かれたる一つ一つの涼み石

老鶯の一つ大きく澄みわたり

薔薇園の小屋の中なる電話鳴り

散らばりてそれぞれ好きな薔薇に立つ

ひとめぐりして薔薇園の風にあり

動きゐる一燈植田見廻れる

夏帽子汀づたひに今はるか

昨夜の雨乾くにほひの青芒
なほ強き夕日をとどめ白菖蒲
馬下りるとき支へられ祭禰宜
ふところに四万六千日の風
閻王の金を嵌めたる眼かな
並べ売る真昼の燈影走馬燈

丹波　六句

山雨又降りはじめたる菱の花
藍絞る音つづきをり梅雨の土間
江戸菖蒲肥後の菖蒲と刈り束ね
湯どうふを食べて涼しくなりにけり
全山の一樹一石送り梅雨
蔀《しとみ》戸を上げし山河に端居かな
世話人の浴衣の肩をそびやかし
日のさしてをりて秋めく庭の草
みづひきや母に仕へる妻の日々
蜻蛉のかさととまりし石の上
新涼や箱根に祀る諏訪の神
園丁の時にもの音萩の花
鶏頭や財布の鈴を手に鳴らし
包みたる神明生姜よく匂ひ

鴟《し》尾《び》張つて道場禅寺萩の花
吹きなびく芒に水路曲り消え
全き葉一枚立ちて破芭蕉
飾り了へ掃き了りたる菊花展
又一つ夜空へ積まれ古熊手
枯菊のかかへるほどに束ねあり
枯菊を焚きて焔に花の色
綿虫の一つ一つの日を宿し
又別のところに焔落葉焚
芦枯れてただ一と色にうちけむり

八丈島　四句

牛飼つてゐる民宿の冬の蠅
ここに又陸稲のみどり島の冬
冬の日や流人の墓の頂に
冬ぬくしあした葉畑の島男
一人来て一人の音の萱を刈る
印旛沼冬至の入日たゆたへる
日の沈みたる枯芦の帰り道
降りたまる風土記の丘の落葉かな

昭和六十三年

マスクとり五百羅漢に初詣

春著着て五百羅漢のつむり撫で

初詣どろぼう橋をまづ渡り

ひとゆらしして福笹を買ひにけり

松過ぎし雑草園に師と対す

一つかみづつ寒芹のうすみどり

節分の月に煙草の匂ひたる

悼高木餅花氏　二句

かなしみに集ふ鎌倉梅咲いて

紅梅に日の当りゐるかなしき日

日のさして来て老梅のにぎにぎし

乾きたる土をこぼしぬ蕗の薹

白魚の汲まれて光放ちけり

窓の下いきなり鳴いて春の猫

雛の日の郵便局の桃の花

人影のさせばほのめき古雛

囀の一羽なれどもよくひびき

波に乗り残り鴨とはいへぬ数

竿ばかり立ちて公魚漁といふ

一片の落花のあとの夕桜

車の燈目に立ちそめし花堤

紀の善の二階に座あり花衣

音のして即ちまぎれ落椿

人去りて甘茶の杓の入り乱れ

笹濡らすほどの雨過ぎ春の山

谷川の夕べのひびき二輪草

矢車の止りかけては忽ちに

腕組んで神輿につづく街の衆

学生の頃の話を袷着て

大夏木仰ぎて小諸なつかしき

今日の日をのせて泰山木の花

学校の俳句教室青嵐

沼の蓮ところどころに茂り出て

胸の子のたひらに茅の輪くぐりけり

水打つて電柱一つ映りたる

しまひ日の朝顔市に来てゐたり

宵の町雨となりたる泥鰌鍋

夏菊やお不動さまの百度石

深川正一郎師一周忌

御仏や一つ咲きたる紅蜀葵

正面の富士に対する浴衣かな

ひらきたる掌も真赤なり閻王図

ふえて来し子供の声や宵閻魔

潦掃いて店出す宵閻魔

くらがりに向ひの家も門火焚く

今更に父なつかしく門火焚く

山寺の展墓の人にうちまじり

どの墓に参りし人か戻り来る

まぎれては又こまごまと萩の蝶

水引の花あたらしく日の射して

秋風にしばらく吹かれ戻りけり

ばらばらに賑はつてをり秋祭

供へある柿の大きな子規忌かな

コスモスにしばらくありし夕日かな

蛇穴に入りおほせたる野の仏

いろいろな角出来てゆく栗をむく

雲を出し三田界隈の後の月

虚子恋ひの話となりし温め酒

足垂らし飛ぶ蜂のあり秋日和

薄紅葉とも初紅葉ともなくありぬ

きらめきて萍紅葉はじまりし

一つづつ夕日を捉へ烏瓜

だんだんに顔が燈に浮き酉の市

初鴨の二つ水輪を重ね合ふ

日輪のしぶきて鴨の羽搏ける

夕波にまぎるる鴨の数知れず

波立ちし鴨と一つに吹かれけり

明るさのしばらく胸に石蕗の花

落葉より飛びしは落葉色の蝶

枯菊の束ねてありし日の匂ひ

悼　山口青邨先生

一刀を柩の上に冬の月

年の瀬の大き葬りの中にあり

燈りて除夜詣には間のありて

平成元年

福笹を挿したるゆれのしづまりし

子供まづ走り込み来て年賀客

青空の張りつめてゐるお正月

花よりも葉の輝きて寒椿

一面の白梅あをくかげりけり

たちまちに梅の落花のしづまりし

梅の花ひとりとなれば香りけり

ひともとの紅梅雨をちりばめし

午後からの日に影を濃く春スキー

けぶりゐる黄の山茱萸にまぎれなし

山茱萸の花にぞろりと佇める

風の中にも匂ひ立て野蒜摘

春昼の富士を置きたる峠かな

大富士の夕かげ持ちぬ蕗の薹

石踏みて汐のにじみし干潟かな

そのままに暮れすすみたる花曇

色濃しと思ふひとときタ桜

草むらにふれて沈みし落花かな

夕影をくるくる巻いて散るさくら

一日を花に遊びて老いゆくや

雨そそぐ矢倉にひとり椿寿の忌

妻留守の一日庭に春惜しむ

牡丹の杖をたのみて雨にあり

このあたりとつぷり暮れぬ闇祭

敷きつめしえごの落花に蜂とまり

命日の過ぎたる墓の草を抜く

師の葬り菖蒲一茎づつ持ちて

先生の故山に集ひ明け易し

雲一つ離る泰山木の花

五月雨や画鋲無数の掲示板
不揃ひに文字摺草の花ざかり
ビヤホール椅子の背中をぶつけ合ひ
チューリップ飛び出してゐる花氷
鋸を並べてゐるも祭店
田の闇の定まりて来て蛍飛ぶ
蛍火の風に消え又風に燃え
浮巣見の舳の向きを立て直し
大鷭の巣の階段をなすところ
関跡や遠とどろきの土用波

陰祭ながら支度の少しづつ
本堂へ一直線に秋日傘
山墓に落ちたまりたる葛の花
日かげにも咲きつらなりて草の花

三峰神社　五句

軒雫しづかに霧の流れをり
広前に消えてはさして峯の月
先生の文字をとどめし月の石
色鳥や一夜に晴れし神の山
爽やかに前山襞を濃くしたり
横すべりして啄木鳥にまぎれなし

ややありて又明らかにけら叩く

遠嶺より晴れわたり来て秋桜

くくられし紫苑を蝶のとびめぐり

木の実にも器量よしあし拾ひけり

芦の花ここにも沼の暮しあり

舟つなぐ鎖の音や芦の花

柄の高さ残してをりぬ破れ蓮

ふれ合はずして敗荷の音を立て

あとがき

この句集は「星辰」につづく私の第四句集で、昭和五十七年から平成元年秋までの作品をまとめた四百句である。

昭和五十八年三月末で永年勤めた会社生活が終ったので、その後の新しい生活の中で大部分が作られたことになる。従って、月二回の「木曜会」がそれまで以上に私の中に重みを増し、その連衆の厳しい選評と温かな励ましによって俳句にとり組んで来た。その間、私なりに花鳥諷詠、客観写生をいかに自分のものとするかに心をこめてみた。そして「ホトトギス新歳時記」の編集という与えられた機会で、季題についての認識を新たにし、又観察を続けて自然から授かる恩寵の一句を目指して、写生を重ねた。その思いを託する気持で句集名を「花《か》鳥《ちょう》来《らい》」とした。「籐椅子にあれば草木花鳥来　虚子」の句がある。

昭和六十三年十二月、四十五年に亘り師事した山口青邨先生が亡くなられたが、私は青邨先生と高濱虚子先生の二師に親しく教えを受けたことにより、多くの得難い知友を得た。その方々に心から感謝の意を表したい。ことに古舘曹人氏には句集をまとめる時には、いつも力になっていただいた。

今後は、私なりの自立の道を歩き、その結果の作品を「珊」に発表してゆきたい。

この句集上梓に当っては、秋山みのる編集長、小島欣二氏をはじめ角川書店の各位に大変お世話になった。御礼申し上げる。

平成二年八月

深見けん二

第五句集

余光（よこう）

平成11年2月20日発行
花神　現代俳句
装　釘　熊谷博人
制　作　福田敏幸
発行者　大久保憲一
発行所　株式会社花神社
印刷所　工友会印刷所
製本所　松栄堂
定　価　2000円＋税

平成元年冬～平成二年

庭の中庭の外より松手入

七五三日和となりぬ鹿島町

菜の花のすがれ咲きして冬川原

ふところに東叡山の宝舟

水仙を剪つて青空匂ひけり

鶴凍てて紙の如くに羽吹かれ

供養針にも夕影といへるもの

跼みたるわが影あふれ犬ふぐり

花よりも濃き光ひき飛花一つ

一つ又一つ落花の行方見て

その上へ又一枚の春の波

沖縄　五句

鳥交る埃だらけの甘蔗畑

甘蔗畑刈りつくされて起伏なし

梅檀の花映りゐる植田かな

デイゴ散る島の墳墓の石畳

家よりも墓ひろびろと仏桑花

昃れば白もさまざま花菖蒲

やうやくに降り出してすぐ梅雨らしく

目高見て一年生の誕生日

抜手切り父の貫禄泳ぎけり
裏口を出てふるさとの夏の山
手を握る間もなく逝きし土用かな
汗ひいて母は仏となりにけり
骨壺と一つの部屋に明易し
盆の花かかへて歩く畳かな
退院をして来てをられ秋簾
虫籠を母の遺骨のそばに置く
秋燕の声のたまりし水の上
蜻蛉の光り山河をひるがへし

薄紅葉とも眺めやるひとところ
枯蓮田夕日燃やしてゐたりけり
もつさりと葺かれ鴨小屋新しく
大阪に少しなじみて日短
水舐めて届く夕日に浮寝鳥
いそ夫人よりのひと言青邨忌
水仙や修善寺に住む面作り
母亡くし師走ひと日の川ほとり

平成三年

鏡餅霰まじりの音となり

雪に傘さして治部煮の運ばるる

浅野川ほとりの宿も注連の内

七種の過ぎたる加賀に遊びけり

声揃へたる白鳥の同じかほ

止めきれぬ勢ひとなりし芦を焼く

先頭を切る焔あり草を焼く

暮れ方の畦火一《いっ》穂《すい》立ちにけり

春禽の散り翔つ王子稲荷かな

紅梅の蕊ふるはせて風にあり

山荘の石段雨の落椿

北《ほっ》寄《き》舟にぎはひ見せて雪の中

踏みきしむ修道院の春の雪

青邨も正一郎も花浄土

見るほどに枝垂桜の老いて艶

神田川一つの橋に春惜しむ

茶摘女の終りの畝にとりつける

老将の武具とも見ゆる飾りあり

淋代　二句

黒潮の沖へひびきて行々子

郭公や顔を寄せあふ虚《うつせ》貝《がい》

鮎釣のしばらく流れ窺へる

たしかめて又泳がせし囮鮎

その辺に雀が飛んで葭雀

三味線の稽古にはげみ夏祓

百日紅火《ほ》屑《くず》の落花掃かれけり

法要や窓の外なる油照

琉金にやうやく飽きし子供かな

蜻蛉を見てゐるとなく池を見て

燈籠を胸に抱き来て流さんと

石一つ堰きて綾なす秋の水

水澄んで木の葉一枚流れ来る

長き夜の千本格子燈を洩らし

邯鄲や一と連りのお山の燈

松山　五句

威銃鹿島へ夕日傾きて

一夜明け師のふるさとの秋日和

城山の七谷晴れて小鳥来る

磴上る影きくきくと秋遍路

子規堂のランプの埃秋日和

叡山　三句

虚子塔に木洩日ひそと秋の声

秋冷の横川にひとり師と対す

政《まん》所《どころ》庇の中の秋日和

山《やま》間《あい》に裏富士のあり紅葉狩
玄関のすぐにくらやみ十《とお》日《かん》夜《や》
観音の裏の広場をふところ手
鴨を見るコートの下に喪服着て

伊勢・志摩　五句

水仙や一碧をなす御《ご》座《ざ》の海
帆の如く冬海濤を立てにけり
袋詰めされし海鼠も年の市
畑にも雑魚《じゃこ》干場にも冬椿
枯蔓のからみ垂れたる冬椿
大漁旗立てて一村年用意

平成四年

枝の先いつも風あり冬の梅
凍蝶のそのまま月の夜となりし
この町の稲荷暮れたり猫の恋
月光をとどめ一叢猫柳
大方は日向を埋め落椿
今一つ冴えぬ声して囀れる
花の中自づからなる昼の翳
日のうちに少し熱めの菖蒲風呂
飫《お》肥《び》杉の山重畳と吹流し

昼寝して飫肥の城下になじみけり

「花鳥来」稽古会　秩父　四句

ひたすらに瀬の流れゐる網戸かな

川嵩のふえてをりたる昼寝覚

銭葵納屋から畑へ咲きわたり

石置いて門となしたる柿の花

車の燈青田ひと舐めして過ぐる

作り滝見るにも場所といふがあり

背のびして朝顔市の切火受く

令嬢、夫人を亡くされた古舘曹人氏へ　三句

青柿やかなしみ頒つすべもなく

色のなき片陰町を霊柩車

蜻《せい》蜓《てい》や失ひたまふ珠二つ

遠野・小岩井　五句

一望の田に夕風や送り盆

曲り屋に今も住みなし秋の水

ずつしりと縄のしなひて懸煙草

秋天やひねもすに師の南部富士

秋天や森から森へ牧の柵

悼　今井つる女先生

美しき面影永久に水澄める

窓開けて虫の世界に顔を出し

彼岸花咲く裏山も庭のうち

裏窓の向き合ふ暮し秋の風

夕月を上げてかをれり菊畑

粧へる八犬伝の山暮れし

安房に来て十一月の鉦叩
悼　小畑俊哲先生

死にたまふ山茶花の白きはまれば
星野直彦氏逝去

ちちははの心思へば時雨れけり

後苑に尾長のをりし冬座敷

俳諧の忌を又加へ十二月
阿波野青畝先生逝去

　　　　　平成五年

花といふ一字を以て筆初

抱き上げて初湯ぼてりの子の匂ふ

風生の冬木桜の枝垂れやう
所沢　餅花句会　二句

にぎやかにゆれて繭玉飾り了ふ

何くれと小正月なるおもてなし

日の闌けて梅の落花のつづきけり

芽柳といふほどになくほのめける
次男慎二結婚

花を待つ如くに待ちしこの日なる

残り鴨らしやと見れば鳴きにけり

牛頭大王拝み出でたる初音かな

まつすぐに落花一片幹つたふ

熊野那智　三句

修羅落しかかる熊野の遅桜

春昼の宿坊那智の滝の音

岩の面に影をひきつつ春の滝

膝ついて矢車草の花畑

瀬頭の見えて暮れゆく河鹿かな

てのひらに残れる鮎の香を洗ふ

五月闇お稲荷さまに願かけて

罅走るままに丸ビル梅雨廊下

底石のをりをり歪み泉湧く

映りたる森の昏さに泉湧く

崖清水堰かれて珠とひびきけり

湧池の底あをあをと日傘かな

うちけむり降り昏みゆく茅の輪かな

籐椅子も古りに古りたり虚子旧廬

いつまでも埠頭の波の西瓜屑

茂りたる草にも秋の立ちにけり

八雲旧居

桔梗やヘルンの高き文机

降りつづきゐるといへども萩の雨

樒《しきみ》挿し松山ぶりに子規祀る

水照りて深大寺領実むらさき

ぐづり鳴きしてゐて鴫にまぎれなし

国東・臼杵　三句

秋晴やとどめ詣りの宇佐の宮

盆柿といひ親しまれ家毎に

天高しのり出したまふ磨崖仏

貝割菜海原荒れてゐたりけり

悼　山口イソ夫人

そのままにいつものお顔菊の茶毘

日本現代詩歌文学館　雑草園復元　三句

玄関のくらささむさもそのままに

冬座敷師の足音の聞えけり

一つづつ旧居の冬芽たしかめて

鴨とゐて池の日向をそれぞれに

枯木立屋敷林の面影を

ひそみゐる四五羽の鴨に水流れ

新河岸のゆるき流れも十二月

平成六年

代々の農を誇りに小正月

これも又畑のものと小豆粥

ほんのりと色を浮べて小豆粥

縁側の腰かけ話いぬふぐり

薄氷《うすらい》の吹かれて端の重なれる

その辺に男を待たせ針供養

鎌研いでやがて出てゆく若布刈舟

遠目にも竿を自在に若布刈舟

啓蟄の蜥蜴の舌の光りけり

啓蟄の蜥蜴枯葉をすべり出し

神前の春の寒さに落ちつかず

源氏山日向の道の落椿

目つむれば椿曼荼羅師の墓前

谷戸の奥住む人のあり落椿

わが町に一閃二閃燕来る

散り椿重ね夏立つ奥の宮

其処此処にみどりももいろ新茶旗

眦に酔のまはりし祭髪

天に地に気合千貫神輿舁く

風の出て夕日まみれの柿若葉

串伝ふ脂の光り岩魚焼く

老鶯の声のほがらや雨の中

駒鳥や霽れて雫す渓の木々

印旛沼　三句

浮巣ともまがひて沼に浮けるもの

鳴き翔ちてなほも雪加の声をひく

夏至の日のなほ珠とあり沼の空

明日よりの朝顔市の宵蕾

百年の昔の噴火舟遊び

青芦の中へと流れきらめける

なみなみと最上の流れ威銃

西馬音内盆踊　六句

踊見の人ばかりなる宵の町

大太鼓しつかと結はへ踊待つ

踊子の彦《ひこ》三《ざ》頭巾の目と合ひし

打ち囃す願《がん》化《け》踊のかなしとも

腰に吊る瓢つやつやつや踊りけり

笠とつて踊疲れのかくれなく

送火の消えて月光及びけり

滝野川小学校の芒解け

かくて又子規忌近づく墓の前

天高し抱いて明日香《あすか》はまなむすめ

足跡をうすく残して貝割菜

一本のこの柿ありて柿日和

手入れせしあとゆさぶつて松の枝

登米句碑除幕

今日も来て昨日と同じ冬桜

みちのくの遠山にある冬日かな

水明りして名苑の茶屋障子

忽ちに風の攫ひし冬日向

平成七年

奈良　六句

鳰の笛正倉院を離れ来て

飛火野に鹿と時雨れて年惜む

だんだんに澄みゆく焰除夜篝

大仏のお蠟新たに年迫る

褄とつて南大門を春著の娘

街中にして陵の初御空

くれなゐは影とも冬の白牡丹

松過といふ光陰を惜みけり

お繭玉めをと飾りに華やげる

くまもなく挿してまだらや供養針

公魚の跳ねも二三度釣り上げて

潜りたる鵜の残したる春の海

祝「春潮」四百五十号

春潮に乗りて即ち航一路

雨風の中の葉づたひ椿落つ

花影といふほどもなしふりかむり

悼　岡村カナヱ先生

師の荼毘のけむり一と時花の空

風のゆく形となりて花吹雪

珊々と咲き重なりてえごの花

あの店の看板娘祭髪

暮れなんとして老鶯のはるかなる

印旛沼　四句

沈むほど吹かれとりつき葭雀

一茎に現れ風の行々子

羽撓め撓め雪加の鳴き移り

あらあらと組まれ鷭の巣緑濃し

部屋の中風鈴提げて持ち歩く

燈を満たし遊船進む淡海かな

浮御堂こぼれ子燕飛び習ふ

尾瀬　二句

蜻蛉生る池《ち》塘《とう》の水の昏きより

池塘又池塘とつらねお花《はな》畑《ばた》

きささげの葉裏空蟬ゐるはゐるは

緑蔭の大きく池へはみ出せる

掬ひたる底なほ赤きかき氷

母の忌の花火いくつも上りけり

客来れば廊下小走り生身魂

送火の嵩なく打たれ朝の雨

指先を決めて目深の踊笠

見られゐること知つてゐる踊の手

街道へ垂らし大きな秋簾

草むらに落ちて沈みし桐一葉
正面の富士より湧きて水澄める
マスト揺れヨットハーバー望の夜
しもた屋にまじる小店（こだな）の秋簾
橋も又眺めの一つ峡紅葉
現れし山刀伐（なたぎり）峠の茸とり
衝羽根といひて載せくれたなごころ
気配して妻戻り来し十三夜
街道の車途切れし夜の落葉
風に乗り雲に乗りたる朴落葉

冬星を一つづつ嵌め峡の空
ゆつくりと焰の倒れ落葉焚
落日や家建ちそめし冬菜畑
武蔵野の松風聞かな青邨忌

平成八年

仏壇の兄はみどり児小豆粥
寒鯉の尾鰭の見えて沈みけり
お台場を飛び出してゆく都鳥
凭れゐる枯木のゆれの身を伝ふ
寒林の中ゆく人に日の当り

膝更に寄せて刺しけり供養針

現れて初蝶風に落ちつかず

初蝶の消えたる畑に枯葉舞ひ

雨上る気配にさとく囀れる

人に逢ふときめきに似て初桜

重なりて花にも色の濃きところ

青邨の鶏冠（とさか）も昔虚子祀る

花冷のどこかにありて虚子忌寺

ものの芽に跼みなどして客を待つ

俎板の音ももてなし蝶の昼

風よりも荒く蝶来る牡丹かな

古芦のけぶりかぶさる芦若葉

来しばかりなる葭切の鳴きつぷり

祭髪にも香煙を二度三度

祭着の洗ひざらしの男ぶり

蒼然と金魚池あり歓喜天

悼　向山隆峰氏

何につけ君亡きことを夏蓬

奥琵琶の一村一寺緑立つ

つづきをり実梅捥ぐ手の上げ下ろし

曾祖母を先頭茅の輪くぐりけり

土用芽の花の如くにほぐれそめ

昔はとその昔はと祭人

青林檎小諸も虚子もはるかなる

みどり児の兄も来ませと門火焚く

秋風や草の中なる水の音

へだてたる街音葛の花葎

ちちははの墓離れ来て萩の塵

月の波一轟きを上げにけり

尾瀬　五句

残る虫池《ち》塘《とう》の草の深きより

尾瀬ヶ原蝦夷竜胆に花尽きん

湿原の草紅葉とて果もなし

風の音山の音とも紅葉散る

めぐらせる山の錦の今とこそ

校庭の柿色づきて授業中

べつたら漬だらけの指が売り崩す

角店の景気べつたら市通り

叙勲の名一眺めして文化の日

駆け寄つて二人は双子七五三

池に落つ木の葉忽ち走り出し

源氏山時雨の糸をひきそめし

赤き実のもろもろ安房の十二月

丸ビルの窓の冬日は虚子も見き

漕ぎ寄せて鴨小屋に人かくれけり

玲瓏とわが町わたる冬至の日

仲見世を大つごもりの夜番ゆく

　　　　平成九年

一筆の帆の満々と宝舟

まづ拝む窓の遠富士初稽古

注連の縒り少しゆるめて飾り焚

咲きふえてをるといへども冬の梅

日だまりに高くは飛ばず冬の蠅

遠くにも光ってをりぬ冬の蠅

雲の出て力ゆるみし寒牡丹

被せ

赤《あか》面《つら》の奴《やっこ》が一人雛の壇

町角に逢ふ初蝶の翅づかひ

その中に夕日の沈む桜かな

足もとの夕日しみじみ花衣

折からの雨の椿や虚子旧居

我も又虚子座の星ぞ花の空

太極拳合宿　二句

老鶯の鳴き移りつつ朝の富士

審査する師《し》家《け》の心眼風五月

桑の実や秩父の午後のとりとめなく

人声の親しき夜の網戸かな

伸びきって大蝸牛《かたつむり》ぬれぬれと

あぢさゐの藍にもありぬ好き嫌ひ

誕生日の長男へ

緑蔭に時には休み明日をこそ

草取女時々石に鎌を当て

坂道にかかる日傘を持ち直し

「花鳥来」北上・盛岡行　二句

ものを焚く火のちろちろと夕青田

師の墓のうしろの石に涼みけり

白玉や言葉にすれば埒もなし

第六句集

日月（にちげつ）

平成17年2月10日発行
発行者　山岡喜美子
発行所　ふらんす堂
装　幀　君嶋真理子
印　刷　株式会社トーヨー社
製　本　有限会社並木製本
定　価　2700円＋税

I

平成九年

流燈を置かんと川に手を浸し

流燈を置きて放さず川流れ

流燈に雨脚見えて来りけり

朝顔の大輪風に浮くとなく

一発の花火里富士ゆるがして

抱いてゐる嬰のほてりや萩の花

いつしかに遠きちちはは萩の花

窓近く鳴く蟋蟀に棲みつかれ

雨音や畳の上のきりぎりす

たれこめし雲にも月のありどころ

深々と池塘の底に今日の月

俎板に先づ秋水を流したる

よぎりたる蜂一匹に水澄める

風の又起る気配に木の実落つ

気ままなる妻との暮し小鳥来る

枝移り来て色鳥の貌を見せ

北上　三句

この雨に刈り兼ねてある稲田かな

蝦夷塚の夜目にも光る時雨かな

師を偲ぶ北上川に鴨を見て

冬帽子目深に今日も町へ出づ

保養所の猟犬にして老いにけり

細見綾子偲ぶ人散り日短

悼 野村久雄氏

いち早く虚子と時雨れてをらるるや

ひつそりと時にざわめき落葉降る

今日も踏む日毎の嵩の落葉道

車から降りて踏みたる夜の落葉

角材に焔とろとろ焼藷屋

石手寺の松に上がりし冬の月

街尽きてここ遍路みち冬の月

俳諧もこの世のさまも青邨忌

影飛んで大川端の冬の蠅

除夜篝焚く万端のととのひし

一輪や元日草の名にかなひ

面授てふ言葉かしこみ初稽古

家訓とてなくて集まる二日かな

湧ける音流るる音の冬泉

Ⅱ 平成十年

かがやける日ざしとてなく春立ちぬ

楊名時太極拳師範会

稽古して太極無極梅の花

一樹にて斜面《なぞえ》染めたり落椿

虚子庵の椿も今は語り種《ぐさ》

野遊の弁当赤き紐ほどく

北上　四句

燈の点り窓に暮れゆく雪解川

くるみ餅食べて師のこと春の宵

白鳥のなほ数残り川流る

おくれ翔ぶ白鳥一羽草青む

人伝の噂なれども春愁ひ

「花鳥来」鎌倉吟行　五句

先生の墓に丶《ちゅ》とゐて春の蠅

われらみな虚子一門や春の風

枝々に重さ加はり夕桜

いつまでも日の当りをり夕桜

墓守にして花守の二三言

鎌倉の遠《おん》忌《き》に罷る花衣

白牡丹大輪風にをさまらず

早くより二階燈ともし祭宿

「花鳥来」北上・盛岡吟行　五句

師の座より眺めて窓の若楓

師の声の聞えて涼し床柱

蠅遊ぶ三艸書屋の厨窓

北上の闇繽紛と火取虫

やませ吹く師の墓山にわれら今

あぢさゐの萌黄の毬の照り合へる

群れなせる目高一瞬向き揃ふ

飛んでをり叩き損ぜし昨夜の蠅

梅雨の川濁れるままに日の当り

中尊寺その一坊の網戸かな

食作法柱に坊の明易し

中尊寺　芭蕉祭　三句

展望や茂にかくれ衣川

汗の玉冷たく胸をつたひけり

本殿を閉ぢ月のある茅の輪かな

はるばると通ふ効能土用灸

次の日となつてをりたる夜の蟬

屑金魚などと云はれて愛さるる

蘭鋳の値を張り合つて浮いてをり

湧き立ちて静けさつのる泉かな

覗きたる噴井のくらさ思ひけり

四五本の芋殻軽々手渡され

迎火のひととき明く顔照らす

二階より下りて踊にまぎれ

秋扇を落とせし音に気のつきし
秋の蚊を叩く一人の音を立て
顔なかば暮れて人来る萩の道
下の子に二人の娘鳳仙花
墓碑どれも井伊家の信女秋の蟬
大学も九月となりぬ蟬の声
庭広く掃いて農家の葉鶏頭
気配して日のかげりたる草の花
山小屋の他に燈のなし虫時雨
日の当る幹の高さにけら叩く

舞ひのぼる蝶の影さし水澄める
縁側に月の芒の花こぼれ
鐘一打秩父の秋を深めたる
秋晴を今日もいただき観世音
ひとめぐりしても一人や鴨の池
近くにもひそみ遠くに鴨のこゑ
満目の枯れて浅間を聳えしめ
雲を出て冬日しばらく走りたる
枯菊の束ねるとなく重ねあり
はめてみし革手袋の指反らす

青邨忌までのしばらく十二月

白鳥のこゑに囲まれ青邨忌

城山の錦を今に十二月

西の下《げ》の防風長けぬ十二月

あとさきに来て掛け並べ冬帽子

今日に如く冬麗はなし友来り

人声や二タ間つづきの白障子

仲見世の裏の月影大晦日

我が生の余光ばかりや初暦

わが心映し顔あり初鏡

二昔雑草園の二日はも

初髪の鼻筋に日のかぐはしく

初稽古富士見えねども筑波あり

悼　上野章子先生　二句

凜として水仙の香を遺されし

寒紅をさせるお顔を見納めに

Ⅲ　平成十一年

魁の白梅既に咲き闌けし

頃となり庭の紅梅燠のごと

われなりの養生訓や蜆汁

川下に薬科大学下萌ゆる

水温む誰としもなく言ひ継がれ

啓蟄の庭に踏みたる虚《うつせ》貝《がい》

リバプールよりの一信木の芽風

老を知り老を忘れて春の風

恙ありこの春寒をよくぞこそ

下草を夕日の染むる彼岸かな

ゆるむとも咲くとも風の初桜

岬鼻を黒潮洗ふ椿かな

かたくりの花の斜面を蝶滑り

望むべくなくも喜《き》寿《じゅ》艶《えん》梅椿

咲きふえてなほ枝軽き朝桜

諄々と花鳥の教へ虚子忌来る

散る花もなくて暮れ来し源氏山

花を見る少し老いたる心もて

裏山を紋白蝶のこぼれ来し

ゆれやうも今が見頃のチューリップ

あをによし奈良の一夜の菖蒲酒

日のうちに菖蒲放ちしさら湯かな

焚きしむる香はなけれど武具飾る

白炎となりしづもれる牡丹かな

悼　清崎敏郎氏
立ち憩ふ大夏木陰今はなく

遠野　三句
水飛ばしゐるは植田の鴉なる
下闇や河童と会ひし人の貌
曲家の夏炉の燠に膝をつき

金剛の杖を頼りや滝仰ぐ
真ん中の棒となりつつ滝落つる
魂魄の一条となり滝落つる
滝壺のたぎちたぎちてうすみどり
目をつむり右手ひたひに籐寝椅子

悼　藤松遊子氏
君までも逝かれいよいよ梅雨深し

池くらく緋鯉を散らす夏越かな
形代のわが名軽々風に浮き
古扇なんどといへず重宝し
降り出してすぐにしぶけり竹煮草
下闇を現れて来る目鼻立
かき立つる焰ひととき苧殻焚く
送火のほてりといふもしばしほど
うつむける口もと若し盆の僧
芋畑車の屋根の疾走し
朝顔の瑞《みず》の一碧張りにけり

虚子一語懇ろなりし子規忌かな

糸瓜忌や寺子屋風に集まりて

天心となりていざよふ月としも

武蔵野探勝　四句

兵《へい》燹《せん》の礎石露けし国分寺

眉目若き白鳳仏の爽やかに

新蕎麦を打つや波郷の墓近く

森閑と平林寺領木の実落つ

コスモスに来る鈍《のろ》の蝶醜《しこ》の蝶

コスモスに立たせ二人のまなむすめ

父の墓久しく訪はず鉦叩

月育つ一夜一夜の虫時雨

山住みの元校長と柚子落す

一弁を摘み厚物を整ふる

凩のをさまつてゐし明烏

何につけただただ一途木の葉髪

紅葉にも火の廻りたる落葉焚

踏み込んで落葉の嵩の新しく

俳諧の他力を信じ親鸞忌

庭手入済みし枝飛ぶ冬の鳥

熱燗の故の涙と晦ましぬ

その中に月まどかなる冬欅

行年の忘るすべなき幾仏

みささぎのほとりに宿り初明り

初旅の松山に来て月仰ぐ

まるき目を時に光らせ浮寝鳥

覚めて又いつからとなく浮寝鳥

上野章子先生一周忌

思ひ出のこみ上げて来る冬の梅

丹田にのりし全身寒稽古

霜柱崩れて花をなすところ

日に透きてひたくれなゐの寒牡丹

寒牡丹落花一片かく遥か

Ⅳ　平成十二年

送り出づ紅梅早きあたりまで

庭の梅よりはじまりし梅見かな

紅梅の空鶴《かく》唳《れい》のひとしきり

繽紛といふも一瞬梅落花

庭畑の梅の落花に働ける

薄氷に旦の茜さしわたり

薄氷のなほ一円を残したる

立子忌や笹目の一日なつかしく

とかくして塞ぎの虫も穴を出づ

陽炎や青邨の下駄虚子の下駄

年とるといふはこのこと春の風

一樹即一円をなし落椿

残されて花の虚子忌にかく侍り

片栗の花一面や揺るるなく

片栗の花に夕べの来てをりし

亡き友に語りかけつつ春惜む

藤房の中に門燈点りけり

街道を夕日に向ひ神輿揉む

退る時ありて一気に荒神輿

わがために武具を飾りぬ老いまじく

脇宮の海神《わだつみ》神社夏落葉

みんなみの海荒れてをり明易し

年を経て茅花流しの中に会ふ

黐の花咲けば故人のことさらに

ででむしや曲屋雨の竈口

この頃の降れば荒れぐせ蝸牛

睡蓮の近くの紅はつまびらか

庭園の昼のあはれや誘蛾燈

中空に梅雨の月とはいへず澄み
夏帽子より気がつきて顔かたち
緑蔭や時には蟻の降つて来て
一蝶の現れくぐる茅の輪かな
掬はれし金魚二三度撓ひたる
残んの身四万六千日詣
光の矢折々飛ばし泉湧く
病葉の遠くの水に落ちし音
舟出して紅き蓮剪る沼暮し
蜻蛉や昨日逢ひたる人のこと

こまごまと折りねんごろに苧殻焚く
合掌や出合ひ頭の盆の僧
送火のたまゆら高き焔かな
柄を立てて少したゆたふ桐一葉
ただならぬ九月二日の暑さかな
花一つ一つ明らか萩の雨
白萩の塵掃く日々も過ぎにけり
遣り水の玉と響きて澄みにけり
かまつかや版画家芥子ここに住む
爽やかに一語一語を聞きとめぬ

虚子の軸かけて一人の子規忌かな
糸瓜忌や虚子に聞きたる子規のこと
どこそことなしに一気や彼岸花
色鳥や浅間をかくす松の枝
名ばかりの書庫に万巻小鳥来る
拭ひたる明るさとなり後の月
暈かかりたるはわが目か後の月
境内を埋めんばかりの木の実かな
沼波にいつしかまぎれ鴨来る
時雨るるや座右去来抄歎異抄

初冬のわが身におよび来りけり
北上に来れば親しや鴨のこゑ
川千鳥らしやと見ればひるがへり
一言の冷たかりけりいつまでも
鳥深く嘴を沈めぬ冬泉
自らに問ふこと多し冬泉
ざわめきの天より起る落葉かな
又一つ幹を辷りぬ朴落葉
鍬使ふ音の聞えて日短
冬蝶の黄もたまらずに飛ぶ日和

枯菊のそれと分かりてたそがるる

水離れたる白鳥のなほ低く

日面のだんだん日陰笹子鳴く

自愛せよとて襟巻をして別れ

注連縄の丈《じょう》もの立てて年の市

おだやかに納め観音暮れにけり

数へ日の入日府中の町外れ

鉱山に生れし誇り鏡餅

数の子や金婚さして遠からず

初電話阿蘇へと心動きつつ

板の間の即ち大地初稽古

社運かけ二十数名初詣

真つ向にさし来る虚子の冬日かな

先生は大きなお方竜の玉

風花や我も一燭大師堂

鳥影の佃住吉寒日和

上げ潮に臘梅光放ちけり

V

平成十三年

一花にも大空湛へ犬ふぐり

老いてなほ小さき立志梅白し

紅梅の一輪づつの雪雫

雪落しつつ白梅の匂ひけり

草萌や野火止塚の小高さに

ものの芽や多摩の横山指呼にして

それなりに屏風に影や豆雛

曇天のひとかけらづつ辛夷散る

日陰より眺め日向の春の水

青空の切り込んでをり濃紅梅

田打機を一人あやつるばかりかな

いつしかにわが身のうちも陽炎へる

一蝶の天よりこぼる礎石かな

風呂桶に風呂の温度の種浸し

連なりてそれと滲めり花の山

海見えて太平洋やつばくらめ

指さして茶の芽の違ひかくかくと

山楂子のくれなゐの蕊黒の蕊

頭からかぶり菖蒲湯香りけり

叡山へ代田植田と棚をなし

里坊といふも比叡や白牡丹

青嵐や回峯僧の杖さばき

傾ける枝に傾き朴の花

街音に泰山木は花高く

実梅とて足をとらるるほどに落ち

朝より男梅雨とはかくばかり

ででむしや久女の墓は虚子の文字

滝口のせり上りつつ水落とす

岩にふれ飛沫新たに滝落つる

岩燕塵の如しや滝の前

我ら又老いし夫婦や滝見台

滝音の中松蟬のまぎれなし

春蟬の声一山をはみ出せる

よき齢を召されし禰宜や夏祓

汗拭くや時には頭の天辺も

名にし負ふ伝法院の大夏木

一匹の蟬しんしんと蚶満寺

海に日の沈みてよりの夏料理

岩牡蠣を大きく育て土用波

青柿や先々代は美濃派なる

一雨の過ぎし象潟稲の花

燈のついて簾の中のたたずまひ

棹を立て少し沖まで蓮見舟
月影に籠の鈴虫ひとしきり
木の間なる千曲の流れ威銃
一望に佐久市小諸市林檎園
ゆるむことなき秋晴の一日かな
師の小諸銀河流るる音の中
潮引きし潟に影なし蜻蛉飛ぶ
鴫の脚くつきり映り忘れ潮
大正も昭和も生きてさんま食ふ
稲刈機四角四面を刈り進む

時折に翅しらじらと蝗飛ぶ
白粉花の匂ひか月の匂ひかと
屋上に立てば秋風四方より
観鳥の小窓折しも鳥渡る
川の水引きて音立て庭紅葉
正面に表磐梯天高し
岩肌をつづるもありぬ谷紅葉
奥までも幹に日当る枯木立
忽ちに夕日失ひ落葉道
枯蔓を巻きて深空へ楡大樹

山宿に燈の入る頃の落葉かな
燈を消して峡のひとり寝霜の声
川烏けらつつきにも霜の朝
青げらの榆ひとめぐり霜の朝
霜枯の湧水ちちと四十雀
水底にまことくれなゐ冬紅葉
面影のそのまま小春日和かな
大空に阿蘇の噴煙葱畑
枯萱にある赤牛の瞳かな
大阿蘇にや丶傾きて冬日あり

懐手俳諧無頼通しけり
事無くて酢牡蠣にむせる一日かな
寒鯉の口の白さの進みけり
寒椿水面映りの数へられ
冬桜残んの花といふさまに

あとがき

句集『余光』につぐ私の第六句集である。季刊誌「珊」に前年度の同季の句を30句づつ発表しており、それをもとに、平成九年秋から十三年度冬までの四年半の句をまとめると三百五十句となった。私の七十代後半の句で、多くの方の支えにより、私なりの花鳥諷詠、客観写生の道を歩むことが出来た。句集名『日月』は、「日月如レ流」の意味あいであるが、読みは「にちげつ」とした。

平成十六年十二月一日

深見けん二

『日月』以後

——精選句集『水影』より

落蟬に蟻ひとたびは弾かるる

水影をゆらりと置きし初紅葉

草も又山の錦に従ひぬ

人影に時に人声冬泉

襟巻をして不機嫌な者同士

そのまはり水光らせて水草生ふ

初花や机上光悦うたひ本

形代の白こそ男の子我の手に

形代の黄はをみなとぞ妻の手に

木にこもる雨の蛍火数知れず

一礼を天神さまへ木の実落つ
彦根へと話の飛びし十三夜
うち晴れてものなつかしく末枯るる
管物の先の先までゆるみなし
水鳥の水をつかんで翔び上り
楓の芽更に仰ぎて欅の芽
咲きこもり咲き溢れたる藪椿
源氏山その懐の長閑けしや
冷え冷えと落花を重ね南部桐
小さき蟻更に細かき蟻もゐて

月よりの風が涼しく届きけり
白玉や子供の頃の燈は赤く
遠くほど風の芒となつてゐし
別れ来し誰彼の顔秋の風
お不動の力賜はれ七五三
豆雛の唇はなけれどそのあたり
花待てば花咲けば来る虚子忌かな
松の芯今日も芭蕉の跡たづね

悼　楊名時師家
限りなき天の慟哭男梅雨
雨降つてゐるやうに群れあめんぼう

第七句集

蝶に会ふ（ちょうにあう）

平成21年3月5日発行
発行者　山岡喜美子
発行所　ふらんす堂
題　字　山本素竹
装　幀　君嶋真理子
印　刷　株式会社トーヨー社
製　本　有限会社並木製本
定　価　2571円＋税

I

平成十四年

紅梅のこの一輪の花かたち

下萌や潦にも渚あり

初蝶の空となりたる札所寺

城山も放送局も朧かな

大雨の洗ひし空や朝桜

花冷や昨日は月のまどかなる

又しても棹きしませて鯉幟

青蘆のぞめきや沼のはるかより

源泉の湯のくらくらと青嵐

花菖蒲しづかに人を集めをり

目の前に鴫の顔ある土用かな

白粉を鼻に忽ち祭の子

石段の湯町親しや夕蜻蛉

一泊をして露草の色深き

墨を磨る秋海棠が庭に見え

既にして子規忌の月の上りをり

仲秋の小諸歩けば見ゆるもの

ころげたる音の加はり木の実落つ

日面《おもて》の黄菊摘みゆく揺らしつつ

上流は雲の中なり秋の水

立冬の浅間眺めて旅にあり

たんぽぽと見れば菫も返り咲き

葡萄棚からつぽとなり冬ざるる

裏富士に立ち上りたる冬銀河

中州より流れにのりし二羽の鴨

木がくれに人のをりたる鴨の池

散りこみし落葉の水を光らする

小春日の山懐の草と虫

初富士の翳とも見えてはるかなる

師の教へ何かと問はれ竜の玉

Ⅱ 平成十五年

芽柳の滲むほどなる木の間かな

夕風をかこひ彼岸のお線香

花伝書のことにも及び初桜

芸談の次から次と桜餅

胸もとをゆるくゆたかに花衣

この国の行方や花を腐す雨

雨風にこもりて花の虚子忌かな

鎌倉の桜月夜や嵐去り

雑木中紋白蝶のゐる遠さ

そこここに暮春の蝶や皆白く

悼 鳥羽とほるさん

白牡丹散りて頭上の師のもとへ

送りたる新茶送られ来し新茶

岩手山見えぬといへど桐の花

よく止まる東北本線桐の花

千仞の谷へ舞ひいで竹落葉

夕風の誘ひ出したる竹落葉

悼 内出ときをさん

この苑に幾度君と汗を拭く

玉簾なして溢るる噴井かな

象潟の燈ともし頃の青田かな

みちのくの友を思ひぬ青田冷

ふるさとの淋しき数の揚花火

森の端明るくしたり盆の月

露草や今になつかし鉱山《やま》暮し

屋根瓦先まで濡らし今日の月

一山は雨音ばかり虚《みなし》栗《ぐり》

栗剝いて横川泊りのわれらかな

刈りしもの剪りしもの積み小六月

大楠の根方はなやぎ七五三

冬の日の珠と落ちゆく大井川
部屋部屋に別れしよりの時雨かな
NHK学園吟行　二句
地に届く時のためらひ木の葉降る
水鳥の水ふくらませ進みけり
冬帽子鳥の動きを見落とさず
ふくれたるところより餅ふくれけり
長生きといへば長生き雑煮食ふ
なかなかに鼻高かりしマスクの娘

Ⅲ　平成十六年

夕暮の書庫への用事梅白し
古家に二人の起居名草の芽
花の山虚子の墓から眺めけり
本牧に潮のさし入る花曇
なにとなき桜なれども橋袂
家桜散りて尾上の桜かな
阿蘇　四句
山の名を一つづつ聞き春の風
霾(つちふる)や阿蘇山頂の吹流し
阿蘇の風少しつめたく雪加鳴く
湧水の川と奔れり藤の花
ひつそりと墓守をりし牡丹かな

日のありて牡丹曇と申すべき

その先に淡海の展け桐の花

つくづくと翁の墓の薄暑かな

みちのくの田植寒とぞ昔より

北上川昔上《かみ》川田植寒

霧吹きてなまぐさきもの蛍籠

ぢりぢりとこめかみに日や夏祓

杖とめて師の見たまひし月見草

晩年といふものの人に月見草

紅蓮の棚田をなして一寺あり

紅蓮の繚乱たりし山の寺

雨垂の珠なす山雨蓮の花

玄関に井戸の残れる涼みかな

水打つていよいよ路地の親しまれ

湯屋に行く人ぼちぼちの大暑かな

提げてゆく勤めの鞄桐一葉

悼　紅谷敏子さん

悲しみは尽きず秋燕ひるがへり

流れ来る藻のひとかけら水澄める

墓に来る人に見られて栗拾ふ

園丁の屈み仕事やとんぼ飛ぶ

垂れこめし雲より匂ひ葛の花
萩の色なほ残りつつ月を待つ
冷やかに己をかへりみることも
掛稲の乾かぬままの日数かな
共に見し今日の山田の秋深し
蕉庵の昔はいかに鯊の潮
鯊の潮思はぬ波を寄せにけり
庭となく踏み入りそこに栗落つる
ゆき暮れし思ひいよいよ秋深し
茶の花の蘂たつぷりと蟻溺れ

どれとなく日に誘はれて木の葉降る
又一人友を亡くしぬ青邨忌
青邨忌一日過ぎしゆりかもめ
着ぶくれて見つめあふともなく対す
ゆつくりと翼をさめし都鳥
降り止んで眺めるほどに庭の雪
湯ざめして純文学を好みけり
筆先の力ぬけ来し吉書かな
こぼれたる七種籠の真砂かな
水洟をぬぐふも親し三社さま

寒鯉や流れのあればほ尾を振れる

大寒の日を挟みたる雲居かな

明けて思ふ寒満月の明るさを

　　　Ⅳ　平成十七年

白雲のまぎれ込みたる野梅かな

紅白の滲みあひたる梅林

坂上るトラック映り春の水

犬ふぐり浅間を仰ぐ足もとに

囀やどんな鳥かとみな仰ぎ

ものの芽や親しき人に囲まれて

月山のくまなく晴れし彼岸かな

虫出しや雪降りつつむ湯殿山

虚子の軸いくつも眺め遅き日を

而して遅日の谷戸を辞しにけり

ほつれ毛といふさまのまま花衣

桜餅食べ終りたる手を

麦は穂となりつつ室《むろ》の八嶋《やしま》かな

草笛や室の八嶋を去り難く

夕空の青澄むばかり夏燕

月光にそよぎたちたる新樹かな

帯に手を挟む師の夢明易し

その沖を人の歩ける植田かな

荒畑富士都留《つる》の裏富士茄子の花

柿の花ほろほろこぼれもの忘れ

畦ぎはの水きらきらと花菖蒲

木の間より見ゆる日向の花菖蒲

山王日枝神社鎮火祭夏祓　四句

木綿《ゆう》を裂き麻を裂きたる夏祓

地より湧く斎主の祝詞夏祓

昼の空こがす篝火夏祓

白々と鎮火のけむり夏祓

睡蓮のしづまりかへる花畳

神輿来る鳳凰をいや羽搏かせ

鎌倉の緑蔭小諸にも緑蔭

下闇にひびきて水の流れあり

住み旧りし家の柱に雷ひびく

吉報も悲報も金魚眺めつつ

苧殻火の思はぬ風を呼びにけり

燈を消して窓にさし込む盆の月

風に乗りかなかなかなとはるけくも

雨粒をかかへ込みたる萩の花

水引草《みずひき》に蜆蝶さへ大き過ぎ

稲妻に又しも浮かび妙義山

月を待つ我のみならず橋袂

蔵町に名立たる店や新走

見回して雲のありたる秋の晴

どことなくどこからとなく薄紅葉

うすけれど磐梯山の錦映ゆ

内濠に映る石垣蔦紅葉

とどまれる如くに流れ水澄める

夕かげをはや宿しをり草紅葉

上げ潮の大川の紺秋深み

人や先我や先の世秋深し

羽搏ける遠くの鴨の目立ちけり

鴨を見てをりしがいつか鳰

水戸　五句

一面や偕楽園の梅落葉

その人の好きといふ径園小春

なつかしき茨城弁や園小春
枯萩のこよなきさまに此処かしこ
好文亭廊下づたひの冬紅葉
あらためて高き齢や青邨忌
もう光ることさへ忘れ枯芒
恩寵のわが俳諧も年暮るる
初富士や遥かなれども富士見台
初夢の虚子先生に近づけず
書初の一字しばらく胸の中
争はぬ太極拳の初稽古

繭玉やあの世の君の長寿眉
餅を焼く子供の頃の匂ひ立ち
火の珠を包みこみたる寒牡丹
寒牡丹人は言葉をこぼし過ぐ
水鳥の群るる日向のやや移り
月二度の新橋通ひ日脚伸ぶ
臘梅の雫の如くふくらめる
齢なりの恙はあれど年男

V 平成十八年

わが書斎漢籍乏し鳴雪忌

祝「屋根」二百号

沈丁の蕾やうやく漲れる　人を容れ人を育てて花の門

力瘤菠薐草の根ぞ赤き　足弱くなりし嘆きも花衣

一と本の紅梅へ人おのづから　鼻筋を拝みかくる甘茶かな

啓蟄や太極拳の腰沈め　来し方はもとより行方陽炎へる

水影の流れにゆらぎ水草生ふ　ややおくれ峰の桜の今年又

漂へる塵さへも綺羅水温む　うす墨といふその色に春の月

月満ちて我をつつめる涅槃かな　囀やわが脳天に糞落とし

月山の水ほとばしり蕗

吹かれ飛ぶ一花まざまざ桐の花
金粉の溢れこぼるる牡丹かな
見劣りの一花もありて牡丹園
祭神は八幡太郎夏木立
雲白く泰山木の花みどり
釣堀の儻《た》網《も》二三十並べ立て
釣堀の短き竿のなほ撓ひ

黒羽　四句

黒羽は母のふるさと明易し
その一人真白き棹や鮎を釣る
鮎釣の白波立てて戻り来る

とつぷりと暮れて川あり鮎膾
形代の襟のあたりのかげりかな
花と散りし砂利の切《きり》幣《ぬさ》夏祓

孫翔　二十歳誕生日

これよりは男一匹青嵐
夕空の雲つきぬけて夏燕
今日殊にカサブランカの香をうとむ
太陽を見ぬ日がつづき土用灸
折からの月明らかに桐一葉
洗ひたる硯に残るくもりかな
七夕や空手にはげむ孫娘

うす闇に立たせ申して茄子の馬

齢のほど見せず切々秋蚕飼ふ

花に未だ少し間のある稲熱病かな

真葛原花をひそめて香りけり

まつすぐに日の届きをり葛の花

かなかなや茜さめゆく雲と川

邯鄲の宿といふべし月上り

邯鄲や渾身の翅ふるはせて

邯鄲や谿をへだてて御嶽の燈

集まりて老人ばかり子規祀る

新人と呼ばれし日あり獺祭忌

蟻の貌大きく映り芋の露

うち晴れて帰燕の空の国分寺

一本を見て満目の曼珠沙華

我よりも母知る妻とさんま食ふ

風あれど隈なく晴れて秋の薔薇

まぶしきは薔薇のみならず秋の園

銀漢や胸に生涯師の一語

子規庵の畳に手当て暮の秋
加治幸福さん受勲

世を裁き人

生地郡山市高玉鉱山

湯ぼてりの紅葉明りに鉱山《やま》偲ぶ

表から裏から中から銀杏散る

ころころと落ち茶の花のはや盛り

茶の花のはなびら透けて極まりぬ

日輪を砕きまぎるる池の鴨

有明の月のまぶしき浮寝鳥

枯蔓を晒しさしもの真葛原

降り出せる雨のとりつく花八手

クリスマスツリーの下の調律師

初富士の一日ありし窓辺かな

次男から長男からのお年玉

老いてなほ基本大切初稽古

長寿眉持つの持たぬの初句会

くらやみに納めし松の香りけり

遠くより溢るる音の冬泉

波の上波の底なる鴨の群

臘梅の一樹なれどもその日和

入院の妻の介添初仕事

退院の日のほぼ決まり日脚伸ぶ

Ⅵ　平成十九年

下町の戦火くぐりし揃ひ雛

薄氷の草をよるべに漂へる

悼　大島民郎氏

淡交の六十余年梅の花

蝶に会ひ人に会ひ又蝶に会ふ

そこまでが少し先まで蝶の昼

境野大波さん「大」創刊

さくら咲き大波の音小波の音

明日とはいはず今日の午後にも初桜

輝きて影の生るる桜かな

人生のおほかたをはる桜かな

いちどきに席を立ちたる花衣

歳月のかりそめならず虚子忌来る

小諸より誘ひの便り蓬餅

鞦韆の軋む音して夕浅間

今年又残花にたづね版画展

葉桜となるに間のある葉のそよぎ

うち開き天を支へる朴の花

薔薇園の露そのままに薔薇届く

身じろぎをするたび部屋の薔薇香る

又一人来て佇みぬ燕子花(かきつばた)

水影に雨の一滴花菖蒲
形代にわが名まつすぐ書き下す
湧き水のくらりくらりと五月闇
足もとの蟻の話の聞えさう
あぢさゐを貫いてゐる川の面

祝「春潮」六百号

その後の百号にして涼新た
川床の燈のともつてをりてさみだるる
泳ぎ子の数自転車の数七つ
舳先よりふれてゆきたる蓮の花
漕ぎやめて人立ち上る蓮見舟

働きて予後とも見えず夏帽子
その人の扇をとめてふりかへり
大川の波見るとなく夕涼み
蜩や池に燈影の濃くなりて
昨夜虫の鳴きはじめしも旱畑
桃一顆置きて生れし桃の影
桃の紅影の如くにくろずめる
尻曲げて蜂のかかへる女郎花
これほどの旱つづきに秋の月

九州 四句

縦横に由布の湧き水曼珠沙華

湯煙のまつすぐに立つ良夜かな

人ひとり見えぬ棚田や野分雲

家あれば黄花コスモス里さびれ

遠くより聞ゆる声も月の友

月しばし軒端づたひの書斎かな

ひつそりと釣人のゐて水澄める

曼珠沙華余燼となりて暮れゆける

二本松・安達太良　四句

城内のいたるところに菊の鉢

真ん中に滝落としあり菊花展

日向より日向へ飛んで菊の蜂

安達太良を離れてよりの後の月

はなびらのまはりは闇や石蕗の花

おしめりのあとの冬晴青邨忌

重き石抱へて歩き池普請

鳴き騒ぐ百羽の鴉池普請

仲見世に昨夜は遊び寝正月

約束をするも励みや老の春

目をつむり断ることも老の春

いまもなほ敵は己や老の春

お年玉鬚たくはへし父のこと

髭なんど生やす孫へのお年玉

初句会珠の言葉の湧き出でよ

いつまでも生きるはずなし切山椒

生涯のよき友ありて日向ぼこ

日向ぼこどこの川にも魚ゐし

わが背骨鏡に正し寒稽古

これしきの雪と思へどためらひぬ

あとがき

本句集もふらんす堂の手をわずらわし出版することが出来た。齢だけは虚子先生を越え、八十代前半の句を自分でまとめられるなど思いもかけぬことであった。平成十四年から約六年間の句で、私の第七句集である。

句集名は集中の「蝶に会ひ人に会ひ又蝶に会ふ」からとった。

よき師に恵まれ、又多くの方々の支えを受けて来たことに心から感謝している。今後も、命のある限り、花鳥諷詠・客観写生の道を一筋に進みたい。

二〇〇八年一二月二二日

深見けん二

第八句集

菫濃く（すみれこく）

平成25年9月10日発行
ふらんす堂叢書　俳句シリーズ①
発行者　山岡喜美子
発行所　ふらんす堂
印　刷　株式会社トーヨー社
製　本　有限会社並木製本
装　幀　和　兎
定　価　2000円＋税

第Ⅰ章　平成二十年

下萌を一気に雲のかげらせし

喉もとのかげり胸まで古ひひな

目鼻なきことこそよけれ豆雛

剪定の仰向く顔を夕日そめ

草餅やとりとめもなき旅心

花ミモザベルリンの師は若かりし

蓮如忌や雑行なべて捨てがたく

見るうちに一輪ならず初桜

一片の雲にかげりし桜かな

わが胸を貫くほどに花吹雪

温顔もくぐもる声も虚子忌来る

雨風も偲ぶよすがの虚子忌かな

澎湃と師系高虚子五十回忌

鶯のあとのしづけさ虚子墓前

頂のさくら白々源氏山

鯉の背におたまじやくしの乗りそこね

折からの残花小諸の虚子旧居

浅間山昨日の雪を昼霞

家の窓からもまことに初夏の景

雨雲にまぎれまさしく桐の花

そよぎては空へ湧き立つ樟若葉

老鶯や雨の頬打つ男山

男山その頂の朴の花

今年又師の籐椅子に腰深く

師の墓前桐の落花をてのひらに

みちのくの今こそみどり旅二日

鎮めたる心のゆらぎ泉湧く

かけつこに負けて草笛にも勝てず

睡蓮の莟ばかりに夕日影

雨粒の奔りそめたる花菖蒲

里山のゆらぐばかりやほととぎす

老の身も命惜しめとほととぎす

万緑の一点となりわが命

宮司様ともどもに老い夏祓

てのひらの形代をまづ足腰に

形代や鹿島の沖の波のむた

真向へる滝のひびきの他になし

使ひゐし扇をたたみ切り出せる

「夏爐」七百号

桜榾焚き加へたる夏爐かな

立秋の燕となりて飛び交へる

夏雲となく秋雲となく白く

桐一葉吹かれて音を立てにけり

森の上出てゐる月や苧殻焚く

夕雲になほある茜盆の月

昇り来て欅の下や盆の月

じゆくじゆくと蟬その中の法師蟬

法師蟬遠くに鳴いて月上り

水影のゆれて破蓮まじりそめ

月明は望むすべなし子規祀る

鏤めて夕日の雫曼珠沙華

晩年の一日一日と刻鰯雲

師の句碑に我等も映り小鳥来る

衣被なかなかうまく齢とれず

深秋の一天武蔵国分寺

ふるさとの粧ひそめし山に向き

山の井は葛末枯るるその中に

安達太良の遠むらさきに刈田あり

秩父にも紫苑の咲いて稽古会

秋風や大きくなりし蟻地獄

いくつかの染みさみどりに柿紅葉

鳥籠を置く交番の小春かな

綿虫の思はぬ早さ風に乗り

蓮枯れて池の汚れのあからさま

一面の霜に明けたり青邨忌

霜そめて日の上り来し青邨忌

それと見ゆ遠くの水輪かいつぶり

散りこみし落葉の池に鴨まぎれ

佇みし我に音立て冬の水

戸を閉めに立てば近くの除夜の鐘

遠富士の頂染まり初日の出

初富士の裾を引きたる波の上

汲み上げし若水湯気をほんのりと

かんばせに弾け若水八方に

お降りのやがては音も聞え来し

吉野紙うちひろげたり筆始

垂らしたる春著の袖の花鳥かな

師に学び鏡に学び初稽古

夕暮の仲見世通り切山椒

吹きさます七草粥や向き合ひて

寒木の声ともなりて風の音

寒木を攀づ蔓の葉の青きこと

第Ⅱ章　平成二十一年

散りかけてゐる白梅の寒々と

閉ぢかけて夕日の中のいぬふぐり

春寒の幻住庵をひとめぐり

国《こく》分《ぶ》山《やま》崖なすところ木の芽冷

春燈のふえて暮れゆく淡海かな

ものの芽や翁の墓を去り難く

紅梅や枝くろがねにしろがねに

薄氷の松葉を塵と漉きこめる

薄氷の矢羽根光りをなすところ

貝の上男雛は袖をうちひろげ

貝の上女雛は袖をかき抱き

孫娘かくも奮励大試験

丘の燈の翼をひろげ春の宵

蝶飛んで親しきものに安《あ》積《さか》山《やま》

啓蟄の五日過ぎたり月まるく

春遅々と山鳥の目のまくれなゐ

鞣したる如くに水の温みけり

翅使ふことなく蜂の花移り

一と雨の洗ひ出したる名草の芽

うすうすと昼の眉月初桜

一輪の雲にまぎれて初桜

咲きふえぬままに桜のちらほらと

かんばせに当り落花の音を立て

一面の落花を辷る落花かな

花の下月の下なる虚子忌かな

そら豆の花のおしやべり昼深く

蜂飛んでをり城門の影日向

一塵の我一輪の白牡丹

川筋の雨にけむれるみどりかな

池の水みどり噴井はくろがねに

水も又夕べの音に燕子花

しばらくは垂れて重なる鯉幟

菖蒲湯に沈みてよりの雨の音

蟻の道天へ天へと大欅

青々と蕊まで染まる実梅かな

あぢさゐの海よりも濃き藍の中

北上川(きたかみ)のあふるるばかり田植かな

杉山もみどりさす日の師の墓前

開山の一語泰山木の花

佇みて睡蓮よりも人静か

睡蓮や水をあまさず咲きわたり

大川の風や泰山木の花

窓に見え雲を出入の梅雨の月

向日葵のゆらぐともなきゆらぎかな

戻り梅雨など云ひつつも夕焼くる

大欅仰ぎ涼風自ら

翡翠や蓬莱島に色残し

空蟬の眼に及ぶ水明り

苧殻焚く膝のあたりにぬくみ来て

盆休長男次男入れ替り

雲の出て急ぎ心の墓参

子に持たす大きな鋏墓参

朝顔の一碧を咲きつらねたる

水の中包丁捌き新豆腐

翅の見え翅のかくれし萩の蝶

一叢の芒が映り緋鯉浮く

とんぼうの影水の上草の上

太陽も風も存分乱れ萩

蘂一つ一つに力曼珠沙華

十六夜の欅がくれに皓々と

秋の野や傾ける日の雲間より

「花鳥来」会員の方々による句碑建立

師の句碑に侍るわが句碑秋時雨

映りゐる紅葉にひびき水の音

安達太良の一日見えて柿の秋

安達太良に続く峰々秋高し

絮《わた》となる薊の花のぶら下り

畑となく家となく茶の花の垣根

嵩なせる落葉の乾く日向かな

悼　今井銀四郎様

しぐるるや風祭より梅丘

かぶさりて蜂の歩ける花八手

銀杏散るエレベーターは上りゆき

悼　川崎展宏様

冬悲し春の花鳥に遊ばれよ

枯蓮の水に映りてつまびらか

全句集繙き迎ふ青邨忌

横向きに鴨ゆつくりと流さるる

聖路加の聖樹にふれて通院す

松立てて月の明るき夜なりけり

もの忘れしたることより初笑

薺粥さし込める日をまぶしみて

右左大きな鏡初稽古

寒林に径あり人の歩きをり

あまねき日枯木の幹もその枝も

臘梅や蜂一匹の花移り

早くより神棚にあり年の豆

第Ⅲ章　平成二十二年

悼　山田弘子様

面影の梅一輪を風攫ふ

紅梅の埃つぽくも咲きふえし

紅梅のやや咲き闌けて空にあり

浮かびては軽くつもりぬ春の雪

悼　真下ますじ様

雛の日の虚子のもとへと旅立たれ

貝雛をかつちり合せ納めけり

霞む富士遠く豊かに米寿来る

朝東風や鷗の飛んで鵜の飛んで

黙々と畑の夫婦つばくらめ

ほころぶといふはこのこと初桜

初花のあと冷え冷えと幾日も

花ひとつひとつ輝く桜かな

丸ビルの昔語りや花の雨

花を見て明日上海へ飛ぶと云ふ

持ちこたへ持ちこたへ来て朝桜

この齢を迎へて花の虚子忌かな

花に学び月に学びし虚子忌かな

悼　坊城としあつ様

花冷のかくもつづきて悲しみも

雨の中葉となつて来し銀杏の芽

青空や少しよごれし八重桜

埠頭の荷眺めるとなく春日傘

祝　屋根創刊二五〇号　三句

創刊のよき言葉あり軒菖蒲

今年竹あり竹林のさやさやと

重ねたる夏風文学紅粉の花

横になり逆さになりて鯉幟

一人飲む新茶や眼鏡ふとくもり

晩節のその晩節や更衣

地図持つて東京散歩夏帽子

夏帽子鷲づかみにし走り出し

たつぷりと腰の深さや鮎を釣る

紅さして腕の中なる祭の子

日を星とちりばめ欅若葉かな

山荘に富士仰ぐ日々ほととぎす

二人ゐて少し離れて袋掛

名は今も多摩の横山袋掛

青森吟行　四句

淋代や梅雨の晴間の虚《うつせ》貝《がい》

咲き闌けて白玫瑰のうすき紅

蕪《かぶ》島《しま》の幟はたはた海《ご》猫《め》のこゑ

翅ひろげ風に乗りたる海猫の数

書くほどに虚子茫洋と明易し

一と本の椎のゆるぎや五月闇

白扇を使ふともなく墓に立つ

よく晴れし木の陰となり濃紫陽花

しやがむより金魚掬ひの目となりし

悼　金井富一先生

冬帽も夏帽もよく似合はれし

夕風に蟻の来てをり灸花

欠けそめてビルに沿ひたる夏の月

掌につつむ桃の大きくこそばゆし

折り重ね折り重ねては苧殻焚く

苧殻火の風巻き込みし高さかな

盆過の多摩の横山家並越し

とんぼうの空へと一つ蜂飛んで

白粉の黄花紅花張りつめて

夕茜やがて夕闇法師蟬

だんだんと月に明るさ法師蟬

日の沈む前のくらやみ真葛原

夕闇へ沈みゆくなり真葛原

悼　皆川盤水様

月山へわけても大き流れ星

逝く人に病む人になほ秋旱

燈を消して籠の鈴虫りんりんと

月の夜の鈴虫月へひびきけり

辻地蔵詣る人あり夕月夜

よく食べる老人元気秋の山

今日よりは又新しき月の友

暑さにも峠の見えて鰯雲

一木を駈け上りゆく葛嵐

包丁の角の直角栗を剝く

はやばやと月の出てをり鰯雲

人声のあればまぎれて昼の虫

この家も金木犀や雲白く

降り出して落ちし木の実もやがて濡れ

その形なさぬ雲間の十三夜

やや家の建て込みたれど柿日和

茸取名人にして不言《ものいわず》

大遠忌桜落葉のまくれなゐ

大川を蝶わたりゆく小春かな

長生きの我も一人や翁の忌

街の中落葉日に日にふえて来し

踏み込んで靴の浮きたる落葉かな

敷きつめしままの落葉の日数かな

見下ろして落葉ばかりや梨畑

人の背のみな遠くなり銀杏散る

たぐひなき冬青空や青邨忌

少し葉をつけし枯木とみななりぬ

一天の玉となりたる冬日かな

火を赤く日のあるうちの焼藷屋

新巻を吊し厨のかく豊か

小野靖彦さんを悼む

並び立ち鹿嶋の鴨を見しことも

師を語る一と年なりし年惜む

住み旧りし庭木の松の初明り

だんだんと富士へ近づく初電車

一刀を賜る如く破魔矢受く

推敲のこの一句こそ初句会

餅を焼く網より下へふくれもし

一水の鏡の如し冬の山

童子堂聖観音も寒に入る

人日の札所極楽地獄絵図

頂を染めて日のある枯木山

祝　斎藤夏風さん俳人協会賞受賞

吉報は冬青空とともに来し

寒鯉を数へて数の定まらず

第Ⅳ章　平成二十三年

咲き出して一輪なれど庭の梅

どの家となく咲きふえし梅の花

影を置き蜂ひつそりと梅の花

雲の去り光あまねき枝垂梅

本堂を日のすつぽりと梅匂ふ

六阿弥陀その一山の濃紅梅

甕の水時にさざ波水草生ふ

襟もとに挟み来し針祀りけり

コート脱ぎ真つ赤な裏地針供養

雛寿司のもも色黄色濃きみどり

土塊の陰にも控へ名草の芽

内野多佳子さんを悼む

荒幡のものの芽こぞり見送りぬ

地震のことどこか心に青き踏む

白々と月の明りに庭の梅

たんぽぽやかき消えし日の甦り

ものの芽の伸びつゝ雨に冷え〴〵と

その中は昼も闇なり藪椿

花に添ふ蕾まことにさくら色

流れゆく水に一樹の花明り

庭椿掃き寄せられて嵩をなし

墓道の源氏山へと春の蝶

師の墓へ捧ぐ一書や虚子忌来る

よく晴れて矢倉はくらし虚子忌来る

源氏山誰が横笛の朧かな

一蝶の誘ひ出したる蝶一つ

菅原多つをさんを悼む

君ありてこその北上花に逝く

門深く今を見頃の藤の花

襟もとに朱をのぞかせて更衣

夕翳の漂ひそめし白牡丹

人生の輝いてゐる夏帽子

走り梅雨奈良の一と日は茶粥より

天平も今も水玉蓮浮葉
陵に近く一人の田植かな
夏シャツの大仏殿を埋めつくし
白つつじ萎《しお》れし花のやや目立ち
鴨足草《ゆきのした》母を送りし日も遠く

祝　ふらんす堂新事務所
仙川の真清水いよよ滾々と
額の花にも夕映のしばらくは
川音のひびける茅花流しかな
うつすらと滲みし汗に窓の風
照り返す遠くの海や百日紅

これやこの鉾の粽のかく匂ひ
九十の厄こそ払へ鉾ちまき
折も折源氏山へと虹の立つ
何時しかに小諸も遠し虹の立つ
火を使ふ頃ともなりて水を打つ
飛び過ぎぬ燕のやうな黒揚羽
よく灼けし簾を窓に住み旧りぬ

悼　石井とし夫さん
共に見し沼の虹とはなられけり
この年の願の糸のかぎりなし
月を背に戻りて遅き苧殻焚く

水音のこもりひびかひ真葛原

同じ虫聞いて一と言話したる

鉦叩一と日一と刻過ぎ易く

とんぼうが行きとんぼうの影が行き

夕蜻蛉一番星の見ゆるまで

底紅や娘なけれど孫娘

目つむりて野のしづけさや昼の虫

野は既に末枯れそめて榛名富士

杖一つ命一つや秋の風

一つ置く湯呑の影の夜長かな

人声といふも二人や夜長の燈

あれほどの雨も日のさし昼の虫

時雨会　三百回

老いてなほ俳諧塾に夜学かな

「春耕」十月号　創刊四十五周年

天涯を映して水の澄みわたり

「春潮」十月号　六百五十号

春潮や今滔々と秋の潮

吉利正彦先生御逝去　九十一歳

お別れのお顔しみじみ菊香る

ふくしまに生れ今年の菊膾

括られし小菊の一と日一と日かな

橋田憲明さん高知県文化賞受賞

ことのほか菊の香れる日和かな

里方の涌き水どころ走り蕎麦

安達太良の今日の青空菊畑

重なりて雨を溜めたる落葉かな

雨の糸燈に見えて来しおでん鍋

今日も散る銀杏を仰ぎ青邨忌

あの時の虚子先生の冬帽子

影生れ落葉の上へ落葉かな

すぐ傍で落葉の幹に当る音

大方の枝見えて来し落葉かな

枯枝を踏む音のして落葉径

風邪引いてあたらの時を失ひし

まだ焦げぬうちあつさりと餅ふくれ

星となる篝の火の粉初詣

翁とも幼顔とも初鏡

九十を迎ふる年の始かな

若水を汲めばいよいよ迸り

若水の杓をしたたる玉滴

並びたる巫女に日当る破魔矢かな

福寿草蕾の先に日を留め

ゆるみつつ金をふふめり福寿草

繭玉のゆれてまづまづ繁盛す

楊名時太極拳　橋口澄子先生

天と地と一つに舞はれ喜寿の春

枯園に池あり人の影映り

朝からの日のにぎはひや雪の庭

又庭に戻って来たる寒雀

踏みつけて書斎に音や年の豆

第V章　平成二十四年

雨粒をのせてふふめり梅の花

町濡らし上りし雨や猫の恋

二の午を過ぎし王子の寒さかな

春遅々と目の前のこと先のこと

その人のかけがへのなし梅の花

老いに従ひ老いと闘ひ水温む

屋根屋根に雪の残りて囀れる

桃の日やみどり児十指握りしめ

中までもさし込む夕日庭椿

痩身は今更なれど彼岸寒

その中に赤子の声やお彼岸会

菫濃く下安松に住み旧りし

つと動き影のありたる春の蝿

一輪のかりそめならず初桜

初蝶のしばらく水に映りけり

荒寥と風たんぽぽは地にひたと

しばらくは鴨の乗りたる花筏

手に受くる落花一片師の言葉

鎌倉に来て海を見ず夕桜

かたくりの遠くの花もよく吹かれ

仰ぎゐる頬の輝くさくらかな

同じ蜂又来てとまる花筵

よみがへる虚子の足音水温む

小諸より佐久へと廻り春惜む

戸を開けて小望月なる端午かな

一と稽古終へ先生と柏餅

ガラス戸の中の暗さや柿若葉

児を抱ける母となりゐし柿若葉

底石の見える川波若葉風

蟻走る時には風に飛ばされて

日蝕のかげりとなりし庭若葉

もやひつつ新木場あたり明易し

里富士の麓の暮し茄子の花

見下ろして栴檀の花森に浮き

うぶすなの杜深く来て椎の花
谷間を水白々と夏の山
日輪に真向ひくぐる茅の輪かな
野菜もて鎮めし焰夏祓
切幣の風に流るる夏越かな
うつむいて黒一色や夏帽子
海からの風折々に青簾
松山に旅の一と日の伊予簾
浜木綿に島の夕日の当りをり
瘤の出来それも育ちぬ雲の峰

安達太良はふる里の山滴れる
ものを書く机の上や蜘蛛走り
紫の赤より目立ち水中花
スプーンもくもるばかりや夏料理

あとがき

今年九十一歳となり、「花鳥来」も九十号を迎えたのを機に、ふらんす堂の新シリーズ句集に加えていただき、八十代後半の句をまとめた。平成二十年春からほぼ四年半の句で、第八句集である。

所沢市下安松に四十年余り住み、武蔵野の面影の残る周囲が、いよいよ私にとっての風土になり、そこでの句が多くなった。その中に山口青邨先生の〈菫濃く雑草園と人はいふ〉から上五を頂戴した〈菫濃く下安松に住み旧りし〉がある。句集名は、この句から「菫濃く」とした。

多くの方々のおかげで作句を続けられたが、この四年半は、特に身近の方々の支えなくては出来なかった。そのことを心から感謝している。

平成二十五年六月十二日

深見けん二

『菫濃く』以後

I

平成二十四年秋—二十五年夏

来合せし次男一家と苧殻焚く

木を伐つて淋しくなりし墓参かな

桃色の一刷け黄金桃の肌

日の当たる遠くの町や夕蜻蛉

夕月のそれも三日月葛の花

蜻蛉の我に向つて来るかとも

祝　安原葉主宰「松の花」七百五十号

新涼や亭々として松大樹

もの音を時にかたみに露の宿

どの木にも朝日の当り露しぐれ

悼　田中とし子様

露の夜の悲しみ一つ加はりぬ

加へ挿すりんだうそして女郎花

露草や我より若き友の墓

話しつつ稽古帰りの月の道

黄縅の紋様それも秋の蝶

悼　有馬峯子様急逝

野分中君の御霊の今日の月

秋の蝶業平塚に黄を曳ける

爽やかや鯉は流れに尾鰭振り

見えてゐし雲いつか消え秋の空

影の如蟻の走りて水澄める

祝　白石渕路さん

雨粒に藻に夕日や曼珠沙華

海岸に一の鳥居や鰯雲

秋薔薇や光を重ね翳重ね

新蕎麦のとろろせいろに昼の酒

鉱山を偲び集まり茸汁

向き変へて又厚物をととのふる

どの墓に供ふる菊も菊の頃

ものなべて末枯れそめぬ日の当り

この句碑に立ちたる月日秋惜む

立冬の空青々と蝶一つ

冬麗の珠と生まれし女の子

上り来し冬満月の淡海かな

黄落の大津町筋細格子

今見えし比叡忽ち冬霞

湖を飛び翔つ鴨のつづきけり

湖に沿ひ鴨を見て来て瀬田の橋

散紅葉踏みて翁の墓の前

京よりも淡海親しや翁の忌

日輪の真っ只中へ時雨れけり

冬

舗道濡れ夜の落葉の裏表

みちのくもこの歳晩の月の下

悼　加治幸福さん

数へ日の月皓皓と君の霊

波頭一つ一つの初明り

数の子や九十一へ一日づつ

初富士の遠くはあれど裾を引き

ふくれてもなほ焦げるまで餅を焼く

普段着も松の内てふ心あり

早くから厨の匂ひ薺粥

飾焼く煙一筋昼の月

力ぬき心をこめて初稽古

寒稽古鏡の奥へつづきけり

集まるとなく寒鯉の橋の下

飛び移る寒禽白き翅の裏

寒林の遠くの枝に四十雀

寒林のかくまで晴れし枝の先

大寒の日和となれば歩きけり

探梅や馬坂の名のなほ残り

何時しかに燈ともし頃や針供養

浅草は妻のふるさと針供養

白雲にまぎれながらも梅白し

孫 翔 結婚式

商ひに励む夫婦や梅の花

枯芦にまぎれて立てり春の人

尾を振つて電線ゆらす春の鳥

青空へ消えてゆきたる初音かな

多摩川へ障子開けたり雛の間

まざまざと雪害ニュース雛の日

永らへて啓蟄のわが誕生日

やや遠く雑木ににじみ柳の芽

初蝶の汀づたひに黄なりけり

海を見て荒地に立てり春遠く

ふるさとに役立つ誓ひ卒業す

なほ続く風評被害畑を打つ

春の日のあまねくありて思ふこと

咲き出して寺の要の椿かな

汝も又老いて居眠り春の猫

その胸の白さ光らせ燕来る

日輪のけむらしてゐる欅の芽

ほどけたるみどりも見えて雑木の芽

長生きの母の齢なる彼岸かな

椿寿忌や長生きせよといたはられ

夕月の照るに間のある桜かな

生涯のこれも一と刻落花見て

頃合をはかれる如く花吹雪

よく通ひ今日は残んの花の下

散りつくしなほ面影の滝桜

白雲はなびき桜はうちなびき

生家跡春日あまねくゆきわたり

わが町を流るる川や春惜む

先よりも今こそ大事武具飾る

老の身の少しあからみ菖蒲風呂

大国魂神社

名うてなる祭太鼓の打ちこまれ

楠若葉天に輝き祭来る

まつすぐに宝物殿へ黒日傘

二十本挿せば黄薔薇も繚乱と

大蟻の走る小蟻の群るる上

杖ついて人は歩くや蟻走り

こまごまと大河の如く蟻の列

孫勇　結婚式

薫風の中より新婦現れし

鮎釣の腰より深く徒渡り

反る力なほ存分に囮鮎

一と雨の過ぎし葭簀や日の当り

黴臭き部屋の記憶のあれこれと

長生きの青畝の旬ある扇かな

黴の出しいただきものや甕の中

それなりの飛沫に音や作り滝

桐の花にも雲の来て南部領

緑蔭に池の近くを見るとなく

浅間山かくし

夕蜻蛉向きも高さもばらばらに

風の出て忽ち失せし夕蜻蛉

新涼や松葉の一つ一つにも

庭に出て一人眺むる盆の月

福島をふるさととして盆の月

作務僧の箒の音や桐一葉

月満つる夜は雨となり初ちちろ

一天の隈なく晴れし残暑かな

食卓の本の上なる秋団扇

池を見て使ふともなく秋扇

雨粒をつけて匂へり葛の花

白雲の湧きて止まざる子規忌かな

一叢の芒のほどけよく揺るる

わが窓の古りも古りたる秋簾

衣被ほとほととりし齢のこと

月影を曳きて水面を走るもの

燭を持つ遠くの人も月の友

浮草も又十五夜に光るもの

おくれ来て二た言三言月の友

水影の全き月に又もどり

邯鄲の月にいよいよ昂れる

何かにと行列の出来秋の風

杖とめて少し汗ばむ秋の風

わが町も八方柿の色づきて

どことなくどの家となく柿の秋

秋晴となり一日の終りたる

楓未だ青々として秋深し

下草の末枯れそめし大欅

水影はただ黒々と薄紅葉

映りたる紅葉に舟を漕ぎ入れし

茶の花にかぶさる蜂と飛ぶ蜂と

人波のそれに従ふ大熊手

波又もかぶり岩間の石蕗の花

湖の日当たりつつも時雨れけり

陸橋に遠山を見て初時雨

病院に妻を残して夜の落葉

病む妻の一日落葉ひもすがら

その日より五日落葉は今日も又

病窓の枯木に今日も夕日さし

一木にしてこのプラタナス落葉かな

胸の中桜落葉の散りつづき

もの枯れてゆくこと人の命又

誰と会ふこともなければ冬帽子

泊り込む息子と二人おでん食ふ

作り滝止まり一面散紅葉

悼　上野城太郎様

鎌倉も俄に寒くなりにけり

晴れつづき今日もよく晴れ青邨忌

妻病んでわが身つつしむ冬至風呂

お守を妻へいただく冬至かな

手袋や大学生の孫娘

悼　志村あらま様

笑みのこしおほつごもりにみまかられ

マスクしてなほ美しき目鼻立

まづ妻の厄払はむと破魔矢受く

嫁作る雑煮いただき寿

何羽など云へず鳴き立て寒鴉

寒一日更に一日と対しけり

『小諸百句』復刻

寒燈下小諸百句の黄の表紙

朝のうち雪ちらつきて寒日和

とりどりや病院食の年の豆

盆梅や老幹にしてなほ凛と

東京病院
残りゐる昔の病舎蕗の薹

雪折の一枝の梅の香りかな

足許に我を励ます犬ふぐり

戸を開けて庭の日ざしの春めきぬ

橋本久美句集『菖蒲葺く』序句
遠山をともども眺め春の風

妻退院その日燈下の桜餅

大切な二人の時間クロッカス

病む妻としばらく東風の庭に立つ

鳴いて飛ぶ鴉の影や庭の梅

日の満てる昼時となり庭の梅

妻病みてよりの光陰水温む

暖かくなればと思ふことばかり

開けてある障子に影や柳の芽

初蝶のなほも汀を伝ひ飛ぶ

うしろより来し初蝶の風に乗り

窓開けて家の中にも春の風

師に捧ぐ一書の成りて虚子忌来る

今年又鶯鳴くや虚子墓前

又となき花の日和の虚子忌かな

年深く鎌倉遠き虚子忌かな

花を見るこぼるるやうに刻流れ
この花に今年も思ひ重ねたる
長生きや春あけぼのを目覚めゐて

蛇笏賞通知

その夜や春満月を庭に見て
はるけしや春日の如く虚子青邨
来し方を妻と語りて春惜む
囀や七百年の榧欅
照り昃りして行春の庭の景
城山といふ名の残り鯉幟
雨雫草木に光り夏来る

この寺へ通ふ歳月牡丹咲く
家居して日に日に濃ゆく庭若葉
それぞれに生きて今日この薔薇園に
降り出して葉桜の下未だ濡れず
雨上り夕影さして額の花
緑蔭といふには少し早き頃
葭切のはや渾身や沼の朝
蜘蛛飛んで積みたる本にぶら下り
網戸では少し冷え冷えする日なり

わたしの昭和俳句

(1)俳句入門

はじめての句会

昭和十六年十月三十一日、はじめて句会というものに出席した。高浜虚子先生（以下すべて敬称略）の大崎会という句会である。

　当時の私（十九歳）は、旧制高校理科二年で、母の女学校の親友、幸《こう》喜美が時々家に来て、その影響で句を作り、時に見せていたのだと思う。喜美は、幸家小鼓の宗家で後に人間国宝となった幸祥光の夫人で、虚子の下で句を作っていた。どうせ俳句を作るならと、虚子の句会に誘ってくれたのである。何も知らぬ私は言われるままに十句を持参、次の句が虚子選に入った。

　一筋の煙動かず紅葉山　けんじ

　どのように虚子に挨拶したのか覚えていないが、場所が丸之内倶楽部別室であることは、虚子の『句日記』（昭和二十二年一月十日、創元社刊）で明らかである。虚子は昭和五年五月から、次の年の同月号の「ホトトギス」に句帳の句を選び推敲して「句日記」として発表し、それを五年毎に一冊として刊行した。

　従ってこれを見ると、私の記録にない句会も、虚子出席のものについては記録されており、本稿ではこれを使わせていただくことが多い。

　当日の虚子の句は一句だけ『句日記』にある。

　暮れ方の水の光や蘆の花　虚子

　句会は兼題が二、三出ていて、ほかに当日の嘱目も出句出来た。一人十句出句、十句互選。出席者は二十人位で、虚子選は二十句から三十句であった。筆で半紙に清記し、選を書き、すべて墨書であった。

　大崎会は、虚子の『句日記』では、昭和七年四月から始まっており、「おほさき会」と平仮名書きである。昭和初期の虚子と親交のあった本田あふひ（明治八――昭和十四）の提案で作られたといわれ、幹事は、山本薊花《けいか》であった。薊花は、寺田寅彦の推輓で大正十五年虚子に師事、昭和三十年、「ホトトギス」同人となっている。東大、千葉大その他に勤務、山口青邨主宰「夏草」の編集発行人ともなり後年その点からも種々恩恵を受けた。令息が松本澄江主宰「風の道」同人会長山本柊花である。また大崎会には、深川正一郎がおり、やがて本格的に俳句に取り組む心を決めた幸喜美とともに私は正一郎の懇切な指導を受けることとなった。

＊

私の父の俊三郎は明治十七年岡崎に生れ、鉱山技師として久原鉱業（後の日本鉱業）に入社、大正七年福島県高玉鉱山に所長として赴任した。そこで大正十一年私が生れたが、昭和五年東京に転勤、従って以後私はずっと東京に在住した。父は人望のあった人で、私も尊敬している。戦後は病気がちで、二十五年から約五年間病床につき、三十一年亡くなっている。この父の庇護の下に私は俳句を始め、俳句に深入りしていったのである。

＊

「大崎会」の十一月は二十一日。

大根を水くしゃ〳〵にして洗ふ　虚子

がある。この見事な句。出席しているが、私にはこの句の妙味など分るはずがなかった。

そして十二月八日、真珠湾攻撃を以て太平洋戦争が始まったのである。

「大崎会」十二月は十九日。『句日記』に次の句がある。

麦の芽の丘の起伏も美《う》まし国　虚子
年は唯黙々として行くのみぞ

この二句には明らかに、開戦の直後の背景がある。「麦の芽」は兼題。

深川正一郎の下で

昭和十七年、戦時下で学制改革があり、高校の三年間が、二年半となった。校長は安倍能成《よししげ》から橋田邦彦となっていたが、校内は平静であった。大学は冶金と決めていた。特に深く考えたわけではなかったが、父の下にいたことが、自然とその形となったと思う。昭和十六年から東京大学の工学部に第二工学部が併設された。千葉市の稲毛に近いところに校舎が新しく建てられ、本郷は第一工学部となり、入試は一緒に行われ、大学当局によって割り振られた。私は第二工学部となり、十月から通学することとなった。風が吹くと砂塵が舞い上がる野原であったが、新天地のためか野性的な校風があった。

ところで、俳句は、毎月大崎会に出席するほか、深川正一郎に直接懇切な指導を受けるようになり、永田町の自宅にもよく通ったものである。今も手もとに、昭和十六年から二十年までの句を私が筆書きした和綴じの二冊の句集があり、これに「けん二句集　正一郎題」とある。その句数は十六年十六句、十七年百五十五句、十八年百八十三句、十九年百二句、二十年四十五句で、当時の私の句作の消長が分る。別に昭和十六年から十七年にかけては懇切に添削を受けた句稿がある。正一郎は、明治三十五年三月六日、愛媛県宇摩郡上山村（現・新宮村）に生れ、文学の志を以て大正十三年文藝春秋に入社した。昭和九年日本コロムビアへ入社、同十年俳句の朗読を吹き込みに来社した虚子と出会い、以後終生虚子に近侍して作句し、写生文を書いた。昭和十二年応召、十五年除隊、虚子は次の句を作った。

軽暖や坐臥進退も意のまゝに　　虚子

五月十六日　深川正一郎歓迎句会。丸之内倶楽部日本間。

対する正一郎の句は、

けふよりは俳諧の徒や更衣　　正一郎

昭和十四年に正一郎は既に「ホトトギス」同人になっている。応召中の約三年は、ほとんど四国善通寺の陸軍病院で軍医予備員の教育班長として勤務、傍ら傷病兵に俳句を教えた。除隊の年は、正一郎三十八歳、その九月二十一日、中村草田男、松本たかし、川端茅舎、星野立子、中村汀女、京極杞陽、池内友次郎、福田蓼汀と「九羊会」が発足、俳句作家としての地歩が固まり、以後虚子に最も近い一人として活躍するようになったのである。「九羊会」について虚子は、「九匹の仔羊であるが、いつ虎となるかも知れない仔羊だ」と言った。新進作家として最も脂の乗った時期に親しく教えを受けたことは、今でも幸せだったと思う。当時の忘れられぬ句として次のような句がある。

三田といへば慶應義塾春の星

青葉木菟鳴いて山ノ手暮色かな　　正一郎

正一郎は、虚子編『新歳時記』をよく読むことを私にすすめた。昭和九年十一月十五日に刊行された名著で、十五年四月十日改訂され、同年十一月三十日発行の改訂二十版をよく持ち歩いた。この歳時記は、その後昭和二十六年増訂されたものが、現在でもなお市販されている。その理由は、季題の取捨が適切で、新暦の十二ヶ月に季題が配列されており、例句が適切であるからである。例句は古典とともに、明治四十一年十月号から、昭和十二年九月号までの「ホトトギス」雑詠の虚子選から選ばれた句と、虚子の句が入っている。今読むと、時代の変化で馴染《なじ》みにくい句もあるが、当時はほとんどが身近であり、また虚子の考える句がどのようなものかを自得するにはこれ以上のものはなかったと思う。「炎天」の例句をいくつか並べてみる。

炎天に蓼食ふ虫の機嫌かな　一茶

蓮の風立ちて炎天醒めて来し　鈴木花蓑

炎天や行くもかへるも熔岩《らば》のみち　藤後左右

平凡に炎天を来る禅坊主　池内友次郎

炎天の号外細部よみ難き　中村草田男

てむかひしゆゑ炎天に撲ちたふされ　長谷川素逝

炎天の空美しや高野山　虚子

このように書けるのも、今の目で見ているからで、自作となると十七年の句で句集に入れたのは次の五句に過ぎない。

雨止めばすぐに人出て泳ぐなり　けん二
鳳仙花亡き老僕のなつかしき
一人なる旅の気安さ嵯峨の秋
手を出せば寄り来る鹿の霧にぬれ
凍雲に一筋届く煙あり

三句目、四句目は大学入学が決まって京都の親戚宅に泊り、作ったものであり、五句目は「ホトトギス」の初入選である。正一郎のすすめで、けんじをけん二とし、今も俳号としている。

正一郎の指導で忘れられないのは、同年八月、富士・山中湖畔の正一郎山荘での一景である。近くには虚子山荘があり、虚子が六年がかりの『ホトトギス雑詠選集』（雑詠入選句約十七万句から一万句を精選したもの）の選を山荘で終えた年である。

正一郎の山荘で私は正一郎と二人だけで話をしていた。周辺は花野で芒が穂をひろげている。雨が明らかに降っているのに富士山が見えていた。正一郎は即興の、

富士山の見えて雨降る芒かな　正一郎

を示し、俳句はこのように作るものですと言った。見たものをそのままに詠み余韻があるという句を実際に示された時の感動が、今も忘れられないことを考えると、私の作句に大きな影響があった最初ではなかろうかと、今にして思うのである。

山口青邨門と「草樹会」入会

昭和十七年十月、東京大学第二工学部冶金学科に入学して間もなく、私は、本郷の東京大学で山口青邨に会っている。何時であったか記憶がはっきりしないが、同年秋の句から青邨選の句が残っているので、青邨主宰の「東大ホトトギス会」に出席したに違いない。この会は、青邨が東京大学の学生、卒業生、職員を集め、毎月、山上御殿という木造の会議室で開いていた句会である。その中に古舘曹人がいた。また青邨主宰の「夏草」に入会、その門下となった。

青邨は当時「ホトトギス」の代表作家であり、広く俳壇に活躍していた。

青邨は昭和十七年二月十日、第二句集『雪国』を龍星閣から出版し、私は早速購入していたが、この句集には、昭和九年春から十五年冬まで、約七年間の作品六百五十六句

が収められている。特筆すべきは、十二年から十四年まで二年間ドイツに留学し、百七十九句の海外詠があることである。これは本格的な海外俳句の始まりで、次のような句がある。

たんぽゝや長江濁るとこしなへ　　青邨
舞姫はリラの花よりも濃くにほふ
明易きよべ裾ひきし女はも
疲れたれば眠りぬ氷河見たるあと
雪かつぎそゝる嶺々税関あり
山高帽に夕立急ロンドンはおもしろし
風車春宵の闇に翼をひたし

ほかに次の句がある。

菊咲けり陶淵明の菊咲けり　　青邨
人も旅人われも旅人春惜しむ
みちのくの淋代の浜若布寄す

青邨の句と人柄にふれ、次第に青邨に傾倒していった。青邨は、仕事と俳句とをきっちり区別する方で、教授室に俳句を持ち込まなかったが、私は専門の講義を受けなかったので、教授室に比較的気楽に出入りすることができた。

ほとんど同時に、虚子が出席する「草樹会」にも出るようになった。この会は「東大俳句会」が改称されたもので、その経緯については、青邨が『草樹会詠草』（昭和三十九年二月二十日、一二三書房刊）の「序」に詳しく書いている。貴重な文献で、これにより以下略述する。

第一回は、大正十一年四月八日、帝大俳句会として牛込船河原町のホトトギス発行所で開かれた。集ったのは、水原秋桜子、富安風生、山口誓子、中田みづほなどである。それ以前に秋桜子が青邨を大学に訪ね、この会に誘い、青邨はこの時から句作に入った。帝大俳句は東大俳句となり、大正十五年頃から盛んになり、昭和六年からは毎月二回開くことになった。第一金曜日は虚子が出席し、丸ビル集会室で従来通り開き会員外にも開放、第四金曜日は学士会館で、会員だけで行い作品の批評をした。昭和七年学士会公認の会となり会名も「草樹会」と改めた。虚子の命名である。

昭和七年の会員は、初期の中心である水原秋桜子がぬけ、山口誓子、高野素十、中田みづほも東京にいないのでぬけているが、富安風生、三宅清三郎、佐藤漾人、赤星水竹居、中村草田男、吉井莫生、富田巨鹿、大橋越央子、景山筍吉、福田蓼汀などの名がある。青邨の「序」に次の如くある。

「昭和十六年十二月太平洋戦争に入り、私達は心をきびしくして会合句作した。／そのうち空襲が劇しくなつて虚子先生は小諸に疎開し、他の人も都合出来る人はみな離京疎開し、又夜の外出の危険を思ひ、出ない人もあり淋しくなつた。私は大学の関係もあり疎開も出来ず、東京にとどまつてをり、若い残党を率ゐて会をつづけた。／そのうち会場にも窮したので句稿を小諸の虚子先生に送つて選を願つた。やがて進駐軍が東京に入り、学士会館も接収された。」

私が「草樹会」に出席したのは、昭和十七年十一月からである。当時は、昭和七年のメンバーがほとんど残っており、ほかに京極杞陽、篠塚しげる、麻田椎花などが加わっていた。私が出たのは、主として丸ビルの会で、ここには、時に高浜年尾が出席していた。学生は植田浜子の子息の茂がいたが彼も間もなく軍隊に入った。

昭和十八年の「ホトトギス」は、表紙は前田青邨の「桔梗」であるが、ザラ紙で雑詠は二月号から三段組となり、姓が削られ俳名だけとなっている。その巻頭は、

熱燗や性相反し相許し　筍吉

また、三月号の巻頭は、

談笑の若き学徒に銀杏散る　越央子

次席は、

見るかげもなき向日葵と貨車一つ　杞陽

雑詠三句は三十九名で、その中に次の句がある。

はしためにふきんかなしく凍て反りて　風生

応召の剣立てたる菊の床　椎花

雪深く南部曲家とぞ言へる　青邨

福寿草家族のごとくかたまれり　蓼汀

「草樹会」のメンバーが「ホトトギス」の中心作家であることが分る。また京都帝大の波多野爽波が次の三句で入選をしている。

向うからくる人ばかり息白く　爽波

師三人ならび現れ寒稽古

海苔干場に居る人多くなりにけり

「草樹会」のメンバーで、蓼汀、森田塘草、神谷阿乎美は、青邨主宰「夏草」に投句しており、また爽波も投句していた。「ホトトギス」三句入選の海苔干場の句は、私と二人で大森海岸に吟行した時の句であるが、ようやく「ホトトギス」に一句初入選した私とは格段の差のある新人ぶりであった。私は越央子の「銀杏散る」の句に刺激を受け、学生としての自分を詠むことを試み、その年いくつかが、虚子選に入り、「ホトトギス」に入選した。

燈れる研究室や花の雨　けん二

実験衣きて校庭に春惜む

夕焼や学園古りて厳かに
父の道つぎて我立つ夜学かな

また、昭和十八年の春休みに日本鉱業日立鉱山に大学から実習に行ったことと、父の任地で且つ私の生れた高玉鉱山の体験から鉱山の句を作った。

日曜の鉱山《やま》は静かに春の雨　けん二
紫に夕焼さめし廃石場《ずりば》かな
日盛りや鉱山の発破に小屋ゆるる
坑内を出て夏川のひびきある
夏山を削りうち建て坑夫小屋

こうして少しずつ俳句の作法が身についてきたように思う。そして十八年十月六日、丸之内倶楽部別室（丸ビル内）の「草樹会」で三句虚子選に入ったのである。

稲刈の大勢をりて遥かな　けん二
好日や日に日にあせて曼珠沙華
雨の中出てゐる神輿秋祭

披講の風生は、笑ってその時の虚子選の半紙を私に上げようと言って下さった。

いずれにしても、当時「草樹会」に入り、錚々たる作家に会えたことは、そののちの俳句生活にとって貴重なことであった。

当時私が手もとに何時も置いていた俳句関係の書籍は、虚子の『五百句』、虚子選『ホトトギス雑詠選集』、三省堂刊俳苑叢刊という文庫版句集（星野立子『鎌倉』、中村汀女『春雪』、松本たかし『弓』、池内友次郎『結婚まで』、長谷川素逝『三十三才』）、水原秋桜子『現代俳句論』、大野林火『現代の秀句』などで、これらは神田の書店で買っている。また「ホトトギス」の古いものがバラ売りされていて、雑詠の巻頭句や「雑詠句評会」の記事をよく読んだ。

学徒動員と勤労動員

「夏草」昭和十八年十二月号に、「壮行並に新入生歓迎東大ホトトギス会」と題し、青邨自らの記した句会報がある。十月十八日午後六時東大山上御殿で開かれ、次の如く青邨は書き始めている。

「十月一日に新入生が入つて来た。又徴兵令の改正によつて法文経の学生は、徴収猶予がなくなり、学生は一時学業を中止して十二月一日を以て入営することになつた。かういふことは未だ曾てないことである。この重大な時に祖国の難に趨《おもむ》くことは当然のことである。然し吾々はまた限りない同情を以て送らなければならない。」

このようにして壮行と歓迎のため十月の例会が開かれたのである。学生だけで二十一名集まり、そのうち十名が出征する人であった。青邨は更に次のように書く。

「法学部の古舘曹人君はやはり征くので忙しい中に最後の幹事の仕事をして呉れた。かういふ会だつたけれども、一盞の酒もなく卓を飾る一茎の花もなかつた。暖房のない室は冷たかつた。然し吾々の間には互に温い血が通ひ合つて、和気靄々たるものであつた。そして征くものも送る者も淡々としたものであつた、ひとり私はこれらの若き人達を思つて心に泣くものがあつた。」

　学徒われペンを捨つべく菊白し　　曹人
　卿ら征け祖国は菊の薫る時　　青邨
　戦信は雁に託せよ吾等待つ

が当日の句。私には送る心を託した句は無く、そこに記されたのは次の句である。

　かたまつて枯れてゐるのは吾亦紅　　けん二

その日と前後して私は、本籍の愛知県岡崎で徴兵検査を受けているが丙種。理科学生で送る立場であった。また、十月からは二年生として研究室に所属することとなり、金森研究室に入った。金森九郎助教授は牧師金森通倫の九男、八幡製鉄所、広幡製鉄所勤務を経て日本製鉄を退職。昭和十七年十月第二工学部冶金科に来た。金森は、不連続でしか処理出来なかった製鋼法を連続して行う連続製鋼法というテーマに、本質的につながる研究に情熱を燃やしている三十五歳の技術者。夢とも思われる研究に、全身全霊を傾け、身を以て人に伝える教育者は、大学には珍しい存在であった。

文科学生の出陣のあとも、しばらくは大学における講義、実験などは続いた。しかし昭和十八年二月、ガダルカナル島撤退の後、四月の連合艦隊指令長官山本五十六の戦死は、敗戦への象徴的な事実で、五月のアッツ島玉砕に始まり、急激に国内の生活も変化した。

そんな中、前述の如く「草樹会」にも出席していたが、十九年夏には、理科学生も勤労動員となり、金森研も何人かずつに分れて工場に出掛けることになった。私は川崎にある日本鋼管の転炉工場に配属となり、三交替勤務に入った。転炉は、戦後どの製鉄所でもとり入れたが、高炉から出た熔銑《ようせん》に酸素富化の空気を吹き込み鋼を作る炉で、当時この方法を使うのは、全国でこの工場だけであった。

勤労動員の前に、専門書とともに、芭蕉を読んだ記憶がある。潁原退蔵の『風雅の道』、萩原朔太郎の『芭蕉私見』、荻原井泉水の『芭蕉読本』などである。直接、芭蕉の『七部集』や『去来抄・三冊子』など読んでいないが、風雅の誠というものを一途な誠実と結びつけていたように思われる。

「ホトトギス」昭和十九年五月号に「花鳥諷詠ならびに

写生といふことを反覆する」という虚子の俳話が載った。次のように説いている。

「花鳥諷詠とは先づ季題其物を諷詠することである。目の前に現れて来る春夏秋冬の現象を心に受取つて之を諷詠することである。（略）唯へりくだつて謙虚な心持（自然を大なりとし我を小なりとする）を持つものにのみ、はじめて微妙幽遠なる其相を顕現するのである。其相に接しようと欲求する心が先づあつて、写生といふことが起つて来るのである。／写生といふことは其自然の中に飛込んで其相を把握し、之を（俳句に）現すことである。（略）其自然と心との交流は、写生のわざを磨くことによつてだんだん鋭くなり深くなつてゆくのである。」

更に、俳句は季題以外の自然人事を詠う場合もあり、また感情を詠う場合もあるが、その時には適当な季題を選択吟味してそれを配するのが花鳥諷詠であり、それも写生のわざを練ることで自由な境地に進むと書いた。この文は、「附けていふが、今日戦陣にあつて句を作る人でも、又職場にあつて句をつくる人でも、諸君の身辺を包む四季の現れ（季題）に敏感であつて、写生のわざに忠実ならんことを切望するのである。」で終っている。あらためて虚子の俳句観が生涯を貫き、この時においても変らなかったことが分る。当時の「ホトトギス」巻頭句に次のような句がある。

凍て土にうち建てしこの拓地こそ　北満慰問　高浜年尾
凍江や渡らんとして人遅々と
天竜も行きとどこほる峡の冬　鎌倉　松本たかし
冬山の倒れかゝるを支へゆく
動員の夜はしづかに牡丹雪　○○　平松小いとゞ
紙白く書き遺すべき手あたたむ
つちふるや月光そらにとどまれる　南支派遣　福西正幸
白手套武人の面に明暗なし
漂著のバナナの島は地図になし　○○船　風石
椰子の汁うましとのみて友倒る

雑詠は三段組、姓は無いが分るものは補った。裏表紙には「戦地より其他」として外地からの消息が多くかかげられた。年尾は、文学報国会の俳句部門派遣の北満慰問である。たかしは、昭和十八年の梅雨から盛夏にかけて病んだが、十二月、飯田より天竜渓谷を下り、「信遠二国の境天竜渓谷の最も険しき辺りを一人辿る　時に戦局漸く重圧を加ふ」としてのちに句集『石魂』に収めた二十三句のうち三句が「ホトトギス」巻頭となっている。その号には別に「天竜渓谷」と題し、裏表紙に巻頭句を含む二十六句が掲載されている。この時のことにつき、たかしは句集の「跋」で次のように書いている。

「昭和十九年の天竜渓谷の作は、最初に出かけた際は戦時中の旅行の悪条件が虚弱な身体に応へて思ふに任せず、もう一度出直して一応纏め上げたものであつた。自分は戦争俳句は作れなかつたが、これ等の句には当時の急迫した戦局の反映が多少あると言つてもい丶であらう。」

これは戦時下の作家の作句姿勢である。

それほどの覚悟は私には勿論なかったが、日本鋼管の勤労動員において川崎の寮に泊り、三交替の勤務において技術を学ぶとともに、私はいくつか俳句を作った。

身につけし新作業服大南風　　けん二
さしこめる夏の日淡し転炉燃ゆ
転炉の火運河に映り明易き
涼風や高炉の階を上るとき
炎天の海の見ゆる高炉かな
夜業人合図の笛を胸にかけ
貨車の鉄おろしてゐるやゑのこ草
工場の朝爽やかに学徒来る

⑵新人会結成まで

昭和十九年といえば、七月にはサイパン島、八月にはテニアン島、グアム島で、日本軍は玉砕している。そのことは報道されても、マリアナ諸島にアメリカが長大な滑走路を作り、日本の戦闘機より速度、上昇限度の勝るB29爆撃機を着々と製造配置していたことについては、十一月以降の本土爆撃があるまで軍自体も知らなかったのではなかろうか。しかし本土決戦態勢は十九年の春から行われ、市民の防空訓練が本格化し、食料の配給も日を追って厳しくなった。

北海道輪西製鉄所へ勤労動員

「緩流《かんりゅう》式吹精法」というのは、高炉の炉前湯道を緩流する溶鉄に空気を横吹きして、脱硫を主とした予備精錬を行う金森の研究である。鉄は、鉱石を高温の高炉でコークスを用いて連続的に還元して銑鉄《せんてつ》とする。そののち、転炉（当時は平炉が多かった）で炭素その他の不純分を減らし、実用の鋼にする。金森は、このうち、不連続であった製鋼法を連続化することにもつながる「緩流式吹精法」に取り組み、八幡、広幡、輪西の各製鉄所で実験を重ねた。大学の研究室が、このような実験を現場で行うことは、金森が日本製鉄株式会社に勤め、余人にはないアイディアと情熱があったからこそ出来たことである。私は、その輪西製鉄所における研究に参加出来ることとなり、昭和十九年秋、青函連絡船に乗り、はじめて北海道の地を踏んだ。室蘭湾に面した製鉄の町輪西は、北海道としては温暖であるが、冬になると雪は降り、氷柱も垂れる土地である。

しかも十一月一日のB29一機偵察来襲以来東京は一変した。連日のように空襲警報、警戒警報が出され、はじめは軍事基地、飛行機工場から、二十四日には焼夷弾による本格的な市街地爆撃が始まり、それは全国に広がった。

昭和十九年秋とは、その寸前の時期に当るのである。

現場での研究は、千六百度の高温の熔銑《ようせん》に空気を横吹きするもので、それに耐える空気吹出口の耐熱煉瓦がなく、煉瓦がすぐ割れて、連続して製錬を行うことが出来なかった。その煉瓦をいかに長持ちさせて連続化出来るかの実験が続けられた。そんな一日、製鉄所の講堂で高浜年尾の講演があった。文学報国会の派遣であり、講師は一人ではなかったかも知れない。私は出席して、年尾に会い話が出来、うれしかった。そのことを虚子に便りしたに違いない。今手もとに虚子の葉書がある。

「日本鋼管会社、続いて御地に御勤務、御苦労に奉存候。
年尾　御目にかゝりし由、御世話様になりしことゝ存候。
健康に御注意のこと切望致し候。敬具
　　　　長野県小諸町野岸
　　　　　　　高濱虚子」

日付は十九年十月十七日、宛先は「室蘭市輪西町一二三元田中商店内東大学生　深見謙二様」とある。

その場所に我々は合宿して、工場に通ったことが思い出される。虚子は、九月四日に鎌倉から小諸へ疎開していた。未知の土地小諸に来て未だ落ち着かぬ中を、一学生の私にこの葉書を書いた当時の虚子の心をあらためて思う。

輪西には、二十年一月までいた。その間、東京をはじめ本土は前述の如く十一月から連日のように空襲があり、燈火管制の下にあった。東京では十一月二十四日以後一月末までに大きな空襲だけで七回あり、死傷者が出、家を焼失する人が多数であった。私は、輪西にいる間二度東京に帰っている。家は新宿区牛込弁天町で、父は十九年六月以降は日本橋三越にある日本鉱業㈱本社に通っていた。芝田村町の日産館が海軍に引渡されたためである。人事部長で役員という立場からの父の心労は定めしと思われる。三越周辺は、十一月三十日の初の夜間大空襲で焼失していた。従って空襲がなく、馬鈴薯のふかしたものはいくらでも食べられた北海道の生活は別世界とも思えた。私が北海道でいくつかの句が出来たのには、そんな背景がある。

　峙てる高炉の下の秋日和　　　けん二
　北海に突き出し工場暮の秋
　冬海に捨てたる熔滓《のろ》にたたむ波
　雪雲の走りて暮るる高炉かな

輪西製鉄所には「夏草」の会員、金野静々がいた。静々は一度私を家へ呼んでくれた。その時の社宅の太い氷柱は忘れられないし、帰る時の星は美しかった。

氷柱垂れ同じ構の社宅訪ふ　けん二

北海道の冬は寒かったが、室内は暖房であたたかく、二重窓がその保温に有効であった。また町では歳時記だけで知っていた角巻（毛布を三角に折って肩から掛けて前で合せる冬季の女性風俗）に出会うのも珍らしかった。

垂らしたる襟巻の中荷物持ち　けん二
角巻の行き橇のゆく二重窓

終戦まで

二十年一月輪西製鉄所から東京に帰ると、待ち受けていたのは連日の本土空襲であった。東京も二月半ばから空襲が連日となり、三月十日の下町大空襲となったのである。警戒警報が空襲警報となったサイレン。B29の爆音。高射砲の発射、防空壕への避難。こうしたくり返しの中に迎えた三月十日であるが、牛込の家の近くには焼夷弾は落ちず、ただ遠い下町の方の空が夜が明けても赤かった。

下町の大火災のあと、家を失ったAが、牛込の家の中に住むこととなった。父は、家族（母と私二人であるが）を世田谷成城の、母の弟増田壽郎の家に移転させることを考え、Aが牛込の家の面倒を見てくれるという次第になったのである。増田では幼い子供がいて、その家族を故郷の栃木県に疎開させていた。

牛込の家は、五月二十五日の大空襲の時、近くまで火が迫ったが、風が途中で変り焼け残った。その家にはAの親戚が焼け出されて加わって住むことになった。

私は、千葉の第二工学部に主に通い、多くの金森研の学生が配属された川崎の製鋼工場にも出掛けた。川崎も空襲を受け、その焼跡を歩いたこともあった。

やがて、六月末、私は成城の家で発熱、熱が下がらなかった。肋膜と診断されたが、当時は安静以外方法もなかった。金森からとにかく体を治せと言われ、自宅療養により何とか病状をそれ以上悪化させることなく済んだ。その病臥の中での終戦である。その間の句。

桔梗や言葉少なにいたはられ　けん二
病閑や誰彼を恋ひ梅雨籠
学帽のかかれるままや黴の宿
虫聞けば秋の如くに梅雨久し
梅雨明けの蜂の来てゐる軒端かな

輪西製鉄所における現場研究の担当の部分のデータを集めて整理し、報告書をまとめ提出、九月に卒業した。

卒業の近づく虫の夜を重ね　けん二

終戦によって、死との直面はなくなったが、誰もが平等になった。そして誰もが自分の生きてゆくためには自分で働かねばならなかった。

虚子と青邨の終戦まで

虚子は、五女高木晴子の縁で、昭和十九年九月四日から小諸へ疎開した。小山栄一の八畳六畳二間の持家で暮し、縁者の少ない土地で、はじめて雪国の経験をした。用紙制限で俳誌統合がなされ、星野立子主宰「玉藻」、高浜年尾主宰「俳諧」（不定期刊）は、昭和十九年六月号から「ホトトギス」に統合された。

停車場に夜寒の子守旅の我　　虚子
各々は小諸寒しとつぶやきて
山の名を覚えし頃は雪の来し
一塊の冬の朝日の山家かな

以上、十九年の作。二十年に次の句がある。

鶏にやる田芹摘みにと来し我ぞ　　虚子
四方の戸のがた〳〵鳴りて雪解風
蓼科に春の雲今動きをり
紅梅や旅人我になつかしく

昭和二十年五月号で、埼玉県不動岡町の岡安迷子宅を発行所とした「ホトトギス」も休刊となるが、虚子は、小諸で、選句し、写生文を書き、作句した。その句は、後年「小諸時代」と称される虚子の多くの秀句となったが、これは、その時代の環境を受け入れて作句のエネルギーに転換したもので、それが戦時下の虚子の生き方であった。

山国の蝶を荒しと思はずや　　虚子

昭和二十年五月十四日、年尾と田畑比古がようやくの思いで小諸を訪れた。虚子が近くに二人を誘ったのちに、三人で句会をした時の句である。

虚子は、写生文「小諸雑記」を二十年一月号の「ホトトギス」から載せたが、そこに「小いとゞ君のこと」の一章がある。その書き出しは「某方面で壮絶な戦死を遂げた平松小いとゞ君のことについて父君いとゞ氏より次のやうな手紙が来た。」に始まっている。その手紙によると小いとゞは自らの「ホトトギス」巻頭を知らず六月七日戦死したという。しかも遺品の手帳の中に次のように書いてあった。

「虚子先生。先生は私にとつて何と大きな生命の規範を作つてくれたことか。（略）如何なる苦難も、飄然と俳句の道に帰ることによつて忍ぶ事が出来、如何なる幸福も、確然と俳句の道によつて感謝し得るのであります。（後略）」

いつまでも時雨るゝ友と思ひつゝ　　虚子

八月十五日の詔勅のラジオを虚子は小諸の病の床に坐って聞いている。次の句は、朝日新聞社の需《もと》めに応じ、八月二十二日、「詔勅を拝し奉りて」と題し発表の句。

秋蟬も泣き蓑虫も泣くのみぞ　虚子
盂蘭盆会其勲を忘れじな
敵といふもの今は無し秋の月
黎明を思ひ軒端の秋簾見る

青邨は昭和十九年に次の句がある。

誰が言ひし象牙の塔と松飾　青邨
紅顔の人等つどへり実朝忌
老の手の土塊もつて畦を塗る
詩嚢涸れ紫陽花の藍浸々と
鶏頭の白からんまで露微塵
先に次男富山県に疎開　今長女新潟県に疎開
疎開の子遠くにやつて虫滋し

「松飾」の自註「象牙の塔、学者が現実社会を超越、研究に立て籠ること、サントブーブが誰かを批評した言葉だという。大学の象徴。これは東京大学の松飾。」「誰が言ひし」に青邨の毅然とした姿勢がある。
「畦を塗る」の自註「戦争苛烈、若者はみな戦場に行った。老人が曲った指、皺苦茶の手に土塊をもって畦を塗る、痛ましい限りだった。」
青邨主宰「夏草」は、十九年五・六月合併号を以て休刊となり、「夏草会公報」を年四回発行することとなった。会則に「本会は俳句本来の使命に従い時局に即応する俳句、文章の制作を研究するを目的として、併せて会員相互の親睦を図るものとす。」とある。二十年に二回発刊。
二十年の青邨の句。

寒鯉の雲のごとくにしづもれり　青邨
壕に住む人に一輪のバラを剪る

自選自解に「バラ」の句がある。「昭和二十年五月二十四日、杉並区の私の家のあたりが大爆撃をうけた。東京最後の空襲だった。私の家、右隣り、左隣り、前の数軒、うしろの一軒を残すだけで、その外側は殆んど焼けた、焼夷弾が雨のように落ちた。／家を失った人はその後防空壕で生活した。焼けた人と焼けない人の差は大変で私達は畳の上で寝ることさえすまないと思った。」青邨は庭につきさった焼夷弾の殻の火焰を自ら消火した。
青邨は終戦の詔勅を東大のグラウンドで聞いている。

八月十五日承詔必謹
泣く時は泣くべし萩が咲けば秋　青邨

自註に「数日後、いくらか心が落ちついて何かほっとした。萩が咲き初めた、秋だなあと思った。」

露草の花凜々と焼土這ふ　　青邨

句集『露団々』では、八月十五日の前にこの句がある。露草は、夏から花を咲かせ、その紺は新鮮である。焼土にも露草が、しかも「凜々と」という表現で、時代の句として、私の心に深く焼きついている。

終戦からの一年

家が焼けなかったことを、人に気兼ねするような時代であったが、食料は極度に逼迫していた。私の体調は回復せず、不安の中の生活が続いた。九月に卒業しても、誰もが就職など出来る状態でなく、故郷のある者はそこへ帰り、一日一日の生活をするのが精一杯であった。私の一家は二十一年春に牛込弁天町の家に戻り、Aとその親戚と三軒の同居生活がしばらく続いた。「ホトトギス」は昭和二十年六月号として編集されたものが、十月号として発刊され、以後薄いながら毎月刊行され、それは購買していたが、私の句はほとんど入選していない。

「夏草」は二十一年九月号が復刊第一号として発行され、以後合併号をまじえながら次第に毎月刊行されるようになった。その復刊第一号に次の句で私が巻頭となった。

道の山羊誰にも甘え草の花　　けん二
山の風松虫草を吹き白め
戻り来し旧廬の茶の間暖き
焼跡の天の広さよ仏生会
青麦の風の中なる師弟かな

「道の山羊」「山の風」の句は、十九年に作ったもので、あとの三句は二十年の作である。牛込の家の周囲はすっかり焼けていて、矢来町へ行く路傍に寺があった。その寺も焼けていたが、仮堂が建ち、四月八日、誕生仏に甘茶を掛けることが出来た。それがその時代、いかに感動的であったかは、今では想像することも出来ないが、表現は、見たものそのままであった。しかし青邨は、この句を「五句を評す」で懇切に鑑賞した。今読み返すと、青邨の名文がいかにこの句を引立てているかが分る。その概要。

「東京の八割は焼けてしまつた。（略）街路では坂と呼んだところは、それは土地の起伏となり、川のあるところも自然の谷となつて、あらはである、むかしの武蔵野なのである。むかし武蔵野を表現するのに月が草に入ると言つたが、今は全くそれである。（略）

――けふ四月八日、仏生会の日に立つて見る焼跡、いかにも天がひろいと思ふ。天上天下唯我独尊と中天を指す釈迦牟尼仏――、仏の慈悲の普く大きいのを思ふ時、この句は何かさういつたゆたかな感じがあつて面白いと思ふ。」

　私にようやく作句への意欲が出て来た。それは病身を生きてゆく支えとなった。やがて次の句が出来た。

　月真澄しづかといふは父の面　　けん二
　月を見てをりたる父の諭すこと

　父は、若くして母を亡くし、苦労をして大学の採鉱冶金学科を卒業、明治四十三年久原鉱業（後の日本鉱業）に入社した。大正七年福島県高玉鉱山（後国内有数の金山となる）を買収、初代所長として昭和四年まで勤務した。その後任の所長となった斎藤平吉の回顧録を読んでも、技術家、経営者として積極的であり、「仕事は学を縦糸に経験を横糸とし、これで織った織物の様でなければならぬ」と強調したという。また慎重で、人情が厚かったとも書かれている。家庭でも父の怒った声を聞いたことはなかった。私の兄を二歳で亡くしたこともあり、また、私が虚弱児であったことから、常に保護者の立場であった。朝と夕方、神棚（金鉱石が置かれていた）を拝み、仏壇（小さな持仏が置かれていた）に観音経を上げた。父の精神を身につけることは出来なかったが、尊敬の念は小さい時からあった。

ホトトギス新人会の結成

苦しい中にも少し落着きをとりもどして来た昭和二十一年九月一日、私は、山梨県下吉田の月江寺で開かれた「ホトトギス六百号記念山梨俳句会」に出席した。その年十二月号で「ホトトギス」が六百号となり、六月二日小諸で記念俳句会が開かれた。当時東京などでは、大勢が集まれるような情勢でなく、各地方の中で、出来るところで記念俳句会を開き、そこへ虚子が小諸から出向いたのである。虚子は小諸の記念俳句会を催す時、祝賀の二字を入れぬよう希望している。「祝賀の二字が加はると私の六百号記念会に対する心持と多少の喰違ひがある様な感じがするのである」とし、「六百号記念俳句会といふものも路傍に立つてをる一里塚をふりかへる心持である。さうして遠くの道を来たものだといふ感じがする。『門松は冥途の旅の一里塚』といふ諺がある。一里塚は必ずしも祝賀を意味しない。」これは「ホトトギス」の創刊から百号、二百号と、百号毎を回顧しての虚子の感想である。

　小諸の六百号記念俳句会には約百人が集まりそのうち半数は長野県以外からで、青邨も参加している。当日の句、

　蛍火の毬の如しやはね上り　　虚子
　水車場へ小走りに用よし雀
　みちのくの如く信濃も田植寒　　青邨
　蔦屋鶴屋並び巣燕いそがしく
　大夏炉俳諧の火をもやすべく　　素十

小諸はや塗りつぶされし初夏の景　　立子

さて、山梨の記念俳句会に私が出掛けたのは、二十年五月の空襲で家を焼失、当時千葉県我孫子にいた深川正一郎がこの会に深く関わっていたことと、ホトトギス発行所に、湯浅桃邑が加わったことによる。桃邑は、私より三歳年長であるが二十年九月、旅順工科大学機械学科を卒業した。しかし、虚子の俳句と人間に強く惹かれ、虚子に教えを受けることをはじめから決心して発行所に入り、終生発行所に勤務した。このような心構えであるから「ホトトギス」雑詠でも忽ちに頭角を現した。記念俳句会で私は虚子と戦後はじめて再会したのであるが、それにも増して月江寺の境内の溶岩の上に立って、桃邑と若い人の会を作ることを話したのが忘れられない。

　復員して小諸の虚子の下で俳句を始め、その才を認められ本格的に俳句に打ち込んだ上野泰（虚子六女章子の夫）と桃邑が相談の上であろうが、慶應大学国文科に在学中の清崎敏郎、虚子の長女真砂子の婿真下ますじ、千葉市川在住の岡部啾々に声を掛け集まることとなった。

　その第一回は、二十二年一月五日、丸ビルのホトトギス発行所で開かれた。当時よく使われたニクロム線むき出しの電熱器でようやく暖をとり、外套のままの句会である。日曜の誰もいない発行所を使わせてもらったが、その前に宮城の濠端を吟行している。泰が、俳句を一所懸命作る若者が、毎月集って句会をし、その句を虚子先生に直接見てもらおうと話した。その時の虚子選の句。

　外套の中の寒さを覚え立つ　　けん二
　石垣の下一塊の冬の草
　羽子の音一つとなりて澄む書斎

　二月には、新潟の斎藤庫太郎、日本大学在学中の松井紫花、山口伯尾、大森うましが加わり十名となり、「ホトトギス新人会」と称した。

　三月の句会は神奈川県金沢八景に住むようになった泰の家で三月三日に行われた。出席者は泰、敏郎、ますじ、桃邑、啾々、紫花、けん二で飛び入りの上村占魚が加わった。十句出句の句会で、そのうち二句を自選、虚子選を受けたが、入選は次の三句だけである。

　好きといふ椿挿されてありにけり　　占魚
　雛の前朱き座布団置かれあり　　ますじ
　女の雛のかげ男の雛の袖にかな　　桃邑

　当日の朱い座布団と、占魚の句の巧みさというものが今も印象に残っている。

　以後、その年の新人会の句会は次のような精勤である。

　四月六日　　丸ビル・ホトトギス発行所

五月四日　相州金沢・泰居
五月十四日　丸ビル・ホトトギス発行所
六月一日　三田・慶應義塾
六月十一日　鎌倉・虚子庵
七月五日　相州金沢・泰居
八月二―四日　小諸・虚子庵
九月七日　逗子・庫太郎居
十月五日　成城・増田居
十一月二―三日　上州下仁田・常盤家
十二月七日　鎌倉・ますじ居

新人会は、のちに爽波の弟、波多野郊三が加わり十一名となったが、それ以上人数を増やすことをしなかった。その点、ほかに集った若手作家のグループと異なるが、誰がその不文律を決めたのかは、はっきりしない。泰は、我々は直接虚子先生につながるのだという気持を常に話し、それは、自然と全員の気持となった。いろいろなやり方はあるが、十人というのは何をするにも動きやすく、また親密度は深くなった。泰は、義姉星野立子の俳句に親しみ、立子主宰「玉藻」が復刊されると応援をし、新人会は復刊（二十一年九月号）後の一時期、記念会などの手伝いをし、立子も我々の面倒をよく見てくれた。泰宅にはよく行き、章子に世話になり、二十三年の正月には泊り込んだりした。

また、鎌倉長谷のますじ居で句会をすることが多くなり、真砂子は鎌倉に虚子が戻ると、時には、新人会の句をその日のうちに虚子庵に持って行き、選をして貰って来てくれたりした。新人会の小母さんなのである。

このように新人会は、虚子に直接つながることの出来る幸運なグループであった。従って、この会に加わることがなかったなら、私の俳句人生は別のものだったと思う。

⑶写生初心

小諸の稽古会

昭和二十二年の新人会の句会記録に「八月二―四日　小諸・虚子庵」と⑵に記したが、これは小諸の「稽古会」と称する句会に上野泰のすすめで参加したものである。この年及び二十三年の小諸の虚子庵で行われた稽古会は、私の作句体験で忘れられないものであるが、稽古会と名のつく句会は、終戦後間もない昭和二十年十二月から二十一年二月まで開かれたものが始まりである。その後二十三年まで小諸で数日間にわたり四回開かれ、昭和二十五年以降は、鎌倉、山中湖畔、鹿野山神野寺で、毎夏三日間虚子の下に集まる若者の句会が稽古会とされ、昭和三十二年まで続けられた。つまり一つの歴史が生れたので、小諸の稽古会がどのようにして始まったかを記しておこうと思う。

「ホトトギス」昭和二十一年六月号は、三十四頁。そのうち六頁にわたり、虚子は「稽古会」の記事を書いている。

　復員して来た上野泰が小諸の四軒長屋（といふ名前で仮に呼ばれてゐる林檎園の中の小屋）で静養してゐるうちに俳句に興味を覚えたらしくもあるし、時には草廬を訪ねてくれる人もあるし、其等の人と共に、稽古会といふ名前で、寒中の土曜日午後一時から四時まで、日曜日午前十時から四時まで会合をすることにした。其の句の一部分をここに載せる。

第一会（第一回）

場所　小諸野岸、虚子仮寓に於て。（以下同じ）
時日　昭和二十年十二月二十六日
会者　虚子　立子　迷子　花守　泰

雪の道ゆるり〳〵と老の杖　迷子
餅つくや雪の小庭にきねを上げ　花守
年木屑飛んで空うつ時もあり　虚子
うせものをこだはり探す日短か

第二回

咳寒し老の一日の今日も暮れ　花守
畏敬せる人と向きあひ置炬燵　泰
冬籠何と何とを買ひ置きし
冬籠足らぬがまゝに足るまゝに
思ふこと書信に飛ばし冬籠　虚子
改めて欄間見上げぬ冬籠

　以後二十一年二月十七日の第十七会まで、十七日間、句会は三十七回行われている。出席者は三十六人。全出席は、虚子、泰の二人だけ。二十六回立子、二十五回核子。二日以上出席の人を回数の多い順に並べると、迷子、花守、桃花、孔甫、虚空、辰生、年尾、紅花、杜子美、然子、章子、古梁、光義となる。

　虚子の一つの思いは、上野泰を育て、また岡安迷子、安田孔甫など、戦中から小諸に通い虚子を助けた人に報いることにあったと思うが、何よりも、虚子自身が、句を作る場としてこの句会を活用したことが分る。虚子の名句集『小諸百句』（昭和二十一年十二月、羽田書店刊）に、この稽古会の句が二十一句入っており、第一日の四句はすべて『小諸百句』に入っていることからも、虚子の意気込みが分る。『小諸百句』の次の句も稽古会のものである。

日凍てゝ空にかゝるといふのみぞ　虚子
見下ろしてやがて啼きけり寒鴉
節分や鬼もくすしも草の戸に

世の中を遊びごゝろや氷柱折る
風花はすべてのものを図案化す
煎豆をお手のくぼして梅の花

虚子選に次の句がある。

小諸より見る浅間これ春立ちぬ　　立子
下萌えぬ人間それに従ひぬ
春著きて孔雀の如きお辞儀かな　　泰
首筋の寒さが袖へぬけにけり

小諸の稽古会は、その後、次の四回行われている。
⑴夏の稽古会　昭21・8・9～15（七日間）
⑵稽古会　昭22・1・11～26（六日間）
⑶夏の稽古会　昭22・8・4～9（六日間）
⑷稽古会　昭23・7・23～27（五日間）

その昭和二十二年の「夏の稽古会」が私のはじめての稽古会参加である。昭和二十二年十一月号に虚子が記事を書いて、毎日の兼題、席題、参加者、自句、選句があり、参加者としての私の名はあるが、選句には入っていない。毎日の選から八句前後に絞って掲載してある。新人会では、伯尾、紫花、うまし、桃邑、敏郎、ますじ、庫太郎が参加した。泰は参加していないが、私達に是非参加するようにすすめたのは、稽古会の発生の事情を見るとよく分る。しかしその時は、その意を分らずに参加したように思う。記事に載らなかった小諸での私の句。

手鞄に扇を入れて雑誌出し　　けん二
本丸の跡日盛りの松一つ
ひぐらしの鳴きそむころの沢の家
朝顔や高くなりたる空の紺
稲妻や夜の水打つ山の町

東西対抗

新人会は、昭和二十三年二月から、京都の波多野爽波の下に集った若者の句会「春菜会」と、毎月、兼題で俳句を作り、虚子選を競うことをやり始めた。その記事が「玉藻」の同年六月号に載っている。題は「東西勉強会」であるが、新人会も春菜会も、「東西対抗」と呼んだところに当時の気持がある。

春菜会は、爽波の住所が京都春菜町にあったためであるが、その会の成立について、『春菜会作品集』（昭和二十八年六月刊）に千原草之が書いている。春菜会小史というものであるが、戦後復活第一回の京大ホトトギス会（昭和二十一年五月三十日）に、俳句に熱中していた太田文萌、植田石歩（後の村山石歩）、千原草之の医学生三人が出席、爽波に会っている。やがて爽波の家で毎月一回乃至《ないし》二回定例的に句会が行われるようになったのは、昭和二十二年六月二日からで、八月に春菜会という名前がつけられた。春菜会は、山口誓子、日野草城、五十嵐播水、藤後左右、その他幾多の大先輩を擁した京大三高ホトトギス会につながる京大ホトトギス句会が母胎であるとの意識を持っていた。また爽波は、虚子の下に、ともに俳句を学ぶ若きインテリゲンチャーの集まりとして「春菜会」を認識し、写生の習練を心がけており、これを中心に昭和二十八年十月「青」を創刊するに至ったのである。春菜会は、京極杞陽、星野立子、松尾いはほ、粟津松彩子らと強いつながりを持っていた。

　東西対抗の一回目の虚子選の句を、東西に分けて記してみると次の如くになる。

下萌（第一回）

○東

人声の渡り来る野の草萌えて　斎藤庫太郎
下萌の野に遥かなる音を聞く
午後の雲動き学園下萌ゆる　深見けん二
草青む玻璃に向ひて受話器とる
野は丘を丘は野を相さそひ萌え　湯浅　桃邑
草萌ゆる焚火のあとのところかな　上野　泰
帽高く抛り上げたり草萌ゆる　松井　紫花
下萌の庭におりたち髪を梳く　山口　伯尾

○西

下萌の大地静かに踏まへたつ　太田　文萌
下萌や疲るゝほどに歩きもし
下萌や工事再び始まりぬ　島田刀根夫
下萌の御所の築地をめぐりけり
下萌や心明るく人を訪ふ　岩城　秀秋
草萌や足早に行く犬と人　村山　石歩
子等去りて下萌の庭残りけり　和田　純一

いつまで続いたかはっきりしないが、第十四回までをまとめた真下ますじの記録を見ると、選はだんだん厳しくなり、「風花」（第十二回）では、選は二句のみで「不振　風花らしき句なし　虚子」の朱書があったことが分る。

　「春菜会」には、昭和二十四年までに、五十嵐哲也、梅田實三郎、牧野春駒、大峯あきら等が加わっている。

「玉藻勉強会」と小諸の「稽古会」

　虚子は、昭和二十二年十月二十五日、小諸から足掛け四年振りに鎌倉に帰ったが、二十三年七月二十一日から十日ほど小諸に出向いている。その間二十三日から二十七日まで五日間、稽古会として連日句会を行った。この年は泰も出席、他に新人会は桃邑、庫太郎と私が出席した。

この稽古会の前の七月十一日から十四日までの四日間、「玉藻勉強会」と称し立子とともに、目白学習院、三田慶應義塾、東京大学、明治大学と四つの大学を廻り若者が句会をし、後に虚子選を受けている。この時の立子の句が、「ホトトギス」昭和二十三年十月号で巻頭となった。

ホッケーの球の音叫び声炎帝　　立子
晩涼のましろき蝶に今日のこと

一緒に作って句会でこの句が廻って来た時の驚き、巻頭となった時の納得が思い出される。後に虚子から「ホッケーの」の句につき、「『叫び声炎帝』といったが為に情景が力強く詩的に出ている。終《しま》いに『炎帝』と言った処が破格であるが効果がある」という評を直接聞いている。立子俳句は初期の句に定評があるが、二十三年前後に好句があり、私は後に、この時期を立子の最も脂が乗った時期と考えるようになった。その立子とともに四日続けて句会をし、虚子選を受けたことは幸運だったと思う。

この企画は、泰が立子と相談して決めたものであるが、新人会以外に、今井千鶴子、小熊ときを、成瀬正とし、翁長恭子、佐藤石松子が加わっている。この人達はのちに、立子の下で「笹子会」という若者の会を持った（昭和二十七年）。この時の四日間の句会で、私は次の句を作った。

月見草胸の高さにひらきそめ　　けん二
人のよき小さき目尻に汗の玉
三階の窓に西日が今燃ゆる

虚子選には次のような句がある。

歩きゐるは我のみならず月見草　　桃邑
此の人の涼しきゆゑの我等かな
羅のひつかゝり居る衣桁かな　　敏郎
美しき氷菓を崩すこと惜しく　　千鶴子
汗つゝと涙の如く頰つたひ　　正とし

「月見草」「羅」は兼題で、吟行でも兼題が必ず出た。

その年の小諸の稽古会については、虚子自身「ホトトギス」昭和二十三年十一月号に記事を書いている。出席者、兼題、選句、自らの句を書いているが、その前に次のように小諸の人達への心のこもった文章が載っている。

「去年小諸を去る時分に土地の人々が名残を惜んで、来年の夏になつたら必ず来てくれと皆口を揃へて云つて呉れるのに、私も嬉しく、必ず行くと約束をしたのであつた。さて今年の夏になつて何かと用事が多く、其にかまけてぐず〱してゐる間に、小諸からも長野からも俳人が見えてお待ちしてゐるが、いつ来るかとのことであつた。用事を切り上げて小諸に出向いたのは七月二十一日であつた。そして二十三日から五日間、稽古会を開くことになつた。鎌倉でも稽古会をして呉れとの話があつたのであるが、大変な人数になりさうで、人を制限するのも難かしいのでそれはやめた。矢張り稽古会は小諸で催すことにしようと決心した。そこで稽古会は其発祥地小諸の俳小屋で催すことにしたのであつた。兎に角稽古会のはじめの人々であつた立子、泰の両人、其に迷子、核子等の諸君も遥々小諸に出向いたのであつた。（後略）

句会の記録を見ると五日間の出席者は一日、三十一人から三十六人、虚子選は、一日当り十一句から十三句である。前年、虚子選の記録に一句も入らなかつたが、この年は四句記録に載つている。その句、

　　　　　　　　　　　　　　　　　　　　けん二
毎日の夕立ぐせの其時刻
昼寝より覚めし心を整へぬ
浅間嶺へ夕立雲の屏風立ち
青林檎旅情慰むべくもなく

「青林檎」の句は、「ホトトギス」昭和二十四年一月号虚子選雑詠の次席となり、「旅情は侘しい」。青い林檎はあるが、それあるが為に殊に侘しい」の虚子評を得た。この稽古会での虚子の句、虚子選の句に次の句がある。

髪洗ふまなくひまなくある身かな　　　虚子
刻々と暑さ襲ひ来座して堪ゆ
この宮のいつ工竣りし夏木立
よべ訪ひし家の娘今日は草刈女
二十余樹大緑蔭をなせりける　　　　　立子
夏草に或は深く老の杖　　　　　　　　泰
蝶乱舞黄を白が白を黄が馳けり
山の空低き日除の上に澄む　　　　　　庫太郎
今しがたまで昼寝してをられしが
これよりの師のいかづちの庵かな　　　紅花

立子の「二十余樹」の句は、八幡の森での作品で、単純化された調べが見事である。紅花は村松紅花で、虚子が鎌倉に帰つたあとの小諸の虚子庵にしばらく住み虚子庵を守つていた。昨年小諸の俳句会で私は紅花と会い、この稽古会に出席していた小林けい共々往時をなつかしく話した。

昭和二十三年には、私は次のような句も作つた。

　　　　　　　　　　　　　　　　　　けん二
とまりたる蝶のくらりと風を受け
囀や宮の敷石十文字
中流の鮎釣一歩歩を進め

これらの句は「夏草」に入選し、「五句を評す」の中で

235　　わたしの昭和俳句

青邨の懇切な評を受けた。ものの感じを表現する言葉の選択が出来てきたのかも知れないし、ものをじっと見てそこから何かを感じとることが出来るようになったともいえる。

句会と講演の会

昭和二十三年十一月二十七日、私は「ホトトギス」の句会と講演の会で、講演をするように命じられた。講演会というものは、「ホトトギス」では古くから行われており、誌上にも掲載された。山口青邨が「どこか実のある話」で四S時代の提唱を行ったのは、昭和三年九月の講演会で、同時に虚子も講演をしている。

戦後の第一回句会と講演の会は、昭和二十二年七月十五日であり、その時のことを京極杞陽が「ホトトギス」同年十一月号に記録として書きとどめている。講演は、高浜年尾、山口青邨、富安風生で、募集句の選を中村汀女、高野素十、松本たかし、星野立子、高浜年尾が行い、汀女の選は、下田実花、素十、たかしの選は深川正一郎が披講している。正一郎は司会もしている。昭和二十一年「ホトトギス」六百号を機に虚子は、「ホトトギス」を年尾に譲っている。編集発行人が同年七月号から年尾になっており、この句会と講演の会も年尾が主宰している。虚子が小諸から鎌倉に帰ると、虚子は必ずこの句会と講演会に出席して、講演者の話を聴き、自らも短い話をするのが常となった。はじめは前記青邨、風生のほか、皆吉爽雨、たかしなどが行っていたが、二十三年には、湯浅桃邑、上村占魚など、若い人にも話をさせた。私の講演は、昭和二十四年三月号「ホトトギス」に五頁にわたって掲載されている。総頁五十二の当時の「ホトトギス」をあらためて読み返し、感無量である。

私の講演は「写生を中心として」。内容は、虚子の大正時代以降の客観写生を、俳話と作品、選句からまとめ、今の時代においてもこの道が作句の最も信頼出来る道であることを述べたものである。この講演のために、あらためて、「ホトトギス」の大正初期（「進むべき俳句の道」時代）、昭和初期（四S時代）、戦後の「ホトトギス」の虚子選の句を、虚子のその折々の俳話と併せて読んでいる。また、桑原武夫の『第二芸術論』、中村草田男の『来し方行方』、潁原退蔵の著書で芭蕉を読んでいる。いずれにしても、はじめて俳句とは写生とはということをまとめる機会を得たのである。虚子の考えを表面的になぞったに過ぎないが、謙虚、誠実に生きて、自然を凝視し心を沈潜させて俳句を作りたいという青年の心持を虚子はうべなって思い切って「ホトトギス」に掲載したのであろう。たまたま講演の前に少し体調を崩した時、泰は、壇上で私を支えてくれると言い、それを聞いた虚子から次の葉書を受けた。

「腎臓大事にしたまへ。

十一月の講演も無理ならば心配なく処置して下さい。無理でなければ願ひたし　鎌倉原ノ台　高濱虚子」

句会と講演の会の、清崎敏郎「俳句と近代文学」、斎藤庫太郎「素十さん」、今井千鶴子「子規について」、村松紅花「季題について」などが「ホトトギス」誌上に載せられた。勿論、福田蓼汀、大橋越央子のものも載せられたが、若者のものを多く載せたというところに、虚子の常にその時代から新しいものをとり入れる姿勢が今にして分る。

「ホトトギス」雑詠の虚子選

虚子は昭和二十六年二月号まで雑詠選をつづけたが、昭和二十三年の巻頭句（毎月二句）からいくつか列記する。

夏潮に海女は緑となり沈む　牧野　春駒
萩せゝり露草もちよとせゝり蝶　中田みづほ
この旅の思ひ出波の浮寝鳥　星野　立子
おそなへに時計四日の夜の十時　上野　章子
雪満目温泉《ゆ》を出し女燃えかゞやき　松本たかし
この子亦髪伸びてきて風邪らしも　京極　杞陽
雨《あま》霽《くぼ》の流るゝ椿うちかこみ　山口　青邨
ホッケーの球の音叫び声炎帝　星野　立子
自画像の鼻の太さよ春星忌　麻田　椎花

これを見ても、みづほ、立子、たかし、杞陽、青邨、椎花のような戦前からの作家がそれぞれ個性豊かな作品を投句し、それを虚子が巻頭に置くとともに、春駒、章子といった戦後の新人の句を巻頭に推していて活気がある。春駒は春菜会の会員で、作句をはじめて間もなくであった。また章子の句は、泰の家に新人会の仲間が泊り込んだ夜の句である。

昭和二十三年前後の「ホトトギス」の虚子選雑詠で抜群の成績は、素十、立子であった。立子の句はくり返しになるが、当時の句を五句ずつ並べてみる。

下萌や二歩に三歩に畦木影　素　十
春の月ありしところに梅雨の月
冬山に吉野拾遺をのこしたる
稲田に二本のレール小浜線
冬波の百千万の皆起伏
この旅の思ひ出波の浮寝鳥　立　子
二十余樹大緑蔭をなせりける
尼寺の暗さ明るさ二タ時雨
春蘭や実生の松にかこまれて
冬晴やくやしきことを面白く

二人とも初期の作と違って、人生の翳というものが入っている。当時それに気づくべくもなかったが、新人会で、敏郎、桃邑は素十の句に惹かれ、その影響を受けている。

私が素十の句を見習うようになったのは、ずっとのちであった。このほか青邨、風生、青畝、たかしなども投句し、巻頭をとっているが、もっとも虚子の近くにいて雑詠の成績のよかったのは、杞陽である。杞陽は、兵庫県豊岡藩の十四代当主で、明治四十一年生れ、関東大震災に家族を一度に亡くし、姉と二人生き残った。フランス留学中、昭和十一年渡仏した虚子と会い、その縁で帰国後は俳句に熱中、独自の才能で新進作家となった。草樹会会員であり戦争中、私はその席で杞陽に会い、親しく話を交している。杞陽は、一時宮内省の式部官も務めたが、終戦後には豊岡に永住した。戦後、虚子の下によく通い、最晩年の虚子に最も親しい弟子の一人となり、虚子の「虹」「椿子物語」などの写生文による小説の主要人物として登場する。詩人であり、戦後の若者に大きな影響を与えた。

詩の如くちらりと人の炉辺に泣く　杞陽
明易し姉のくらしも略わかり
劇の如雪に稲妻しがなき吾
蠅飛んで来るや簞笥の角よけて

感覚のほかに境涯というものが入っていることが分る。一方、当時の新人として「ホトトギス」雑詠に活躍の目立ったのは、野見山朱鳥、上野泰、波多野爽波である。朱鳥は昭和二十一年十二月号の「ホトトギス」に「朴の花」の句で巻頭をとりデビューした。昭和二十五年発刊の第一句集『曼珠沙華』に、虚子は「曩《さき》に茅舎を失ひ今は朱鳥を得た」の序文を贈っている。

虹消えし空より乳房赤坊に　朱鳥
昼寝覚発止といのちうら返る
巡礼の如くに蝌蚪の列進む
火を投げし如くに雲や朴の花

泰、爽波に次のような作品がある。

月光や鬪は川の如流れ　泰
千足袋の天駆けらんとしてゐたり
打水の流る、先の生きてをり
朝顔の車輪の如く大いさよ
蛍とぶ下には固き鋪道かな　爽波
下るにはまだ早ければ秋の山
初鏡閨累々と横たはり
冬空や猫塀づたひどこへもゆける

並べてみると三人の個性がよく分る。
私自身、今振り返ってみると、昭和二十三年は句が虚子選、青邨選に多く入るようになり、また周囲の句の刺激で写生の基礎が少し身についた〈写生初心〉の年と思う。

⑷夏の稽古会

身辺のこと

昭和二十四年から数年間のことを書くに当って、私の身辺のことをいくつか書いておく。

体調を回復してからは、東大第二工学部金森教授の研究室に在籍した。金森は、製鉄過程の脱硫の研究を更にすすめ、高炉の湯溜り内の溶けた銑鉄《せんてつ》に、炉外から酸素富化の空気を直接吹き込む研究に取り組んだ。この研究は昭和二十四年から、第二工学部で予備実験を行い、二十六年からは、八幡製鉄所の試験高炉で試験されて、目的は達せられた。戦後の混乱の中でこれを進める困難は大変であったが、金森研は次第に体制がととのえられた。私は、そのスタッフに加わり、二十四年四月工学部助手に任命された。

父は、二十二年から二十三年まで監査役として日本鉱業に出勤、一家は牛込弁天町に住んだが、その家は借家であった。そのため二十四年に、立ち退きを迫られた。預金封鎖でそれを買い取る換金の方法もなく、世田谷区祖師谷にある父の友人の離れを借りて住むことになった。戦中戦後の心労から父はそれまでに心臓を痛め、軽い発作を時に起していたが、二十五年一月、脳血栓で倒れ、以後六年にわたる病床生活が始まったのである。私は二十五年六月日本鉱業に入社。世田谷区千歳烏山にある中央試験所に勤めるようになった。会社は近くに住宅を買い社宅とした。父がそこで療養出来るという配慮である。

金森の家にあらためて挨拶に行った時、金森は大きな目で私を見、君は俳句を作るから色紙に何か書けと言う。

もとよりも別るるに非ず冷酒酌む　けん二

とっさに書いたこの句を見て、金森は、そうだ金森研といつまでも一緒だぞと言った。そしてこの拙い句をしばらく部屋に置いて下さる、そういう方であった。

中央試験所は、木造で設備も未だほとんど無かった。試験所がだんだん重視され、埼玉県戸田市に移り、研究所となり、開発部門の一翼を担う昭和四十四年まで、私は、ラジオアイソトープの工業利用、選鉱、金属製錬、金属加工といった広い仕事をすることが出来た。

二十八年五月には、甲野龍子と結婚した。

昭和二十四年の鎌倉の夏行

二十四年八月二十二日から三日間、新人会は、鎌倉の東慶寺に合宿して、毎日虚子庵に行き、虚子の下で句会をすることが出来た。上野泰が星野立子に相談、虚子に頼んだものである。その句会につき私は、同年十一月号「玉藻」誌上に「新人会夏行」の一文を書いている。

立子が毎日出席、新人会は、泰、真下ますじ、湯浅桃邑、清崎敏郎、岡部啾々、松井紫花、山口伯尾、けん二の八名、今井千鶴子、藤松遊子、野村久雄、翁長恭子の四人が加わった。二日目に高浜年尾が、三日目には三笠宮若杉、古屋敷香葎が臨時出席している。三笠宮殿下は当時よく俳句を作り、二十三年三月殿下を中心に「十五人会」という会が出来、立子が出席、虚子にあとで選を受けていた。ゆかり妃殿下とともに句集『初雪』を出版している。

兼題が毎日出ており、一人一句会十句出句、十句互選。虚子選は、約一割五分であった。東京から通った人もいるが、合宿組は、虚子庵の句会のあと、一日目、二日目と各二回、別に句会をしている。虚子庵句会での虚子の句。

人生は陳腐なるかな走馬燈　虚子
老人の日課の如く走馬燈

一句目、〈走馬燈即人生は陳腐なりや〉が当日の句で、それを「句日記」で一年後掲句のように推敲している。この推敲の見事さは、虚子俳句を考える上で忘れてはならない。その句についての虚子の自解。

「走馬燈を見てをると、何度となく同じ映像がくりかへさるゝ。人生も亦斯くの如きか。」

虚子選に次の如き句がある。

滝水のこゝに静に西瓜冷え　立子
稲妻の夜を大勢に一つ蚊帳
朝顔の車輪の如く大いさよ　泰
赤とんぼ火炭塩辛とんぼ灰
裏山のおつかぶさるに簾垂れ　桃邑
端居心我をはなれて行かんとす
秋簾物音もなく垂れにけり　敏郎
泳ぎ来し唇をすぐ赤く塗り
走馬燈の絵はきまりをる二三種に　ますじ
箒目をたどつて蟻のあともどり　千鶴子
海水着派手に日焼もしてをらず　遊子
稲妻や一瞬燃えし蚊帳の中　若杉
兼題はつまくれなゐと電話にて
朝顔にすぐ日の高く急がしく　けん二
侘び住みてをり一本の紅蜀葵

その時の全員の選句稿は、記事を書いたため、今も私の手もとにある。互選の結果は、虚子がトップで、虚子選立子選を加えると桃邑がそれに並んでいた。虚子の「老人の日課の如く」の句を七人が選んでいる。私も選んでいるが、どれだけ分ってとっていたか。今井千鶴子は、この年三月東京女子大を卒業、玉藻社に入り編集を手伝い、二十五年からは虚子の下に週一回通い口述筆記をした。藤松遊子はこの時はじめて虚子に会っている。

さて「新人会夏行」の記事で、私は、虚子選を兼題、虚子庵写生、宿舎その他写生、吟行の四つに分類して考察を加えているが、しめくくりは、立子よりの聞き書きが入り、それが今の私の考えにつながっているところがあるので、書き写しておくこととする。

「以上各人がよい題材を得て心がもえた時又非常な努力をした時によい成績をあげたことがはつきりしてゐる。

　夏行の二三日後、立子先生にお目にかかつた時、先生は一つのものをねばつて写生してゐるつもりでも何時の間にかそのものから離れて了つてゐることが若い人には多い。自分は一つのものにねばることは余りしないが心を白紙にすることに常に努めてゐる。さうして心にひらめくものを句にまとめるとおつしやつた。（二三日間の立子先生の御句は兼題を除いては第一日目に新涼の句が三句あつた外はすべて季題を異にされてゐる。）対象から離れるのは心を澄ますことが足りないからである。併し乍ら幾ら心を澄ましても平常の準備がなければ何も生れて来るはずがない。平常のよい俳句の味読と心の修養を欠いてはならない。平凡な表現に深い心を湛へる句。それは授かる句である。それは遠い理想である。しかしそれへ向つて私はたとへ遅々としてゞあらうと一歩一歩着実に歩を進めてゆくより仕方ない。それが夏行から得た私の経験である。」

貫く棒

昭和二十二年十月小諸から鎌倉に帰った虚子は、二十五年喜寿を迎え、それを記念し『喜寿艶』（自筆句集で自解がある）を創元社から出版した。艶なる七十七句を集めたもので小説『虹』（昭和二十二年刊）『椿子物語』（昭和二十四年刊）収録の次の句もある。装幀、福田平八郎。

虹立ちて忽ち君のあるごとし　　虚子
虹消えて忽ち君のなきごとし
椿子と名づけて側に侍らしめ

その二十五年十二月、虚子は宿痾のエンボリーを再発しかけ、しばらく静養した時に、雑詠選を年尾に代って貰った。「ホトトギス」昭和二十六年三月号のことで、以後、雑詠選は年尾となった。しかし、雑詠選の交代を正式に表明したのは、同年六月の「句会と講演の会」の席上である。「ホトトギス」同年九月号に「所感」として掲載されているが、雑詠の選について、意を尽した話をしたのち、今後は、「ホトトギス」は年尾にまかせ、自分がすすめて出すことになった立子の「玉藻」の発展に力を借すと述べている。従って「ホトトギス」の雑詠は、年尾の責任で行われるようになったのであるが、昭和三十五年一月号に年尾が書いているように、昭和三十四年四月虚子が亡くなるまで、巻頭の俳句は虚子に定めてもらっていた。従って巻頭句には、虚子の考えが入っていたと考えてよい。

去年今年貫く棒の如きもの　虚子

この虚子の代表句は、昭和二十五年十二月二十日の作。「句日記」によると、新年放送と詞書がある。つまり、その日に録音されたものが二十六年一月二日に放送されたのである。病床で静養したすぐあとの作品。「句日記」を見ると、十一月三十日まで句会に出ているが、十二月七日までは句がなく、八日以降「諸方より新年の句を徴されて」として句が載りはじめ、十三日に次の句を含め十七句。

舌少し曲り目出度し老の春　虚子
両の手に玉と石とや老の春

そのあと二十日に新年放送の収録があり「去年今年」の句が出来たのである。星野立子、京極杞陽、長谷川かな女などが虚子庵に集って句会をした録音で、江ノ電の音が響くと話が聞きにくくなる放送に聴き入ったことが思い出される。

虚子はその次の日から別の句会にも出席するような順調な回復ぶりであった。しかしそれを機に「ホトトギス」雑詠選という大きな荷を年尾に譲り、「玉藻」を拠点とした最晩年の活動が始まったのである。

若者の夏の稽古会

昭和二十五年夏から、東の新人会、西の春菜会を中心として、若者が毎夏、虚子の下に集まり、約三日間の指導を受ける句会が始まった。この会は、鎌倉虚子庵、山中湖畔虚子山廬（二十六、七、八年）、千葉県鹿野山神野寺（三十九年以降）で行われ、昭和三十二年まで続いた。昭和二十七年から笹子会が加わり、稲畑汀子（当時高浜）も参加した。

笹子会は、立子の下に集って熱心に俳句を作る二十代の若者の会である。東京近くに住む「ホトトギス」同人を訪ね、その記事を「先輩歴訪」として「玉藻」に投稿、連載された。笹子会の名称は、その第一回、二十七年一月十五日の兼題「笹鳴」に因んでつけたが、笹目に住む立子の子供達で、俳人の雛みたいでぴったりとあとになって喜んだと『笹子句集第一』（昭和三十八年刊）に書いてある。今井千鶴子・井上花鳥子・小熊ときを・翁長恭子・佐藤石松子・高田風人子・成瀬正とし・野村久雄・藤松遊子・宮田蕪春・宮崎昌子が発足メンバーで、その後柴原保佳・石井とし夫・嶋田一歩・嶋田摩耶子・副島いみ子・京極高忠、さらに丸井孝・杉本零・酒井土子などが加わった。

この夏の稽古会に参加することは、当時の「ホトトギス」の若者にとって親しく虚子に接し句会の出来る絶好の機会であったので、何時までも語り継がれている。

以下、私にとって最も印象的だった、昭和二十六年の山中湖畔の稽古会のことについて書いてみる。

山中湖畔は、虚子の三女宵子の嫁いだ新田の別荘があった縁で、虚子が昭和十二年から避暑に滞在し、やがて山荘を建てたのである。そこで現代俳句史上に残る『ホトトギス雑詠選集』を選び、春・夏・秋・冬の四部を改造社から出版したのであった。明治四十一年から昭和十二年六月号までの雑詠を季題別にまとめた雑詠選集から約六パーセントを選んだもので、現代俳句の古典的名句は多くこの中にある。虚子の建てた山荘は、陸軍の演習で焼失したが、その近くに子供達のために求めてあった山荘に書斎の六畳間を増築したのが、「老柳山荘」と呼ばれる山廬で、そこで昭和十七年雑詠選集の選を完了した。楊柳があり、その下に、

　選集を選みしよりの山の秋　　虚子

の句碑が、昭和十九年建てられた。

その山廬に虚子は昭和二十六年、戦後はじめて出掛け、そこで若者の稽古会をしたのである。虚子が当時「玉藻」に連載していた「俳諧日記」を見ると、七月二十六日に、「朝七時三十分頃、初波奈自動車来る。波奈子、憲二郎、小蔦同乗。これより前、真砂子、立子来。真砂子を残し五人にて出発。」とある。鎌倉から御殿場を経て山中湖畔へ着いたが、御殿場からの道が、雨に流されたままで、運転に困難したことが書かれている。火山灰の道は、当時そんな状態で、山廬のあたりも、道の陥没したところがあった。しかし今と違って落葉松や立木も低く、山廬から山中湖が見えた。虚子は家の中では灰色縦縞の浴衣を着、黒帯をぐるぐる巻きにした姿で過ごし、麦藁帽をかぶり杖をついて山廬の近くを散歩した。新人会、春菜会は近くの桑原山荘を借り合宿した。句会は、二十七日一回、二十八日二回、二十九日一回の計四回。稽古会の最終句会が終わったあと、私は、湯浅桃邑、大峯あきら、山形理、五十嵐哲也、野村久雄とともに残り、二十九日の夜と三十日朝の二回、小句会をしていただいた。二十九日の夜は虚子、立子と二人になった山廬に、不用心ということで桃邑と私が泊ったのである。その年の十月号「玉藻」に載った出席者の文章を読むと、富士山を眺めながら、虚子の下に集い、句会をする興奮が、波多野爽波その他の若書きで書かれている。

虚子の稽古会での句は、「句日記」で四十九句。

　山の月も久しぶりなり戦さありし　　虚子
　諸子会し百千鳥鳴き山の庵
　山荘もこぼたずありし来れば涼し
　下り山柳の家と尋ね来よ
　山風に吹きさらされて昼寝かな
　老柳に精あり句碑は一片の石

虚子選に次のような句がある。

遊船の湖心に今し旗を垂れ　立子
沢庵の辛きを噛みて避暑名残り　爽波
朝涼の牛乳届けしや届きしや　桃邑
夏草の中に道あり曲るべきや　文萌
避暑宿のこゝを女の部屋と決め　刀根夫
炎天の富士となりつつありしかな　あきら
湖涼し母を伴ひ来たかりし　草之
涼風や山荘の花なき机　千鶴子
大富士の正面にあり避暑の宿　久雄
明日よりは又東西に銀河濃し　正とし
避暑地より出す手紙皆鉛筆で　哲也

この時の私の句は十二句あり、ほとんど虚子選。

持ちなれし扉開き見旅一人　けん二
やはらかに山の西日の衰へし
ここは涼しここは涼しと皆坐り
夏雲の湧く山麓に荘傾斜
一人ゆく潔よきかな炎天下
赤富士に滴る軒の露雫
赤富士の色となりゆく閑古鳥
大勢の着きたる宿の日雷

サイダーも薊も厨水につけ
人急に減りたる宿の夜の蝿
去り難な銀河夜々濃くなると聞くに
離愁とは郭公が今鳴いてゐる

「離愁とは」の句は、互選によく入り、また「去り難な」の句は後に「夏草」に投句、巻頭となり、青邨の句評を受けた。虚子山廬に虚子とともに泊れたのはこの時限り。

昭和二十七年もこの山中湖畔虚子山廬で七月二十六日から二十八日まで稽古会が行われ、笹子会全員参加、高浜汀子も加わった。立子は、娘の早子（椿）が高士の出産のため欠席し、虚子以下全員が立子へ便りを書き「玉藻」十月号に載せた。その虚子の便りの一節。

「杞陽来。文章談。余を蜘蛛のやうだといふ。起り来ることを待つてをるといふ意味。」

京極杞陽の便り。

「風人子君らのアロハ俳句。といふと大変失礼ですがそんな感じの俳句。感銘深く面白く全く有益な日を過ごしました。」

また最終回の句会のあと、虚子が何でも質問せよと言って雑談したことにつき、「特筆すべきは……即興詩としての俳句……といふこと、それを強く憶えてゐます。要点はそれと例の……俳句の限界……でした。」

虚子の句、及び選句の一部。

湖の今紺《こん》青《じょう》に炎天下　　虚子
夏帽をとりに走りぬうれしさに　　杞陽
遠くまで燈は及ぶもの月見草　　爽波
又湖の見える景色の籐椅子に　　汀子
バンガロー足が出てゐてひつこみし　　風人子
別荘に表札打ばほととぎす　　けん二

二十八年も山中湖畔の虚子山廬で行われたが、私は残念ながら不参。電報を虚子に打った。その返信の虚子の葉書。

「御健康如何に御座いますか　御摂養　専一になさいませ　例年のあなたを欠ぐ(ママ)こと勉強会第一の恨事であります　東西合はせて三十八人奮闘おさ〳〵怠りありません。御電報万謝。御両親によろしく　奥様にも」

昭和二十八年という年

この年は、それまで「ホトトギス」「夏草」「玉藻」「冬扇」など結社内だけで作句活動していた私が、それ以外の俳壇の人達の句を積極的に読み、それを評することを始めた年である。つまり俳壇への窓を開いたのである。

一つは虚子の提案で、「玉藻」に研究座談会という五人の若者の座談会が連載され、私も加わった。虚子は、次の年の二十九年一月から亡くなる三十四年までこの座談会に出席、我々出席者は具体的な句について虚子の考えを聞いた。この席で花鳥諷詠・客観写生を叩き込まれたのであるが、「ホトトギス」以外の広範囲な作家の句をとりあげたため、俳壇にも大きな反響があった。

一方、山口青邨は、この年東京大学教授を定年退職した。「夏草」では二十二年九月号から、俳誌月評の座談会「暑往寒来」が始まり、福田蓼汀・神谷阿乎美・山本薊花・菅野春虹・森田塘草・岩本六宿・三野虚舟などの先輩に、高橋沐石・古舘曹人や私らの若者が加わっていた。また若者がしばしば巻頭となったが、二十八年頃から、編集についても阿乎美・薊花・杉野炭子から我々の意見が徴された。二十八年青邨ははじめて夏草同人を推薦、私も同人となった。最も若い同人は有馬朗人である。次の年から古舘曹人が編集を担当することとなり、青邨の下で、次々新しい企画が実行された。毎月一編の評論を載せること、夏草新人賞の設置、昭和三十年の二百五十号記念行事として俳句、文章、論文の募集と発表等である。昭和三十年からは、「夏草」外と「夏草」内の作家論を載せ、楠本憲吉・清崎敏郎・能村登四郎等、結社外からの夏草作家論を貰った。俳誌月評または俳壇月評を曹人と交互に書いたのは「夏草」二十九年六月号からである。

次に昭和二十八年十月には、同人誌「子午線」が創刊された。これは、高橋沐石の熱意によるもので、「夏草」の東大ホトトギス会のメンバーを誘い、また沐石の所属していた草田男主宰「萬緑」の若いメンバーと、秋元不死男主宰「氷海」のメンバーが加わった超結社的な同人誌である。この「子午線」は、慶応俳句の発展した「琅玕」の楠本憲吉・清崎敏郎との交流、二十八年創刊の波多野爽波主宰「青」との交流が行われた。昭和三十年八月五日刊の『子午線』第一句集の出句者を列記する。

　秋元清澄・有馬朗人・有賀辰見・石原透・上田五千石・遠藤七狼・大和田としを・上井正司・北野民夫・三川ひろ志・清水芳朗・高橋沐石・田中祥堯・鳥羽とほる・橋本風車・深見けん二・古舘曹人・保坂春苺・間部隆。

「子午線」創刊号に曹人は「四S時代の一断面」を書いた。青邨の四S提唱は、秋桜子援護のものであるという俳句論である。私は「ホトトギスの人々」と題し、高田風人子・石井とし夫を紹介した。

　当時の私は、新人会、時雨会、夏草例会、東大ホトトギス会、冬扇例会に出席、句を作った。また時に大崎会、草樹会にも出席した。一方、句の発表は、「ホトトギス」「夏草」「冬扇」「春潮」である。時雨会は昭和二十五年から、高浜年尾の下に、敏郎、桃邑、遊子、林周平、砂長かほると私が集まり夜、芝郵政会館で句会をし、あとで虚子選を受けた。正一郎は、「冬扇」を二十四年から主宰した。その誌友として今に至る交友に兜木總一等がおり、また、上井正司、青田ひろこ（現　有馬朗人夫人）らがいた。泰は、昭和二十五年第一句集『佐介』を刊行、二十六年六月俳誌「春潮」を創刊した。

　当時の私の身辺句の対象は病む父であり、妻であり、二十九年に生れた長男俊一である。

病む父のありての家路寒の月　　けん二
父のため受く一筋の破魔矢かな
父のこと心に梅雨の傘を持ち
朴の花父を尊ぶごと対し
病む父の目覚め語りに雪積る
妻母に答へ洗濯秋の晴
母と妻街の噂を桜餅
かびるもの黴び吾子の瞳の澄みにけり

新人会で千葉県鵜原御宿に吟行した。

揚げ船に波のしづけさ松の花　　けん二
更けてゆく沖の鯖火はかなしきまで
汀行き薊の花を好きといひし
幟立つ海女の部落に入りけり
聞いてもみ海女のくらしといふものを

そして三十年一月号「ホトトギス」で、次の二句により初巻頭となった。一句目は茅舎の青露庵。二句目浜離宮。

庭掃除とどき芒の乱るるも　けん二
長き夜の筧の音に柱立ち

当時の「ホトトギス」巻頭句。

園丁は髯ピンとたてチューリップ　嶋田摩耶子
底紅の咲く隣にもまなむすめ　後藤夜半
春風の日本に源氏物語　京極杞陽
七といふ好きな日の朝笹子鳴く　高田風人子

(5)研究座談会と第一句集

「玉藻」の研究座談会

虚子は、「ホトトギス」の雑詠選を昭和二十六年三月号を機に年尾に譲ったが、その後は、星野立子主宰の「玉藻」に力を尽すことになった。虚子はそれを昔の坊さんが或る一寺を建て、基礎が確実になると、その寺を子か弟子に譲り、老後また別の一寺を建ててそこで法を説くことに譬え、「ホトトギス」と「玉藻」を両輪とする考えを示した。

昭和二十七年一月号の「玉藻」には「客観写生」という俳話を載せ、以後俳話を連載した。この「客観写生」で虚子は、「俳句は客観写生に始まり、中頃は主観との交錯が色々あって、それからまた終《しま》いには客観描写に戻るという順序を履むのである」と説いた。そして第一段階の花や鳥を向うに置いて写し取ることから次のようになると書いている。

「しかしだんだんそういう事を繰返してやっておるうちに、その花や鳥と自分の心とが親しくなって来て、その花や鳥が心の中に溶け込んで来て、心が動くがままにその花や鳥も動き、心の感ずるままにその花や鳥も感ずるというようになる。」

「玉藻」に連載のこの俳話は、昭和三十年一月に岩波新書『俳句への道』として発刊された。その新書を私は何度読み返したか分らず、また、昭和五十九年には特装版としても出版された。平成九年、藤松遊子の尽力で「ホトトギス」創刊百年記念出版の一つとして岩波文庫から出版されることにより、広く俳壇で、虚子の客観写生の真意が認識されるようになったことを、今感慨深く思っている。

虚子は当時、「玉藻」の編集に極めて熱心で、編集員の今井千鶴子に、寝ても覚めても編集のことを考えなさいと言ったそうである。千鶴子が考えた新企画の中に、「ホトトギス」の俳句を理論的に考える座談会というのがあり、虚子はそれを採用、上野泰、清崎敏郎、湯浅桃邑、藤松遊子、私の五名が指名された。その第一回が「玉藻」二十七年十二月号に載せられ、そこに次の発言がある。

泰「いよいよ本題に入るわけですが、此処に集っている五人の年齢が虚子先生の言われる客観――主観――客観の句の修業道程のその主観に入りかかっている年代ではないでしょうか。この事はそれとは全然違う事なのですが、時代的に、句に、主観客観の度合の変遷が来ているという事が言えると思います。今日は主観句ということについて話し合ってみたいと思います。」

この発言を出発に、「ホトトギス」の歴史や、当時の「ホトトギス」内外の句について意見を交換している。次に子規の主要な俳論を読み、短歌と俳句の違い、更に青年の苦悩などについて、作品を常に引きながら話し合った。

昭和二十七年十月十一日付私宛の虚子の葉書がある。

「気永く研究座談会――あの座談会をさう名付けました――やつて居るうちにお互の心持ちがわかつて来るだらうと思ひます。今後もお構ひなくどし〳〵質問して下さい。」

これは、座談会が始まってから、泰と虚子のところへ行ったのちにいただいたもので、虚子が座談会を読み、自ら「研究座談会」という名をつけたことが分る。虚子はまた「玉藻」の広告を、「ホトトギス」の裏表紙か見開きの大部分を用いて載せたが、「ホトトギス」二十八年一月号の「玉藻」の広告に次のような文が載った。

「虚子曰

新年の口占として、私は今年も亦多少の活動をして見ようと思つてゐます。それは主として此の「玉藻」誌上に於てゞあります。御覧を願い度うございます。

若い人々との間に我党の俳句理論を構成し度い考へが動いて来たことは結構なことだと思ひます。本号にも其の座談会が載つてゐます。これは当分続くことゝ思ひます。

立子の俳句といふものに就ても、自他共に研究されることと思ひます。」

この一月号の「玉藻」の虚子俳話は「極楽の文学」。他に近詠、「立子へ」（創刊以来毎月）、「俳諧日記」を書き、雑誌全体に虚子の目が通っていることが分る。当時、私は虚子庵に伺い、時々直接虚子の話を聞いている。そのメモを「虚子聞き書き」として「春潮」平成二年十月号から八回連載した。虚子を訪ねた記録は次の通りである。

昭和二十七年　十月八日（泰と）十月十四日

二十八年　一月四日、三月一日、六月四日、八月十四日

二十九年　一月六日（研究座談会）三月二十一日、四月二十三日（研究座談会）五月二十三日　六月四日（研究座談会）　九月十日（研究座談会）

このメモのように、二十九年一月から、「研究座談会」は虚子庵で、虚子が出席して行われるようになった。そののちも三ヶ月に一回、必ず虚子庵で行われ、虚子の亡くな

るまで続いた。

虚子の出席する以前の「研究座談会」でも、私の聞き書きを見ると、テーマが虚子から出されたことが分る。

けん二「次回の研究座談会で、近代の苦悩とか、焦燥とかいうものが俳句に盛れるかのテーマをとりあげてやるようにとのお話でございましたが。」

虚子「私は俳句はそういうものには向かないと思うのです。季題がある限り、そうしたものと季題には合わぬ場合が多く季題が邪魔になると思うのです。季題のない他のものがそうしたものを表すのに適している。しかも俳句というものが存在しているのは季題があるためでしょう。」

けん二「主観がなければならないということがホトトギスに対する攻撃ではありますが、人間が先に来なければならぬということを言います。」

虚子「人間というのはどういうことかな。感情が貴いということは言うまでもないことであり、創作であるから当然ですよ。しかし俳句は季題を透して感情をうたうのです。直接に詠うのではなく季題をかりて詠うのです。ですから季題が表面にあるのが特長で、季題が多く自然ですから、自然が表面になるわけです。」

虚子庵で、立子も出席した「研究座談会」が行われるようになってからも、昭和三十年にかけては、虚子からよく葉書をいただいた。註を加えていくつか載せておく。

昭和二十九年五月二日付

先日は失礼致しました。今後は質問といふわけでなく、座談会という意味でやつて頂きたうございます。その方が私もらくですから。此の旨、敏郎君にもお話し願ひます。

註・虚子出席二回目の研究座談会のあと。

昭和二十九年十月七日付　けん二、敏郎宛

先日は態々御見舞下され、有難うございます。

扨其節御話致しました座談会のうち二三回分だけを岩波新書の「俳句への道」と題する小本の中に愈々差加へることになりましたからお許しを願ひます。

昭和二十九年十二月三日付

次ぎの座談会の句評会といふことはよろしいかと思ひます。祝賀会のことは御介意なさるほどの事ではありません。

註・十一月三日文化勲章を受けられた。

昭和二十九年十二月十八日付

「研究座談会」昨日泰より受取り直ぐ一見、訂正の上、立子に廻しておきました。いづれ草樹会の節。

昭和三十年一月二十六日付

研究座談会はなるべく無駄な事を省いて行きたいものと思つてをります。御研究の程を待ちます。

志ある人々はそのうち呼応してくるものと思ひます。今迄あまりおとなしくしてをつた為に他の方面の声が強く響いてをつたやうな傾きがあります。

「研究座談会」は、虚子の仕事部屋である俳小屋で、十時半頃から始まり、掲載三ヶ月分を一日で行った。小さなテーブルを囲んだ椅子に腰をかけて、その時その時のテーマに従って私達が調べたことを述べて、虚子に質問する形で進められた。加藤楸邨、石田波郷、中村草田男と作家を決めて、その代表作や、最近作について、私達が鑑賞し、それについての虚子の考えを聞いて以降、対象作家は「ホトトギス」内外数十人にのぼった。こうした具体的な句について、虚子は「ホトトギス」以外の作家でもよいものはよいとし、「ホトトギス」内の作家でも賛成しない句については、はっきりとその考えを述べた。結局「花鳥諷詠」「客観写生」という虚子の俳句観を徹底的に叩き込まれたのであるが、論だけでなく、具体的な作品を通し、作家を通してであったところに、この座談会の価値があったと思う。今読み返して、質問の仕方の不備が目立つが、虚子は私達の勝手な質問にもいつも耳を傾けた。しかし曖昧な態度がある時には、虚子は徹底的にその考えを正した。勇気、信仰という言葉が出たことが幾度かある。

　座談会は十二時を過ぎると茶の間で一緒に食事をした。天ぷらのお重が多く、それにワイングラス一杯の日本酒がついた。午後は四時頃まで、時には五時近くになることがあった。虚子は片手を懐の中に入れ、体を小さくゆすりながら熱心に話を聞き、また頬を紅潮させて話されることもあった。私達の方が疲れて、終るとほっとしたが、「もう終りですか」と物足らぬ顔をされる時もあった。それは私達の質問が的を外れた時で、恐縮したものである。次回は風雅について話そうと虚子が提案したのが三十四年二月九日。四月八日に亡くなり実現出来なかったが、合計二十一日も虚子の下に集まり、最晩年の情熱に親しくふれることが出来た。虚子は、「研究座談会」の原稿を必ず回覧、自らも朱を入れたのち「玉藻」に連載したのである。

昭和三十年の私の俳句。

　抱けば吾子眠る早さの春の宵　　けん二
　吾子の口菠薐草のみどり染め
　春燈下妻の型紙机を覆ふ
　妻の手のアイロン往き来春燈下

こうした身辺句のほかに、この年はよく旅に出た。まず八月、大分県にある日本鉱業の佐賀関製錬所へ出張したが、今と違って、大阪からは関西汽船の船旅であった。また仕事の終ったあとの一日、別府の岡嶋田比良、秋吉良聞その他の「ホトトギス」同人に世話になり、城島高原に吟行することが出来た。ここには、虚子、年尾、立子の親子句碑がある。

驟雨来し上甲板の日除かな　けん二
晩涼の島重つて近づきぬ
ラジオ消し銀漢船に迫りたる
句碑に立つ旅の鞄に山の蝶
撫子にはじまる句碑の秋の草
昔沼ありしと話しあやめ野に
別府の燈旅の端居の膝抱けば

秋には、群馬県四万日向見へ時雨会吟行。ここは富安風生がよく行き、敏郎も行っていた。

昼も鳴くひぐらし四万に逗留す　けん二
四万の奥日向見といふ葛の花
くらやみに目の馴れ来れば地虫鳴く
秋耕の一人に瀬音いつもあり
鬼百合の傾ぎ抜んで杣の宿
紅葉貼りこめし障子に夜の瀬音

初冬には新人会で箱根に吟行した。

湖碧し蜜柑の皮を投げ入れし　けん二
火口壁枯れ果つ底に湖たたへ
桟橋に舟着く紅葉昃るとき
濃紅葉に偲ぶ関所の昔はも
落つる日を惜しみ枯野に車駐め

「夏草」は昭和三十年九月号で二百五十号となり、その特集をし、記念作品を募集発表し、夏草賞を発表した。受賞者は、田村了咲である。また記念大会を東京は神田学士会館で、東北は青邨の故郷盛岡の近くの花巻で、更に、中部大会を諏訪湖畔で行った。私は、東京の大会で、福田蓼汀、古舘曹人とともに講演し、また中部大会に出席した。ここには、木村蕪城がおり、鳥羽とほるほか大勢が集まった。

豆柿につゆじも流れ蕪城住む　青邨
鴨の陣座敷より見ゆ諏訪の宿
ただひとつただよふ手負鴨あはれ

はじめて諏訪に行き、私もいくつかの句を作った。

一刷の日の移りゆく鴨の湖　けん二
鴨流れゐるや湖流るるや
屋根の上湖の小春の鏡置き
雁渡る下赤彦の歌碑に立つ
赤彦の住み今刀自住める冬山家

第一句集『父子唱和』

『父子唱和』が刊行されたのは昭和三十一年十一月三十日で、夏草叢書の一つとして曹人の推薦によるものである。まず夏草賞の田村了咲が『楡の杜』を出版し、私のは二冊目である。青邨は長文の懇切な序文を書いて下さった。「夏草」の若手としては初めての句集である。曹人の第一句集『ノサップ岬』が出版されたのは三十三年二月であった。「ホトトギス」新人会のメンバーでは、上野泰の『佐介』が昭和二十五年刊、その序に虚子は、

「新感覚派。泰の句を斯う呼んだらどんなものであらう。／泰の句に接すると世の中の角度が変つて現れて来る。（中略）此の頃の特異な作家として西に朱鳥あり、東に泰がある。」

　また清崎敏郎の『安房上総』は二十九年に若葉社から出版され、その序に風生は、

「まづ直感するのは『静謐の詩』といふことであるが、それだけではまだいひ足りないところがある。（中略）作者の居る静かな場処は、静かさの上にほのかに一道の光明のさした明るい境地だといふことを、読んでゐるうちに感じて来る。」

　身近な二人のほかにも当時俳壇では戦後新人の句集が次々と出版された。昭和二十九年には、能村登四郎『咀嚼音』、飯田龍太『百戸の谿』、森澄雄『雪櫟』、昭和三十年には石原八束『秋風琴』、金子兜太『少年』、藤田湘子『途上』、野澤節子『未明音』、昭和三十一年には、沢木欣一『塩田』、波多野爽波『舗道の花』、角川源義『ロダンの首』などがある。そして、二十七年創刊の角川書店「俳句」は三十一年四月号に、「戦後新人自選五十人集」を特集した。編集は大野林火で、「これら二千五百句は戦後三十代の総合句集といつて過言でないと思ふ。三十代の優秀作品はここに集つたといつてよい。今日的ないろ〳〵の問題はこれらの作品の中からこそ抽出されるのではないか」と編集後記に書いている。前記句集の人達は皆この中に入っており、「ホトトギス」では、句集未刊の者として高田風人子と私が選ばれている。

　第一句集をまとめる段階で、昭和三十一年の春頃から、父の病状がだんだん悪化し、五月二十日とうとう亡くなった。その間よく人が見舞に来て下さった。エンボリの発作が起って、寝ずの看病の日もあった。気の毒だったのは痛みがひどかったことである。しかし父は我慢し、感謝を忘れなかった。

草青み父の衰へ止むべくも　けん二
子の眠る春燈父の病む春燈
満開の花の一枝とかざし見せ
過去清く持ち父は病む花の中

父の魂失せ芍薬の上に蟻

泰が章子とともに虚子の色紙を持って駈けつけた。

をりからの芍薬切つて涙哉　　虚子

その秋いよいよ第一句集をまとめた。句は虚子選・青邨選を中心に昭和三十年までの四百句。「病父頌」（昭和二十五年から三十年）、「青林檎」（昭和二十一年から二十四年）、「卒業まで」（昭和十六年から二十年）の三章とし、この順に並べた。つまり逆年章編体である。扉に虚子の父への弔句を入れさせていただくこととした。句集名は父についての思いを入れたいと思っていたが、当時しばらく通っていた坐禅のあとの法話にヒントを得て「父子唱和」とした。青邨の序文は十一月二十日にいただいたが、十一頁にわたる長文で、私の生い立ちから書き起し、作りはじめた昭和十六年の句から年代を追って、あたたかい心で丁寧に書いて下さった。その中に、悩みがあってもあらわに出さない花鳥諷詠のモットーを守っている作者だからとして次のように書かれたところがある。

「かういふ作句態度であるからけん二君の句は概して地味である、鑑賞者の方も句に対してじつと眺めてゐなければ面白さが出て来ない、にじみ出てくるまで対決しなければならないといふ場合が多い、これは一つの特徴である。」

また、次のようなところがある。

「ガラス戸に額を当てて短き日

これは人間の一瞬のポーズである、些細な事柄である、ガラス戸に額をあてて外を眺めてゐる、短日といふものの象徴だ、ぴつたりする。何故こんなことが俳句になるのか――、俳句といふものはさういふ詩だ、これだけのことで、人間が描かれるのだ。」

こうした鑑賞は私が当時気づかなかった私の句の特徴を好意的に引き出して下さっている。そして結婚をし、子供が出来て、作品に人生が織り込まれて来たとし、「益々人生を豊かにし、心象を深め立派な作品を世に示すであらうことを期待し、明日をたのしみに待つことにする。」と結んで下さった。

最晩年の虚子

虚子は、昭和三十年四月十日付の朝日新聞「朝日俳壇」（昭和二十三年より選者）から、選句と併せ、隔週俳話を載せた。これが「虚子俳話」で、亡くなるまで続いた。その第一回は「俳句は季題の詩」である。ここでは、それまでの「玉藻」と異なり、広く多くの人の目にふれる新聞紙上であるので、「花鳥諷詠」を季題の詩という形で、くり返し説いた。「季題を最も尊重する詩」では、次のように述べている。

「作者が満腔の熱情を傾けて詠はうとする処、如何なるものもこれを拒む事は出来ない。唯俳句には季題といふものがある。その季題の有してをるあらゆる性質、あらゆる連想、それ等のものを研究し、これをその熱情の中に溶け込まして、その思想とその季題とが一つになつて、十七字の正しい格調を備へて詩となる。それが俳句なのである。」

この俳話が新聞に発表される時期に、私どもは「研究座談会」の席上で、虚子と次の問答があった。

明易や花鳥諷詠南無阿弥陀　　虚子

につき、虚子は、「花鳥諷詠」と「南無阿弥陀」を同じに考える、つまり信仰に生きているだけだと言った。そのあと、我々に向って「あなた方もそう考えていますか」と言われたのである。「はいそうです」と答えると、虚子は「それはあやしいな。信仰しなければほんとのものになりませんね」と言った。その時のことは何時までも私達の胸に残った。

「虚子俳話」が、このように「研究座談会」の時期と合致していたので、次に何が載るかと胸を躍らせて、「朝日新聞」を待ったものである。

昭和三十一年から三十四年までの虚子に次の句がある。

松本たかし死す
牡丹の一弁落ちぬ俳諧史　　虚子
蜘蛛に生れ網をかけねばならぬかな
暁烏文庫内灘秋の風
風生と死の話して涼しさよ
風雅とは大きな言葉老の春

「ホトトギス」雑詠では星野立子、京極杞陽以外に、後藤夜半、山口青邨が活躍した。青邨は清廉な考えを貫き、年尾選の雑詠に投句、年尾を支えた。

餅花をかざれば書屋山家めき　　青邨
遠山のくつがへるさま郭公鳴く
学士会聖樹をともす吾等粗餐
蘭の名を問ひ菊の名を問はざりし
冬籠して疎くをりさとくをり　　夜半
手にお滝足にお滝と寒垢離女

新人としては、高田風人子、嶋田摩耶子、依田秋葭（明倫）、中杉隆世、さらにシカゴの中口飛朗子らが活躍した。

当時の私の句。

掛けて久し父の遺影も秋の晴　　けん二
稲掛の遠き母娘を見て母と

初富士の暮るるに間あり街燈る
銀座裏火の見櫓の夕焼けて
鳥渡る勤め帰りの鞄抱き

虚子が昭和三十四年四月一日夜半、脳出血で意識不明となったことを、私は、床屋のラジオで聞いた。早速発行所の桃邑と連絡をとり、息のつまるような日が続いた。亡くなったのは、四月八日、午後四時。八十五歳。九日の通夜と十一日の密葬は寿福寺で、本葬は十七日、青山葬儀所で行われた。葬儀委員長は大橋越央子、副委員長は富安風生、山口青邨。

二月九日、虚子庵（一月に改築完成）で、研究座談会が行われ、鈴木花蓑、西山泊雲、田中王城という三人の句をとりあげ、次回のテーマも風雅と決っていただけに、私にとっては信じられない急逝であった。

⑹木曜会と句集『花鳥来』

虚子追悼

四月八日、虚子が亡くなると「俳句」「俳句研究」の両総合誌をはじめ「ホトトギス」その他の結社誌も虚子追悼を特集した。「俳句」は五月号を高浜虚子追悼号とし、「俳句研究」は七月号を高浜虚子研究号、さらに次の年の四月号を特集高浜虚子とした。

「俳句」は、編集角川源義。飯田蛇笏、平畑静塔、阿波野青畝、角川源義、大野林火、山本健吉、石田波郷など幅広い俳壇の人がかなり長文の追悼を書いている。また「インタビュー虚子先生と私〈中村草田男にきく〉」があり、「虚子翁をしのぶ」の座談会は、富安風生、山口青邨、楠本憲吉である。ほかに二十六人の追悼記がある。今回読み返すと短時間によくこれだけのものを特集したと思えるし、読みごたえがある。蛇笏は、大正六年、富士山麓河口湖から増富温泉に虚子と遊んだ時のことを、虚子への親近感を持って書いている。また草田男は、自らの二重性の世界は、虚子と異なることをきっちり主張しながら、その年つまり昭和三十四年一月二日、例年の如く虚子庵に年賀に行った時の虚子の言葉を自分の本望としている。虚子はその時、「僕の思い描いている俳句というものと、必ずしも一致しているというわけではないが、君のような行きようもあり、またそれがどうなってゆくかと思って、僕はひじょうに楽しみにして永く眺めつづけている」と言ったという。このことは、私自身虚子に、研究座談会でどの作家をとりあげたらいいかと聞くと、「草田男君がいいのではないか、半分味方で」と言われたことと思い合せて納得がゆく。

「俳句研究」は、発行者西川僖一、編集浅沼清司。項目は、

「句風の変遷」「俳論の変遷」「句会の虚子」「散文の世界」に大別される。編集室便りに、「ホトトギス」に拠り、その主張を実践しつつある中堅・新鋭の方々に執筆してもらったとある。清崎敏郎・楠本憲吉が協力、私も驥尾《きび》に付し、「俳論の変遷」を敏郎と分担、昭和十年以降を書いた。ほかに昭和二十年以後の年譜を書き、「花鳥諷詠」「極楽の文学」などの虚子のことばの内容を一つずつ二百五十字に要約した。このほか、「夏草」「かつらぎ」に「晩年の虚子」と題し、追悼文を書いたのである。

師を悼む稿書きつづけ梅雨深し　　けん二

虚子の亡くなったあと新人会の上野泰は、社業のため一時休刊していた主宰誌「春潮」を三十五年八月に復刊している。その復刊の言葉で次のように言っている。「私の本業は今、上野の父と兄の石油輸送業の経営の一翼を荷うにある。又私の本業は天地運行の下の一微粒子としての自分を見つめることにあると思う。」後者は花鳥諷詠の実践である。その頃の俳句に次の如きものがある。

鳥獣の我ら侍りし涅槃かな　　泰
島人の永久に掬むべき泉かな
大試験末子智の棒ふり廻せ
紅梅や一人娘にして凛と
天に鞭すきとほりをる虚子忌かな

一句目は、虚子の亡くなった時。

清崎敏郎は、昭和三十三年から湯浅桃邑とともに、夏休みに八丈島をはじめとし、島巡りをはじめていた。虚子の死去に当り虚無感を覚えたが、同時に、花鳥諷詠・客観写生ということを実践し、唱道してゆこうと決意したと年譜に自記している。

手にしたる女人高野の落し文　　敏郎
暗がりに涼みてゐたる島男
島人の盆の晴着は簡単着
岬山は萱山にして春の山
飛魚の翼はりつめ飛びにけり

新人会、時雨会はこうした雰囲気の中で続けられた。

船を見てゐる外套の背を並べ　　けん二
針叢の中へ一筋針納む
祭らるる針の林のしじまかな
この軍旗かの枯山を幾度越えし
遺訓なほ今につたへて山眠る
金盞花畑に立てり朝の海女

はじめの三句は新人会、あとの三句は時雨会での句。

「夏草」は、古舘曹人が昭和三十一年、任地の釧路に去ったあと、編集は石原透が受け継ぎ、石原透、上井正司、田中芥子、小原啄葉、村田白峯、今村米夫、松村幸一、田子水鴨、有馬ひろこ、伊藤利恵子、加治幸福、竹谷怜加、斎藤夏風らの若手が次々と巻頭を占めた。その「夏草」の三百号は、昭和三十四年十一月号に当り、飯田蛇笏、富安風生、水原秋桜子はじめ広く俳壇からの寄稿を得た。夏草賞は古舘曹人、記念作品俳句一位は本橋仁、評論は小原啄葉である。またこの十一月、青邨編の平凡社版『俳句歳時記』冬の部が出版され、数人の夏草同人とともに私も季題解説に協力した。そのことが、虚子の亡くなったあとの虚脱感を忘れることが出来た一つになった記憶がある。

　三十五年には次男慎二が誕生した。三十四年から三十六年の間の句で、新人会、時雨会以外に次の句を作った。

裏窓を飾る青柿吾子生れし　けん二
父とありし今子とありて法師蟬
母いつか老のまなざし菊日和
日々勤め晩夏陸橋人に従き
鵙鳴いてちらと子のこと退勤時
蜜柑むき人の心を考へる
年迫る追はるることはいつもいつも

海外出張

昭和三十六年十月十五日から十二月五日まで、新金属協会の視察団に加わって欧米に出掛けた。原子力や電子工業の開発に伴って、それまで工業的に生産されなかった金属が注目されるようになった。その金属の範囲はかなり広く、従って視察もイギリスで稼働中の原子炉から、ヨーロッパ各国の研究所、北米の研究所と多くの数に上った。視察団は大手金属メーカーから九名、ほかに通産省と協会事務局の計十一名である。現在このような長期の視察は考えられないが、ローマの遺跡を見、ユングフラウへ登山電車で登ることが出来た。また北米では、在米俳人に親しく会うことも出来た。ここでは、主として北米在住俳人について書くが、その前に、ヨーロッパで作った句を書いておく。

イギリス北海岸のホテル
菊の卓鷗は窓に翼《よく》ひろげ　けん二
オランダアムステルダム
橋のせて黒き運河の街冬に
ローマ、コロシィアム
廃墟中瓦礫の抱く秋日影
ユングフラウ
雪窓にはりつき我等ワイン酌む

パリ
セーヌ流れわが靴音に落葉降る

現在、海外俳句は、外国人のハイク、日本人の旅行俳句を中心に、実作され論じられ、海外との交流も盛んである。しかし、海外在留の日本人俳句として、ブラジルの佐藤念腹を中心とした俳句と、北米の在留日本人の俳句は再認識しておく必要があると思う。いずれも永住の地としてその地に移り住み、生活の苦難を乗り越えて、その土地で季題の詩としてのすぐれた俳句を作ったのである。海外の四季の季節感をどのように生活の中で感じたかは、その方達がほとんど亡くなった現在では、二度と実行できない貴重な史実だと思うのである。

佐藤念腹は昭和二年、三十歳でブラジルに移り住み、開墾の苦労の中作句し、ブラジル全土に俳諧行脚を続け、昭和二十三年、俳誌「木陰」を創刊、誌友千に達した。

北米の俳人は、第二次大戦中、収容所生活をしていたが、終戦後の「ホトトギス」に多くの人が巻頭をとり活躍した。その名前と作品のごく一部をここに挙げておく。

芦花なびく果に尖れりニューヨーク　安田　北湖
オーロラの空に橇鞭鳴らせつゝ　吉良比呂武
沙漠中夕立濁流起り消え
仙人掌の曠野の果の雪の山　保田白帆子
此の頃が加州の梅雨よ黴の宿　小島　静居
雹来べし樹下に集る馬と牛　左右木韋城
目にてらてら足につる〳〵道凍てて　中口飛朗子
暑き日の夕餉もなかに舌を噛む

最も多く巻頭を占めたのは、吉良比呂武と中口飛朗子であり、時に日本に来ていたのは保田白帆子である。

その白帆子に私はロスアンゼルスで会いたいと手紙を出した。ちょうど私の行く時期、日本に来ていて会うことが出来なかったが、吉良比呂武、大家湖汀、山口牧村に紹介され、その方達とロスアンゼルスで会った。湖汀は休日、車で、ディズニーランドへ案内してくれ、牧村は家に招いてくれた。この方達は俳誌「たちばな」を発行していた。

私の北米の視察の中心は東部であった。その後シカゴに寄ることが出来、そこで中口飛朗子に会い、ソルトレークでは、左右木韋城と会い、夜はライトアップされた巨大な教会を見た。その後にロスアンゼルスに廻ったのである。

シカゴは、運よく休日で時間がとれ、中口飛朗子とゆっくり会うことが出来た。飛朗子は、私と年齢的にほとんど同じであり、二十九年には、一時日本に来ていて、鹿野山の夏の稽古会にも出席し、顔も知っていたのである。飛朗子は一九二一年（大正十年）加州レドンドビーチに生れ、約十年間日本に居住、母を残し戦後シカゴに移住した。普段はまったくアメリカ人だけの中で生活し、しかも俳句を作り、「ホトトギス」昭和二十七年一月号で巻頭になった。その時の句。

綿摘等露の乾くを待つてをり
凍道は危うし腕を組みて送る　　飛朗子

シカゴは冬はウィンディシティといわれるくらい凍りつき、風が強く、夏は酷暑だそうで、私の行った十二月初旬には雪がちらつき、風が強かった。その中を外套を着て、ミシガン湖畔に立ち、鷗を見たことが今も脳裏にある。

「シカゴは天候から見ると、不平たらたらです。しかし俳句を作っていると何でもないです。救われます」と言った飛朗子は、まさに作家の顔であった。昭和三十九年六月号「ホトトギス」に、私は「中口飛朗子論」を書き、また「俳句研究」三十八年九月号に作家論を書き、「かつらぎ」三十八年四月号に「湖の鷗」と題した一文を書いた。飛朗子は「かつらぎ」でも永く活躍したのである。北米における私の句を書いておく。広大な原野と、高速路がまだ日本になかっただけに、それが特に印象に残っている。

大枯野牧牛をればみどりあり　　けん二
ハイウェーは弧を画く空の渡り鳥
今別れゆく外套の背を見せて
冬の夜の空金色に塔浮ぶ
エアメール葉書投函渡り鳥
椰子の葉に当る風音冬日和

この時の旅行の句は帰国後、青邨に選をしていただき、「俳句研究」に発表した。

木曜会

昭和四十二年四月、所沢市下安松の現住所に土地を求め家を建てた。四十四年一月、それまで永く勤めた日本鉱業㈱中央研究所から、日鉱グループの東邦チタニウム㈱に出向、茅ヶ崎工場に単身赴任し、やがて新しい技術の工業化プロジェクトの一員となった。今も交流を続ける技術者達との生活であったが、俳句からは次第に遠くなった。その間「玉藻」の研究座談会が星野立子の下で、また立子が病気で倒れた四十五年以後は、高木晴子の下で続けられ、その三ヶ月に一度の会には、つとめて出席した。また山口青邨の堀の内のお宅〝雑草園〟には、正月二日の新年句会に出席した。

約十年の中断の期間を経て、俳句に復活したのは、昭和五十一年九月、定年を機に、日鉱エンジニアリング㈱に就職してからである。
「夏草」の青邨選に投句を再開し、木曜会という夏草の連衆句会に参加することとなった。「夏草」の編集は昭和四十年から斎藤夏風が担当、その推薦により五十二年七月号で五百号を迎えた「夏草」の東北大会に青邨夫妻随行の形で、盛岡へはじめて行った。吟行は渋民、青邨夫妻と案内の田村了咲の車に同乗出来た。

月照らす師のふるさとに師と旅寝　　けん二
南部富士一日まぶし赤とんぼ

この年の私の誕生日の三月五日には、第二句集『雪の花』を玉藻社から刊行した。編集の野村久雄は、研究座談会で常に顔を合わせており、『川端茅舎句集』も、昭和九年に玉藻社から刊行されている。おこがましいが、再出発に当って、『川端茅舎句集』の俳句の組み方、頁のノンブルを真似、函も純白とした。しかしながら内容は、三十一年から五十年までの三百句といっても、ほとんど三十一年から三十八年頃までの句で貧しかった。古舘曹人に、四季別にするがよいと助言され、それで句集がまとまったのである。別に「父逝く」の章と「秋から冬を」の章を、句集の始めと終りに置いた。「秋から冬を」は三十六年の海外詠四十句である。巻頭に青邨から私の結婚の時、後にお祝いとしていただいた二枚の半折を入れさせていただき、清崎敏郎に序文を頼んだ。青邨の句。

東山より日が出づる花にあふれ　　青邨
書を愛し秋海棠を愛すかな

敏郎の序は「序にかへて」と題し、情の深い文である。
さて「木曜会」は、第二、第四の木曜日の夜、曹人の家の近くの千代田区一番町の会館で行われた。集ったのは、古舘曹人、斎藤夏風、黒田杏子、松村幸一、奥野桐花、向山隆峰、染谷秀雄、坂本靖夫で後に岸本尚毅が加わった。この句会は、半月間作った句から各人十句を自選し、投句、選句は自由であった。そして披講のあと、その日のリーダーが司会をして合評をするのである。六時半〆切、九時に終るが、それは、ただよい句を作り、よい句に出合うよろこびを共有することだけに集中する時間であった。普段お互いに共に句会をすることの少ない仲間であるので、一ヶ月の生活は、この二回の句会のための句作りに集中したのである。また選句も、ただよい句を選ぶということに終始し、句作の時に対象と心を一つにして作ると同じく、ただ作品とだけ心を通わせて選別したといえよう。合評も名前が分って行うのであるが、これも作品の良否のみに終始するので、至って爽やかであり、自分の句でなくてもよい句が選ばれ、合評によって更にその句の評価が高まると、全員がよろこんだのである。つまり、徹底したノンリーダーの連衆の句会であるが、そうした連衆に育つまでには、曹人を中心としたメンバー一人一人の新しい脱皮が必要であった。

　私が参加した昭和五十二年頃は、この核が出来つつあった時であるから、普通の句会しか知らなかった私が戸惑うのは当然であるし、また私の句も徹底して叩かれた。私が、この句会の本当の醍醐味を知り、この句会を中心に、作句活動が本格化したのは、五十八年以降ではなかったろうか。杏子は、この合評をテープに録音して、それを家でもう一度聴くことをした。夏風は五十八年、胃潰瘍の手術で入院の四十日間も木曜会への出句とあとでの選を一度も休むことはなかった。メンバーのほとんどが現役の仕事を持ちながら、この句会が続けられたことに、今あらためて感動する。

「俳句」五十九年二月号は、曹人句集『樹下石上』の特集であるが、そこに「木曜会と『樹下石上』」という座談会があり、曹人、杏子、夏風、けん二が出席、句会のよろこび、連衆とのよろこびを語り合っている。木曜会は、作家の自立を前提とするものであり、この会によって私ははじめて虚子が見え、その教えが少し身についたと思っている。夏風と木曜会の帰り、常に一緒だったのも貴重。

　木曜会に入っての研修期間ともいうべき昭和五十一年から五十六年までの句は第三句集『星辰』に入っている。既刊の句集から二百句、その後から百五十句を入れた玉藻叢書の一冊で、昭和五十七年刊。次のような句がある。

　あらためて虚子学ばんと虚子忌来る　　けん二
　二た昔とも昨日とも高虚子忌
　かまつかのゆるみそめたる紅の張り
　夕月の光を加ふ松納
　かな〳〵や森は鋼のくらさ持ち
　草に音立てゝ雨来る秋燕

青邨の逝去

青邨は、昭和六十三年五月十日の九十六歳の誕生日の少し前まで元気に現役の俳人として活躍したが、その後体調を崩し、東大病院に入院、十二月十五日に亡くなった。十二月二十八日青山葬儀所にて「夏草葬」による本葬が行われた。〝わたしの昭和俳句〟もまさに青邨の死によって終るのである。

　そののち「夏草」は、俳誌一代という師の遺志をうけ、平成三年五月終刊、既刊の斎藤夏風主宰「屋根」、鳥羽とほる主宰「草の実」、小原啄葉主宰「樹氷」などの他、黒田杏子主宰「藍生」、有馬朗人主宰「天為」が創刊され、自立の道を歩き出した。私も曹人のすすめで、「F氏の会」という句会を平成元年八月発足させ、平成三年三月、季刊誌「花鳥来」を発足させたのである。この俳誌では、虚子、青邨両師の志を学び、次代に伝えることを基本に、句会としては、木曜会の体験を生かし句作とともに選句合評を重視、欠席投句を認めぬやり方を貫いて来た。従って「花鳥来」とともに歩いた平成の私の俳句は、昭和の総決算からの出発なのである。その意味で、昭和五十二年から六十三年までの経過が私史の大きな部分を占めるのであるが、それも虚子在世の昭和三十四年までの実績がなければあり得なかったと思う。従って今回の〝わたしの昭和俳句〟は、虚子在世中までを中心にした。最後に、昭和五十二年から六十三年までのいくつかを書きとどめておく。

(1)俳人協会との関係

昭和五十三年十月、俳人協会賞予選委員となり、はじめて他の結社の人々と共同作業を行った。更に五十四年度からは新人賞の選考委員となり五年間続けた。受賞者は朝倉和江から西村和子までである。その後六十二年度まで再び俳人協会賞の予選委員を行った。その後も、新人賞、協会賞の選考委員を何回か行っている。この委員を務めることで、多くの句集を読み、選考委員と共同作業をする中で、広く俳壇の人と直接ふれ合うことが出来た。以前「夏草」で月評を書き、虚子の下での研究座談会で多くの句集をとりあげてはいても、直接に他の結社の作家と会い、話すことは、ほとんどなかったのである。

昭和五十五年、俳人協会特別講座「現代俳句の歩み」の中で「星野立子論」を、また「高浜虚子Ⅱ」では、高木晴子の話のあと「晩年の虚子」を講演した。二時間の講演であるので、まとまった話が出来、野村久雄の配慮でいずれも「玉藻」に掲載出来た。立子に喜んでもらえたこともうれしかった。

昭和六十三年には俳人協会埼玉支部発足、世話人代表となった。理事長草間時彦、理事岡田日郎の膳立てである。

(2)「ホトトギス」新歳時記の編集

虚子編『新歳時記』（昭和九年初版二十六年増訂、現在も市販中）の改訂は、かねてから「ホトトギス」の懸案で、昭和五十五年の千号記念事業として、その計画が進められていた。私も編集の一員であったが余り熱心でなかった。

五十六年、「ホトトギス」編集長であり、歳時記改訂の事務局の湯浅桃邑が、四月八日の虚子忌の帰途、大怪我をし十四日死去した。新人会以来の盟友の死に、清崎敏郎と協力、その生涯の句集『虚子信順』を刊行した。しかも桃邑の死により、汀子からあらためて歳時記編集に尽力するよう依頼を受けたのは、私にとって一つの運命でもあった。私は、今井千鶴子、藤松遊子と三人で解説のまとめを担当することとなった。毎月汀子が必ず出席、「ホトトギス」編集長松尾緑富、稲畑廣太郎、本井英その他十名ほどの委員とともに編集会議が開かれた。その結果、虚子編『新歳時記』がいかにすぐれたものかが分かり、『新歳時記』はそのまま残し刊行を続けることとなった。別に季題をふやし、解説を新たにし、例句の大部分をさし替えた稲畑汀子編『ホトトギス新歳時記』が編集され、刊行されたのは、昭和六十一年五月三十日である。

解説の詰めでは、千鶴子、遊子と、夜の「ホトトギス」発行所に五十数回通った。その縁から三人で一年前の自作三十句と季題エッセイのみを載せる季刊誌「珊《さん》」の刊行が実現した。創刊平成元年二月、現在五十五号（秋）。遊子が平成十一年六月二十八日亡くなり、本井英が加わった。

(3)「春潮」と私

「春潮」の主宰であり新人会の中心であった上野泰が五十四歳で亡くなったのは、昭和四十八年二月二十一日。以後章子が主宰を継いだ。その「春潮」に二頁の短文を載せるようになったのは、五十六年三月以降、毎月である。五十七年七月から何回か小諸、犬吠埼などへ二人吟行を行い、「春潮」に発表された。虚子を客観的に見ると同時に、虚子の体からあふれ出る人間の大きさというものを、章子に接して再確認出来たのである。

第四句集『花鳥来』は、平成三年三月刊。しかし内容は昭和五十七年から平成元年秋までの木曜会にぶつけた四百句で、〝わたしの昭和俳句〟をしめくくるものである。その句集で、平成三年度俳人協会賞を受けたのは感慨深い。

けん二

ものの芽のほぐるる先の光りをり
人はみななにかにはげみ初桜
ちちははも神田の生れ神輿舁く
雨かしら雪かしらなど桜餅
枯菊を焚きて焔に花の色
囀の一羽なれどもよくひびき

（富士見書房刊「俳句研究」編集長石井隆司・二〇〇二年七月号から十二月号まで六回にわたって連載）

高濱虚子句集『遠山』解説

㈠はじめに

虚子先生の六十八年にわたる厖大な俳句から約四百句を選び「高浜虚子句集」を作ることは、大変難しく、僭上とも思われた。

たまたま、昨年来、NHKカルチャーラジオのテキスト『選は創作なり——高浜虚子を読み解く』を執筆し、虚子の俳句及び選句について、時代を追って調べまとめる機会を得た。その中で、虚子が昭和三年に提唱し、それが終生の俳句観となった「花鳥諷詠」について、あらためて考えることが多かった。

「花鳥諷詠」は、俳句は季題を最も尊重する詩ということで、理論的にも多く論ぜられており、思想でもある。

しかしながら俳句作家としては、「花鳥諷詠」を、俳句自体で考えたいと思う。「花鳥諷詠」は、虚子が提唱した言葉であるので、虚子の俳句と選句とを見るのが最も妥当である。

虚子の俳句は『年代順虚子俳句全集』〔全四巻〕（明治二十四年から昭和五年三月まで）と『句日記』〔六冊〕（昭和五年四月から三十四年三月まで）の十冊にまとめられている。

また精選句集としては、昭和二十五年までの句は、虚子自らが『五百句』『五百五十句』『六百句』『六百五十句』の四句集に自選しており、以後三十四年四月八日に亡くなるまでの句は、長男高浜年尾と次女星野立子が約七百五十句を選び「七百五十句」としてまとめていた。この五句集は、『虚子五句集』として「ホトトギス」創刊百年を記念し岩波文庫として一九九六年刊行されている。

この五句集の中で、『五百句』だけは、明治二十四年から昭和十年までという四十四年にわたる句からの五百句という厳選ぶりである。

一方、虚子は昭和二十七年に、俳句を作りはじめてから昭和二十五年までの句より各年平均して約二千句を自選し『虚子秀句』として出版した。

従って今回は、昭和二十五年までの句は『虚子秀句』から私なりに選んだ。また昭和二十六年以降は「七百五十句」を参考に、二冊の『句日記』から選び、併せて四百二十六句とした。

なお、句形、句の順序は『五百句』『五百五十句』『六百句』『六百五十句』、それにないものは、『年代順虚子俳句全集』『句日記』に従った。またこれらの句集には、句に詞書（何月何日どこでの作など）が添えてあるが、本句集では、贈答句、及び必要と思われる句のみに、適宜前書として加えた（適宜とは主として『虚子秀句』による）。
漢字は、常用漢字、また同じ漢字・仮名は踊り字に統一した（『五百五十句』以降は原典が踊り字である）。振り仮名は、原句にある以外にも特に読みにくいものには、現仮名でつけた。

㈡虚子の略歴とその時代の俳句

高浜虚子は、明治七年（一八七四）二月二十二日、愛媛県松山市に生れた。十七歳の時、中学の同窓河東碧梧桐を介し、正岡子規に手紙を送り、以来子規の下で俳句を作り文章を書いた。当時、日本新聞に入って俳句の革新を試みていた子規のいわゆる日本派の俳人の中で、碧梧桐と双璧として活躍した。

明治三十一年、その前の年に松山で発刊された雑誌「ほとゝぎす」の発行所を東京に移し、自ら出資、その発行人となり、終生虚子は、この「ホトトギス」（明治三十四年改名）によって俳人として活躍したわけである。

明治三十五年、子規が亡くなったあと、虚子は、俳句は碧梧桐にまかせ、一時散文の世界に入り、小説を多く書いた。しかしながら、碧梧桐の俳句が、新傾向と称し、季題・定型を軽んずる方向へ動くのを見て大正二年（一九一三）俳句に復活し、「平明にして余韻ある句」をモットーとして、題を定めず俳句を募集する「ホトトギス」の雑詠で、多くの作家の句を選んだ。また「進むべき俳句の道」を書き、飯田蛇笏、村上鬼城、原石鼎、前田普羅に代表される三十二人の俳人を推薦した。そのはじめに「子規居士の時代の俳句と我等の俳句の上で著しく相違しているのは、主観的な句である」ということを具体的に句をあげ解説した。これが「ホトトギス雑詠」の第一次黄金期である。

その際、客観の写生をおろそかにしないことを強調したにもかかわらず、有数の作家にさえ、模倣・かりそめの主観が横行するようになるのを見て、大正六年頃から猛然として客観写生を説いたのである。

そのためには小さい自己を立てようとする努力を一切擲って、大自然の一行を写生しようとする客観写生をも推賞した。その結果破調や些末的な句も生れたが、虚子は、要するに客観写生というものも窮極するところは、主客両観の混一したものだと説いた。そして新鮮な選句により大正末から昭和はじめの、水原秋桜子・高野素十・山口誓子・阿波野青畝の四作家が競う四S時代という「ホトトギス雑詠」の第二次黄金期を迎えたのである。

白牡丹といふといへども紅ほのか
大空に伸び傾ける冬木かな

大夕立来るらし由布のかきくもり
やり羽子や油のやうな京言葉
咲き満ちてこぼるゝ花もなかりけり
ふるさとの月の港をよぎるのみ
流れ行く大根の葉の早さかな
短夜や露領に近き旅の宿
石ころも露けきものゝ一つかな
春潮といへば必ず門司を思ふ

は、その頃の虚子の句で、客観写生であるが、主観、客観の一つとなった力ある作品で、この自らの作品と選句で、「ホトトギス」を率い、「ホトトギス」即俳壇となった。

　虚子は大正三年四月に四女六を亡くしている。その悲しみの中、「落葉降る下にて」を書いた。そして唯ありのままをありのままとして考える以外ないということを書き、終生のあるがままという人生観となった。

　昭和六年水原秋桜子が写生についての考えから「ホトトギス」を去り、俳壇は大きく変ってゆくが、虚子は、松本たかし、川端茅舎、山口青邨、富安風生、星野立子、中村汀女、中村草田男など次々と新しい作家の俳句を雑詠に選出し、自らの俳句を作った。

花の雨降りこめられて謡かな
鴨の嘴よりたら〳〵と春の泥
神にませばまこと美はし那智の滝
籐椅子にあれば草木花鳥来
鳰がゐて鳰の海とは昔より
夏潮の今退く平家亡ぶ時も
天地の間にほろと時雨かな

　第二次世界大戦が敗戦に近づく中、虚子は、昭和十九年（一九四四）から小諸に疎開したが、今まで経験したことのない北国の厳しい生活を創作に活かし『小諸百句』（俳句）『小諸雑記』（写生文）『虹』（小説）の三部作を発表した。

紅梅や旅人我になつかしく
山国の蝶を荒しと思はずや
大根を鷲づかみにし五六本
風花はすべてのものを図案化す
初蝶来何色と問ふ黄と答ふ
蛍火の鞠の如しやはね上り
爛々と昼の星見え菌生え

　昭和二十五年、目まいを感じてから、永年毎月行って来た「ホトトギス」雑詠選を長男年尾に譲り、その後は、次女星野立子主宰の「玉藻」に力を入れた。また昭和二十三年以来の朝日新聞の選に加え、小俳話を昭和三十年四月から隔週載せた。昭和三十四年（一九五九）三月三十日まで句会に出席、四月一日に倒れ八日に亡くなっている。八十五歳のまさに生涯現役であった。

ゆらぎ見ゆ百の椿が三百に
悪なれば色悪よけれ老の春
大空の清艶にして流れ星
春山を相して京に都せりと
伊予に生れ相模に老いて更衣
我が庭や冬日健康冬木健康
春の山屍をうめて空しかり

㈢虚子俳句の生れたところ

『年代順虚子俳句全集』『句日記』を読むと、虚子の俳句の多くが、俳句会で出来ていることが分る。その俳句会は、私が虚子の句会にはじめて出席した昭和十六年を見ても、人数は二十名程度、必ず兼題が出、十句投句十句選の互選句会であった。虚子の選は二十句前後で、選評もなかった。『句日記』を見ると、当時定例の句会が月に十三ほどあり、そのほかにも小句会があった。虚子は俳句会が好きで、そこを創作の場としていたことが、私の体験からも、また『句日記』を調べてもよく分る。当時「草樹会」は、東大卒業生中心の会で、山口青邨、富安風生、京極杞陽、福田蓼汀、大橋越央子、麻田椎花、景山筍吉、佐藤漾人、吉井莫生などの作家がいた。「七宝会」は虚子が生涯好んだ能の第一人者の集った会、「二百二十日会」は新橋の芸妓の句会というように、集まる顔ぶれも異なり、みな各界の第一人者であり、且つ俳句作家でもあった。

虚子は亡くなるまで、句会の前に必ず兼題の句を心をこめて作っていた。

遠山に日の当りたる枯野かな
桐一葉日当りながら落ちにけり

こうした明治時代の句は、題詠による句会の作品である。

大寒の埃の如く人死ぬる
懐手して宰相の器たり

のような句は、「大寒」「懐手」の兼題で想をめぐらしているうちに出来た句である。

大根を水くしやく〳〵にして洗ふ

のように、兼題でも見て作ったような句もある。一方、

木曾川の今こそ光れ渡り鳥
流れ行く大根の葉の早さかな

鴨の嘴よりたら〳〵と春の泥
神にませばまこと美はし那智の滝
山国の蝶を荒しと思はずや

は吟行や旅の現場立ちの句であって、兼題と嘱目というものが見事に織り合わさって豊かな句となっている。

虚子の俳句が句会で出来たことともに、その推敲が句の完成に大きな役割を果したことを記しておかねばならない。

爛々と昼の星見え菌生え
原句　昼の星見えしよりこの茸生え

去年今年貫く棒の如きもの
原句　去年今年貫けるもの棒のごと

この二句の原句が発見されたのは、ごく最近である。一般には句会の一年後「句日記」として「ホトトギス」に発表する時の推敲が多い。それは、私の出席した虚子の句会でもかなり多いことを確認している。前記

木曾川の今こそ光れ渡り鳥

も、原句の下五は「小鳥来る」で、いかに推敲で句が飛躍し完成されているかが分る。

㈣一句の背景・贈答句・『喜寿艶』

以下いくつかの虚子の句を別の面から見てみよう。

①一句の背景

時ものを解決するや春を待つ

大正三年作。前年俳句に復活したが、体調はよくなかった。しかし「ホトトギス」雑詠の投句者に俊英が集まる目途がつき、故郷松山に帰省、その帰途久しぶりに大阪の旧知の俳人と句会をした時の句である。

咲き満ちてこぼるゝ花もなかりけり

昭和三年作。四月八日、鎌倉稲村ヶ崎で、四S時代の秋桜子、素十、たかしそのほかごく身近な二十五名の句会。

花の雨降りこめられて謡かな

昭和七年作。虚子の好きな京都の宿に泊り、安倍能成、和辻哲郎が来て好きな謡を二番謡った時の句で、楽しそうな虚子の心がそのまま俳句になっている。

このように、虚子の句は多く、無理なく自然に出来ている。それが、平明にして余韻ある俳句となっているのだと思う。

勿論、「爛々と」や「去年今年」のような飛躍もあるのである。

②贈答句

贈答句の中に次の句がある。

念腹のブラジル渡航を送る

畑打つて俳諧国を拓くべし

碧梧桐とはよく親しみよく争ひたり

たとふれば独楽のはぢける如くなり

川端茅舎永眠

示寂すといふ言葉あり朴散華

孫中子、興健女子専門学校入学

春潮にたとひ艪櫂は重くとも

「俳句」創刊祝　角川店主に

登山する健脚なれど心せよ

播水、八重子結婚三十周年祝句

地球一万余回転冬日にこ〱

贈答句は、その人をよく知って、それにかなった季題を選ぶことが大事だと直接言われたが虚子はその名手であった。そして鈴木花蓑追悼会に寄せた次の句など、大きな天地に呼び掛ける存問の句となっているのである。

天地の間にほろと時雨かな

③『喜寿艶』（昭和二十五年刊）

この句集は喜寿を記念し七十七句を自筆したもので、虚子が小説家であり情の深い天性の人であったことがよく分る。

松虫に恋しき人の書斎かな

やり羽子や油のやうな京言葉

紅梅の莟は固し不言

稲妻をふみて跣足の女かな

手毬唄かなしきことをうつくしく

虹立ちて忽ち君の在る如し

海女とても陸こそよけれ桃の花

㈤結び

最後に虚子の説く「客観写生」がいかなるものであるかを解説しておきたい。

虚子は大正時代、客観写生を強く説いたが、その時から客観写生も窮極するところは、主客両観の混一したもの、四季の運行する自然（人間を含む）を尊重するものとした。昭和二十七年「玉藻」に書いた「客観写生（客観写生――主観――客観描写）」という俳話では、要約すると、写生はまず自分の心とは余り関係なく花や鳥を向うに置いて写し取る。それをくり返すと、花や鳥と自分の心とが親しくなり、主観との交錯で心も自由に詠める。更に進むと客観描写をすればそれが作者自身を描くことになる、と書いている。

　花や鳥を季題とすると、客観写生は花鳥諷詠と表裏となり、「花鳥諷詠」は俳句の本質、「客観写生」はその表現法、技となる。更に、昭和二十七年の「客観写生（再）」という俳話には次のように書かれている。「客観というのは諸法実相の謂い（意味・筆者註）である。もろもろの法は千変万化摩訶不思議である。これを描写しようとしても容易ではない。しかしながら作者の感じたところの客観を写すことは出来る。人々によって違う客観の天地がある、作者はその作者が見た客観の天地を描く。これが即ち客観写生である。」これを読むと、客観の世界は諸法実相（一切の存在のありのままの真実の姿）であり、季題のうしろには、四季の運行に伴う自然界・人事界のものがすべて含まれることになる。従って客観写生は、その作者の器量と表現の技の習練により、描く天地が大きくもなり小さくもなり、また季題の力によって作者を超えた俳句も出来る。それが花鳥諷詠の俳句なのである。

　虚子は『句日記』（昭和十一年刊）の序に、

「心の生活は深く湛へたる潮であり、詩は表面の波であるとも言へる。『句日記』は私の生活の表面に現れた波であつて、善読せられる方は、この波を透して、私の生活をよく理解せらる、かも知れない。」と書いている。

　『句日記』を読むと、その日その日での句会の句が多く並んでいるが、時に飛躍があり、また深く沈潜する。それはまさに諸法実相をとらえた虚子の心の波の俳句と思われる。

　それが「花鳥諷詠」だとあらためて思った。

（ふらんす堂文庫高濱虚子精選句集『遠山』解説　二〇一二年刊）

句集解題

すゞき茂

本俳句集成は、深見けん二の第一句集『父子唱和』より第八句集『菫濃く』までの八句集を底本として収録している。即ち、昭和十六年より平成二十四年夏までの二七四六句である。また、その後の平成二十六年初夏までの約二年間の二〇〇余句は「『菫濃く』以後」として収めた。

第一句集『父子唱和』

昭和三十一年十一月三十日、近藤書店刊。B6判上製本。本文一五四頁。一頁三句組み。定価二五〇円。夏草叢書第七輯。巻頭には、高濱虚子から父俊三郎への悼句「をりからの芍薬切つて涙哉」が掲げられている。昭和十六年より三十年、十九歳より三十三歳までの作品四一六句を収録。装幀は高橋芙蓉。

本書は「病父頌」（自昭和二十五年、至昭和三十年）、「青林檎」（自昭和二十一年、至昭和二十四年）、「卒業まで」（自昭和十六年、至昭和二十年）の三章から成り、逆年代順になっている。

序文は山口青邨。長文で全文、あたたかい情感にあふれている。その中に次のようなところがある。

「かういふ作句態度であるからけん二君の句は概して地味である、鑑賞者の方も句に対してじつと眺めてゐなければ面白さが出て来ない、にじみ出てくるまで対決しなければならないといふやうな場合が多い、これは一つの特徴である。」

又

「ガラス戸に額を当てて短き日

これは人間の一瞬のポーズである、些末な事柄である、ガラス戸に額をあてて外を眺めてゐる、短日といふものの象徴だ、ぴつたりする。何故こんなことが俳句になるのか——、俳句といふものはさういふ詩だ、これだけのことで、人間が描かれるのだ。」

作者の特長をよく曳き出した序文であり、「これだけのことで、人間が描かれるのだ。」を作者は、自分を勇気づけた師の言葉として、折にふれ記している。

「病父頌」の構成は、父病む十二句、山中湖畔稽古會十一句、鵜原御宿九句、別府行十二句、四萬日向見九句、箱根初冬十句、下諏訪七句、吾子誕生十七句など。山中湖畔稽古會には「去り難な銀河夜々濃くなると聞くに」「離愁とは郭公が今鳴いてゐる」の二句が収められている。また、横濱埠頭三句には「セーターの男タラップ駈け下り来」の句も見える。

後に「屋根」主宰の斎藤夏風は、現代俳句文庫『深見け

ん二句集』（ふらんす堂、平成五年刊）の解説で『父子唱和』に関して次の五句を引き、

月眞澄しづかといふは父の面
青林檎旅情慰むべくもなく
ひらきたる薄紅梅の空に触れ
やはらかに山の西日の衰へし
吾子の口菠薐草のみどり染め

「写生されたもの、そこで自己の感性が受けた美的感動をどの句にも必ず添えて一句としていた。これらの句の『しづか』『やはらか』といった形容語や、『青』『みどり』など色彩表現は、けん二俳句の場合対象凝視に始まる入念な観察と心を働かせての対象との交歓によって純化した感性の働きで浅薄な印象表現に堕ちることなく、作者自身の叙情としてものの存在と一体になって一句に統一され具現化されて、定型の旋律の中でみずみずしい光彩を放っており、これがけん二俳句の最大の特色ともなっている。」と評している。

■第二句集『雪の花』

昭和五十二年三月五日、玉藻社刊。四六判上製布装、箱入り。本文一七五頁。一頁二句組み。定価二〇〇〇円。昭和三十一年より五十年、三十四歳より五十三歳までの三〇〇句を収録。巻頭には山口青邨が深見けん二夫婦の結婚の時に贈った半切「東山より日が出づる花にあふれ」「書を愛し秋海棠を愛すかな」の二句が掲げられている。

序文は清崎敏郎。

「この句集、先づ、『父逝く』といふ章で始まつてゐる。それは、ちやうど、この時に、父君を失はれたといふ物理的事情からといふだけのことではなささうである。父思ひのけん二さんが、そんな事情とは別に、この章を巻首に置かれた心情は、私にも察せられる。処女句集に『父子唱和』といふ題名を与へられてゐることから、お父さんに対して、父子としての情といふにとどまらぬ、深い思ひを抱いてをられるやうである。同じ鉱山技術者としての道をゆく大先達として、父君に、深く傾倒されてゐるのだらう。」

本書は「父逝く」「新年」「春」「夏」「秋」「冬」「秋から冬を」の七つの章で構成。秋の章には、「人ゐても人ゐなくても赤とんぼ」の句がある。

この句は、後に歌人の小島ゆかりが、深見けん二句集『水影』（ふらんす堂文庫、平成十八年刊）の栞「季題という地軸」で取り上げ、「『客観写生』とは何なのか。それはあるいは、対象に目を凝らすことによって、〈わたし〉を中心としない世界へ、その地軸を正すことではないか。この句を読むたびに、新しい秋の空間が見える。」と記している。

■第三句集『星辰』

昭和五十七年八月二十日、玉藻俳句叢書として東京美術より発行。四六判変形、並製本。本文二二七頁。一頁三句組み。定価一〇〇〇円。

本書は「父子唱和」抄（一〇〇句）、「雪の花」抄（一〇〇句）、その後の句として「武蔵野台地」（自昭和五十一年、至昭和五十六年）一五〇句を収録している。

特徴的なのは故虚子への思いの強い句が多いことである。

二た昔とも昨日とも高虚子忌
晩年の虚子百句これ高虚子忌
師の花野師に従ひし歩の如く
たゞ立つや霧ひた包む虚子旧廬
鎌倉に來て赤椿虚子椿

■第四句集『花鳥来』

平成三年二月一日、角川書店刊。四六判上製布装、箱入り。本文二二八頁。一頁二句組み。定価二五二四円（税別）。現代俳句叢書Ⅲ20。昭和五十七年より平成元年、六十歳より六十七歳までの四〇〇句を収録。

本書は一年毎に纏められており、昭和五十七年三十二句、五十八年二十三句、五十九年四十九句、六十年五十四句、六十一年五十句、六十二年六十四句、六十三年七十一句、平成元年五十七句と厳選。平成三年度第三十一回俳人協会賞を受賞、翌年二月には版を二刷としている。

人はみななにかにはげみ初桜
雨かしら雪かしらなど桜餅
一片の落花のあとの夕桜
一刀を柩の上に冬の月
ビヤホール椅子の背中をぶつけあひ

など人口に膾炙している句が多くある。

「一刀を柩の上に冬の月」の句は、昭和六十三年十二月に亡くなられた師山口青邨への悼句。あとがきで「四十五年に亘り師事した山口青邨先生が亡くなられたが、私は青邨先生と高濱虚子先生の二師に親しく教えを受けたことにより、多くの得難い知友を得た。」とした上で、「今後は、私なりの自立の道を歩き、その結果の作品を『珊』に発表してゆきたい。」と決意を新たにしている。

「珊」は平成元年、今井千鶴子、藤松遊子、深見けん二の三人が個人季刊誌として創刊。更に平成三年には「花鳥来」を創刊主宰している。

■第五句集『余光』

平成元年より九年、六十七歳より七十五歳までの三五〇句であるが、未刊句集。平成十一年二月二十日、花神社より刊行された『花神現代俳句　深見けん二』に収録した。一頁十句組み。四六判並製本。定価二〇〇〇円（税別）。初句索引・季題別索引・略年譜付き。

本書は、『余光』の他に、『花鳥来』抄、『星辰』抄、『雪の花』抄、『父子唱和』抄で構成。なお、『父子唱和』は初版発行時の逆年章編体が順年章編体で抄載されている。また、句集『父子唱和』序（山口青邨）、研究座談会「花鳥諷詠」（「玉藻」昭和二十九年六月号より）も収録されている。

平成二年七月二十九日、母死去九十一歳。

汗ひいて母は仏となりにけり
母亡くし師走ひと日の川ほとり

句集には他に、

凍蝶のそのまま月の夜となりし
薄氷の吹かれて端の重なれる
天高し抱いて明日香はまなむすめ
玲瓏とわが町わたる冬至の日
雲の出て力ゆるみし寒牡丹

などの句が収められている。中でも「薄氷の吹かれて端の重なれる」の句は多くの人に高く評価されている。

■第六句集『日月』

平成十七年二月十日、ふらんす堂刊。四六判フランス装、箱入り。本文一九三頁。一頁二句組み。定価二七〇〇円（税別）。ふらんす堂現代俳句叢書。平成九年秋より十三年冬、七十五歳より七十九歳までの三五〇句を収録。第二十一回詩歌文学館賞を受賞した。

以下は自選十五句より

朝顔の大輪風に浮くとなく
野遊の弁当赤き紐ほどく
真ん中の棒となりつつ滝落つる
社運かけ二十数名初詣
先生は大きなお方龍の玉
春蟬の声一山をはみ出せる
ゆるむことなき秋晴の一日かな
奥までも幹に日当る枯木立

また、同句集には、

屑金魚などと云はれて愛さるる
大正も昭和も生きてさんま食ふ

などの句も収められている。

なお、深見けん二句集『水影』（ふらんす堂文庫、平成十八年刊）には、「『日月』以後」として三十句が収録されている。

水鳥の水をつかんで翔び上り

これはその中の一句である。この句に触れながら作者は「ともかく写生というのは、発見ですからね。思いがけないものに出会いますよ。」と述べた後、「私の場合には虚子の句や青邨の句、他にも有名な句も覚えていますから、句のリズムというのが、体にしみ付いているわけです。それがただ動き出すわけで、どう動いてくれるかは分からない。言葉がうまく組み合ってくれればいいんです。」と自身の創作について語っている。

■第七句集『蝶に会ふ』

平成二十一年三月五日、ふらんす堂刊。四六判フランス装。本文一八九頁。一頁二句組み。定価二五七一円（税別）。題字は山本素竹。

本書は平成十四年より二十年、八十歳より八十六歳までの三四〇句を収録。Ⅰ～Ⅵの六章立て。巻末には季題別索引を設けている。

以下は自選十五句より

雑木中紋白蝶のゐる遠さ
白雲のまぎれ込みたる野梅かな
葉桜となるに間のある葉のそよぎ
銀漢や胸に生涯師の一語
これほどの旱つづきに秋の月
ふくれたるところより餅ふくれけり
はなびらのまはりは闇や石蕗の花
老いてなほ基本大切初稽古

句集には他に、

地に届く時のためらひ木の葉降る
いまもなほ敵は己や老の春

などの句が収められている。

句集名は集中の、

蝶に会ひ人に会ひ又蝶に会ふ

から採られている。これに関しては、「木曜会の句会の時に岸本尚毅さんが名句だと言ってくれたので、句集名にした。」とお聞きしたことがある。また、その時に句の背景として「散歩していたら蝶が来て、そして又少し歩いて行ったら人が来て、その人がいなくなったら、又別の蝶が来たというのを詠んだだけです。けれども、そう詠むと別の世界が出てくるわけです。事実なのだけれど、それを実際の物に託して描写すると、それが作者の心になるということだと思います。」と述べている。

■第八句集『菫濃く』

平成二十五年九月十日、ふらんす堂刊。A6判フランス装。本文一五二頁。一頁三句組み。定価二〇〇〇円（税別）。ふらんす堂叢書俳句シリーズ①。平成二十年春より二十四年夏、八十六歳より九十歳までの四〇九句を収録。第四十八回蛇笏賞を受賞した。

平成二十六年「俳句」六月号に選考委員の選評。宇多喜代子は「深見けん二の句の淡い強さには、一朝一夕にはできぬ滋味があり、魂鎮めの力を感じさせた。」とし、片山由美子は「『菫濃く』の深見けん二氏は、写生という伝統的な方法により自然とともに生きる実感を詠み続けてきた。その作品は平明だが平凡からは遠い。」と評した。

また、長谷川櫂は「深見けん二さんは高浜虚子の教えを受けた人です。いわば虚子の最後の弟子であり、写生の本道を日々実践している人です。『菫濃く』が受賞した最大の意義はここにあります。というのは雑誌『俳句』も蛇笏賞も、虚子とその『ホトトギス』に拮抗する勢力として創られた経緯があるからです。しかし半世紀近くが過ぎ、その看板はすでに意味を失っています。これからは互いのわだかまりを捨てて俳句という一つの土俵の上で、いい句はいいと認め合う。これが実現すれば俳句はもっと豊かになるはずです。深見さんの受賞はそこへいたる大きな一歩です。」とその意義を称えた。

以下は自選十五句。

浅間山昨日の雪を昼霞
影を置き蜂ひつそりと梅の花
仰ぎゐる頰の輝くさくらかな
形代や鹿島の沖の波のむた
睡蓮や水をあまさず咲きわたり
紅さして腕の中なる祭の子
人生の輝いてゐる夏帽子
スプーンもくもるばかりや夏料理
夏雲となく秋雲となく白く
日の沈む前のくらやみ真葛原
底紅や娘なけれど孫娘
大方の枝見えて来し落葉かな
あまねき日枯木の幹もその枝も
寒鯉を数へて数の定まらず
ゆるみつつ金をふふめり福寿草

句集名については、あとがきに「所沢市下安松に四十年余り住み、武蔵野の面影の残る周囲が、いよいよ私にとっての風土になり、そこでの句が多くなった。その中に山口青邨先生の〈菫濃く雑草園と人はいふ〉から上五を頂戴した〈菫濃く下安松に住み旧りし〉がある。句集名は、この句から『菫濃く』とした。」とある。「菫濃く」には、言うまでもなく花鳥諷詠への深い思いが込められている。

深見けん二略年譜

阿部怜児　編

大正十一年（一九二二）

三月五日、福島県高玉鉱山に生まれる。本名謙二。父俊三郎、母新子の次男。その前月二月十三日、長男素道、二歳で死亡。

昭和四年（一九二九）　七歳

福島県安達郡高川尋常小学校（現郡山市立熱海小学校）に入学。

昭和五年（一九三〇）　八歳

父の転勤により東京市小石川区大塚仲町に転居。窪町尋常小学校（現文京区立窪町小学校）二年に転入。

昭和八年（一九三三）　十一歳

牛込区弁天町に転居。

昭和九年（一九三四）　十二歳

東京府立第五中学校（現都立小石川中等教育学校）に入学。

昭和十五年（一九四〇）　十八歳

第一高等学校理科甲類に入学。

昭和十六年（一九四一）　十九歳

十月、母の友人幸喜美の紹介で「大崎会」に出席。以来、高浜虚子に師事。

昭和十七年（一九四二）　二十歳

「大崎会」に出席の深川正一郎より指導を受ける。十月、東京帝国大学第二工学部冶金学科に入学。十一月より「草樹会」（前東大俳句会）に出席。山口青邨主宰「夏草」に入会、青邨門下となり、「東大ホトトギス会」にも出席。古舘曹人と会う。

昭和十八年（一九四三）　二十一歳

十月、愛知県岡崎にて徴兵検査を受ける（丙種）。東京帝国大学第二工学部金森九郎研究室に入る。「草樹会」で三句虚子選に入る。

昭和十九年（一九四四）　二十二歳

夏、勤労動員で日本鋼管株式会社（現JFEスチール株式会社）川崎製鉄所に配属され、三交代勤務につく。秋、北海道室蘭の日本製鉄株式会社（現新日鐵住金株式会社）輪西製鉄所にて「緩流式吹精法」の研究に参加。

昭和二十年（一九四五）　二十三歳

四月、世田谷区成城学園の叔父増田壽郎宅に疎開。六月、肋膜炎を発症し自宅療養、病臥中に終戦。九月、東京帝国大学卒業。以後、第二工学部金森研究室に在籍。

昭和二十一年（一九四六）　二十四歳

春、牛込区弁天町に戻る。九月、〈焼跡の天の広さよ仏生会〉など五句で「夏草」初巻頭。山梨県月江寺における「ホトトギス六百号記念山梨俳句会」に出席。

昭和二十二年（一九四七）　二十五歳

一月、上野泰をリーダーにホトトギス「新人会」結成、清崎敏郎、湯浅桃邑、真下ますじ、岡部啾々らと十一名、虚子の指導を受ける。八月、小諸の稽古会に初めて参加。

昭和二十三年（一九四八）　二十六歳

十一月、「ホトトギス」の講演会で「写生を中心として」と題し講演。

昭和二十四年（一九四九）　二十七歳

一月、〈青林檎旅情慰むべくもなく〉など二句で「ホトトギス」雑詠次席。同誌に「写生を中心として」（講演原稿）掲載。四月、東京大学第二工学部助手に任命される。世田谷区祖師谷に転居。八月、虚子の下で三日間、「新人会」夏行句会。この年より「夏草」の俳誌月評座談会「暑往寒来」に出席。

昭和二十五年（一九五〇）　二十八歳

一月、父脳血栓で倒れる。六月、日本鉱業株式会社入社、烏山試験所（三十一年に中央試験所と改称）に勤務。世田谷区烏山町に転居。七月、虚子の下に「新人会」と「春菜会」を中心に夏の稽古会。二十七年から「笹子会」も加わり、山中湖畔虚子山廬、鹿野山神野寺と場所を変え三十二年まで毎夏。

昭和二十七年（一九五二）　三十歳

十二月、「玉藻」に虚子の命名した「研究座談会」（メンバー、上野泰、清崎敏郎、湯浅桃邑、藤松遊子、深見けん二）の連載開始。

昭和二十八年（一九五三）　三十一歳

一月、「ホトトギス」に「花鳥諷詠と客観写生」（講演原稿）掲載。五月、甲野龍子と結婚。「夏草」同人となる。十月、超結社の同人誌「子午線」創刊に参加。

昭和二十九年（一九五四）　三十二歳

一月より「研究座談会」は、虚子、立子も出席して三ヶ月に一度虚子庵で行うようになり以後虚子の亡くなるまで五年余、虚子から具体的作品により花鳥諷詠、客観写生について教えを受ける場となる。六月、長男俊一誕生。八月、「夏草」に俳誌月評、俳壇月評のエッセイを執筆（三十四年四月まで十六回）。

昭和三十年（一九五五）　三十三歳

一月、〈長き夜の筧の音に柱立ち〉など二句で「ホトトギス」初巻頭。四月、「ホトトギス」七百号に「花鳥諷詠論について――花鳥諷詠の提唱」（講演原稿）掲載。

昭和三十一年（一九五六）　三十四歳

四月、「俳句」の「戦後新人自選五十人集」に五〇句出句。五月二十日、父死去、七十一歳。六月、「ホトトギス」に雑詠句評を執筆（四十四年四月まで）。十一月、第一句集『父子唱和』（夏草叢書第七輯、近藤書店）刊。序文山口青邨。

昭和三十二年（一九五七）　三十五歳

勤務先の日本鉱業中央試験所に俳句部を創設し、日本鉱業（現ＪＸホールディングス株式会社）の俳句部を指導（現在まで）。

昭和三十四年（一九五九）　三十七歳

一月、「ホトトギス」同人となる。二月、日本鉱業中央試験所が埼玉県北足立郡戸田町（現埼玉県戸田市）に移転、以後四十三年まで戸田に勤務する。四月八日、高浜虚子逝去、八十五歳。同十一日、寿福寺にて密葬。同十七日、青山葬儀所にて本葬。七月、「俳句研究」の「高浜虚子研究号」に「俳論の変遷」（清崎敏郎と連名）、「虚子年譜」、「虚子のことば」を執筆。十一月、山口青邨編『俳句歳時記（冬）』（平凡社）に季題解説分担執筆。

昭和三十五年（一九六〇）　三十八歳

七月、次男慎二誕生。八月、「俳句研究」で山口青邨と対談「俳句よもやま――師弟対談」。

昭和三十六年（一九六一）　三十九歳

十月、新金属協会の視察団の一員として欧米へ約五十日間出張。

昭和三十七年（一九六二）　四十歳

練馬区大泉学園町に転居。

昭和四十年（一九六五）　四十三歳

五月、「夏草」に「風土と写生についての一考察」執筆。

昭和四十二年（一九六七）　四十五歳

四月、所沢市下安松に家を建て、以来ここに住む。

昭和四十四年（一九六九）　四十七歳

一月、東邦チタニウム株式会社に出向し、茅ケ崎工場に単身赴任、俳句から遠ざかる。四月、日邦ケミカル株式会社（酸化チタン製造のための日本鉱業株式会社と東邦チタニウム株式会社の合弁会社、常務に吉村善次）に出向。

昭和四十八年（一九七三）　五十一歳

四月、日本鉱業株式会社本社開発本部主席技師長。

昭和五十一年（一九七六）　五十四歳

九月、日本鉱業株式会社を退職し、日鉱エンジニアリング株式会社（社長に根岸忠雄）に理事として移籍。

昭和五十二年（一九七七）　五十五歳

三月、第二句集『雪の花』（玉藻社）刊。「序にかへて」清崎敏郎。この年あたりから連衆句会「木曜会」に出席研鑽。古舘曹人、斎藤夏風、黒田杏子、奥野桐花、松村幸一、向山隆峰、染谷秀雄、坂本靖夫、後に岸本尚毅も加わり選句、合評の妙味を知る。

昭和五十三年（一九七八）　五十六歳

十月、俳人協会賞予選委員（六十二年度まで通算五回）、知友を得る。

昭和五十五年（一九八〇）　五十八歳

二月、俳人協会新人賞選考委員（平成七年度まで通算八回）。三月、俳人協会特別講座「現代俳句の歩み」で「星野立子論」講演。十月、俳人協会特別講座「近代俳句の展開」で「晩年の虚子」講演。

昭和五十六年（一九八一）　五十九歳

一月、自註現代俳句シリーズ第Ⅲ期㉙『深見けん二集』（俳人協会）刊。三月、上野章子主宰「春潮」に「虚子俳話随想」を執筆。以後二頁の短文を連載。

昭和五十七年（一九八二）　六十歳

三月、長男俊一、横山久子と結婚。三菱地所株式会社の「菱の実会」の選者となる（平成二十二年まで）。八月、第三句集『星辰』（玉藻俳句叢書、東京美術）刊（既刊二句集より二〇〇句とその後の一五〇句を収める）。

昭和五十八年（一九八三）　六十一歳

三月、日鉱エンジニアリング株式会社定年退職。十月、楊名時太極拳岡村カナヱ教室入門。埼玉県所沢市昌平寺（小畑俊哲住職）聞法。

昭和六十年（一九八五）　六十三歳

二月、昌平寺俳句会発足。六月、「ホトトギス」に「歳時記こぼれ話」を連載（十二回）。

昭和六十一年（一九八六）　六十四歳

四月、東京工科専門学校（現専門学校東京テクニカルカレッジ）俳句講師（平成二年まで）。「俳句研究」に「高浜虚子に学んだこと」（四月）、「虚子の流れ――現代女流の秀句」（七月）、「存問自在――高浜虚子の晩年」（八月）を執筆。五月、稲畑汀子編『ホトトギス新歳時記』（三省堂）刊。編集委員として、藤松遊子、今井千鶴子と季題解説のまとめを担当。六月、斎藤夏風創刊「屋根」に参加、現在参与同人。

昭和六十二年（一九八七）　六十五歳

二月、高木晴子主宰「晴居」に記念俳話として「稽古会のこと」執筆。

昭和六十三年（一九八八）　六十六歳

三月、俳人協会評議員。十月、俳人協会埼玉支部発足、世話人代表。十二月十五日、山口青邨逝去、九十六歳。同二十八日、青山葬儀所にて「夏草」葬。

平成元年（一九八九）　六十七歳

一月、「春潮」に、「『小諸百句』鑑賞」を連載（五年十一月号まで五十回）。二月、藤松遊子、今井千鶴子と三人で「珊」（季刊）創刊。一年前の自選句三〇句と季題エッセイを発表（遊子没後は本井英）。三月、「俳句」の山口青邨追悼特集に著書解題などを執筆。五月、盛岡の「山口青邨先生追悼夏草全国大会」で「写生について」講演。七月、俳人協会編『武蔵野吟行案内』編集委員、分担執筆。八月、古舘曹人の勧めにより、「F氏の会」を発足。九月、毎日新聞に「私の俳句作法」を五回連載（二日、九日、十六日、二十三日、三十日）。

十二月、日本伝統俳句協会機関紙「花鳥諷詠」に「虚子『五百五十句』研究」を連載（十五年十二月まで百六十八回）。藤松遊子、高田風人子、野村久雄、本井英（久雄没後は小泉洋一）と。

平成二年（一九九〇）　六十八歳

七月二十九日、母死去。九十一歳。

平成三年（一九九一）　六十九歳

一月、財団法人法曹会発行の「法曹」誌の俳句欄の選者となる（二十四年まで）。二月、第四句集『花鳥来』（現代俳句叢書Ⅲ20、角川書店）刊。三月、F氏の会を発展させ「花鳥来」（季刊）創刊主宰。虚子・青邨両師の志を継ぎ、作品中心、句会中心の原点を目指し、⑴月二回の吟行互選会、⑵前年の作品十句の投句、⑶虚子・青邨の研究、を軸として実践。川口咲子編著、昭和俳句文学アルバム㉕『深川正一郎の世界』（梅里書房）分担執筆。五月、「夏草」終刊（六百五十号）。俳人協会宮城支部大会で「写生について」講演。六月、古舘曹人編著、昭和俳句文学アルバム㉛『山口青邨の世界』（梅里書房）分担執筆。七月、「俳句」に「現代俳句の作家たち――花鳥諷詠の定型者」として特集される。十二月、星野椿編著『立子俳句365日』（梅里書房）分担執筆。

平成四年（一九九二）　七十歳

一月、句集『花鳥来』により第三十一回俳人協会賞受賞。「俳句」一月号より一年間、三橋敏雄、森田峠と合評鼎談。俳人協会編『秩父武蔵吟行案内』編集委員、分担執筆。十月、俳人協会秋季講座「高浜虚子Ⅰ」で「虚子の俳論」講演。楊名時太極拳師範審査に合格。楊名時師家、楊進、楊慧、中野完二、吉利正彦、吉利ツマ、金井富一、福嶋恭子各師範を始め多くの知遇を得る。岡村カナヱ師範急逝後、橋口澄子師範門下。

平成五年（一九九三）　七十一歳

三月、次男慎二、三塚明美と結婚。NHK出版「俳句」に「実作に役立つ季題解説」連載（六年二・三月号まで）。十二月、現代俳句文庫『深見けん二句集』（ふらんす堂）刊（既刊四句集より三五〇句とその後の五〇句を収める）。解説斎藤夏風。

平成六年（一九九四）　七十二歳

三月、「ホトトギス」創刊百年準備委員（委員長稲畑汀子）として、「ホトトギス」に「『ホトトギス』雑詠史」を九回にわたり執筆。四月、「俳壇」に「現代写生秀句一〇〇選」執筆。七月、「俳壇」で片山由美子と対談、『俳句の生まれる場所』（本阿弥書店、平成七年十月刊）に収載。この年、日本文藝家協会会員。

平成七年（一九九五）　七十三歳

五月、「俳句研究」で歌人玉城徹と対談「虚子の俳句空間」。須賀川市俳句講座で「虚子雑感」講演。八月、共編『蝸牛新季寄せ』（蝸牛社）刊。九月、「毎日新聞」に「『ホトトギス』創刊百年を前に」執筆（十六日、三十日）。十月、『俳文学大辞典』（角川書店）分担執筆。十一月、共編『ホトトギス雑詠句評会抄』（小学館）解説執筆。

平成八年（一九九六）　七十四歳

四月、「俳句αあるふぁ」の「俳句が生まれる現場」で紹介される。五月、評論集『虚子の天地――体験的虚子論』（蝸牛社）刊。七月、「俳句研究」の「現代の俳人」に採り上げられる。俳人協会夏季俳句指導講座で「高浜虚子――その作品と指導」講演。十月、「ホトトギス」創刊百年記念大会。十一月、稲畑汀子編著『よみものホトトギス百年史』（花神社）分担執筆。

平成九年（一九九七）　七十五歳

三月、「俳句研究」の「今月の顔」に採り上げられる。六月、「俳句研究」で金子兜太、上田五千石と鼎談「『虚子の真意』を究める」。十月、日本現代詩歌文学館俳句セミナー「現代俳句の源流」で虚子について講演。十一月、「俳句」で上田五千石、山下一海、平井照敏と座談会「晩年の虚子と『俳句への道』」。十二月、高浜虚子著『俳談』（岩波文庫）解説執筆。NHKBS「俳句王国」主宰。講談社『カラー版新日本大歳時記』編集委員を委嘱され、分担執筆。

平成十年（一九九八）　七十六歳

一月、俳人協会賞選考委員。二月、「毎日新聞」に「虚子の三俳話集の文庫化」執筆（十五日）。三月、日本現代詩歌文学館賞俳句部門選考委員（飯島晴子、平井照敏と三年間）。八月、「東京新聞」日曜版に「私の愛唱句」五回連載。

平成十一年（一九九九）　七十七歳

二月、花神現代俳句『深見けん二』（花神社）刊（既刊四句集より五〇三句と未刊第五句集『余光』を収める）。四月、教育テレビ「NHK俳壇」選者（十三年三月まで二年間）。その間「NHK俳壇」に「四季と人生」連載。五月、虚子記念文学館理事（現在まで）、「読売新聞」に「花鳥諷詠・客観写生を貫く――清崎敏郎さんを悼む」執筆（十九日夕刊）。松田美子主宰「春潮」五月より「武蔵野便り」連載（二十二年十二月まで百四十回）。七月、山田弘子主宰「円虹」五周年記念大会で「虚子先生に学んで」講演。八月、「俳句αあるふぁ」の「俳句αあるふぁの顔」の欄に紹介される。十月、「俳句朝日」の「近影、近詠」に採り上げられる。十一月、NHKラジオ第二「宗教の時間」に出演、「花鳥諷詠南無阿弥陀」と題して虚子の教えを語る（二十一日放送）。

平成十二年（二〇〇〇）　七十八歳

一月、NHK全国俳句大会選者（二十三年まで）。二月、虚子記念文学館開館、理事。三月、日本現代詩歌文学館振興会理事（二十一年三月まで）。四月、「俳句」の「黒田杏子が聞く『証言・昭和の俳句』」で対談。『証言・昭和の俳句　下』（角川書店、平成十四年三月刊）に収載。六月、『星野立子全集』第二巻（梅里書房）解説執筆。七月、NHK学園俳句友の会選者（現在まで）。九月、俳人協会長野支部大会で「高浜虚子――貫く棒」講演。十一月、日本現代詩歌文学館「現代俳人の集い」で「俳句と私」講演。

平成十三年（二〇〇一）　七十九歳

一月、「俳句研究」で石田郷子と三か月連続競詠。四月、「NHK俳壇」に「私の武蔵野探勝」（小島ゆかりとの吟行、対談記）を連載（十五年三月まで二十四回）。六月、NHK学園主催伊香保俳句大会で「写生について」講演。七月、高浜虚子『虚子俳句問答　上　理論編』（角川書店）解説執筆。八月、第十八回奥の細道象潟全国俳句大会で「芭蕉と虚子」講演。十月、郡山市磐梯熱海温泉で開かれる生地「高玉鉱山を偲ぶ会」（小橋一良幹事）に出席（二十二年まで）。

平成十四年（二〇〇二）　八十歳

五月、俳人協会秋田支部大会で「写生について――客観写生私感」講演。七月、「俳句研究」に「わたしの昭和俳句」を連載（十二月まで六回）。十一月、ぶどうの丘全国俳句大会で「俳句を続けて」講演。この年より井藤英喜多摩北部医療センター院長（現東京都健康長寿医療センター理事・センター長）の定期健診を受ける。

平成十五年（二〇〇三）　八十一歳

三月、『四季を詠む』（日本放送出版協会）刊。四月、監修『虚子『五百句』入門』（蝸牛新社）刊。五月、NHK学園と伊香保温泉観光協会の発起により群馬県伊香保町に〈春蟬の聲一山をはみ出せる〉の句碑建立。八月、俳人協会岩手支部夏季俳句指導講座で「高浜虚子の俳句観」講演。十月、小島ゆかりと共著『吟行入門――私の武蔵野探勝』（日本放送出版協会）刊。十一月、ＮＨＫ学園晩秋吟行会。

平成十六年（二〇〇四）　八十二歳

二月、俳人協会名誉会員。楊名時太極拳友好会講演会で「俳句と私そして太極拳」講演。四月、第五回「虚子 in 熊本」で「『虚子俳話』のころ――虚子に学んで」講演。十月、俳人協会秋季講座で「自作を語る」講演。

平成十七年（二〇〇五）　八十三歳

二月、第六句集『日月』（ふらんす堂現代俳句叢書）刊。三月、ＮＨＫ学園月山俳句大会で「虚子と芭蕉」講演。五月、都留市ふれあい全国大会で「俳句とともに」講演。十月、「俳句研究」に「深見けん二の世界」の特集が組まれる。十一月、俳人協会茨城支部大会で「虚子雑感――武蔵野探勝」講演。

平成十八年（二〇〇六）　八十四歳

一月、ふらんす堂のホームページに「深見けん二俳句日記」開設、一日一句掲載を一年間続ける。「俳句αあるふぁ」に深見けん二選「現代百人百句」執筆。四月、深見けん二句集『水影』（ふらんす堂文庫）刊（既刊六句集より三五〇句とその後の三〇句を収める）。五月、俳人協会春季俳句講座で「虚子総論」講演。句集『日月』により第二十一回詩歌文学館賞受賞。六月、「屋根」二百号記念の会で「牡丹の句・椿の句」講演。

平成十九年（二〇〇七）　八十五歳

四月、「ＮＨＫ俳壇」に「巻頭名句鑑賞」を連載（二十一年三月号まで二年間）。六月、「花鳥来」に連載してきた俳論を中心にまとめ、『折にふれて』（ふらんす堂文庫）刊。

平成二十年（二〇〇八）　八十六歳

二月、俳人協会顧問。六月、自註現代俳句シリーズ・続編⑳『深見けん二集』（俳人協会）刊。九月、「俳句αあるふぁ」に「私が愛する俳句50句」執筆。

平成二十一年（二〇〇九）　八十七歳

一月、「屋根」「花鳥来」合同俳句講座で「晩年の虚子」講演。二月、「朝日新聞」の「うたをよむ」欄に「師虚子との豊かな時間」執筆。三月、第七句集『蝶に会ふ』（ふらんす堂）刊。県立神奈川近代文学館で行われた「虚子没後50年記念シンポジウム」に有馬朗人、稲畑汀子、大串章らと出席。四月、「俳句」編集部編『高浜虚子の世界』（角川学芸出版）で今井千鶴子、本井英、小澤實と座談会「大いなる虚子、その人と文学」。十月、「花鳥来」会員の発起により所沢市の吾庵山金乗院（通称山口観音）の境内にある青邨の句碑の隣に〈人はみななにかにはげみ初桜〉の句碑建立。十一月、高浜虚子著『俳句とはどんなものか』（角川ソフィア文庫）解説執筆。

平成二十二年（二〇一〇）　八十八歳

一月、「屋根」「花鳥来」合同俳句講座で「大正の虚子」講演。二月、ＮＨＫ教育テレビ「こころの時代」に出演、「花鳥諷詠南無阿弥陀――師高浜虚子の思い出」と題して虚子の思い出を語る（十四日放送）。

平成二十三年（二〇一一）　八十九歳

一月、「屋根」「花鳥来」合同俳句講座で「小諸の虚子」講演。四月、ＮＨＫラジオ第2放送で「詩歌を楽しむ　選は創作なり～高浜虚子を読み解く」と題して、毎週三十分、十二回の放送。テキスト『選は創作なり～高浜虚子を読み解く』（ＮＨＫ出版）刊。十月、さいたま文学館で「虚子先生と私」講演。

平成二十四年（二〇一二）　九十歳

一月、「屋根」「花鳥来」合同俳句講座で「ホトトギス新人会のこと――泰・敏郎・桃邑」講演。二月、虚子の代表句四二六句を精選し、深見けん二編『高濱虚子精選句集　遠山』（ふらんす堂文庫）刊。十月、「俳句」で「俳人の時間」に採り上げられる。

平成二十五年（二〇一三）　九十一歳

九月、第八句集『菫濃く』（ふらんす堂叢書俳句シリーズ①）刊。十一月、「珊」一〇〇号に達す。

平成二十六年（二〇一四）　九十二歳

一月、「屋根」「花鳥来」合同俳句講座で「師の最晩年の句」講演。二月、虚子『小諸百句』の復刻に併せ『小諸百句』以降の句から一〇〇句を選び解説を書き『續小諸百句』（市立小諸高濱虚子記念館）刊。三月、第十三回山本健吉賞（文學の森主催、選者金子兜太）受賞。四月、句集『菫濃く』により第四十八回蛇笏賞（角川文化振興財団主催）受賞。『虚子編『新歳時記』季題一〇〇話』（飯塚書店）刊。七月、「花鳥来」主催「蛇笏賞祝賀会」。九月、笛吹市俳句大会で「郭公」主宰井上康明と対談「俳句と風土～甲斐と武蔵野」。十月、「俳句αあるふぁ」のインタビュー「今、この人」。十二月、福島県外在住功労者知事表彰受賞。

「俳句集成」に寄せて

この度、思いもかけず私の俳句集成が信頼するふらんす堂から刊行されます。これも発起、編集に当たられた山田閏子、小圷健水、桑本螢生、阿部怜児諸氏をはじめ刊行委員会の方々、そして「花鳥来」会員のお仲間のおかげです。

あらためて、高浜虚子先生、山口青邨先生に学び得たことに感謝いたします。

又、九十三歳の今日まで俳句を作り続けることが出来ましたのは、よき師の下に楊名時太極拳をつづけたこと、医師の先生方にめぐまれたこと、「花鳥来」「木曜会」「珊」を中心とした俳縁の方々のおかげであり、家人の支えあってのことです。

最後に栞をお書き下さった斎藤夏風様、岩岡中正様、西村和子様、片山由美子様、岸本尚毅様、高柳克弘様に厚く御礼申し上げます。

平成二十七年十二月二十日

深見けん二

あとがき

この度「花鳥来」の百号記念として『深見けん二俳句集成』を出版することができました。

百号と一口に申しましても「花鳥来」は季刊ですので、二十五年間の歩みを重ねたことになります。

本書には昭和三十一年刊行の第一句集『父子唱和』から、平成二十五年刊行の第八句集『菫濃く』までの八冊の句集、それに『菫濃く』以後二十六年までの作品、高浜虚子句集『遠山』の解説、平成十四年七月号より十二月号まで「俳句研究」に連載された「私の昭和俳句史」を収録いたしました。

そのことにより、けん二先生の七十五年間にわたる俳句作家としての足跡が凝縮された一書となりました。

何より嬉しいことは、この俳句集成を先生がお元気な時に、かつ蛇笏賞受賞という栄誉から日ならずして上梓できましたことです。また、「花鳥来」会員の皆さんの並々ならぬ協力によって出版することができたことです。
「花鳥来」会員の中でも先生の全ての句集を持っている方は少なく、またなかなか手に入れることができません。従って今回集成というかたちで出版することができましたことは大変良かったと思っております。

先生の年譜作成に当り、膨大な資料の検索を阿部怜児、勝又洋子、関東忍、小圷健水、桑本螢生、坂口祐子、橋爪あゆみ、原田桂子、山田閏子、吉井素子の各氏にご尽力をいただきました。他に木村力男、加藤恵子、佐藤毅一郎、すゞき茂、水島直光、吉井まさ江の各氏にもご協力をいただきましたことを深く感謝申しあげます。

平成二十八年一月八日

『深見けん二俳句集成』刊行委員会

初句索引

○配列は現代仮名遣いによる五十音順である。
〇〔　〕内は句集名を示す。

〔父〕＝『父子唱和』
〔雪〕＝『雪の花』
〔星〕＝『星辰』
〔花〕＝『花鳥来』
〔余〕＝『余光』
〔日〕＝『日月』
〔水〕＝『日月』以後（精選句集『水影』より）
〔蝶〕＝『蝶に会ふ』
〔童〕＝『童濃く』
〔以〕＝『童濃く』以後

あ　行

藍絞る
　　―愛といふ　〔花〕九八
青々と　〔星〕一八〇
青芦の　〔童〕一八二
青芦の
　　―青げらの　〔余〕一三一
青蘆の
　　―蝶の　〔余〕一五五
青柿や
　　―帯織りつぎて　〔花〕九六
　　―かなしみ頌つ　〔余〕一一六
　　―先々代は　〔日〕一四六

仰ぎゐる
　　―人の面の　〔花〕九八
仰ぎ見る
　　―頬の輝く　〔童〕一九六
仰ぎ見る　〔星〕一八七
梧桐の
　　―青げらの　〔童〕一四八
青空の
　　―青空の　〔日〕一〇四
青空の
　　―張りつめてゐる　〔花〕一〇四
青空へ
　　―切り込んでをり　〔日〕一四五
青空や　〔以〕二〇四
青梅雨や　〔童〕一八六
青梅雨や　〔星〕一六八

あをによし　〔日〕一三七
青林檎
　　―旅情慰む　〔以〕二〇二
　　―小諸も虚子も　〔余〕一三五
赤き実の　〔余〕一三六
赤城山　〔雪〕六〇
秋彼岸　〔余〕六六
秋日和　〔雪〕一三六
秋山の
　　―上げ潮に　〔余〕一二八
　　―上げ潮の　〔父〕三一
赤時雨るるに　〔父〕三一
赤彦の
　　―松時雨自住める　〔父〕三一
暁の
　　―住み今刀自住める　〔花〕一〇二
赤面の
　　―開けてある　〔花〕一〇四
赤富士に
　　―明けて思ふ　〔父〕二一
赤富士の
　　―明るさの　〔父〕三〇
秋風に　〔童〕一七九
秋風や
　　―敬ふ故に　〔余〕一二六
秋風や
　　―草の中なる　〔雪〕七九

秋雨に
　　―ぬれいそぐ我　〔花〕六四
秋蟬や
　　―すぐ潦　〔雪〕八八
秋蟬や
　　―空の　〔花〕九四
秋蟬や
　　―商ひに　〔余〕六三
秋の蚊や　〔星〕八二
秋の蚊を　〔以〕二〇四
秋の蝶　〔以〕二〇一
秋の野や　〔童〕一八四

秋の浜　〔日〕一三七
秋薔薇や　〔以〕二〇二
秋晴と　〔以〕二〇六
秋晴や　〔余〕一二九
秋晴を　〔余〕一三五
秋彼岸　〔雪〕八二
秋日和　〔星〕八二
秋山の
　　―上げ潮に　〔以〕二〇四
秋山の
　　―上げ潮の　〔余〕一三四
揚舟に
　　―揚げ舟に　〔雪〕六六
揚舟や
　　―吾子をらぬ　〔蝶〕一六三
明けてある
　　―明けて思ふ　〔蝶〕二二〇
通草蔓　〔花〕九五
吾子の髪　〔雪〕六六
吾子の口　〔父〕二五
吾子膝に　〔父〕三三
朝顔に　〔父〕三二
朝顔の
　　―大輪風に　〔父〕三一
朝顔や
　　―瑞の一碧　〔父〕二八
　　―一碧を咲く　〔父〕二三
朝顔や
　　―高くなりたる　〔父〕二三
朝からの
　　―第一日の　〔父〕二二
浅草は　〔以〕二〇三
朝東風や　〔童〕一八五

290

初句索引

朝の雨
　—夕日しみじみ　[蝶]　一七一

朝のうち
　—かくしそばげる　[雪]　五八

浅野川
　朝富士に　[以]　二〇九

浅間嶺へ
　明日とはいはず　[父]　二三

浅間山
　明日よりの　[父]　三五

あぢさゐの
　畦ぎはの　[童]　一七

鮮やかに
　汗ひいて　[以]　二〇六

足あとの
　汗の玉　[星]　九一

足跡を
　汗の顔　[余]　一〇〇

芦枯れて
　—母は仏と　[花]　九四

あぢさゐの
　—ゆきつゝ話す　[以]　二〇六

—水色にじみ　[花]　九五

—濃き毬二つ　[星]　八一

—藍にもありぬ　[余]　一三八

—萌黄の毬の　[日]　一三四

—海よりも濃き　[花]　二二〇

紫陽花の
　—昨夜の雨の　[花]　一〇三

あぢさゐを
　—しんしんと色　[花]　一〇七

紫陽花や
　朝より　[以]　二一〇

足垂らし
　芦と沼　[花]　一〇三

足許に
　芦の花　[花]　一〇七

—足もとの

—蟻の話の　[童]　一七〇

足下の
　雨音や　[雪]　一六八

足弱く
　雨雲に　[雪]　一六五

—雨滂沱　[星]　一七八

—雨止めば　[花]　一二九

あやめ野の
　—飾りくわりんは　[雪]　二三一

鮎落ちし
　—草木に光り　[雪]　一三一

鮎釣の
　—しばらく流れ　[日]　六一

—白波立てて　[蝶]　五九

有明の
　—腰より深く　[蝶]　二〇五

雨滴
　—かかへ込みたる　[日]　一四六

雨垂の
　—のせてふふめり　[雪]　九五

雨粒の
　—つけて匂へり　[日]　二〇六

雨粒を
　—遠むらさきに　[余]　一二二

尼寺の
　—一日見えて　[以]　五五

尼通る
　—今日の青空　[童]　一六四

あまねき日
　安達太良は　[童]　一八四

海女見えず
　安達太良を　[童]　一七九

網戸では
　安達太良に　[童]　一三五

雨上り
　安達太良の　[蝶]　一四五

雨かしら
　安達太良の　[童]　一七一

雨上る
　頭から　[日]　二二〇

雨そゞぐ
　熱爛の　[蝶]　九七

雨の糸
　暑さにも　[日]　一三六

雨の中
　集まりて　[以]　二〇二

—出てゐる神輿
　あとさきに　[童]　一九四

あの時の
　家あれば

雨降つて
　—葉となつて来し　[童]　一六

雨音や
　—　[水]　一六

雨雲に
　—　[星]　三七

雨滂沱
　—　[父]　二九

雨止めば
　—　[父]　八九

あやめ野の
　あの店の

雨雲に
　—　[蝶]　一七一

あやめ野の
　歩き来て　[童]　九九

雨粒を
　蟻走る　[童]　一九三

雨の糸
　蟻の道　[蝶]　一六六

—新巻を
　蟻の貌　[蝶]　九一

荒畑富士
　蟻の道　[童]　一八二

荒畑の
　洗ひたる　[蝶]　六四

—しばらく流れ
　争はぬ　[蝶]　六三

—白波立てて
　あらためて　[蝶]　九一

—腰より深く
　あらあらと　[余]　一二四

歩み寄る
　—　[星]　二〇五

—出てゐる神輿
　家あれば　[蝶]　一七一

289　初句索引

一樹即	板の間の	頂の	頂や	いそ夫人	五十鈴川	石仏	石塀を	石踏みて	石一つ	石手寺の	石段の	石垣の	石普請	十六夜の	池を見て	池の中	池の水	池染めし	池くらく	遺訓なは	いくつかの	家よりも	家の窓	家の桜	家居して	家々に
〔父〕	〔日〕	〔日〕	〔童〕	〔童〕	〔余〕	〔雪〕	〔星〕	〔花〕	〔花〕	〔余〕	〔蝶〕	〔父〕	〔余〕	〔童〕	〔以〕	〔花〕	〔花〕	〔余〕	〔雪〕	〔童〕	〔花〕	〔余〕	〔童〕	〔蝶〕	〔以〕	〔父〕
一四一	一四四	一九〇	一七七	一二二	五九	六一	七七	一〇五	一二一	一三五	一五五	三二	一八六	一〇六	八九	九四	二六	六六	一三八	一八〇	八八	一二一	一七	一五八	二一	一三

一花よし	一花にも	一礼を	一輪や	―かりそめならず	―雲にまぎれて	―夕顔の闇	―寒紅梅の	一輪の	一葉の	一葉に	銀杏散る	一夜明け	一面や	―落花を辿る	―霜に明けたり	―白梅あをく	一面の	一面と	一面に
〔星〕	〔日〕	〔水〕	〔日〕	〔童〕	〔童〕	〔花〕	〔星〕		〔花〕	〔星〕	〔童〕	〔余〕	〔蝶〕	〔童〕	〔童〕	〔花〕			〔父〕
八一	一四四	五一	一三二	一九五	一八二	九一	八〇		一八四	八〇	九四	一六二	一三二	一八〇	一〇〇	一〇四			二八

芋畑	今別れ	いまもなは	今見えし	今一つ	今にに	今ここに	今落ちし	今日の	祈り幾歳	稲刈機	稲刈の	稲掛や	犬ふぐり	犬連れて	乾門	凍蝶に	凍雲に
〔日〕	〔雪〕	〔蝶〕	〔以〕	〔余〕	〔花〕	〔父〕	〔雪〕	〔雪〕	〔父〕	〔雪〕	〔雪〕	〔雪〕	〔花〕	〔父〕	〔星〕	〔余〕	〔蝶〕
一三八	六九	二〇二	一一五	二二一	二一	三一	六八	二四七	二四	一六一	六〇	九二	三六	八〇	一七二	一二一	一六七

―雲にかげりし	―落花のあとの	―落花影濃き	―雲美しき	―一片の	―一筆の	―一匹の	―一泊の	―賜る如く	―枢の上に	―いつの間に	―一刀に	―一燈に	―隈なく晴れ
〔童〕	〔花〕	〔星〕	〔父〕	〔余〕	〔日〕	〔蝶〕	〔星〕	〔童〕	〔花〕	〔星〕	〔童〕	〔星〕	〔童〕
一七七	一〇一	七六	二三七	一二七	一四六	一三一	一五五	一八九	一〇四	八〇	一八四	八一	二〇七

一本の	―銀杏黄葉の	―向日葵が立ち	―この柿ありて	一本を	いつまでも	―何時しかに	―小諸も遠し	―わが身のうちも	一水の	一木の	一木を	一弁の	一望に	一日の	―いちどきに	一山は	一茎に
〔余〕	〔蝶〕	〔星〕				〔日〕	〔日〕	〔以〕	〔童〕	〔童〕		〔日〕	〔雪〕	〔蝶〕	〔童〕	〔日〕	
一二三	一五七	七六				一四三	一三三	二〇八	九〇			一四七	一四五	一三三	一六九	一三一	

―生きるはずなし	―日の当りをり	―燈ともし頃や	遠きちちははは	一蝶を
〔余〕	〔日〕	〔童〕		〔童〕
一六七	一五二	一九二		二〇六

―玉となりたる	―天よりこぼる	―誘ひ出したる	―現れくぐる
〔童〕	〔以〕	〔童〕	〔父〕
一八九	二〇八	九一	一〇四

―一天の
〔童〕
一八二

―一燈の	―一発の
〔蝶〕	〔日〕
一六三	一四六

―一日の
〔童〕
一七〇

初句	分類	頁
いろいろな	[花]	一〇三
色濃しと		
色鳥や	[花]	一〇五
――山荘の名に	[花]	一〇六
――一夜に晴れし	[日]	一〇六
色のなき		
――浅間をかくす	[花]	一四三
うす墨と	[花]	一〇六
うすけれど	[花]	一六三
うすき日に	[花]	一八二
うすうすと	[雪]	一二〇
――来し初蝶の	[雪]	七〇
――さし込む夕日	[日]	一三七
薄紅葉		
――とも初紅葉とも	[花]	一六五
――とも眺めやる	[蝶]	一六六
うす闇に	[花]	一〇二
――とも眺めやる	[花]	一二二
うす闇の	[日]	六七
――吹かれて端の	[余]	一一九
――なほ一円を	[日]	四〇
薄氷に	[蝶]	六九
――草をよるべに	[童]	八一
薄氷の	[童]	七一
――松葉を塵と	[余]	一三五
――矢羽根光りを	[父]	一一八
疑ひを	[余]	三一
うちけむり	[余]	二八
うちに	[童]	九四
打ち離す	[蝶]	一五
うち晴れて	[日]	四〇
――ものなつかしく	[水]	五一
――帰燕の空に	[余]	一二〇
うち開き	[蝶]	六七
内豪に	[蝶]	六九
美しき	[余]	一二三
うつすらと	[童]	一二六
うつけやし	[童]	九二
空蟬の	[童]	一八三
売ってゐる	[花]	九〇
うつむいて	[花]	一九七
うつむける	[日]	一三八
映りゐる	[童]	一八四
映りたる	[童]	一二八
――森の昏さに	[余]	二〇六
――駅高く	[日]	一三一
――蝦夷塚の	[日]	一三二
――紅葉に舟を	[日]	一三二
うつりゆく	[星]	八〇
腕組んで	[花]	一二三
鰻捕り	[花]	一〇二
うぶすなの	[童]	九五
馬下りる	[星]	八〇
湖碧し	[童]	九七
湖からの	[童]	三〇
海に沿ひ	[童]	一九六
海に日の	[余]	二〇二
――沈みて墓の	[雪]	六二
――沈みてよりの	[日]	四六
湖に向く	[雪]	六三
湖の波	[雪]	六三
海見えて	[雪]	三一
海見るに	[父]	一四五
――ゐる明るさに	[雪]	一四
海を吹く	[日]	六六
海を見て	[以]	二〇四
梅の花	[花]	一〇四
梅早き	[花]	三三
裏口を	[余]	一一二
裏富士に	[蝶]	一五六
裏富士を	[花]	九一
裏窓の	[以]	一一六
裏窓を	[花]	五九
裏山を		
――エアメール	[雪]	七〇
――叡山へ	[日]	一四五
――挟み来し針	[童]	九〇
――朱をのぞかせて	[童]	九一

炎天の ―ほてりといふも	[日] 一三八	音もなく ―草刈をりぬ	[父] 二〇
炎天や	[父] 三六	―落葉籠に	[星] 七七
追込の ―たまゆら高き	[日] 一四二	おくれ来て	[花] 九七
老いてなほ	[雪] 六五	遅れ来て	[以] 二〇六
老いての ―小さき立志	[父] 三九	おくれ翔ぶ	[父] 一三五
俳諧塾に ―基本大切		お降りの	[父] 二三五
老いに従ひ	[蝶] 六四	おしめりの	[日] 一三二
老の身の	[花] 六八	―同じ

か行

尾を振って　　　　［以］二〇四
温顔も　　　　　　［童］一七七
御宿は　　　　　　［父］一七五
恩寵の　　　　　　［童］一六四
女傘　　　　　　　［蝶］八九

海岸に　　　　　　［以］二〇二
開山の　　　　　　［童］一八三
外人墓地　　　　　［雪］一六
外套と　　　　　　［星］七六
外套に　　　　　　［星］七七
街道の　　　　　　［雪］六五
街道の　　　　　　［雪］六六
街道を　　　　　　［日］一四一
貝の上　　　　　　［余］一二三
―中の寒さを　　　［余］一二四
―男雛は袖を　　　［童］一八一
―女雛は袖を　　　［童］一八二
―軽し重しや　　　［童］六三
―後姿に　　　　　［雪］六五
峡の村　　　　　　［雪］六三
―暮る、早さの　　［雪］六二
甲斐の山　　　　　［雪］六六
―かなく〳〵が鳴く　［童］一八五
貝雛を　　　　　　［以］一九
街路樹下

貝割菜　　　　　　［余］一一九
買ふ人の　　　　　［花］九二
楓の芽　　　　　　［雪］一五一
楓未だ　　　　　　［水］一〇一
顧みし　　　　　　［以］二〇八

顔なかば　　　　　［童］一二五
抱へ来る　　　　　［日］一二六
陽炎や　　　　　　［余］一四一
影を置き　　　　　［雪］六〇
火口壁　　　　　　［水］五一
過去清く　　　　　［蝶］六二
籠の中　　　　　　［父］三三
暈かかり　　　　　［日］三一
傘さして　　　　　［蝶］六四
傘の　　　　　　　［雪］六二
かざし持つ　　　　［日］三八
笠とつて　　　　　［蝶］六四
嵩なせる　　　　　［日］三一
重なりて　　　　　［水］五一
―花にも色の　　　［雪］三三
―雨を溜めたる　　［花］一〇二
傘ぬれて　　　　　［日］一四一
重ねたる　　　　　［父］三
書くほどに　　　　［童］八四
額の花　　　　　　［童］九二
かくて又　　　　　［花］二一
書初の　　　　　　［日］二〇三
―学生の　　　　　［蝶］六四
―家訓とて　　　　［雪］六一
垣の菊　　　　　　［蝶］六二
柿の花　　　　　　［父］三三
柿枯れて　　　　　［日］二〇九
限りなき　　　　　［雪］六二
額枯れて　　　　　［雪］一一二
角材に　　　　　　［水］六〇
―角巻の　　　　　［余］四二
―家訓とて　　　　［余］九三
街燈の　　　　　　［童］八八
街道へ　　　　　　［父］三
―書くほどに　　　［童］八四
街道の　　　　　　［蝶］六〇
柿落とし　　　　　［日］二三
かがやけ　　　　　［花］二三
鏡餅　　　　　　　［雪］六四
踊みたる　　　　　［日］二二
輝きて　　　　　　［余］二二

駈けて来る　　　　［余］一一九
掛けて久し　　　　［雪］五七
影飛んで　　　　　［星］八〇
影の如　　　　　　［水］一五一
風に音　　　　　　［父］二〇二
風に乗り　　　　　［父］三〇
―雲に乗りたる　　［余］一二四
―かなかなかなと　［蝶］一六三
風涼し　　　　　　［余］一二六
風光り　　　　　　［雪］一六
風邪引いて　　　　［童］一九四
風のゆく　　　　　［花］一二一
風の又　　　　　　［花］九五
風の中　　　　　　［花］一〇五
―月晧晧と　　　　［日］四三
―入日府中の　　　［日］一二〇
―忽ち失せし　　　［余］一二七
風の出て　　　　　［雪］五五
―夕日まみれの　　［花］九七
風まぜに　　　　　［童］九五
風よりも　　　　　［雪］五五
風除　　　　　　　［雪］六五
風除に　　　　　　［余］一三五
―花にも色の　　　［童］八四
数へ日の　　　　　［余］一二九
―入日府中の　　　［日］一二四
傘ぬれて　　　　　［童］九一
―雨を溜めたる　　［花］一九四
重ねたる　　　　　［日］八六
風花や　　　　　　［花］五五
嵩へりし　　　　　［日］一四四
飾り了へ　　　　　［花］一〇〇
飾りしに　　　　　［花］一〇〇
貨車の鉄　　　　　［父］三〇二
数の子や　　　　　［父］三九
片栗の　　　　　　［童］一九六
―遠くの花も　　　［雪］五五
―花の斜面を　　　［日］一三七
―花の一面や　　　［花］九二
―金婚さして　　　［以］二〇三
―九十一へ　　　　［日］一四四
霞む富士　　　　　［童］一八五

形代の　　　　　　
―花一面や　　　　［日］一四一
―花に夕べ　　　　［蝶］一七〇

295　初句索引

句	出典	頁
わが名軽々	[日]	二八
白こそ男の子	[日]	五〇
黄はをみなとぞ	[水]	五〇
襟のあたりの	[蝶]	六六
形代や	[童]	七八
かたまって	[童]	一三五
傾ける	[父]	三八
―武蔵野台地	[父]	四六
郭公の学校の	[日]	六〇
―上に雲あり	[花]	一〇二
―俳句教室	[父]	三九
郭公や	[花]	八七
―顔を寄せあふ	[余]	一三
月山の空に浮べる	[花]	八八
―くまなく晴れし	[蝶]	六一
月山へ水ほとばしり	[蝶]	六五
―合掌や	[童]	八八
―花伝書の	[雪]	四二
門川に角店の	[雪]	五六
かなかなや	[蝶]	二六
―かぶれる帽を	[父]	三一
―細かにしるす	[父]	三八
―茜さめゆく	[蝶]	六七
かなくくや	[雪]	六三
―今の命を	[雪]	六三
―森は鋼の	[星]	八一

かなしみに悲しみに	[花]	一〇一
―悲しみを見る	[雪]	六五
かなしみの	[雪]	五六
―烏瓜	[父]	九一
鉦叩一打	[童]	一三五
―悲しみは	[雪]	五九
鉦叩	[童]	一九三
黴の出し	[以]	二〇六
黴臭き	[以]	二〇六
かぶるもの	[父]	三一
かびるさりて	[童]	一八四

神田川
　—中ゆく人に　［余］一二三

邯鄲の
　—宿といふべし　［余］一六七
　—月にいよいよ　［以］二〇八

邯鄲や
　—一と連りの　［蝶］二一四
　—渾身の翅　［蝶］一六七
　—谿をへだてて　［蝶］一六七

観鳥の
　—かんばせに　［蝶］一四七

観音の
　—観音に　［日］一四八

寒燈下
　—観音の　［以］二〇九

寒燈の
　—ひきしづかなる　［父］一三六

寒椿
　—弾け若水　［童］一六〇

寒紅を
　—当り落花の　［童］一六二

甲板に
　—させるお顔を　［父］二八

寒一日
　—ひきしづかなる　［父］一三六

寒木の
　—看病の　［童］一八一

看病の
　—寒風に　［雪］五五

寒風に
　—寒木を　［雪］六七

寒木を
　—寒牡丹　［日］一四二

寒牡丹
　—落花一片　［蝶］一六四

寒林に
　—人は言葉を　［童］一八五

寒林の
　—衣被　［以］二〇六

来合せし
　—聞いてもみ　［以］二〇五

黄織の
　—菊の虻　［父］二〇一

菊の虻
　—菊の屑　［以］二〇一

菊の屑
　—菊の卓　［父］一二五

菊の卓
　—象潟の　［蝶］一六六

象潟の
　—きささげの　［蝶］一五七

きささげの
　—忌日なる　［父］一三三

忌日なる
　—義士墓参　［雪］五八

義士の墓
　—来しばかり　［雪］六〇

来しばかり
　—被せ藁の　［余］二二五

被せ藁の
　—北風に　［雪］六六

北風に
　—北上川　［蝶］一五五

北上川
　—北上に　［蝶］一五九

北上に
　—北上の　［雪］六一

北上の
　—桔梗や　［雪］六六

桔梗や
　—義仲寺の　［余］一六八

義仲寺の
　—喫茶店　［花］九九

喫茶店
　—吉報は　［花］九五

吉報は
　—吉報も　［余］二〇六

吉報も
　—京よりも　［童］一九〇

京よりも
　—木にこもる　［童］一六二

木にこもる
　—なかなかうまく　［水］五〇

—なかなかうまく
　—ほととぎりし　［蝶］一七九

茸取
　—紀の善の　［童］一一八

紀の善の
　—着ぶくれて　［花］二〇一

着ぶくれて
　—希望なは　［蝶］一六〇

希望なは
　—気ままなる　［蝶］一五五

気ままなる
　—君ありて　［日］一三一

君ありて
　—君と見し　［以］二〇一

君と見し
　—君の眉　［余］二〇三

君の眉
　—君までも　［以］二〇五

君までも
　—客来れば　［蝶］一六六

客来れば
　—客観を　［花］九一

客観を
　—教会の　［余］一二三

教会の
　—今日殊に　［雪］五五

今日殊に
　—今日に如く　［蝶］一六九

今日に如く
　—今日の花　［日］九九

今日の花
　—今日の日も　［花］九九

今日の日も
　—今日の日を　［雪］一四

今日の日を
　—惜みて折りし　［蝶］八二

惜みて折りし
　—のせて泰山木　［父］一〇

—のせて泰山木
　—にも雲の来て　［余］一〇一

今日も来て
　—今日も散る　［童］一二一

今日も散る
　—今日も踏む　［童］一九四

今日も踏む

括られし　くぐり開け　[童]九三	草むらに　―はて知らずとは　[余]一六一	汲み上げし　雲うすれ　[童]一八〇	暮れなんと　―芯までほてり　[花]九六
くぐり来し　[雪]六五	―とりとめもなき　[童]一七七	雲うすれ　[雪]六九	鶏頭や　―黒揚羽　[花]九九
草青み　[花]八八	草も又　[水]一五一	雲白く　―クローバや　[蝶]一六六	軽便車　[父]二九
草青み　[雪]五五	草萌ゆる　[水]九〇	蜘蛛飛んで　―黒き輪の　[余]七六	夏至の日の　[父]二一四
草青む　[父]二一四	草萌　[花]三〇	黒き輪の　[星]六八	結界や　[花]二二〇
草取女　[余]二八	串伝ふ　[花]九〇	黒々と　[星]七六	月下美人　[星]七六
草に音　[星]八二	屑金魚　[日]四五	勲々と　[星]八一	―たまゆらの香の　[星]七九
草笛や　[蝶]六二	草もちと　[花]九〇	黒潮の　―人の気配に　[余]一二二	―人の気配に　[余]一二二
草餅や　[蝶]六二	草餅や　―くらやみに　[蝶]六〇	黒羽は　―加へ挿す　[余]一六六	月光に　―揺れコスモスの　[星]七九
―ふれて沈みし　[花]一〇五	―くらやみに　[蝶]六〇	加へ挿す　[余]一六六	―揺れコスモスの　[星]七九
―落ちて沈みし　[余]一二四	蔵町に　―くらがりに　[花]一二一	鍬使ふ　[父]二四六	―そよぎたたる　[蝶]一六二
草萌　[花]一〇五	―くらがりに　[花]一二一	桑枯るる　[雪]三八	月光や　[星]七五
―落ちて沈みし　[余]一二四	供養針　[日]九〇	桑の実や　[雪]五七	月光と　[蝶]一六二
草笛や　[蝶]八二	雲を出て　[花]一一一	桑畑の　[以]二〇五	月明は　[童]一七九
草に音　[星]八二	雲を出し　[花]一〇五	薫風や　[星]七五	―妻戻り来し　[余]一三四
草青む　[父]二一四	雲一つ　―急ぎ心の　[童]一八三	稽古会　[以]二〇一	気配して　[余]一三四
草青み　[雪]五五	―急ぎ心の　[童]一八三	稽古して　[日]一二四	―日のかげりたる　[日]一三五
草青み　[花]八八	雲ゆるみし　[父]二四	境内の　[日]一四三	けぶりぬる　[花]一〇五
くぐり来し　[雪]六五	雲の去り　[雪]五五	境内を　[以]二〇一	―揺れコスモスの　[星]七九
括られし　[童]九三	雲の出て　[父]二八	芸談の　[蝶]一五六	懸崖に　[蝶]九四
―かむりの紅の　[蝶]一五五	厨窓　[日]一三二	啓蟄の　[蝶]一五六	懸崖の　[花]一〇二
くれなゐは　[父]二三二	栗剝いて　[蝶]一六七	啓蟄や　[童]一八一	玄関に　[蝶]一五九
―ほのと炊き　[父]二三二	クリスマス　[蝶]一六八	鶏頭や　[童]一六五	玄関に　[蝶]一五九
句碑に立つ　[星]一九	納めし松の　[蝶]一六八	蜥蜴枯葉の　[童]一三七	―すぐにくら

鯉の背に―埃つぽくも	[童] 一七			
後苑に―やや咲き闌けて	[余] 一一七	紅白の―坑を出て 声揃へ	[蝶] 一八五	心の荷―一つ夕べの	[花] 八九
公園の―近づく祭	[雪] 六四	紅梅や―好文亭	[蝶] 六四	来し方は―しばらくありし	[蝶] 一六五
高原の―生れし誇り	[花] 六九	紅梅や―校門の	[星] 二四	紅梅や―来し方を	[以] 一二一
香合に―船の汽笛の	[雪] 二二	紅梅や―船の汽笛の	[童] 一八五	腰に吊る―この軍旗に	[雪] 六六
鉱山に―心離れぬ	[以] 二〇二	コスモスに―枝くろがねに	[花] 二四	牛頭大王―この頃の	[雪] 一二四
鉱山を―好日や	[父] 三八	コスモスの―立たせ二人の	[星] 二〇二	コスモスに―この苑に	[日] 一〇二
工場の―煙に火の粉	[父] 三九	―くらくらくらと	[蝶] 九六	―この亭の	[蝶] 一五七
―朝爽やかに	[余] 一二	―ふたいろ淡く	[父] 三八	―この寺へ	[雪] 一二
―中の往き来に	[雪] 六〇	今年竹―この花に	[童] 一三	この町の	[以] 一二二
工場や―氷蹴る	[雪] 六一	今年又―落花の上を	[童] 一八六	―この年の	[童] 一六六
校庭の―木がくれに	[雪] 六二	骨壺と―コスモスや	[父] 三七	―来る鈍の蝶	[日] 一三二
坑内を―五月また	[余] 六三	子の眠る―木の間より	[雪] 七九	―立たせ二人の	[日] 一三九
紅梅に―子が磨く	[童] 一九	子の眠る―木の間より	[花] 八九	―この齢	[童] 一六六
裏田鉄塔―凩の	[父] 三三	子の名前―木の間なる	[日] 一四七	この名前	[余] 一六二
―吹ききはまりし	[雪] 五九	―この道に	[以] 一〇六	この名前	[雪] 五五
坑出れば―をさまつてゐし	[雪] 六一	残花にたづね―この雪にも	[花] 一〇六	この小走りの	[花] 一〇六
工場の―凩の	[日] 三五	師の籐椅子に―この雪の	[父] 三二	小春日や―この雪の	[蝶] 一三二
―日の当りぬる	[父] 三一	鶯鳴くや	[童] 六七	小春日や―この道に	[父] 三六
紅梅や―事無くて	[日] 四八	事無くて―この小走りの	[童] 一六七	―この花に	[以] 一一五
別るる如く―ことのほか	[童] 九二	―この町の	[余] 一三一
前のベンチに―子供まづ	[童] 一〇四	子供まづ―この雪の	[日] 一四七
―日の当りぬる	[日] 三七	子に託す―子に託す	[童] 六二	小春日や	[蝶] 五六
紅梅の―午後からの	[花] 八一	子には子の―こぼれたる	[童] 一八	瘤の出来	[童] 九二
蕊ふるはせて	[余] 一四〇	ここに又	[余] 六七	こまごま―駒鳥や	[日] 一四二
こゝに又―午後の雲	[星] 二四	こぼれたる	[花] 一九七
午後の雲	[日] 一四五	こまごま―大河の如く	[余] 一三〇
―空鶴唳の	[花] 一〇一	こまごま―駒鳥や	[日] 一四二
―一輪づつの	[花] 一〇五	この家も		
ここは涼し	[父] 一三一	この雨に		

299　　初句索引

濃紅葉に小諸より	[父]	三〇
濃紅葉の―燈に雑踏の	[父]	三一
―誘ひの便り―佐久へと廻り	[蝶]	一六九
こらへ無し	[童]	一九六
濃竜胆	[花]	八八
靴屋(コルドニエ)	[雪]	六二
これやこの	[星]	七六
これしきの	[蝶]	七二
これほどの	[余]	九二
これよりの	[蝶]	一二九
これよりは	[以]	二〇五
これより―見ゆる	[蝶]	六六
ころころと	[童]	六八
ころげたる	[蝶]	一五五
頃となり	[蝶]	七二
頃合を	[以]	二〇六
児を抱かせ	[童]	九六
子をねかせ		
―妻と露けき	[日]	三八
―春燈妻と	[父]	三二
勤行の	[父]	二六
金剛の	[日]	一二
魂魄の	[日]	三二

さ行

歳月の祭神は一輪なれど	[蝶]	一六六
サイダーも	[父]	三二

歳晩の―燈に雑踏の	[父]	三一
―銀座に近き	[父]	二九
―木の間の星の	[雪]	六八
サイレンの―しづまつてゆく	[父]	二九
―音雪空に		
囀の―見えて一羽の	[花]	一〇一
―一羽なれども		
囀や―宮の敷石	[花]	三四
―あまたの中の	[花]	九八
―どんな鳥かと	[花]	六一
―わが脳天に	[蝶]	一六五
七百年の―棹立てて	[以]	二一一
―棹を立て	[花]	九六
―竿ばかり	[花]	一〇一
―逆さまに	[花]	四七
―坂上る	[花]	九〇
―坂道に	[蝶]	六一
―盛んなる	[余]	三八
―魁の	[日]	一三六
咲きこもり	[水]	五一
咲き闌けて	[童]	八七
咲き出して―一輪なれど	[以]	二〇四
―寺の要の	[童]	一九〇
咲き散れる	[星]	七八

岬鼻を咲きふえて	[日]	一三七
―をるといへども	[余]	一三七
―なほ枝軽き	[日]	一三六
咲きふえぬ	[童]	一八三
咲きまじる	[父]	一二三
先よりも	[日]	一〇六
昨夜会ひ	[以]	二〇二
さくら咲き	[日]	一二四
桜草	[花]	一〇六
桜桃	[花]	六九
桜餅	[蝶]	二八
提げ帰る	[蝶]	一六一
提げてゆく	[父]	三一
笹濡らす	[花]	五五
山茶花や	[花]	一〇二
山荘の	[花]	九二
山荘に	[以]	二〇一
三階の	[花]	三五
山雨又	[花]	九九
山楂子の	[花]	一二三
―一語一語を	[父]	一二四
―前山裏を	[日]	一〇六
座を移る	[花]	一二二
爽やかに	[日]	一四二
ざわめきの爽やかなる	[余]	一一四
百日紅	[父]	一三三
去り難な	[日]	一四〇
―いつからとなく		

―同じ枯野の	[雪]	六九
覚めて又作務僧の	[以]	二〇七
寒かりし	[雪]	六七
五月雨や	[花]	一〇六
淋代や	[童]	一八七
里山の	[日]	一四六
里坊と	[童]	一七八
里富士の	[童]	一六五
里方の	[余]	九三
五月闇	[父]	三六
椎の花	[父]	三九
倖せよ	[雪]	六五
桟橋に自愛せよ	[花]	四四
珊々と	[以]	二三〇
潮風の	[花]	一二四
潮じめり	[童]	一七八
潮騒の	[雪]	六一
潮引きし	[童]	一八七
潮焼けの	[雪]	六一
枝折戸の自画像を	[花]	一〇六
子規庵の枝折戸に	[雪]	六七
子規庵の自画像を	[星]	七六
子規庵の食作法	[日]	一三四

初句	分類	頁
敷きつめし――えごの落花に	【花】	一〇五
子規堂の鴨の脚	【童】	一一四
子規の墓	【童】	一八九
楤挿し	【余】	一四七
シクラメンしぐる、と	【日】	一八二
――燈してこけし	【星】	八〇
――風祭より	【星】	七〇
時雨過ぎ	【日】	一八
時雨るゝや	【童】	一八四
茂りたる	【花】	八八
而して	【蝶】	六一
四五本の辞すべしや	【余】	二二
沈むほど	【父】	二三
鎮めたる	【余】	一七
ドくさを	【童】	二六八
羊蘭谷の	【以】	二〇八
滴りの――絶えぬ師の墓	【雪】	七〇
――音なく巌	【雪】	二二二
下の子に	【日】	六五
下萌や	【蝶】	六五
下萌の	【蝶】	一六七
下萌を	【童】	一六七

下闇に	【蝶】	一六二
下闇や	【花】	一三八
下闇を	【日】	一二五
七五三	【余】	一〇四
七人に	【日】	九二
実験衣	【花】	九一
湿原の自動車を	【余】	一二六
蔀戸を	【父】	三八
次男から	【花】	九二
師に捧ぐ	【余】	一六八
――燈してこけし	【以】	三二〇
師に遠き	【蝶】	一六五
師に学び	【花】	九九
死にたまふ	【童】	一八〇
師の教へ	【星】	七六
師の忌日	【童】	一八四
師の句碑――岩菲一輪	【雪】	五六
――我等も映り	【日】	一二〇
侍るわが句碑	【童】	一八四
師の声の	【日】	一三二
師の小諸	【星】	七九
師の下萌――銀河流るる	【雪】	六三
――六十年の	【日】	一四七
師の座より	【父】	二三
師の茶毘の	【雪】	五六
師のために	【父】	二八
師の墓に	【余】	一九一
師の墓の	【童】	一九一
師の墓へ	【余】	一九一

師の花野	【星】	六八
師の葬り	【花】	一〇五
師の墓前	【花】	一三八
師の下に――馳す心尚	【童】	一六八
師の病みて――垂れて重なる	【星】	七七
師は如何に	【花】	三九
――しばらくは芝起伏	【雪】	五二
鴫尾張って――鴨の乗りたる	【花】	九六
しまひ日の四万の奥	【童】	一八二
島へゆく	【余】	一〇二
注連縄の注連の縒り	【父】	二九
霜枯の	【余】	一二四
霜そめて	【日】	一四八
しもた屋に霜冷えし	【雪】	六三
霜柱霜突きし	【余】	一二四
霜晴の霜除の	【日】	一四〇
霜除の――じゃがたらの社運かけ	【父】	二一
宿場跡授札所の	【日】	二〇
寿福寺の修羅落し	【星】	七六
祝電を――じゅくじゅくと	【父】	二六
祝意残る	【父】	三一
秋冷の十二橋	【童】	一七九
十二月	【星】	七五
秋燈の――少し暗しと	【星】	七〇
――届く木立の	【雪】	一二
秋燈の――森から森へ	【父】	一六
ひねもすに師の	【余】	一一六
秋天や鞦韆を	【余】	一六〇
秋扇を	【余】	九六
秋耕の住職や	【雪】	五二
秋燕の縦横に	【花】	三九
三味線の驟雨来し	【父】	二八
車窓越し	【童】	一六八
石楠花に	【花】	一〇五
しゃがみより	【童】	一八七

しゃがみより	【童】	一八七
石楠花に	【花】	八七
車窓越し	【父】	二〇
三味線の	【父】	一四
秋燕の	【父】	二八
秋耕の	【日】	一七〇
鞦韆の	【父】	一三
秋扇を	【父】	二九
秋天や――ひねもすに師の	【雪】	六六
秋燈の	【日】	一二五
――森から森へ	【父】	一六
――届く木立の	【星】	七〇
――少し暗しと	【星】	七五
秋冷残る	【童】	一七九
十二橋	【星】	七五
じゅくじゅくと	【童】	一七九
祝電を	【父】	二七
祝意残る	【父】	三一
宿場跡	【星】	一七六
授札所の	【父】	二六
寿福寺の修羅落し	【星】	一七六
春陰や	【星】	八〇
春禽の	【余】	一一三

301　初句索引

詠々と春昼の	［日］ 二三七
春昼の―富士を置きたる	［花］ 一〇五
春潮の宿坊那智の	［余］ 二二八
春潮に燭の燈の	［花］ 二三三
春潮の燭の燈の	［余］ 二三九
春潮や叙勲の名	［童］ 一九三
春燈下暑に負けて	［父］ 二二八
春燈の―一つ一つに	［父］ 二三二
―ふえて暮れゆく	［父］ 一五五
―くらく小さく	［雪］ 一八一
―映る玩具に	［父］ 二三三
春眠と―夢の絵巻の	［蝶］ 一六〇
春眠と―子のやはらかに	［蝶］ 一六五
―これも一と刻	［花］ 九〇
―よき友ありて	［蝶］ 一七二
蕉庵の生涯の	［以］ 二〇五
城内の菖蒲湯に	［雪］ 五七
清浄と城山の	［雪］ 六一
上州の―工場の門	［童］ 一七一
―表磐梯	［日］ 二四七
正面に浅間小浅間	［蝶］ 一八二
正面の	［以］ 二〇六

富士に対する	［日］ 一〇二
―富士より湧きて	［花］ 一〇二
上流は審査する	［余］ 二二四
食卓の人日の	［蝶］ 一五六
燭の燈の新人と	［余］ 二二七
燭の燈の人生の	［雪］ 五六
叙勲の名深秋の	［以］ 二〇七
暑に負けて―おほかたをはる	［星］ 一八一
除夜籃―輝いてゐる	［童］ 一二六
白魚の―しばらく人を	［蝶］ 一六九
白々の―近くの紅は	［童］ 二〇
白玉や―しづまりかへる	［花］ 一〇一
―言葉にすれば	［星］ 一二三
―子供の頃の	［水］ 一三九
白萩や―蕾やうやく	［余］ 一三八
白萩の―挿ひたる	［雪］ 一五一
ちりぢりと―すぐ傍で	［蝶］ 一六三
尻曲げて―闇にかけるや	［蝶］ 一六二
白靴や沈丁の	［雪］ 七〇
白々と松葉の一つ	［蝶］ 一六三
白つつじ新緑の	［以］ 二〇六
城山と―亭々として	［蝶］ 一六四
城山の―箱根に祀る	［花］ 九九
城山も―新涼や	［蝶］ 一六二
―七谷晴れて	［日］ 二五三
―錦を今に	［蝶］ 一八四
新河岸の修善寺に住む	［余］ 二三一

| 森閑と審査する | ［日］ 二二九 |
| 水仙を―活けても心 | ［余］ 二二八 |
| ―剪って青空

| 諏訪の冬 [雪]六六
| 生家跡 [以]一〇五
| 青邨忌 [花]一〇六
| 青邨忌 ——までのしばらく [日]一三六
| 青邨の ——一日過ぎし [蝶]一六〇
| 青邨の ——墓に、とゞめて [余]一三五
| 青邨も [余]一三三
| 蜻蜓や [余]一一六
| 青嵐や [日]一四五
| 聖路加の ——セーターの [童]一八四
| 瀬頭の ——セーヌ流れ [父]一二三
| 関趾の ——一人の鋏 [余]六九
| 関趾の [雪]一一八
| 関所趾 [童]九二
| 鶺鴒や [花]一〇六
| 鶺鴒や [花]九四
| 雪加鳴く [星]七六
| 節分の [星]七五
| 接吻や [星]一〇一
| 銭葵 [花]九二
| 背のびして [花]六九
| せみ塚に [余]一一六
| 世話人の [花]八八
| 仙川の [花]九九
| 全山の [童]一八四
| 千切の [童]九九

| 先生の ——見える川波 [童]九六
| 先生の ——故山に集ひ [花]一〇五
| 先生の ——文字をとどめし [花]一〇六
| 先生は ——墓に、とゞめて [日]一三二
| 先生は [日]一四三
| 船窓に [花]九五
| 船窓の [雪]六三
| 船頭を [雪]五六
| 禅林や [蝶]三六
| 線路まで [童]一一三
| 窓外の [童]一六七
| 創刊の [父]三七
| 雑木中 [父]三七
| 痩身は [蝶]九五
| 蒼然と [童]一八六
| 曾祖母を [花]一三五
| 掃苔の [余]一二五
| 掃苔や [花]九四
| 走馬燈 [花]八七
| ——隣の墓は [花]八一
| ——父の一生 [星]八一
| 葬列の [雪]六六
| そくばくの [父]二四
| 底石の [日]二一
| ——をりをり歪み [童]九五

| そこここに [花]一六七
| そこまでが [日]一二〇
| 其処此処に [花]一〇六
| そこに海 [日]一三二
| 底紅や [日]一四四
| 卒業の [蝶]一六六
| そこまでが [童]九二
| 袖垣の ——近づく虫の [花]六三
| ——丘下り来て [花]二二
| ——暮れすみたる [父]四〇
| ——いつものお顔 [父]三二
| その先に [父]八二
| その上に [父]一〇二
| その上へ [蝶]一六三
| その沖へ [余]一二一
| その奥へ [花]八九
| その胸や [花]一〇二
| その形 [童]一七六
| その中に [蝶]一八五
| ——夕日の沈む [花]一八六
| ——月まどかなる [童]一九五
| ——赤子の声や [日]一〇一
| その後の [余]一二八
| その人の [蝶]一九一
| ——記憶断片 [雪]五九
| ——好きといふ径 [蝶]七〇
| ——扇をとめて [花]六三
| ——かけがへのなし [童]九五

| その一人 [蝶]一六六
| その日より [以]二〇八
| その辺に ——男を待たせ [童]一一四
| ——雀が飛んで [余]一一九
| そのままに [蝶]一六七
| ——厩はくらし [花]九一
| そのままに ——暮れすみたる [花]一〇五
| ——近づく虫の [花]二二
| そのまはり ——いつものお顔 [余]一一九
| そのまの [花]八七
| その夜や [水]五〇
| その胸や [花]二〇四
| そよぎては [童]一二一
| 杣の家 [父]七九
| 岨てる [父]二三
| そら豆の [童]三二一
| そら色 [父]二四
| 空の色 [父]二〇六
| 空に色 [童]一二〇
| 反る力 [花]八七
| それぞれに [余]二〇六
| それにして [花]二〇六
| それなりに [童]一四五
| ——くらしほどほど [以]二二一
| ——生きて今日この [日]一〇五
| それと見ゆ [童]一八〇
| ——一一

た 行

| 退院の [蝶]一六八

303　初句索引

退院を　　　　　　〔余〕一三	―海は夕焼け　　〔日〕一三五	退勤時　　　　　　〔雪〕六三	大試験　　　　　　〔父〕八八	大仏の　　　　　　〔花〕八七	―蠟新たに　　　〔父〕三〇
大遠忌　　　　　　〔童〕一九	大学の　　　　　　〔父〕一三一	―日和となれば　〔日〕二〇三	―たしかめて　　〔花〕八七	―ただ一花　　　〔以〕二二〇	田打機を　　　　　〔日〕一四五
大学の　　　　　　〔父〕一三一	大学も　　　　　　〔童〕一八九	―鉱山人連ね　　〔蝶〕一六一	―抱けば吾子　　〔花〕八七	―佇みし　　　　〔余〕一三一	大漁旗を　　　　　〔余〕一一五
大学の　　　　　　〔父〕一三一	―海は夕焼け　　〔日〕一三五	―夕闇明り　　　〔花〕六〇	大切な　　　　　　〔花〕八七	台風の　　　　　　〔日〕二〇	太陽を　　　　　　〔蝶〕一六〇
大寒の　　　　　　〔余〕一三		大根売る　　　　　〔雪〕八	大正も　　　　　　〔花〕八七		太陽も　　　　　　〔童〕一八四
			代々の　　　　　　〔以〕二二〇		―お蠟新たに　　〔父〕三〇
			大切な　　　　　　〔花〕八七		―裾に一縷の　　〔童〕一三二
			抱いてゐる　　　〔以〕二二〇		―胸に風花　　　〔父〕二〇
					―裏山黒く　　　〔余〕一三
					高稲架を　　　　　〔父〕三六

(索引ページにつき、正確な再現は困難)

初句索引

【第一列】
蝶に会ひ　　　　　　　　　［父］一九
―受く一筋の
父の墓　　　　　　　　　　［日］一三九
父の道　　　　　　　　　　［父］三八
ちちははの
―心思へば　　　　　　　　［父］一七
―墓離れ来て　　　　　　　［余］一二六
父病みて　　　　　　　　　［花］九三
父見舞ふ　　　　　　　　　［花］一七九
秩父にも　　　　　　　　　［童］一一六
ちちははも
―よりの光陰　　　　　　　［父］一九
―我病みて夜々　　　　　　［雪］五五
父我に　　　　　　　　　　［父］三七
池塘又　　　　　　　　　　［雪］五五
地に届く　　　　　　　　　［花］一三三
黒鯛釣るや　　　　　　　　［余］一五八
着水の　　　　　　　　　　［花］九六
茶摘女の　　　　　　　　　［花］九七
茶の花に　　　　　　　　　［余］一二三
茶の花の
―今年大きく　　　　　　　［花］九四
―薬たつぷりと　　　　　　［蝶］一六〇
―はなびら透けて　　　　　［蝶］一五五
仲秋の　　　　　　　　　　［蝶］一六八
中尊寺　　　　　　　　　　［花］一三四
中天に　　　　　　　　　　［雪］五五
チューリップ　　　　　　　［花］一〇六
中流の　　　　　　　　　　［父］六八
長寿眉　　　　　　　　　　［童］六八
蝶飛んで　　　　　　　　　［童］一八一
月照らす　　　　　　　　　

【第二列】
蝶に会ひ　　　　　　　　　［蝶］一六九
月に飛ぶ　　　　　　　　　［花］九八
月の波　　　　　　　　　　［雪］六六
貯水池も　　　　　　　　　［日］六七
地より暮れ　　　　　　　　［雪］六六
地より湧く　　　　　　　　［星］七七
次の日と　　　　　　　　　［雪］一二四
次の間に　　　　　　　　　［余］一六
散らばりて　　　　　　　　［花］九九
散らかけて　　　　　　　　［蝶］一六二
散りこみし　　　　　　　　［童］一八一
散りつくし　　　　　　　　［蝶］一五六
―落葉の池に　　　　　　　［童］一八〇
散り椿　　　　　　　　　　［蝶］一二〇
鏨めて　　　　　　　　　　［余］一七九
散紅葉　　　　　　　　　　［童］一二〇
散る花も　　　　　　　　　［以］二〇五
椿寿忌や　　　　　　　　　［花］一三七
―わが青春の　　　　　　　［日］七九
杖ついて　　　　　　　　　［童］二〇六
―長生きせよと
杖とめて　　　　　　　　　［以］二〇五
―少し汗ばむ　　　　　　　［蝶］九三
杖一つ　　　　　　　　　　［童］一九三
―師の見たまひし
使ひのし　　　　　　　　　［童］一七八
月影に　　　　　　　　　　［童］一七七
月影の　　　　　　　　　　［日］一七九
月消ゆる　　　　　　　　　［星］一七一
月しばし　　　　　　　　　［蝶］一七一
月育つ　　　　　　　　　　［日］一三九
月照らす

【第三列】
月二度の　　　　　　　　　［蝶］一六四
月に飛ぶ　　　　　　　　　［以］二一〇
月の波　　　　　　　　　　［雪］六四
貯水池も　　　　　　　　　［以］一三二
月の波　　　　　　　　　　［父］二六
次の日と　　　　　　　　　［日］一二四
次の間に　　　　　　　　　［父］二八
月の夜の　　　　　　　　　［余］九九
月真澄　　　　　　　　　　［花］一八一
月見草　　　　　　　　　　［童］九九
月留守の　　　　　　　　　［父］一〇五
月満ちて　　　　　　　　　［蝶］一五六
月つる　　　　　　　　　　［童］一八〇
月より　　　　　　　　　　［蝶］一二〇
月を待つ　　　　　　　　　［余］一七九
月を背に　　　　　　　　　［童］一二〇
月を見て　　　　　　　　　［水］一五一
つくづくと　　　　　　　　［蝶］一六五
衝羽根と　　　　　　　　　［父］三四
作り滝　　　　　　　　　　［童］三一
―見るにも場所と　　　　　［以］二〇七
―止まり一面　　　　　　　［蝶］一五七
辻地蔵　　　　　　　　　　［童］一八八
蔦青く　　　　　　　　　　［雪］六六
蔦紅葉　　　　　　　　　　［雪］六七
土牢と　　　　　　　　　　［童］一八八
差あり　　　　　　　　　　［余］一三五
つづきをり　　　　　　　　［余］一二五
包みたる　　　　　　　　　［日］一七九
つら、垂れ　　　　　　　　［童］一九五
貫ける　　　　　　　　　　［余］一四五
連なりて　　　　　　　　　［雪］三六
梅雨を病み　　　　　　　　［日］二八
梅雨晴の　　　　　　　　　［雪］六六
露の夜の　　　　　　　　　［雪］六四
梅雨の月　　　　　　　　　［日］六七
梅雨の川　　　　　　　　　［以］二一〇
―今になつかし
―我より若し　　　　　　　［蝶］一五七

【第四列】
壺焼に　　　　　　　　　　［父］一九
妻退院　　　　　　　　　　［以］二一〇
凄とつて　　　　　　　　　［余］一三二
妻の手の　　　　　　　　　［余］一三二
妻の手の　　　　　　　　　［日］一二四
妻母に　　　　　　　　　　［父］二六
妻病みて　　　　　　　　　［花］一八八
妻病みで　　　　　　　　　［童］一二〇
妻病んで　　　　　　　　　［蝶］一六八
妻留守の　　　　　　　　　［父］一〇五
妻留守の　　　　　　　　　［花］一〇五
梅雨明の　　　　　　　　　［以］二〇五
露草や　　　　　　　　　　［父］一四〇
―今になつかし
―我より若し　　　　　　　［蝶］一五七
梅雨の川　　　　　　　　　［以］二一〇
梅雨の月　　　　　　　　　［日］六七
梅雨の夜の　　　　　　　　［雪］六四
梅雨晴の　　　　　　　　　［雪］六六
梅雨を病み　　　　　　　　［日］二八
連なりて　　　　　　　　　［雪］三六
貫ける　　　　　　　　　　［余］一四五
つら、垂れ　　　　　　　　［童］一九五
氷柱垂れ　　　　　　　　　［雪］六七
吊橋を　　　　　　　　　　［父］四〇
釣堀の　　　　　　　　　　［雪］六一
―儚網二三十
―短き竿の
鶴凍てて　　　　　　　　　［蝶］一六六
庭園の　　　　　　　　　　［余］一二五
デイゴ散る　　　　　　　　［日］一四一
包みたる　　　　　　　　　
手入れせし　　　　　　　　［余］一二一
手鞄に　　　　　　　　　　［父］二二
勤め了へし

305　　初句索引

句	分類	頁
手相見に　藤椅子も	[花]	九二
手づかみの　峠に見	[花]	九五
デッサンの　童子堂	[星]	七六
ででむしや　堂の中	[日]	一四一
—曲屋雨の　磴上る	[日]	一四六
—久女の墓は　冬麗の	[童]	一〇六
掌に受くる　—訪へば親し	[童]	一八七
掌につつむ　燈籠を	[童]	一八八
てのひらに　遠くにも	[余]	一七八
てのひらの　遠くほど	[童]	一六八
手袋や　—とつぷりと	[以]	二〇九
点前窈窕　—その人らしく	[星]	八一
照り返す　—溢るる音の	[童]	一九二
照り戻り　—聞ゆる声も	[花]	三七
手を出せば　遠嶺より	[父]	二一
手を握る　遠花火	[余]	一二二
手を濡らす　遠富士の	[童]	一八七
天涯を　遠田にも	[童]	一七八
電車降り　遠山を	[雪]	五六
天心と　とかくして	[雪]	五七
天高し　時折に	[雪]	一三九
—のり出したまふ　時計塔	[余]	一一九
—抱いて明日香は　どこかの子	[余]	一二一
天と地と　どこそこと	[父]	九五
点となり　どこことなく	[父]	九一
天に地に　—どこからとなく	[童]	一二〇
天平も　—どの家となく	[余]	一一二
展望や　どこまでも	[日]	一二四
転炉の火　登山靴	[父]	三九
戸樋こはれ　閉ぢかけて	[父]	三八

句	分類	頁
年迫る　とり上げし	[雪]	六八
年とると　鳥居中	[日]	一四一
齢なりの　鳥影の	[日]	一二五
齢のほどの　鳥影の	[童]	一六四
—年の瀬の　鳥籠の	[父]	一四
—上げ潮となり　鳥籠を	[童]	一八〇
—大き葬りの　鳥交る	[余]	一一二
齢のほど　とり散らし	[花]	九五
齢深く　とりどりや	[父]	一〇四
—暮れて葬りて　とりわけて	[蝶]	二〇六
年深く　鳥渡る	[花]	一六六
とりわけて　どれとなく	[以]	二〇九
—年を経て　鳥渡る	[日]	一四一
とつぷりと　戸を開けて	[余]	一二七
—暮れて音立て　椅子に主や	[余]	六三
齢のほど　—小望月なる	[蝶]	二〇一
—暮れて川あり　とどまれる	[花]	九五
止りし　—庭の日ざしの	[星]	八一
とどまれる　戸を閉めに	[蝶]	六六
どの家と　どんぐりの	[蝶]	六七
どの木にも　飛んでをり	[童]	一九〇
どの墓にも　—どんぐりの	[童]	一八〇
—参りし人か　曇天に	[余]	二二〇
どの花と　曇天の	[花]	九二
—供ふる菊も　蜻蛉生る	[花]	二〇二
飛び移る　とんぼうに	[以]	二〇二
飛び過ぎぬ　とんぼうが	[童]	一九二
飛火野に　とんぼうや	[父]	二四
泊り込む　—影水の上	[余]	一三五
止まりたる　—空へと一つ	[父]	四三
止めきれぬ　蜻蛉の	[童]	二〇九
共に見し　—かさととまりし	[蝶]	一六三
飛び込み　—光り山河を	[以]	一六〇
—今日の山田の　—沼の虹とは	[父]	一三二
土用芽の　蜻蛉や	[余]	二三六

な行

蜻蛉を　　　　　　　　　　　　　　　[余] 二一四

内陣の
　　泣いてゐる　　　　　　　　　　　[父] 九一
鳴いて飛ぶ
　　地震のこと　　　　　　　　　　　[以] 二一〇
地震やみし
　　名うてなる　　　　　　　　　　　[花] 一九一
なほしばし　　　　　　　　　　　　　[花] 一〇五
なほ続く　　　　　　　　　　　　　　[以] 二〇六
なほ強き　　　　　　　　　　　　　　[花] 二〇四
なほひとつ　　　　　　　　　　　　　[花] 九九
尚深く　　　　　　　　　　　　　　　[花] 九七
長生きと
　　長生きの　　　　　　　　　　　　[蝶] 一五八
長生きの
　　我も一人や　　　　　　　　　　　[童] 一八九
長生きや
　　母の齢なる　　　　　　　　　　　[以] 二〇六
長き夜の
　　青畝の句ある　　　　　　　　　　[以] 二一一
　　筧の音に　　　　　　　　　　　　[余] 二一六
中州より
　　千本格子　　　　　　　　　　　　[蝶] 一五六
中空に
　　なかなかに　　　　　　　　　　　[日] 一四二
中までも
　　仲見世に　　　　　　　　　　　　[童] 一七一
仲見世の
　　仲見世の　　　　　　　　　　　　[日] 一六六

仲見世を
　　永らへて　　　　　　　　　　　　[余] 一三七
流れ来る
　　もの水になし　　　　　　　　　　[以] 二〇四
流れ出て
　　水に一樹の　　　　　　　　　　　[蝶] 一五九
なにとなき
　　ただただ一途　　　　　　　　　　[花] 八九
何につけ
　　君亡きことを　　　　　　　　　　[日] 一五七
菜の花の
　　名は今も　　　　　　　　　　　　[蝶] 一九一
梨の花
　　亡き友に　　　　　　　　　　　　[余] 二一〇
茄子数顆
　　名ばかりの　　　　　　　　　　　[日] 一九三
那須嶽の
　　波頭　　　　　　　　　　　　　　[星] 七七
菁粥
　　冬の没日へ　　　　　　　　　　　[童] 二〇
なつかしき
　　一つ一つの　　　　　　　　　　　[蝶] 六四
夏菊や　　　　　　　　　　　　　　　[童] 一七九
夏雲の　　　　　　　　　　　　　　　[父] 一〇二
夏雲と　　　　　　　　　　　　　　　[童] 二一
夏シャツの　　　　　　　　　　　　　[童] 一九二
夏帽子　　　　　　　　　　　　　　　[花] 一二一
　　汀づたひに　　　　　　　　　　　[花] 九八
　　より気がつきて　　　　　　　　　[日] 一四二
鳴き騒ぐ
　　鶯づかみにし　　　　　　　　　　[童] 一八六
棗の実　　　　　　　　　　　　　　　[花] 九一
夏山を
　　削りうち建て　　　　　　　　　　[父] 三七
撫子に
　　負ふ燈台へ　　　　　　　　　　　[雪] 六一
七種の
　　七草の　　　　　　　　　　　　　[余] 一二九
仲見世の
　　にぎやかに　　　　　　　　　　　[花] 八八

何かにと　　　　　　　　　　　　　　[以] 二〇八
何くれと　　　　　　　　　　　　　　[余] 二一七
名にし負ふ　　　　　　　　　　　　　[日] 一四六
なにとなき　　　　　　　　　　　　　[以] 二〇五
何を祈り　　　　　　　　　　　　　　[余] 二三六
名の今も　　　　　　　　　　　　　　[父] 一二九
名ばかりの　　　　　　　　　　　　　[余] 二二五
日輪の
　　しぶきて鴨の　　　　　　　　　　[花] 一〇四
日曜
　　真つ只中へ　　　　　　　　　　　[童] 二〇二
日輪に
　　けむらしてゐる　　　　　　　　　[日] 一〇四
日輪の　　　　　　　　　　　　　　　[花] 一一一
日輪に　　　　　　　　　　　　　　　[余] 二一六
西の下の　　　　　　　　　　　　　　[日] 一三六
二十本　　　　　　　　　　　　　　　[以] 二〇五
　　二条より　　　　　　　　　　　　[蝶] 一五八
虹立ちし　　　　　　　　　　　　　　[雪] 六〇
虹かゝる　　　　　　　　　　　　　　[雪] 七〇

波白く
　　波立ちし　　　　　　　　　　　　[雪] 六二
なみなみと
　　波に乗り　　　　　　　　　　　　[花] 一〇一
波の上
　　軽したる　　　　　　　　　　　　[蝶] 六八
並び立ち　　　　　　　　　　　　　　[以] 二〇八
並びたる　　　　　　　　　　　　　　[童] 一八一
並べ売る　　　　　　　　　　　　　　[童] 一九四
汝も又
　　何羽など　　　　　　　　　　　　[花] 九九
鳰の笛　　　　　　　　　　　　　　　[以] 二〇四
二階より　　　　　　　　　　　　　　[日] 一三三
にぎやかに　　　　　　　　　　　　　[余] 一二四

庭薄暑　　　　　　　　　　　　　　　[父] 三二
庭の中　　　　　　　　　　　　　　　[余] 一二一
庭の梅　　　　　　　　　　　　　　　[日] 一四〇
庭に出て　　　　　　　　　　　　　　[以] 二〇七
庭に聞く　　　　　　　　　　　　　　[父] 二八
庭に入る　　　　　　　　　　　　　　[父] 三四
庭にある　　　　　　　　　　　　　　[花] 九九
庭なべて　　　　　　　　　　　　　　[蝶] 六〇
庭となく　　　　　　　　　　　　　　[日] 一三九
庭手入　　　　　　　　　　　　　　　[童] 一九一
庭椿　　　　　　　　　　　　　　　　[花] 一〇三
潦　　　　　　　　　　　　　　　　　[父] 二六
庭掃除　　　　　　　　　　　　　　　[雪] 六六
庭先の　　　　　　　　　　　　　　　[蝶] 九五
入院の
　　二の午を　　　　　　　　　　　　[余] 二三六
二の午の　　　　　　　　　　　　　　[童] 九六
二の午の　　　　　　　　　　　　　　[蝶] 六八
日蝕の　　　　　　　　　　　　　　　[日] 一三〇
日輪を　　　　　　　　　　　　　　　[雪] 九七

見出し	出典	番号
庭畑の庭広く	[日]	一四〇
幟立つ庭手切り	[父]	一二五
抜手切り拭ひたる	[余]	一二二
沼風の	[花]	九四三
沼の蓮	[花]	九一
沼波に	[花]	一四二
沼見えて	[花]	九一
野遊の	[花]	一二三
野菊摘む	[花]	六二
軒に燈	[雪]	一〇六
軒雫	[花]	一〇六
鋸を残されて	[花]	一四一
残りゐる	[以]	一二〇
残り鴨	[以]	一一七
残る虫	[余]	一二六
残んの身 覗きたる 望むべく	[日]	一四二
喰もとの	[日]	一三七
野の墓	[花]	一七七
野の果は	[父]	六一
野の鴨や	[雪]	六六
野は既に伸びきつて	[雪]	九三
野火止に	[父]	二六
野葡萄の上り来し	[星]	一二八
昇り来て	[以]	二〇二

見出し	出典	番号
——湧きて止まざる	[以]	二〇六
鱀の潮	[蝶]	一六〇
——畑にも畑となく	[余]	一二五
白雲は	[日]	一三七
白炎と	[花]	九七
働きて	[童]	一八四
白菜の麦秋の	[蝶]	一七〇
蜂飛んで	[童]	一八二
白船の	[父]	二八
初髪の	[花]	一三五
初鴨の——しばらく水に	[蝶]	一〇四
——淋しき色と	[蝶]	一六六
——空となりた

初句索引

―遠くはあれど　［以］二〇三
初富士や　［蝶］一六四
初冬の　［日］一〇一
初詣　［蝶］一六四
初夢の　［花］一〇一
花影と　［蝶］一六四
花影の　［余］一三三
花影の　［蝶］九三
花影を　［雪］五五
花挿して　［雪］五七
話しつつ　［以］二〇一
花菖蒲　［花］九三
―さびしき色を　［雪］五五
―しづかに人を　［蝶］六五
鼻筋を　［蝶］六五
花といふ　［余］一一七
花と散りし　［蝶］一六六
花に死す　［蝶］一六六
―といふこと父よ　［雪］五五
―思ひのまゝに　［雪］五七
花に添ふ　［蝶］一九一
花に未だ　［蝶］一六七
花に学び　［童］一八六
花の色　［花］八八
花の中　［花］八八
―落花しそめて　［余］一二五
―目づからなる　［童］一八二
花の下　［蝶］一五八
花の山　［童］一四二
花冷の　［花］一二五
―どこかにありて　［余］一三五

―かくもつづきて　［童］一八六
花冷も　［余］一一七
花冷や　［余］一五五
花ひとつ　［蝶］一八五
花一つ　［童］一四三
花人の　［童］一六四
はなびらの　［蝶］一七一
花待てば　［雪］一七一
花よりも　［水］一五一
花ミモザ　［蝶］一七七
―葉の輝きて　［花］一〇四
―濃き光ひき　［余］一一一
花を打つ　［雪］六六
花を待つ　［余］五五
花を見て　［余］二一七
花を見る　［童］一八六
―母の心に　［父］一三一
―少し老いたる　［日］一三七
―こぼるゝやうに　［以］二一一
羽搏めて　［童］一六二
翅使ふ　［余］一三一
翅にとまる　［雪］五六
羽子の音　［童］一八三
翅の見え　［童］一八七
翅ひろげ　［童］一五五
母家を　［童］一八七
母いつか　［蝶］一六二
―老のまなざし　［父］六二
母老いて　［雪］六五
―老いなか〴〵に　［雪］六五

―夕顔の香も　［星］七九
―ふるさと遠し　［星］八一
母こひに　［雪］六六
母搏ける　［蝶］一六三
母立てる　［蝶］一五八
母と子の　［雪］六二
母と妻　［雪］六一
母亡くし　［雪］一二五
母の忌の　［余］一二三
母の日の　［余］一二一
母の日の　［父］一三五
母を亡くし　［父］一三五
葉牡丹に　［雪］六六
葉牡丹や　［雪］八九
玫瑰や　［花］九五
破魔矢持って　［父］一三七
浜木綿に　［余］一一六
はめてみし　［童］一三一
早くから　［日］一三五
早くより　［以］二〇三
―二階燈ともし　［日］一三三
―神棚にあり　［童］一八五
はやばやと　［童］一八八
葉より葉へ　［星］七九
薔薇園の　［花］八七
薔薇よりも濃き　［花］九八
―小屋の中なる　［蝶］一六九
―露そのまゝに　［父］六二
バラ散つて　［父］二一一
葉を一つ　［花］九三
ハンカチもて　［父］一二八
ばらばらに　［花］一〇三

玻璃すこし　［星］七八
針叢の　［雪］五六
春風の　［星］八〇
遥かなる　［星］八二
春著着て　［蝶］一六三
―人形町を　［雪］五八
―五百羅漢の　［雪］六二
はるけしや　［花］一〇一
―夜の襖染め　［以］二一二
春寒の　［余］一二三
―幻住庵を　［余］一二五
春寒や　［余］一一二
春障子　［雪］六六
春蝉の　［雪］八九
春蝉や　［花］九五
春蝉や　［父］九七
春燠炉　［父］九七
春遅々と　［童］七八
―山鳥の目の　［星］一四六
―目の前のこと　［童］一八一
春の蚊や　［花］九六
春の日の　［童］二〇四
春の日の　［花］八七
春の水　［童］一二四
春の雪　［父］一一九
はるばると　［以］一二四
晴れつづく　［父］二〇九
春山の　［父］一三一
バレリーナ　［花］九二
葉を一つ　［父］一二八
晩節の　［童］一八六

晩年と晩年の——虚子百句これ [蝶] 一五九	膝ついて避暑二日 [余] 一二八	一つ置く一つかみ一つづつ [童] 一九三	一と本の——紅梅へ人 [蝶] 一六五
——一と日一と刻 [星] 一七七	ひそみゐるひたすらに日だまりに [雪] 六二	一つの——夕日を捉へ [花] 一〇一	——椎のゆるぎや [童] 一八七
晩涼の島重つて [童] 一七九	ひつそりと時にざわめき [余] 二一六	——旧居の冬芽 [童] 一〇二	一もとの人も亦 [蝶] 一八九
晩涼や波ひたひたと [父] 二八	——墓守をりし [余] 二一九	遠くけむり [雪] 九五	燈りて燈りて [花] 六三
——波ひたひたと [花] 二九	——釣人のゐて [蝶] 五八	人もまた [雪] 一〇二	——人も亦 [父] 三五
万緑の日当りて [童] 一七八	一と雨の人に逢ふ [雪] 一八三	人の一つ又 [余] 二一一	——人よりも [花] 一〇四
冷え冷えと——しばらく紅葉 [星] 五九	——洗ひ出したる [蝶] 五七	——人や先 [蝶] 一六三	——人や先 [父] 三八
冷え来しと——雨はじきをり [雪] 六八	人の顔——過ぎし葭簀や [日] 二〇六	ひとゆらし [花] 一〇一	人ひとり [雪] 五九
日陰より戻りて [父] 七九	人の声——一刷の [以] 二〇六	——一人来て [余] 二〇八	一人来て——郭公鳴けり [雪] 六〇
日かげにも戻れば [蝶] 四〇	一雨の人急に [余] 二〇三	——一人なる [花] 一〇〇	——一人の音の [花] 一〇〇
光の矢——だんだん日陰 [日] 四二	人ゐても人気なき [水] 五〇	人のよき人並び [童] 一八五	——一人飲む [童] 一八六
彼岸花——黄菊摘みゆく [余] 二一六	人声と人声と [余] 一五五	人の名を [父] 三三	人を容れ——雛寿司の [父] 三二
ひぐらしの蜩や [父] 三三	人声——墓のあたりに [余] 九四	人の背の [父] 二八	人々に人ゆく [父] 九二
——髭なんどの [水] 五一	人声や——親しき夜の [日] 八八	人はみな [童] 一六六	日向より日向ぼこ [蝶] 六五
彦根へと日盛りや [余] 三七	一言の——あればまぎれて [日] 一四三	人のよき [花] 一六〇	日向ぼこ [父] 三一
日更に庇より [父] 三九	人の人去りて [花] 一〇三	人の云ふ [水] 五四	雛司の [蝶] 七一
膝より [父] 三四	——一筋の——芒の一束の [父] 三四	一叢の——雛壇の [花] 九六	雛壇の日の——郵便局の [花] 八七
		一昔——人ひとり [蝶] 七一	——虚子のもとへと [童] 一八五
			——日に透きて [父] 四〇
			日の当り——日の当たる [以] 二〇一
			日の当たる日の [花] 八八
			——遠くの吹かれ [日] 一二五
			——幹の高さに [日] 一三五

310

初句	分類	頁
日のありて	[蝶]	一五九
日のうちに		
——少し熱めの	[余]	一二五
——菖蒲放ちし	[日]	二三七
日のさして		
——をりて秋めく	[蝶]	九九
——来て老梅の	[花]	一〇一
日の沈み	[花]	一三三
日の闌けて	[花]	一六九
日の珠を	[星]	一四六
日の力	[星]	一六四
燈のついて	[蝶]	一一七
燈のとぐ	[余]	一八八
燈の点り	[花]	一〇〇
燈の満てる	[童]	六九
日は既に	[以]	二一〇
日々勤め	[星]	七〇
鏈走る	[雪]	六〇
火祭の		
——火の粉流る、	[余]	一二八
——薪はぜる音	[雪]	六四
向日葵と	[雪]	二〇
向日葵と		
——厚き花芯や	[星]	一六
——大輪風に	[星]	一六
——花弁の炎	[星]	一六
——花芯の凹

冬の蠅　――粧ひそめし	[童] 一七九	澎湃と　――法要や	[童] 一七七	盆柿と　――盆過の	[余] 一一九
冬の日の　――故郷の	[蝶] 一五八	冬の日や　――古時計	[花] 一〇〇	ボート屋の　――本殿を	[童] 一八七	盆過の　――本殿を	[童] 一二四
冬の日や　――古時計	[花] 一〇〇	冬の夜の　――ふれ合はず	[雪] 六九	朴の花　――本堂へ	[花] 一〇七	本堂へ　――本堂を	[日] 一〇六
冬日和　――風呂桶に	[星] 七九	冬帽子　――噴水の	[余] 一二四	――父を尊ぶ	[父] 一九	本堂を　――盆の花	[余] 一一二
冬帽子　――兵燹の	[父] 一三一	冬帽も　――一目深に今日も	[日] 一三二	帆掛島　――揺れしづまりて	[星] 七六	盆の花　――ほんのりと	[雪] 六八
冬星も　――一寸つまみて	[蝶] 一五八	冬星を　――舳先より	[蝶] 一六〇	祝ぎ心	[父] 六二	ほんのりと　――盆梅や	[父] 二〇六
冬紅葉　――へだてたる	[日] 一〇二	ふりかへる　――寺子屋風に	[余] 一二六	ほころぶと	[童] 一九四	盆梅や　――本丸の	[父] 二〇六
降りさうで　――糸瓜忌や	[花] 一〇三	降り出して　――虚子に聞きたる	[父] 一四三	星となる	[雪] 六六	本丸の　――本牧に	[雪] 六六
降りたまる　――べつたら漬	[星] 八一	降りつづき　――別府の燈	[日] 一三九	星の空	[日] 一三五	本牧に　――盆休	[蝶] 一五八
降り止んで　――落ちし木の実も	[童] 一八九	別荘に　――紅さして	[余] 一二六	穂芒と	[童] 一七九	盆休	
古芦の　――葉桜の下	[蝶] 一五九	別府の燈　――紅粉の花	[星] 八六	穂芒や　――かたまりなびく	[父] 三一		
古家に　――すぐにしぶけり	[花] 一〇〇	紅さして　――紅粉の花	[星] 八六	――一つ一つの	[花] 九六		**ま行**
古扇　――降り出して	[日] 一三九	紅粉の花　――紅蓮の花	[蝶] 一五九	細見綾子		毎日の　――まづ拝む	[日] 一三五
ふるさとに　――鳥の動きを	[蝶] 一五八	紅蓮の花　――棚田をなして	[蝶] 一五九	蛍火や	[父] 三一	舞ひのぼる　――前山に	[花] 一三五
ふるさとの　――那須の乙女の	[父] 二〇四	棚田をなして　――繚乱たりし	[童] 一七九	蛍飛ぶ	[日] 一〇六	前山に　――磨崖仏	[花] 一二六
古扇　――淋しき数の	[日] 一三八	繚乱たりし　――紅ほのと	[蝶] 一五九	墓地の空	[父] 二八	磨崖仏　――曲り屋に	[花] 六一
		紅ほのと　――蛇穴に	[花] 一七九	墓地包む	[雪] 六六	曲り屋に　――まぎれては	[余] 一一六
		蛇穴に　――部屋の中	[星] 七七	墓地の中	[父] 二五	まぎれては　――真葛原	[花] 一三八
		部屋の中　――部屋部屋に	[余] 一三二	北海に	[父] 二四	真葛原　――孫娘	[蝶] 一六七
		部屋部屋に　――法師蟬	[余] 一二八	北寄舟	[父] 二三	孫娘　――まざまざと	[童] 一八一
		法師蟬　――鳴き終りたる	[蝶] 一五八	ほつれ毛と	[花] 一六一	まざまざと　――まさらなる	[蝶] 一六七
		――遠くに鳴いて	[童] 一七九	舗道ぬれ	[余] 一一五	まさらなる　――まづ拝む	[花] 一〇三
		鳳仙花　――ほどけたる	[花] 一〇五	舗道濡れ	[以] 二〇三	まづ拝む　――マスクして	[星] 八二
		牡丹や　――包丁の	[父] 三七	帆の如く	[以] 二一五	マスクして　――マスクとり	[余] 一二七
				ほどけたる	[以] 二〇五	マスクとり　――まづ妻の	[以] 二〇九
				墓碑どれも	[日] 一三五	まづ妻の　――マスト揺れ	[以] 二〇九
				保養所の	[日] 一三一	マスト揺れ	[花] 一〇〇

312

まだ焦げぬ　[童]　一九四
又しても　[蝶]　一五五
又つぎの　[花]　九〇
又となき　[以]　二二〇
又一つ　[童]　一九五
　―夜空へ積まれ
又庭に　[花]　一〇〇
　―幹を辿りぬ
又別の　[蝶]　一六九
　―友を亡くしぬ
又もとの　[花]　一〇〇
　―来て佇みぬ
街角に　[父]　二四
　―又一人
街角の　[父]　二六
街角の　[蝶]　一四六
街角に　[花]　八九
町角と　[父]　二四
町角に　[日]　二一
街尽きて　[余]　六八
　―波音ありぬ
街中に　[雪]　六四
　―ここ遍路みち
街中に　[日]　三三
　―ふるさとはあり
　―して陵の
町濡らし　[星]　八二
町の中　[童]　一九五
街の中　[余]　九五
まつくらな　[花]　一八九
まつすぐな　[童]　一八〇
真つ向に　[日]　三五
　俎板の　[父]　一四四
真つ向に　[花]　一〇一
　俎板の
松過ぎし
まぶしきは

松過と　[余]　一三一
　まつすぐに
　―落花一片　[蝶]　一六七
　―豆雛の　[花]　六六
　―繭玉の　[雪]　二一七
　―日の届きをり
　―宝物殿へ　[以]　二〇六
松蟬や　[花]　六〇
　全き葉
松立てて　[日]　一四八
松の芯
　松山に　[花]　六九
　待つ用意　[蝶]　一六六
　祭らる、　[余]　一三六
祭髪　[父]　二四
祭開けて　[日]　二一
　―家の中にも　[童]　一九七
　―虫の世界に　[水]　一五一
窓近く　[童]　一六八
窓に見え　[日]　一〇〇
窓に垂る　[雪]　六〇
窓の女　[童]　一八三
窓の下　[雪]　六六
窓の外　[父]　三一
窓の　二つ　[花]　二四
窓よりの　[父]　三一
　まともなる　[雪]　六一
窓板に　[父]　二八
　俎板の　[日]　三一
窓板の　[花]　一二五
　隣の庭の
まぶしきは　[蝶]　一六七
　楠檀の花

マフラーを　[父]　三〇
　真向へる
豆雛の　[雪]　六六
　蠶玉の　[雪]　一七八
まるき目を　[童]　一五五
　繭玉や　[蝶]　一六七
　　　　　[童]　一六四
　　　　　[童]　二〇五
丸ビルの　[花]　六〇
　窓の冬日は
満開の　[雪]　二一六
　昔語りや
満開の　[余]　一二六
　花より花の
満開の　[花]　一二五
　花の一枝と
曼殊沙華　[蝶]　五五
政所　[水]　二六
真ん中に　[童]　一九七
　電柱一つ
真ん中に　[花]　一六四
　いよいよ路地の
真ん中に　[花]　一〇〇
　満目の
　真ん中を　[花]　一三五
万両や　[花]　一三五
実梅とて　[余]　四六
見えるは　[日]　三九
見えてなし　[父]　二四
見えわたる　[以]　二〇一
見劣りの　[父]　三一
見覚えの　[雪]　二四
　俎板に　[父]　三一
見下して　[花]　一二五
　隣の庭の　[雪]　六一
　落葉ばかりや　[花]　九一
　楠檀の花　[童]　一八九
　ゆれて破蓮　[童]　一九六

見返りの　[父]　三〇
　蜜柑むき　[雪]　六六
　右左　[雪]　一七八
　汀行き　[童]　一五五
　神輿来る　[蝶]　一六七
　皇子の墓　[童]　一六四
陵に　[童]　二〇五
　みささぎの　[花]　六〇
　身じろぎを　[童]　一六六
水明り　[蝶]　
水打って　[余]　一二六
　―人には会はぬ　[花]　八八
　―燈ともるまでの　[雪]　九三
　―電柱一つ　[蝶]　一五九
　―いよいよ路地の　[父]　一〇二
湖の　[余]　一二六
　湖に　[花]　一三五
湖に　[花]　九五
湖の　[花]　八五
湖の　[蝶]　
湖を　[花]　一三五
　　―かこむ冬の燈　[雪]　六三
　　―飛び翔つ鴨の　[雪]　二〇四
水かけし　[以]　二〇六
水影の　[童]　一九三
水影に　[花]　一七〇
水影の　[蝶]　一六五
　―流れにゆらぎ　[童]　一七九
　―ゆれて破蓮

313　初句索引

—全き月に [以] 二〇七
水影は [以] 二〇八
水影を [水] 一五〇
自らに [日] 一四三
水澄んで [余] 一一四
水田跡 [父] 二六
水溜 [父] 二三
水照りて [余] 一一八
水飛ばし [日] 一三八
水鳥の
—水をつかんで [水] 一五一
—水ふくらませ [蝶] 一五八
—群るる日向の [蝶] 一六四
水舐めて [余] 一一二
水温む [日] 一三七
水の中 [菫] 一八三
水離れ [日] 一四四
水涜を [蝶] 一六〇
水引草に [蝶] 一六三
水引の [花] 一〇三
みづひきや [花] 九九
水餅の [父] 三七
水も又 [菫] 一八二
店の中 [花] 九四
禊沢 [花] 九六
道いつか [花] 九五
みちのくに [花] 九四
みちのくの
—遠山にある [余] 一二一
—友を思ひぬ [蝶] 一五七
—田植寒とぞ [蝶] 一五九
—今こそみどり [菫] 一七八
みちのくも [以] 二〇三
見てゐたる [父] 二三
見てをりし [父] 二七
みどり児の [余] 一二六
水底に [日] 一四八
皆若き [星] 八〇
身につきし [雪] 六五
身につけし [父] 三九
峰の花 [蝶] 一六一
御仏や [花] 一〇二
見回して [蝶] 一六三
都鳥
—だんだんにふえ [父] 二七
—嘴の赤さを [父] 二七
—父亡き我に [雪] 六七
見られゐる [余] 一二三
見るうちに [菫] 一七七
見るほどに [余] 一一三
みんなみの [日] 一四一
向いて来し [星] 八一
迎火の [日] 一三四
昔沼 [父] 二九
昔はと [余] 一二六
向き変へて [以] 二〇二
麦は穂と [蝶] 一六二
向ふ岸 [花] 九一
武蔵野の [余] 一二四
虫籠を [余] 一一二
虫聞くや [雪] 六三
虫聞けば [父] 四〇
虫出しや [蝶] 一六一
胸もとを [蝶] 一五六
胸白く [雪] 六六
胸立てて [花] 九七
胸の子の [花] 一〇二
胸の中
—まで日が射して [星] 八二
—桜落葉の [以] 二〇九
紫に [父] 三八
紫の [菫] 一九七
群れなせる [日] 一三四
明治以来 [雪] 六〇
命日の [花] 一〇五
めぐらせる [余] 一二六
目高見て [余] 一一一
目つむりて [菫] 一九三
目つむれば [余] 一二〇
目の前に
—牡丹目つぶり [父] 三四
—鳰の顔ある [蝶] 一五五
目鼻なき [菫] 一七七
芽柳と
—いふ色にこそ [花] 九二
—いふほどになく [余] 一一七
芽柳の [蝶] 一五六
目をつむり
—右手ひたひに [日] 一三八
—断ることも [蝶] 一七一
目をとめし [父] 二〇
面授てふ [日] 一三三
面伏せて [父] 二三
もう光る [蝶] 一六四
黙々と [菫] 一八五
潜りたる [余] 一一三
鵙鳴いて
—松美しき [父] 三九
—ちらと子のこと [雪] 六三
凭れゐる [余] 一二四
持ちこたへ [菫] 一八六
持ちなれし [父] 二一
もちの花 [雪] 五九
黐の花 [日] 一四一
餅を焼く
—子供の頃の [蝶] 一六四
—網より下へ [菫] 一九〇
もつさりと [余] 一一二
戻りたる [父] 三五
戻り梅雨 [菫] 一八三
もの音を [以] 二〇一
もの枯れて [以] 二〇九
もの焚いて [花] 九一
ものなべて [以] 二〇二
もののかげ [花] 九二
ものの芽に [余] 一二五
ものの芽の
—一つ一つは [星] 八〇
—ほぐるる先の [花] 八七
—伸びつゝ雨に [菫] 一九一

ものの芽や
　―多摩の横山　［父］一四五
もの思ふ
　―親しき人に　［日］六一
もの書く
　―翁の墓を　［蝶］一八一
ものを焚く
　―翁の墓を　［童］八五
ものを書く
　―ものを焚く　［童］九七
もの忘れ
　―ものを焚く　［余］二三
紅葉にも
　―紅葉貼り　［日］三九
紅葉貼り
　―紅葉冷え　［父］二九
紅葉冷え
　―紅葉一顆　［父］一七
紅葉一顆
　―桃色の　［蝶］一七
桃色の
　―桃の日や　［以］一〇一
桃の日や
　―桃の紅　［童］一九五
桃の紅
　―もやひつつ　［童］一七〇
もやひつつ
　―森くらく　［蝶］一六六
森くらく
　―森の上　［童］一五七
森の上
　―森の端　［雪］一七九
森の端
　―門前の　［蝶］一五七
門前の
　―門深く　［童］二一七
門深く
　―門よりの　［父］一九一

や 行

夜業人
　―合図の笛を　［父］三九
約束を
　―並び突つ立つ　［蝶］三九
矢車の
　―焼跡の　［花］一〇二

門よりの　［父］三二

野菜もて
　―椰子の葉に　［童］一九七
夜鳥鳴く
　―わが頬にまた　［雪］一七〇
谷戸の奥
　―夜鳥鳴く　［花］九三
宿の婢に
　―谷戸の奥　［雪］二六八
屋根瓦
　―屋根の上　［童］一二〇
屋根の上
　―屋根の窓　［花］一五〇
屋根の窓
　―屋根屋根に　［蝶］一五七
屋根屋根に
　―山間に　［父］三一
山間に
　―鉱山下りて　［余］一二〇
鉱山下りて
　―山宿更けて　［童］一九九
山宿更けて
　―山宿に　［雪］六八
山宿に
　―山百合の　［蝶］一五七
山百合の
　―山住みの　［父］二九
山住みの
　―やませ吹く　［蝶］一六七
やませ吹く
　―山寺の　［余］一三〇
山寺の
　―天の高きを　［童］一二四
　―つめたきまでに　［花］八八
　―展墓の人に　［花］八八
山の井は
　―やや、暗き　［花］一七九
山の名を
　―やや、暗き　［父］三三
山の背を
　―やや遠く　［父］三八
山の風
　―やや寒く　［雪］六五
山の雲
　―やや家の　［父］一五九
山の日の
　―ややおくれ　［花］八九
山の虫
　―ややはらかに　［雪］六三
山墓に
　―遣り水の　［花］一〇六
山畑の

病む父の
　―話ふれ来し　［父］一九
　―梅雨寒の又　［父］三六
　―朝は遠しも　［雪］五五
病む父と
　―目覚め語りに　［父］一九
　―ありての家路　［父］三一
病む父の
　―ため子のための　［父］二一〇
病む妻の
　―書庫への用事　［以］二〇八
病む妻と
　―仲見世通り　［父］一六七
病みありて
　―湧水の　［童］一六九
やや、暗き
　―夕顔に　［以］一六五
ややおくれ
　―夕顔の　［父］一四九
やや家の
　―夕顔の　［以］一二〇
やや寒く
　―夕空に　［父］三一
やや遠く
　―夕空は　［星］一七六
やや、暗き
　―夕立に　［日］一二四
やや、暗き
　―夕月の　［以］一九二
やや、暗き
　―夕月や　［星］一八八
やはらかに
　―夕月や　［童］一二一

　―咲きて西を　［星］一七六
山吹や
　―一輪として　［星］一七七
　―咲きて二輪を　［星］一七九
　―親しきを　［花］九三
　―風かあらぬか　［星］一七六
夕翳の
　―夕かげを　［童］一九一
　―くるくる巻いて　［蝶］一六三
夕かげを
　―得てしづもれり　［日］二四八
夕影に
　―山吹色を　［花］一〇五
夕吹色を
　―蟻の来をり　［雪］五六
夕風に
　―夕風を　［星］一八〇
夕風の
　―夕雲に　［童］一八七
夕風を
　―夕暮に　［蝶］一五六
夕雲に
　―夕空ばかり　［童］一七九
夕暮に
　―青澄むばかり　［蝶］五九
夕空に
　―仲見世通り　［蝶］一五〇
夕空は
　―雲つきぬけて　［童］一六六
夕立に
　―夕月の　［星］一七六
夕月に
　―夕月の　［蝶］三五
夕月の
　―光を加ふ　［星］一八八
　―それも三日月　［以］二〇一
夕月や
　―照るに間のある　［以］二〇五
　―咲く見て別れ　［以］二〇六

夕月を　夕蜻蛉
　——一番星の　[余] 一二七
夕波に　夕焼に
　——向きも高さも　[童] 一九三
夕焼に　夕焼の
　——鋭く犬を　[以] 二〇七
夕焼の
　——染まり人立つ　[花] 一〇四
夕闇の　夕焼の
　——一瞬さめし　[父] 三八
夕闇の　夕闇へ
　——さめし打水　[父] 三七
夕闇を裂く　木綿を裂く
　——雲より下り　[父] 二七
浴衣見　川床の燈の
　——雪いつか　[蝶] 六一
雪落し　雪折の
　——指の先　[雪] 二五
雪雲の　雪雲の
　——ゆき暮れし　[父] 四〇
ゆきずりの　行き違ふ
　——行き違ふ　[童] 一六五
雪積る　雪に傘
　——百合の香を　[蝶] 一六一
雪の川　雪の川
　——ゆるむこと　[花] 九一
鴨足草　雪のせて　[花] 八九

雪晴の　雪降つて
　——雪窓に　[父] 三七
雪眼尚　熔鉱炉
　やうやくに　[雪] 六九
行年の　行年の
　——日の沈みゆく　[花] 八八
行春の　逝く人に
　——忘るすべなき　[雪] 七六
湯気立て、
　よく食べる　[星] 八〇
湯煙の
　よく通ひ　[花] 八八
湯ざめして　湯ぼてりの
　ゆつくりと　[蝶] 六五
湯どうふを
　——翼をさめし　[蝶] 一七一
温泉の煙
　——焰の倒れ　[余] 一六〇
温泉櫓
　温泉に行く　[花] 九九
湯ぼてりの
　夜の部屋の　[蝶] 一六七
指の先
　指さして　[蝶] 九八
指先に　指先に
　指先に　[花] 一四五
指先に
　葭切の　[余] 一二三
吉野紙
　粧へる　[父] 二七
夜となりし
　夜の海の　[童] 一八〇
夜の海に
　夜の部屋の　[童] 一六八
昨夜の雨
　昨夜虫の　[童] 一三六
よみがへる
　——乾くにほひの　[花] 一九四
夜の梅
　嫁作る　[童] 一七〇

宵の町
楊貴妃梅　[花] 一〇二
熔鉱炉　[余] 一二六
　やうやくに　[雪] 六四
雷雲の　雷雲の
　落日は　[雪] 六〇
落日や　落日や
　ラジオ消し　[日] 四六
裸婦赤く　裸婦赤く
　ラムネ飲めば　[日] 一一一
蘭鋳の　蘭鋳の
　離愁とは　[蝶] 二〇五
陸橋に　陸橋に
　立秋の　[花] 一〇六
立秋の　立春の
　立冬の　[童] 一八四
　——白面さらす　[童] 九二
　——ハンカチ白き　[童] 九一
　——浅間眺めて　[童] 五七
　——空青々と　[蝶] 五六
リバプール
　琉金に
　流燈に
　流燈を　[雪] 六三
　——置きて放さず
　——置かんと川に
　涼風や　[童] 九八
　——高炉の階を
　——老師敬ふ　[童] 九〇

世を裁き　[蝶] 一六七

ら行

　[雪] 六六
　[雪] 六〇
　[余] 一二二
　[余] 一二一
　[日] 一四六
　[日] 一一一
　[蝶] 二〇五
　[蝶] 五六
　[星] 七六
　[星] 七七
　[星] 八二
　[蝶] 二〇一
　[以] 二〇六
　[父] 三一
　[余] 一二四
　[日] 一三一
　[日] 一三一
　[父] 三九
　[星] 七五

316

わ行

涼風を
　緑蔭と緑蔭に
　―水棹交錯　[父]三一

緑蔭と緑蔭に
　―水棹交錯　[以]五九

緑蔭の
　―時には休み　[余]二八

緑蔭の
　―池の近くを　[以]二〇六

緑蔭の
　―大きく池へ　[雪]五九

緑蔭の
　―冷えゆくばかり　[日]一四二

玲瓏と
　連鶴の蓮如忌や　[日]二三六

老鶯に
　凛として　[余]一二三

緑蔭や
　―鳴き移りつつ　[花]九八

老鶯や
　―声のほがらや　[余]二〇

老鶯や
　―一つ大きく　[余]二七八

老鶯の
　―一つ大きく　[童]一七〇

老鶯の
　老将の　[童]一八五

老梅の
　―雫の如く　[童]一六六

老梅の
　臘梅の　[蝶]一六四

臘梅や
　―一樹なれども　[童]一六八

朗々と
　六阿弥陀ロッカーの　[雪]一七五

ワイキキの
　若芦の　[雪]七〇

わが心
　湧ける音　[日]九〇

公魚の
　輪飾の　[花]一三六

忘草　[雪]五六

絮となる　[余]一三一

佗び住みて　[日]一三六

吾に賜ふ
　―思はぬ早さ　[蝶]一七二

藁塚の
　藁帽子　[蝶]一四一

我踞み
　我立てば　[父]三一

われなりの
　われのみの　[父]二〇六

我も又
　我よりも　[以]二〇五

我等ここに
　我等又　[童]一九四

吾を迎ふ　[以]二〇七

病葉の
　―流れ放生　[雪]五九

病葉を
　―遠くの水に　[日]一四二

湧ける音　[父]二九

忘草　[日]一三一

絮となる　[雪]七六

綿虫の
　―一つ一つの　[童]一八四

我立てば　[花]一〇〇

藁帽子　[童]一八〇

藁塚の　[父]三五

佗び住みて　[父]三六

吾に賜ふ　[雪]六一

我踞み　[雪]六七

われなりの　[雪]六一

われのみの　[日]一三六

我も又　[雪]一二六

我よりも　[余]一二八

我等又　[蝶]一六七

我等ここに　[日]一四六

吾を迎ふ　[父]二一二

317　初句索引

季題索引

○季題は『カラー図説日本大歳時記』（講談社）に拠る。同書にない季題については他の歳時記に拠った。
○[ ]内は句集名を示す。

[父] ＝ 『父子唱和』
[雪] ＝ 『雪の花』
[星] ＝ 『星辰』
[花] ＝ 『花鳥来』
[余] ＝ 『余光』
[日] ＝ 『日月』
[水] ＝ 『日月』以後
[蝶] ＝ 『蝶に会ふ』（精選句集『水影』より）
[童] ＝ 『童濃く』
[以] ＝ 『童濃く』以後

春

時候

春（はる）
岩の面に影をひきつつ春の滝　[余] 二八
枯芦にまぎれて立てり春の人　[以] 二〇四

立春（りっしゅん）
立春の日ざしとりわけ蔵の町　[余] 一三七
かがやける日ざしとてなく春立ちぬ　[日] 一三三

早春（そうしゅん）
窓二つより早春の街の音　[父] 三三

春寒（はるさむ）
春寒の夜の襦袢染め電熱器　[雪] 五五
春寒やピカソの女睨みして　[星] 八〇
神前の春の寒さに落ちつかず　[余] 一二〇
羞ありこの春寒をよくぞこそ　[日] 一三七
春寒の幻住庵をひとめぐり　[童] 一九五

遅春（ちしゅん）
春遅々と山鳥の目のまくれなゐ　[童] 一八一
春遅々と目の前のこと先のこと　[童] 一九五

春めく（はるめく）
戸を開けて庭の日ざしの春めきぬ　[以] 二一〇

啓蟄（けいちつ）
啓蟄の蜥蜴の舌の光りけり　[余] 一二〇
啓蟄の蜥蜴枯葉をすべり出し　[余] 一三七
啓蟄の庭に踏みたる虚貝　[蝶] 一六五
啓蟄や太極拳の腰沈め　[日] 一三七
啓蟄の五日過ぎたり月まるく　[童] 一八一
永らへて啓蟄のわが誕生日　[以] 二〇四

彼岸（ひがん）
義仲寺の水のにごれる彼岸かな　[花] 九八
下草を夕日の染むる彼岸かな　[日] 一三七
夕風をかこひ彼岸のお線香　[蝶] 一五六
月山のくまなく晴れし彼岸かな　[蝶] 一六一
痩身は今更なれど彼岸寒　[童] 一九五
長生きの母の齢なる彼岸かな　[以] 二〇四

318

春の日（はるのひ）

人々に春の日高く街汚れ　[父]　三三
春の日のあまねくありて思ふこと　[以]　二〇四
生家跡春日あまねくゆきわたり　[以]　二〇五
はるけしや春日の如く虚子青邨　[以]　二二一

春暁（しゅんぎょう）

長生きや春あけぼのを目覚めぬて　[以]　二二一

春昼（しゅんちゅう）

外人墓地見ゆ春昼の酒少し　[星]　七六
春昼の富士を置きたる峠かな　[花]　一〇五
春昼の宿坊那智の滝の音　[余]　二一八

春の宵（はるのよい）

抱けば吾子眠る早さの春の宵　[父]　三三
門川に沿ひ雨風の春の宵　[雪]　五八
くるみ餅食べて師のこと春の宵　[日]　一二三
丘の燈の翼をひろげ春の宵　[童]　一八一

暖か（あたたか）

暖かくなればと思ふことばかり　[以]　二二〇

長閑（のどか）

源氏山その懐の長閑けしや　[水]　五一

遅日（ちじつ）

虚子の軸いくつも眺め遅き日を　[蝶]　一六一
而して遅日の谷戸を辞しにけり　[蝶]　一六一

花冷（はなびえ）

泣いてゐる子に花冷えの大玻璃戸　[父]　三二
花冷も又なつかしき師の忌なる　[余]　二一七
花冷や昨日は月のまどかなる　[蝶]　一五五
花冷のかくもつづきて悲しみも　[童]　一八六

木の芽時（このめどき）

リバプールよりの一信木の芽風　[日]　一三七

暮の春（くれのはる）

そこここに暮春の蝶や皆白く　[蝶]　一五七

行く春（ゆくはる）

行春の御苑ひたすら雨注ぐ　[星]　七六
照り戻りして行春の庭の景　[以]　二二一

春惜む（はるおしむ）

舟宿の窓歪みをり春惜しむ　[父]　二四
実験衣きて校庭に春惜しむ　[父]　三九
一葉にゆかりの僧と春惜しむ　[星]　八〇
妻留守の一日庭に春惜しむ　[花]　一〇五
神田川一つの橋に春惜しむ　[日]　一四一
亡き友に語りかけつつ春惜しむ　[余]　一三二
小諸より佐久へと廻り春惜しむ　[童]　一六四
わが町を流るる川や春惜しむ　[以]　二〇五
来し方を妻と語りて春惜しむ　[以]　二二一

天文

春光（しゅんこう）

香合にのせ春光を廻したる　[星]　八〇

春の月（はるのつき）

鉱山事務所出て春の月くらかりし　[父]　二五
うす墨といふその色に春の月　[蝶]　一六五
その夜や春満月を庭に見て　[以]　二二一

319　季題索引　春

朧（おぼろ）
城山も放送局も朧かな 【蝶】一五六
源氏山誰が横笛の朧かな 【童】一九一

春風（はるかぜ）
春風の虚子の句心癒えたまへ 【星】八〇
われらみな虚子一門や春の風 【日】一三三
老を知り老を忘れて春の風 【日】一三七
年とるといふはこのこと春の風 【星】一四一
山の名を一つづつ聞き春の風 【蝶】一五八
遠山をともども眺め春の風 【日】一二〇
窓開けて家の中にも春の風 【以】一二〇

東風（こち）
朝東風や鷗の飛んで鵜の飛んで 【童】一八五
病む妻としばらく東風の庭に立つ 【以】五五

風光る（かぜひかる）
風光り父の衰へ人に告ぐ 【雪】五五

春疾風（はるはやて）
尼通る春の風雨に傘しづめ 【父】三六

春塵（しゅんじん）
売ってゐるなんでも名代春の塵 【花】九〇

霾（

地理

春の山（はるのやま）

春山の懐へ径入りゆく　　　　　　　　　　［父］一九
サイレンのしづまつてゆく春の山　　　　　［父］一九
潮騒をうしろに上る春の山　　　　　　　　［父］二四
大玻璃戸春山一つやや険し　　　　　　　　［父］五五
道いつか春山深くなりゐたる　　　　　　　［花］九五
笹濡らすほどの雨過ぎ春の山　　　　　　　［花］一〇二
見えゐるは生駒につづく春の山　　　　　　［余］一三七

春の水（はるのみず）

家々にひびかひ走り春の水　　　　　　　　［父］一三
靴脱いで子は春水にためらはず　　　　　　［父］二七
春の水ふくれ流るるところあり　　　　　　［父］八七
日陰より眺め日向の春の水　　　　　　　　［日］一五五
坂上るトラック映り春の水　　　　　　　　［蝶］一六一

水温む（みずぬるむ）

糸のごと落ちて筧の水温む　　　　　　　　［星］八〇
義士の墓一掬づつの水温む　　　　　　　　［星］八一
水温む誰としもなく言ひ継がれ　　　　　　［日］一三七
漂へる塵さへも綺羅水温む　　　　　　　　［蝶］一六五
軽したる如くに水の温みけり　　　　　　　［童］一八一
老いに従ひ老いと闘ひ水温む　　　　　　　［童］一九六
よみがへる虚子の足音水温む　　　　　　　［童］二二〇
妻病みてよりの光陰水温む　　　　　　　　［以］二三五

春の海（はるのうみ）

潜りたる鵜の残したる春の海　　　　　　　［余］一三二

春の波（はるのなみ）

その上へ又一枚の春の波　　　　　　　　　［余］一二

春潮（しゅんちょう）

春潮のひびける島の宮柱　　　　　　　　　［父］三九
発着所デッキの如し春の潮　　　　　　　　［雪］五八
春潮に乗りて即ち航一路　　　　　　　　　［余］一三三

潮干潟（しおひがた）

石踏みて汐のにじみし干潟かな　　　　　　［花］一〇五

雪解（ゆきどけ）

刺子吊る雪解雫の蔵の中　　　　　　　　　［花］九〇
燈の点り窓に暮れゆく雪解川　　　　　　　［日］一三三

薄氷（うすらい）

だんだんに水の光に薄氷　　　　　　　　　［余］一一九
薄氷の吹かれて端の重なれり　　　　　　　［日］一四〇
薄氷に旦の茜さしわたり　　　　　　　　　［日］一四九
薄氷のなほ一円を残したる　　　　　　　　［蝶］一六九
薄氷の草をよるべに漂へる　　　　　　　　［童］一八一
薄氷の松葉を塵と漉きこめる　　　　　　　［童］一八一
薄氷の矢羽根光りをなすところ　　　　　　［童］一九一

生活

花衣（はなごろも）

歩き来て水に映れり花衣　　　　　　　　　［花］九六
紀の善の二階に座あり花衣　　　　　　　　［余］一二八
足もとの夕日しみじみ花衣　　　　　　　　［日］一三二
鎌倉の遠忌に罷る花衣　　　　　　　　　　［日］一三二
胸もとをゆるくゆたかに花衣　　　　　　　［蝶］一五六

ほつれ毛といふさまのまま花衣　［蝶］一六一
足弱くなりし嘆きも花衣　［蝶］一六五
いちどきに席を立ちたる花衣　［蝶］一六九

春日傘（はるひがさ）
埠頭の荷眺めるとなく春日傘　［菫］一八六

蜆汁（しじみじる）
われなりの養生訓や蜆汁　［日］一三六

壺焼（つぼやき）
壺焼にこもる心と知りて酎む　［父］二五

草餅（くさもち）
草もちと大きく貼つて蔵造り　［花］九〇
草餅やはて知らずとは子規の旅　［蝶］一六一
小諸より誘ひの便り蓬餅　［蝶］一六九
草餅やとりとめもなき旅心　［菫］一七七

桜餅（さくらもち）
その人の母を心に桜餅　［父］二〇
祝ぎ心しづかに燈下桜餅　［父］二四
母と妻街の噂を桜餅　［父］二五
気弱しといはれうべなひ桜餅　［父］三六
夜となりてつのる雨風桜餅　［花］九二
雨かしら雪かしらなど桜餅　［花］九七
芸談の次から次と桜餅　［蝶］一五六
桜餅食べ終りたる手を膝に　［蝶］一六一
妻退院その日燈下の桜餅　［以］二〇

五加飯（うこぎめし）
とり上げし赤き塗箸五加木飯　［父］二一

春燈（しゅんとう）
春燈の一つ一つに迎へられ　［父］二一
鉱山更けて来し春燈を消して寝む　［父］二五
春燈下妻の型紙机を覆ふ　［父］二八
妻の手のアイロン往き来春燈下　［父］二八
春燈の映る玩具の馬車走れ　［父］三二
春燈のくらく小さく吾子眠り　［父］三二
子をねかせ春燈妻と我にあり　［父］三二
尼寺の今日の風雨の春燈　［父］三六
嵩へりし父と見みとる春燈下　［雪］五五
子の眠る春燈父の病む春燈　［雪］五五
忘れ去るべく盃を春燈下　［雪］五八
埠頭倉庫春燈よごれ梁にあり　［雪］五八
ゆきずりの鏡の中や春燈　［蝶］一六五
春燈のふえて暮れゆく淡海かな　［菫］一八一

春障子（はるしょうじ）
生き残りたる人の影春障子　［花］八八
春障子立てて近江の一夜かな　［花］九八

春暖炉（はるだんろ）
春煖炉焚きて心を占むるもの　［星］七八

春火鉢（はるひばち）
父の息見守る手置き春火桶　［雪］五五

野焼（のやき）
止めきれぬ勢ひとなりし芦を焼く　［余］一一三
先頭を切る焔あり草を焼く　［余］一一三

畑焼く（はたやく）
暮れ方の畦火一穂立ちにけり　［余］一一三

耕（たがやし）　見えわたる音なき波に耕せる　[父]　三五
田打（たうち）　田打機を一人あやつるばかりかな　[日]　一四〇
畑打（はたうち）　なほ続く風評被害畑を打つ　[日]　二〇四
種浸し（たねひたし）　風呂桶に風呂の温度の種浸し　[日]　一四五
剪定（せんてい）　剪定の仰向く顔を夕日そめ　[童]　一七七
　剪定の一人の鋏音を立てて　[雪]　五六
　剪定の鋏の音に近づきぬ　[雪]　五六
若布刈る（わかめかる）　鎌研いでやがて出てゆく若布刈舟　[余]　一二〇
　遠目にも竿を自在に若布刈舟　[余]　一二〇
海苔掻き（のりかき）　海苔舟の人立ち上り棒を押す　[父]　三四
茶摘（ちゃつみ）　茶摘女の終りの畝にとりつける　[余]　一二三
海女（あま）　聞いてもみ海女のくらしといふものを　[父]　三五
踏青（とうせい）　学校の上に雲あり青き踏む　[父]　三九
　地震のことどこか心に青き踏む　[童]　一九一
野遊（のあそび）　野遊の弁当赤き紐ほどく　[日]　一三三

梅見（うめみ）　庭の梅よりはじまりし梅見かな　[日]　一四〇
花見（はなみ）　土牢といふものありぬ花人に　[父]　三五
　花人の中を急ぎて人に逢ふ　[雪]　五七
　一日を花に遊びて老いゆくや　[花]　一〇五
花筵（はなむしろ）　同じ蜂又来てとまる花筵　[童]　一九六
花守（はなもり）　墓守にして花守の二三言　[日]　一三三
春スキー（はるすきー）　午後からの日に影を濃く春スキー　[花]　一〇四
ぶらんこ（ぶらんこ）　鞦韆の軋む音して夕浅間　[蝶]　一六九
春眠（しゅんみん）　春眠といふ一刻の父に欲し　[雪]　五五
　春眠の子のやはらかに指ひらき　[花]　九〇
　春眠の夢の絵巻のつづきけり　[蝶]　一六五
春愁（しゅんしゅう）　人伝の噂なれども春愁ひ　[日]　一三三
大試験（だいしけん）　大試験教師うしろの扉より　[父]　三四
　子の顔の尖り来りぬ大試験　[雪]　五六
　孫娘かくも奮励大試験　[童]　一八一
卒業（そつぎょう）　卒業の丘下り来て水に雲　[父]　三二
　選びたる道を誇りに卒業す　[星]　七五

323　季題索引　春

子には子の恃む道あり卒業す [星] 七五
ふるさとに役立つ誓ひ卒業す [以] 二〇四

行事

初午（はつうま）
燈を集めくらき拝殿一の午 [星] 七七
二の午の力うどんや燈の点り [余] 二二七
二の午を過ぎし王子の寒さかな [菫] 一九五

針供養（はりくよう）
夜となりし扉の中や針供養 [雪] 五六
燭の燈のすみゆく針を祭りけり [雪] 五六
針叢の中へ一筋針納む [雪] 五六
祭らるゝ針の林のしじまかな [雪] 五六
堂の中人の満ち退き針供養 [花] 九〇
次の間に次の間のあり針供養 [花] 九二
供養針にも夕影といへるもの [余] 二一一
その辺に男を待たせ針供養 [余] 二一九
くまもなく挿してまだらや供養針 [余] 二二三
膝更に寄せて刺しけり供養針 [余] 二二五
襟もとに挟み来し針祀りけり [菫] 一九〇
コート脱ぎ真つ赤な裏地針供養 [菫] 一九〇
何時しかに燈ともし頃や針供養 [以] 二〇三
浅草は妻のふるさと針供養 [以] 二〇三

桃の節句（もものせっく）
桃の日やみどり児十指握りしめ [菫] 一九五

雛市（ひないち）
初雛を心づもりの市眺め [余] 二一七

雛祭（ひなまつり）
雛壇の昼の翳いま夜の翳 [花] 八七
雛の日の郵便局の桃の花 [花] 一〇一
人影のさせばほのめき古雛 [花] 一〇一
赤面の奴が一人雛の壇 [余] 二二八
それなりに屛風に影や豆雛 [日] 一四五
豆雛の唇はなけれどそのあたり [水] 一五一
下町の戦火くぐりし揃ひ雛 [蝶] 一六九
喉もとのかげり胸まで古ひひな [菫] 一七七
目鼻なきことこそよけれ豆雛 [菫] 一七七
貝の上男雛は袖をうちひろげ [菫] 一八一
貝の上女雛は袖をかき抱き [菫] 一八一
雛の日の虚子のもとへと旅立たれ [菫] 一八五
雛寿司のもも色黄色濃きみどり [菫] 一九〇
多摩川へ障子開けたり雛の間 [以] 二〇四
まざまざと雪害ニュース雛の日 [以] 二〇四

雛納め（ひなおさめ）
大粒の雨を玻璃戸に雛納め [父] 三六
貝雛をかつちり合せ納めけり [菫] 一八五

涅槃会（ねはんえ）
月満ちて我をつつめる涅槃かな [蝶] 一六五

彼岸会（ひがんえ）
その中に赤子の声やお彼岸会 [菫] 一九五

仏生会（ぶっしょうえ）
焼跡の天の広さよ仏生会 [父] 三三

甘茶（あまちゃ）
寿福寺の夕べの甘茶来て注ぐ [星] 七五

動物

春の鳥（はるのとり）

春禽の散り翔つ王子稲荷かな　[余]一一三
尾を振つて電線ゆらす春の鳥　[以]二〇四

鶯（うぐいす）

鶯や我に親しき母の客　[父]三三
牛頭大王拝み出でたる初音かな　[余]一一七
鶯のあとのしづけさ虚子墓前　[菫]一七七
青空へ消えてゆきたる初音かな　[以]二〇四
今年又鶯鳴くや虚子墓前　[以]二一〇

燕（つばめ）

わが町に一閃二閃燕来る　[余]一二〇
海見えて太平洋やつばくらめ　[日]一四五
黙々と畑の夫婦つばくらめ　[菫]一八五
その胸の白さ光らせ燕来る　[以]二〇四

白鳥帰る（はくちょうかえる）

白鳥のなほ数残り川流る　[日]一三三
おくれ翔ぶ白鳥一羽草青む　[日]一三三

残る鴨（のこるかも）

波に乗り残り鴨とはいへぬ数　[花]一〇一
残り鴨らしやと見れば鳴きにけり　[余]一一七

鳥帰る（とりかえる）

皆若き義士の行年鳥帰る　[星]八〇

囀（さえずり）

囀や宮の敷石十文字　[父]三四
父に告ぐこと囀の墓にあり　[花]八七
玉のごと囀る一羽峡の空　[花]九〇
囀の見えて一羽の枝移り　[花]九八
囀やあまたの中の父の墓　[花]九八
囀の一羽なれどもよくひびき　[花]一〇一
今一つ冴えぬ声して囀れる　[余]一一五
雨上る気配にさとく囀れる　[余]一二五
囀やどんな鳥かとみな仰ぎ　[蝶]一六一
囀やわが脳天に糞落とし　[蝶]一六五
屋根屋根に雪の残りて囀れる　[菫]一九五
囀や七百年の椎欅　[以]二一一

燕の巣（つばめのす）

巣燕に雨のほつほつ八尾町　[花]九〇

白魚（しらうお）

白魚の汲まれて光放ちけり　[花]一〇一

公魚（わかさぎ）

竿ばかり立ちて公魚漁といふ　[花]一〇一
公魚の跳ねも二三度釣り上げて　[余]一一三

蛍烏賊（ほたるいか）

まつくらな海へ見にゆく蛍烏賊　[花]九〇
攩網の底かたまり光り蛍烏賊　[花]九〇

地虫穴を出づ（じむしあなをいず）

とかくして塞ぎの虫も穴を出づ　[日]一四一

初蝶（はっちょう）

鉱山下りて来て初蝶にひとり逢ふ　[雪]五七
現れて初蝶風に落ちつかず　[余]一二五
初蝶の消えたる畑に枯葉舞ひ　[余]一二五
町角に逢ふ初蝶の翅づかひ　[余]一二八
初蝶の空となりたる札所寺　[蝶]一五五
初蝶の淋しき色と思ふ間に　[蝶]一六五

蝶（ちょう）

初蝶のしばらく水に映りけり　〔童〕一九六
初蝶の汀づたひに黄なりけり　〔以〕二〇四
初蝶のなほも汀を伝ひ飛ぶ　〔以〕二一〇
うしろより来し初蝶の風に乗り　〔以〕二二〇
句碑に立つ旅の鞄に山の蝶　〔父〕二一九
とまりたる蝶のくらりと風を受け　〔父〕二三四
花挿してあれば窓にも深山蝶　〔雪〕一五七
結界や天一蝶を点じたる　〔星〕一七六
鮮やかに色を見せたる蜆蝶　〔花〕一九一
俎板の音ももてなし蝶の昼　〔余〕二二五
裏山を紋白蝶のこぼれ来し　〔日〕一三七
一蝶の天よりこぼる礎石かな　〔蝶〕一五五
雑木中紋白蝶のゐる遠さ　〔蝶〕一六九
蝶に会ひ人に会ひ又蝶に会ふ　〔蝶〕一六九
そこまでが少し先まで蝶の昼　〔童〕一八一
蝶飛んで親しきものに安積山　〔童〕一九一
墓道の源氏山へと春の蝶　〔童〕一九一
一蝶の誘ひ出したる蝶一つ　〔童〕一九一

蜂（はち）

翅使ふことなく蜂の花移り　〔花〕九八
蜂飛んでをり城門の影日向　〔日〕一三二

春の蚊（はるのか）

春の蚊やまみえてくらき翁像　〔童〕一八二

春の蠅（はるのはえ）

先生の墓に、とゐて春の蠅　〔童〕一九一
つと動き影のありたる春の蠅　〔童〕一九五

春蟬（はるぜみ）

春蟬や濡れて日当る松の幹　〔父〕二三一
松蟬や波音低くくりかへし　〔雪〕一六〇
春蟬の声一山をはみ

紅白の滲みあひたる梅林　［蝶］一六一
淡交の六十余年梅の花　［菫］一六九
散りかけてゐる白梅の寒々と　［菫］一八一
面影の梅一輪を風攫ふ　［菫］一八五
咲き出して一輪なれど庭の梅　［菫］一九〇
どの家となく咲きふえし梅の花　［菫］一九〇
影を置き蜂ひつそりと梅の花　［菫］一九〇
雲の去り光あまねき枝垂梅　［菫］一九〇
本堂を日のすつぽりと梅匂ふ　［菫］一九〇
白々と月の明りに庭の梅　［菫］一九一
雨粒をのせてふふめり梅の花　［菫］一九五
その人のかけがへのなし梅の花　［菫］一九五
白雲にまぎれながらも梅白し　［以］二〇四
商ひに励む夫婦や梅の花　［以］二〇四
盆梅や老幹にしてなほ凛と　［以］二〇九
雪折の一枝の梅の香りかな　［以］二一〇
鳴いて飛ぶ鴉の影や庭の梅　［以］二一〇
日の満てる昼時となり庭の梅　［以］二一〇

紅梅（こうばい）

紅梅や船の汽笛の山越えて　［父］二四
紅梅に別るる如く園を出づ　［父］三三
ひらきたる薄紅梅の空に触れ　［父］三五
紅梅の前のベンチに立ちかはり　［父］三七
紅梅や心離れぬ師の恙　［花］九八
紅梅に日の当りゐるかなしき日　［花］一〇一
ひともとの紅梅雨をちりばめし　［花］一〇四
紅梅の蕊ふるはせて風にあり　［余］一一三
楊貴妃梅莟をゆるめ火の如し　［余］一二七
頃となり庭の紅梅燠のごと　［日］一三六
送り出づ紅梅早きあたりまで　［日］一四〇
紅梅の空鶴唳のひとしきり　［日］一四〇
紅梅の一輪づつの雪雫　［日］一四五
青空の切り込んでをり濃紅梅　［日］一四五
紅梅のこの一輪の花かたち　［蝶］一五五
一と本の紅梅へ人おのづから　［蝶］一六五
紅梅や枝くろがねにしろがねに　［菫］一八一
紅梅の埃つぽくも咲きふえし　［菫］一八五
紅梅のやや咲き闌けて空にあり　［菫］一八五
六阿弥陀その一山の濃紅梅　［菫］一九〇

椿（つばき）

水溜澄みきつてをり落椿　［父］三三
大風に手洗水飛び椿飛び　［父］三六
窓外の椿に雨や鉱山事務所　［父］三七
鎌倉に来て赤椿虚子椿　［星］八〇
虚子庵の椿に立てば月日なし　［花］八七
そのままの虚子庵椿かいま見て　［花］八七
音のして即ちまぎれ落椿　［花］一〇二
山荘の石段雨の落椿　［余］一一三
大方は日向を埋め落椿　［余］一一五
源氏山日向の道の落椿　［余］一二〇
目つむれば椿曼荼羅師の墓前　［余］一二〇
谷戸の奥住む人のあり落椿　［余］一二〇
雨風の中の葉づたひ椿落つ　［余］一二二
折からの雨の椿や虚子旧居　［余］一二八

花（はな）

窓よりの物干竿を花の枝	[父]	二八
満開の花より花のなき枝が	[父]	三二
花を見る母の心に従ひて	[父]	三三
花に死すといふこと父よ寿	[童]	三三
満開の花の一枝とかざし見せ	[雪]	五三
過去清く持ち父は病む花の中	[雪]	五五
花に死す思ひのまゝに酒に生き	[雪]	五七
花の色白きを濃しといふべかり	[雪]	八八
又つぎの花の下へと歩を移し	[雪]	九〇
花影のゆれとどまりし水面かな	[花]	九三
仰ぎゐる人の面の花明り	[花]	九六
今日の花昨日の花と忌を重ね	[花]	九八
墓に立ち花に立ち又墓に立ち	[花]	一〇一
車の燈目に立ちそめし花堤	[余]	一二三
青邨も正一郎も花浄土	[余]	一二五
花の中自づからなる昼の翳	[余]	一二七
花を待つ如くに待ちしこの日なる	[余]	一三一
花影といふほどもなしふりかむり	[余]	一三三
師の茶毘のけむり一と時花の空	[余]	一三五
重なりて花にも色の濃きところ	[余]	一三八
我も又虚子座の星ぞ花の空	[蝶]	一三七
花を見る少し老いたる心もて	[蝶]	一四五
連なりてそれと滲めり花の山	[蝶]	一五八
花の山虚子の墓から眺めけり	[蝶]	一六一
峰の花今日の眺めと振りかへり	[蝶]	一六五
人を容れ人を育てて花の門		

八重桜（やえざくら）

花を見て明日上海へ飛ぶと云ふ	[童]	一八六
花に添ふ蕾まことにさくら色	[童]	一九一
流れゆく水に一樹の花明り	[童]	一九二
君ありてこその北上花に逝く	[童]	一九三
花を見るこぼるるやうに刻流れ	[以]	二二一
この花に今年も思ひ重ねたる	[以]	二三一
吾を迎ふ雪の如くに八重桜	[父]	三二
アントニー・ジェー・グレコ住み八重桜	[父]	三六
青空や少しごとれし八重桜	[童]	一八六

遅桜（おそざくら）

修羅落しかかる熊野の遅桜	[余]	一一八

落花（らっか）

冷え来しと思ひし風に落花のり	[父]	一九
希望なほ持つべし落花繽紛と	[雪]	五五
看病の目にまばゆさの花散るも	[雪]	五七
師の忌日風をさまりて落花かな	[星]	七六
一片の落花影濃き父の墓	[花]	九六
花の中落花しそめてをりにけり	[花]	一〇五
草むらにふれて沈みし落花かな	[花]	一〇五
夕影をくるくる巻いて散るさくら	[花]	一一一
花よりも濃き光ひき飛花一つ	[余]	一一七
一つ又一つ落花の行方見て	[余]	一二七
まつすぐに落花一片幹ったふ	[余]	一三二
風のゆき形となりて花吹雪	[日]	一三七
散る花もなくて暮れ来し源氏山	[童]	一七七
わが胸を貫くほどに花吹雪		

残花（ざんか）

今年又残花にたづね版画展　　　［蝶］一六九
折からの残花小諸の虚子旧居　　［童］一七七
よく通ひ今日は残んの花の下　　［以］二〇五

山茱萸の花（さんしゅゆのはな）

けぶりゐる黄の山茱萸にまぎれなし　　［花］一〇五
山茱萸の花にぞろりと佇める　　　　　［花］一〇五

辛夷（こぶし）

父病みてよりの光陰辛夷咲く　　　　　　［父］一九
今ここに辛夷の下に師の言葉　　　　　　［父］三二
わが庭の辛夷の月に下り立ちぬ　　　　　［父］三三
吾子膝にありひらひらと辛夷散り　　　　［日］五五
曇天のひとかけらづつ辛夷散る　　　　　［星］八一

花水木（はなみずき）

曇天にまぶしさのあり花みづき　　　　　［星］八一

ミモザ（みもざ）

花ミモザベルリンの師は若かりし　　　　［童］一七七

沈丁花（じんちょうげ）

沈丁の闇にかけるや門の鍵　　　　　　　［父］三九
沈丁の蕾やうやく漲れる　　　　　　　　［蝶］一六五

連翹（れんぎょう）

日の当り来て連翹の雨はじき　　　　　　［父］三三

躑躅（つつじ）

蝶の影大きく飛んで白つつじ　　　　　　［花］九六
白つつじ萎れし花のやや目立ち　　　　　［童］一九二

山櫨子の花（さんざしのはな）

山櫨子のくれなゐの蕊黒の蕊　　　　　　［日］一四五

藤（ふじ）

縁上る人のうしろに藤落花　　　　　　　［父］三四
藤房のことに密なる夕かげり　　　　　　［星］二四
藤房の中に門燈点りけり　　　　　　　　［日］七七
湧水の川と奔れり藤の花　　　　　　　　［蝶］一五八
門深く今を見頃の藤の花　　　　　　　　［童］一九一

山吹（やまぶき）

山吹や厨房既に網戸はめ　　　　　　　　［父］二五
外井戸の何時もぬれゐる濃山吹　　　　　［父］二六
この亭の欄に身を寄せ濃山吹　　　　　　［父］三二
山吹の色の残りて障子閉づ　　　　　　　［星］三三
咲き散れる白山吹を庭の奥　　　　　　　［星］七八
夕風に山吹色をのせにけり　　　　　　　［父］八〇
戸を開けて椅子に主や濃山吹　　　　　　［花］九五
山吹やわが頬にまた夕日さし　　　　　　［花］九五

梨の花（なしのはな）

梨の花蜂のしづかににぎはへる　　　　　［花］九二

榠櫨の花（かりんのはな）

関趾の榠櫨の花も終るかな　　　　　　　［花］九二

331　　季題索引　春

木の芽（このめ）
時計塔芽ぶく銀杏の上に晴れ ［父］ 三四
指さして茶の芽の違ひかくかくと ［日］ 一四五
楓の芽更に仰ぎて欅の芽 ［水］ 一五一
国分山崖なすところ木の芽冷 ［菫］ 一八一
雨の中葉となつて来し銀杏の芽 ［菫］ 一八六
日輪のけむらしてゐる欅の芽 ［以］ 二〇四
ほどけたるみどりも見えて雑木の芽 ［以］ 二〇四

若緑（わかみどり）
奥琵琶の一村一寺緑立つ ［余］ 一二五
松の芯今日も芭蕉の跡たづね ［水］ 一五一

柳の芽（やなぎのめ）
芽柳といふ色にこそうちけぶり ［花］ 九二
芽柳といふほどになくほのめける ［余］ 一一七
芽柳の滲むほどなる木の間かな ［蝶］ 一五六
やや遠く雑木ににじみ柳の芽 ［以］ 二〇四
開けてある障子に影や柳の芽 ［以］ 二一〇

楓の芽（かえでのめ）
禅林やからくれなゐの楓の芽 ［蝶］ 一六五

桑（くわ）
上州の一雨過ぎし桑畑 ［雪］ 五七
桑畑の向ふの顔も知つてをり ［雪］ 五七

木瓜の花（ぼけのはな）
父見舞ふ客続き来る垣の木瓜 ［雪］ 五五

松の花（まつのはな）
揚げ舟に波のしづけさ松の花 ［父］ 二五

猫柳（ねこやなぎ）
流れゆくもの水になし猫柳 ［雪］ 五七
風が空ゆすつてをりぬ猫柳 ［星］ 八〇
月光をとどめ一叢猫柳 ［余］ 一一五

枸橘の花（からたちのはな）
沼見えて垣のからたちよくにほふ ［花］ 九〇

金盞花（きんせんか）
金盞花畑に立てり朝の海女 ［雪］ 五七

シネラリア（しねらりあ）
日曜の散歩子と買ふサイネリヤ ［雪］ 五七

チューリップ（ちゅーりっぷ）
ゆれやうも今が見頃のチューリップ ［日］ 一三七

クロッカス（くろっかす）
大切な二人の時間クロッカス ［以］ 二一〇

シクラメン（しくらめん）
シクラメン真つ赤振子を振る時計 ［星］ 八〇

豆の花（まめのはな）
そら豆の花のおしやべり昼深く ［菫］ 一八二

苺の花（いちごのはな）
庭に聞く選挙演説花苺 ［父］ 二八

菠薐草（ほうれんそう）
吾子の口菠薐草のみどり染め ［父］ 三三
力瘤菠薐草の根ぞ赤き ［蝶］ 一六五

下萌（したもえ）
午後の雲動き学園下萌ゆる ［父］ 三四
草萌ゆる小江戸と呼びし川堤 ［花］ 九〇
川下に薬科大学下萌ゆる ［日］ 一三六

草萌
草萌や野火止塚の小高さに　［日］一四五
下萌や潦にも渚あり　［蝶］一五五
下萌を一気に雲のかげらせし　［童］一七七

草青む（くさあおむ）
草青む玻璃に向ひて受話器とる　［父］三四
草青み父の衰へ止むべくも　［雪］五五

草の芽（くさのめ）
古家に二人の起居名草の芽　［蝶］六八
一と雨の洗ひ出したる名草の芽　［童］一八二
土塊の陰にも控へ名草の芽　［童］一九〇

ものの芽（もののめ）
ものの芽の一つ一つは傾ける　［星］八〇
ものの芽のほぐるる先の光りをり　［花］八七
ものの芽に踞みなどして客を待つ　［余］一二五
ものの芽や多摩の横山指呼にして　［日］四五
ものの芽や親しき人に囲まれて　［蝶］六一
ものの芽や翁の墓を去り難く　［童］一八一
荒幡のものの芽こぞり見送りぬ　［童］一九一
ものの芽の伸びつゝ雨に冷えぐと　［童］一九一

萩若葉（はぎわかば）
お見舞の目を中庭の萩若葉　［父］二八

菫（すみれ）
地より暮れ雑草園の白菫　［星］七七
菫濃く下安松に住み旧りし　［童］一九五

紫雲英（げんげ）
げんげ田の畦先立てる妻の黙　［雪］五七

苜蓿（うまごやし）
クローバや蜂が羽音を縮め来て　［父］三四

蒲公英（たんぽぽ）
潮風の強くて強くてたんぽぽ黄　［父］二五
母家を出ぬ一と月やたんぽぽ黄　［雪］五五
芝起伏してたんぽゝ、の黄を秘むる　［雪］五六
たんぽぽやかき消えし日の甦り　［童］一九一
荒寥と風たんぽぽは地にひたと　［童］一九六

桜草（さくらそう）
桜草提げ街の燈の中かへる　［父］三二
吾子をらぬとき吾子の椅子桜草　［父］三二

二輪草（にりんそう）
谷川の夕べのひびき二輪草　［花］一〇二

野蒜（のびる）
風の中にも匂ひ立て野蒜摘　［花］一〇五

犬ふぐり（いぬふぐり）
踞みたるわが影あふれ犬ふぐり　［余］一二一
縁側の腰かけ話いぬふぐり　［余］一二九
わが胸の星の数ほど犬ふぐり　［余］一三七
一花にも大空湛へ犬ふぐり　［日］一四一
犬ふぐりあの浅間を仰ぐ足もとに　［蝶］六一
閉ぢかけて夕日の中のいぬふぐり　［童］一八一
足許に我を励ます犬ふぐり　［以］二一〇

蕗の薹（ふきのとう）
乾きたる土をこぼしぬ蕗の薹　［花］一〇一
大富士の夕かげ持ちぬ蕗の薹　［花］一〇五
月山の水ほとばしり蕗の薹　［蝶］六五

333　季題索引　春

残りゐる昔の病舎蕗の薹　［以］二一〇

片栗の花（かたくりのはな）

こらへゐし空かたくりの花に雨　［花］八八

かたかごの蕾ほとほと人遠し　［花］九二

どの花となくかたかごの戻りたる　［花］九二

かたくりの花の斜面を蝶滑り　［日］一三七

片栗の花一面や揺るるなく　［日］一四一

片栗の花に夕べの来てをりし　［日］一四一

かたくりの遠くの花もよく吹かれ　［菫］一九六

水草生う（みくさおう）

森くらく祀る水神みくさ生ふ　［雪］五七

そのまはり水光らせて水草生ふ　［水］一五〇

水影の流れにゆらぎ水草生ふ　［蝶］一六五

甕の水時にさざ波水草生ふ　［菫］一九〇

蘆若葉（あしわかば）

若芦のどこからとなく映りをり　［花］九〇

古芦のけぶりかぶさる芦若葉　［余］一二五

薊（あざみ）

汀行き薊の花を好きといひし　［父］二五

鹿尾菜（ひじき）

口開かぬひじきの浜のつゞきをり　［雪］五八

夏

時候

初夏（しょか）

家の窓からもまことに初夏の景　［菫］一七七

五月（ごがつ）

五月またかなしみ一つ加はりし　［雪］六一

審査する師家の心眼風五月　［余］一二八

立夏（りっか）

散り椿重ね夏立つ奥の宮　［余］一二〇

雨雫草木に光り夏来る　［以］二一一

薄暑（はくしょ）

街路樹下薄暑の帽をとりいこふ　［父］一九

庭薄暑蠅取草は三ところに　［父］三三

つくづくと翁の墓の薄暑かな　［蝶］一五九

麦の秋（むぎのあき）

麦秋の旅は帽子を膝に置き　［父］二八

田植時（たうえどき）

みちのくの田植寒とぞ昔より　［蝶］一五九

北上川昔上川田植寒　［蝶］一五九

入梅（にゅうばい）

二三日師の喪に服し梅雨に入る　［父］二三

ロッカーの中の作業衣梅雨に入る　［雪］六〇

一燈に闇青々と梅雨の入り　［星］八一

梅雨寒（つゆさむ）

病む父に梅雨寒の又障りしや　［父］三六

夏至（げし）
公園へ少し下りや夏至の街　［花］八九
夏至の日のなほ珠とあり沼の空　［余］三〇

晩夏（ばんか）
日々勤め晩夏陸橋人に従き　［雪］六六
犬連れて散歩晩夏の城下町　［雪］六〇

梅雨明（つゆあけ）
梅雨明の蜂の来てゐる軒端かな　［父］四〇

夏の日（なつのひ）
さしこめる夏の日淡し転炉燃ゆ　［父］三九

短夜（みじかよ）
転炉の火運河に映り明易き　［父］三九
湖に少し離れて明易し　［花］一〇五
先生の故山に集ひ明け易し　［余］一三二
骨壺と一つの部屋に明易し　［花］一〇五
食作法柱に坊の明易し　［日］一四一
みんなの海荒れてをり明易し　［蝶］一六二
帯に手を挟む師の夢明易し　［蝶］一六六
黒羽は母のふるさと明易し　［童］一九六
書くほどに虚子芒洋と明易し　［蝶］一八七
もやひつつ新木場あたり明易し　［童］一九六

土用（どよう）
手を握る間もなく逝きし土用かな　［余］一五五
目の前に鴉の顔ある土用かな　［蝶］一三五

大暑（たいしょ）
感激や大暑の中に読み了る　［蝶］一五九
湯屋に行く人ぼちぼちの大暑かな

極暑（ごくしょ）
病む父をのこし極暑の旅十日　［父］一九

涼し（すずし）
ここは涼しここは涼しと皆坐り　［父］二一
晩涼の島重って近づきぬ　［父］二六
晩涼や着きしばかりの旅鞄　［父］二八
屋上の夜の涼しさよ淋しさよ　［父］三〇
潮じめりして晩涼の髪膚かな　［雪］六一
我立てば師の句碑鏡なし涼し　［雪］六一
磨崖仏風雪の御手欠け涼し　［雪］六一
涼しさの冷たきまでに水の音　［花］八九
晩涼の波ひたひたと熔岩を打ち　［花］九〇
湯どうふを食べて涼しくなりにけり　［花］九三
師の声の聞えて涼し床柱　［日］一三三
夜の秋（よるのあき）
坑を出て話し別るる夜の秋　［父］三八

天文

梅雨空（つゆぞら）
梅天に錫立て厄除大師像　［雪］六〇

夏の雲（なつのくも）
夏雲の湧く山麓に荘傾斜　［父］三一

雲の峰（くものみね）
雷雲の一過拝殿屋根の反り　［雪］六〇
瘤の出来それも育ちぬ雲の峰　［童］一九七

夏の月（なつのつき）
真向に涼しき月の面かな　［父］三五

欠けそめてビルに沿ひたる夏の月　[菫]　一八七

梅雨の月（つゆのつき）

梅雨の月十九日なり山離れ　[雪]　六〇

それぞれにくらしほどほど梅雨の月　[花]　九〇

中空に梅雨の月とはいへず澄み　[日]　一四二

窓に見え雲を出入の梅雨の月　[菫]　一八三

南風（はえ）

身につけし新作業服大南風　[父]　三九

やませ（やませ）

やませ吹く師の墓山にわれら今　[日]　一三四

茅花流し（つばなながし）

年を経て茅花流しの中に会ふ　[日]　一四一

川音のひびける茅花流しかな　[菫]　一九二

青嵐（あおあらし）

学校の俳句教室青嵐　[花]　一〇二

青嵐や回峯僧の杖さばき　[日]　一四五

源泉の湯のくらくらと青嵐　[蝶]　一五五

これよりは男一匹青嵐　[蝶]　一六六

正面に浅間小浅間青嵐　[以]　二〇六

薫風（くんぷう）

父我に命よ生きよ風薫る　[雪]　五五

薫風の中より新婦現れし　[以]　二〇五

涼風（りょうふう）

涼風をさへぎりゐしよ気がつきぬ　[父]　二二

風涼し老僧の耳遠くして　[父]　二三

涼風や高炉の階を上るとき　[父]　三九

涼風や老師敬ふ弟子二人　[星]　七五

月よりの風が涼しく届きけり　[水]　一五一

大欅仰ぎ涼風自ら　[菫]　一八三

卯の花腐し（うのはなくたし）

忌日墓参卯の花腐しその日より　[雪]　六〇

走り梅雨（はしりづゆ）

走り梅雨奈良の一と日は茶粥より　[菫]　一九一

梅雨（つゆ）

父のこと心に梅雨の傘を持ち　[父]　一九

梅雨を病み永びく父に子とし我　[父]　三六

百合の香をまとひて出入梅雨の花舗　[父]　三六

虫聞けば秋の如くに梅雨久し　[父]　四〇

師を悼む稿書きつゞけ梅雨深し　[雪]　六〇

明治以来大正以来梅雨の像　[雪]　六〇

退勤の鉱山人連ね梅雨の傘　[雪]　六〇

一つづつ遠くけむれり梅雨の橋　[花]　九五

藍絞る音つづきをり梅雨の土間　[花]　九九

やうやくに降り出してすぐ梅雨らしく　[余]　一一一

鯱走るままに丸ビル梅雨廊下　[余]　一一八

梅雨の川濁れるままに日の当り　[日]　一三四

君までも逝かれいよいよ梅雨深し　[日]　一三八

朝より男梅雨とはかくばかり　[日]　一四六

限りなき天の慟哭男梅雨　[水]　一五一

駅高く街はまさしく梅雨最中　[以]　二〇六

青梅雨（あおつゆ）

青梅雨や御舟に青の時代あり　[星]　七八

点前窈窕青梅雨の師を正客に　[星]　八一

空梅雨（からつゆ）

空梅雨の靴の先なる土埃 　　　　　【星】二六
空梅雨の月煌々とかなしけれ 　　　【星】七八

五月雨（さみだれ）

五月雨や画鋲無数の掲示板 　　　　【星】七七
川床の燈のともしてをりてさみだるる 【蝶】一〇六

送り梅雨（おくりづゆ）

全山の一樹一石送り梅雨 　　　　　【花】九九
戻り梅雨など云ひつつも夕焼くる 　 【童】一八三

夕立（ゆうだち）

夕立にあひゐることと夕立見る 　　【父】三五
毎日の夕立ぐせの其の時刻 　　　　【父】三五
浅間嶺へ夕立雲の屏風立ち 　　　　【父】三五

虹（にじ）

虹立ちしことはさいぜん月かかり 　【雪】六〇
虹かかるトゥインピークのユーカリに 【雪】七〇
折も折源氏山へと虹の立つ 　　　　【童】一九二
何時しかに小諸も遠し虹の立つ 　　【童】一九二
共に見し沼の虹とはならざりけり 　【父】一九二

雷（かみなり）

大勢の着きたる宿の日雷 　　　　　【蝶】二一
住み旧りし家の柱に雷ひびく 　　　【蝶】六一

五月闇（さつきやみ）

五月闇お稲荷さまに願かけて 　　　【余】二八
湧き水のくらりくらりと五月闇 　　【雪】六〇
一と本の椎のゆるぎや五月闇 　　　【童】一八七

梅雨晴（つゆばれ）

横断の歩のそろひたる梅雨晴間 　　【父】二六
梅雨晴の犬は鎖の先を駈け 　　　　【父】二八
自動車を見に子を抱いて梅雨晴間 　【父】三二
吾子の髪刈るわが鋏梅雨晴間 　　　【父】三二
大原の梅雨晴水車珠を吹く 　　　　【雪】六〇
淋代や梅雨の晴間の虚貝 　　　　　【童】一八七

五月晴（さつきばれ）

高々と尼の干物五月晴 　　　　　　【父】三六
抱へ来る笊には雷魚五月晴 　　　　【雪】六〇

夕焼（ゆうやけ）

厨窓夕焼永くありしこと 　　　　　【父】三六
紫に夕焼さめし廃石場かな 　　　　【父】三九
夕焼や学園古りて厳かに 　　　　　【父】三六
夕焼に鋭く犬を呼ぶ婦人 　　　　　【父】三六
銀座裏火の見櫓が夕焼けて 　　　　【雪】六一
夕焼の雲より下り鉱山の蜘蛛 　　　【雪】六一

日盛（ひざかり）

本丸の跡日盛りの松一つ 　　　　　【父】一三二
何を祈り去る老や此の日盛りに 　　【父】一三六
日盛りや鉱山の発破に小屋ゆるる 　【父】一三七

西日（にしび）

やはらかに山の西日の衰へし 　　　【父】一三二
三階の窓に西日が今燃ゆる 　　　　【雪】一三五
まともなる鉱山の西日もなつかしく 【雪】六一
わが町の森閑として西日中 　　　　【以】二〇六
この道の西日遮るすべもなし 　　　【以】二〇六

337　季題索引　夏

なほしばし西日に向ひ歩きけり　〔以〕　二〇六
きらきらと蟬の飛びたる西日かな　〔以〕　二〇六

炎天（えんてん）
一人ゆく潔きかな炎天下　〔父〕　二一
炎天や本山再興図絵を立て　〔父〕　三六
炎天の海の見えゐる高炉かな　〔父〕　三九
炎天が昃る地上にロダンの像　〔雪〕　六〇
清浄と覗く炎天採石場　〔雪〕　六一
石仏炎天くらく立ちたまふ　〔雪〕　六一

油照（あぶらでり）
法要や窓の外なる油照　〔余〕　一一四

片蔭（かたかげ）
色のなき片陰町を霊柩車　〔余〕　一一六

地理

夏の山（なつのやま）
夏山を削りうち建て坑夫小屋　〔父〕　三七
吊橋を照らす一燈夏の山　〔雪〕　六一
夏山を負ふ燈台へ海起伏　〔雪〕　六一
裏口を出てふるさとの夏の山　〔余〕　一一二
谷間を水白々と夏の山　〔菫〕　一九七

山滴る（やましたたる）
安達太良はふる里の山滴れる　〔菫〕　一九七

五月富士（さつきふじ）
工場の中の往き来に五月富士　〔雪〕　六〇

赤富士（あかふじ）
赤富士に滴る軒の露雫　〔父〕　二一
赤富士の色となりゆく閑古鳥　〔父〕　二一

雪渓（せっけい）
仰ぎ見る雪渓光ることもなし　〔花〕　八七

お花畠（おはなばたけ）
池塘又池塘とつらねお花畑　〔余〕　一一三

夏の川（なつのかわ）
坑内を出て夏川のひびきある　〔父〕　三八

土用波（どようなみ）
関跡や遠とどろきの土用波　〔花〕　一〇六
岩牡蠣を大きく育て土用波　〔日〕　一四六

代田（しろた）
叡山へ代田植田と棚をなし　〔日〕　一四五

植田（うえた）
動きゐる一燈植田見廻れる　〔花〕　九八
梅檀の花映りゐる植田かな　〔余〕　一一一
水飛ばしゐるは植田の鴉なる　〔日〕　一三八
その沖を人の歩ける植田かな　〔蝶〕　一六二

青田（あおた）
十二橋その一橋を青田中　〔星〕　七五
車の燈青田ひと舐めして過ぐる　〔余〕　一一六
ものを焚く火のちろちろと夕青田　〔余〕　一二八
象潟の燈ともし頃の青田かな　〔蝶〕　一五七
みちのくの友を思ひぬ青田冷　〔蝶〕　一五七

泉（いずみ）
底石のをりをり歪み泉湧く　〔余〕　一一八
映りたる森の昏さに泉湧く　〔余〕　一一八
湧き立ちて静けさつのる泉かな　〔日〕　一三四

清水（しみず）

光の矢折々飛ばし泉湧く　　［日］四二
鎮めたる心のゆらぎ泉湧く　　［童］七八
崖清水堰かれて珠とひびきけり　　［童］二八
仙川の真清水いよよ滾々と　　［余］一九二

滴り（したたり）

滴りの絶えぬ師の墓去り難し　　［雪］六一
滴りの音なく巌穿ちをり　　［童］九一

噴井（ふけい）

覗きたる噴井のくらさ思ひけり　　［日］三四
玉簾なして溢るる噴井かな　　［蝶］五七
池の水みどり噴井はくろがねに　　［童］一八二

滝（たき）

滝音にまぎれつつ家建ちすすむ　　［父］三一
大滝の音に打たれて写真とる　　［父］三五
滝の音ひびく柱に酔ひ凭れ　　［雪］六五
雲うすれ来て太陽や滝しぶき　　［余］一六
作り滝見るにも場所といふがあり　　［父］二八
金剛の杖を頼りや滝仰ぐ　　［父］二八
真ん中の棒となりつつ滝落つる　　［父］二八
魂魄の一条となり滝落つる　　［父］二八
滝壺のたぎちたぎちてうすみどり　　［日］四六
滝口のせり上りつつ水落とす　　［日］四六
岩にふれ飛沫新たに滝落つる　　［日］四六
岩燕塵の如しや滝の前　　［日］四六
我ら又老いし夫婦や滝見台　　［蝶］一七〇
滝音の中松蟬のまぎれなし　　［童］一八六

真向へる滝のひびきの他になし　　［童］一七八
それなりの飛沫に音や作り滝　　［以］二〇六

生活

更衣（ころもがえ）

晩節のその晩節や更衣　　［童］一八六
襟もとに朱をのぞかせて更衣　　［童］一九一

袷（あわせ）

学生の頃の話を袷着て　　［花］一〇二

浴衣（ゆかた）

浴衣見て日向見館の客かといふ　　［父］二九
世話人の浴衣の肩をそびやかし　　［花］九九
正面の富士に対する浴衣かな　　［花］一〇二

夏シャツ（なつしゃつ）

夏シャツの大仏殿を埋めつくし　　［童］一九二

日傘（ひがさ）

石仏や妻が日傘を閉ぢる音　　［星］七五
湧池の底あをあをと日傘かな　　［余］一八
坂道にかかる日傘を持ち直し　　［余］一二八
まつすぐに宝物殿へ黒日傘　　［以］二〇五

夏帽子（なつぼうし）

岩飛んで麦藁帽の物売女　　［父］三一
絵馬堂の畳の上の夏帽子　　［雪］六一
夏帽子汀づたひに今はるか　　［花］九八
夏帽子より気がつきて顔かたち　　［蝶］一四二
働きて予後とも見えず夏帽子　　［蝶］一七〇
地図持つて東京散歩夏帽子　　［童］一八六

339　季題索引　夏

夏帽子鷲づかみにし走り出し　[菫]　一八六
冬帽も夏帽もよく似合はれし　[菫]　一八七
人生の輝いてゐる夏帽子　[菫]　一九一
うつむいて黒一色や夏帽子　[菫]　一九七

白靴（しろぐつ）
白靴や葬儀屋主人戻りをり　[雪]　六二

汗拭い（あせぬぐい）
ハンカチもて払ひて肩の松の塵　[父]　二六
甲板に振りしハンカチ今たたみ　[父]　二八

鮎膾（あゆなます）
とつぷりと暮れて川あり鮎膾　[蝶]　一六六

土用蜆（どようしじみ）
棹立てて土用蜆の舟廻す　[花]　九六

泥鰌鍋（どじょうなべ）
宵の町雨となりたる泥鰌鍋　[花]　一〇二

夏料理（なつりょうり）
海に日の沈みてよりの夏料理　[日]　一四六
スプーンもくもるばかりや夏料理　[菫]　一九七

白玉（しらたま）
白玉や言葉にすれば埒もなし　[余]　二八
白玉や子供の頃の燈は赤く　[水]　一五一

柏餅（かしわもち）
一と稽古終へ先生と柏餅　[菫]　一九六

清涼飲料水（せいりょういんりょうすい）
サイダーも薊も厨水につけ　[父]　二二
ラムネ飲めば飛行機ビラをまきて過ぐ　[父]　二六

氷水（こおりみず）
掬ひたる底なほ赤きかき氷　[余]　一三三

ビール（びーる）
ビヤホール椅子の背中をぶつけ合ひ　[花]　一〇六

菖蒲酒（しょうぶざけ）
あをによし奈良の一夜の菖蒲酒　[日]　一三七

新茶（しんちゃ）
其処此処にみどりもいろ新茶旗　[余]　一二〇
送りたる新茶送られ来し新茶　[蝶]　一五七
一人飲む新茶や眼鏡ふとくもり　[菫]　一八六

夏炉（なつろ）
曲家の夏炉の燠に膝をつき　[日]　一三八
桜榾焚き加へたる夏爐かな　[菫]　一七八

網戸（あみど）
ひたすらに瀬の流れゐる網戸かな　[余]　一一六
人声の親しき夜の網戸かな　[余]　一三八
中尊寺その一坊の網戸かな　[日]　一三四
網戸では少し冷え冷えする日なり　[以]　二一一

日除（ひよけ）
驟雨来し上甲板の日除かな　[父]　二八

青簾（あおすだれ）
燈のついて簾の中のたたずまひ　[日]　一四六
よく灼けし簾を窓に住み旧りぬ　[菫]　一九二
海からの風折々に青簾　[菫]　一九七
松山に旅の一と日の伊予簾　[菫]　一九七

葭簀（よしず）
一と雨の過ぎし葭簀や日の当り　[以]　二〇六

籐椅子（とういす）

そこに海あるまくらがり籐椅子に 〔父〕二六
籐椅子も古りたり虚子旧廬 〔余〕二八
目をつむり右手ひたひに籐寝椅子 〔日〕三八
今年又師の籐椅子に腰深く 〔童〕七六

花氷（はなごおり）

チューリップ飛び出してゐる花氷 〔花〕一〇六

扇（おうぎ）

持ちなれし扇開き見旅一人 〔父〕三二
手鞄に扇を入れて雑誌出し 〔父〕三三
二条より嵯峨にかかりし扇かな 〔花〕九五
古扇なんどといへず重宝し 〔日〕三八
その人の扇をとめてふりかへり 〔蝶〕一六〇
使ひなし扇をたたみ切り出せる 〔童〕七六
白扇を使ふともなく墓に立つ 〔童〕一八七
長生きの青畝の句ある扇かな 〔以〕二〇六

団扇（うちわ）

絵馬並べ飾る鴨居に団扇さし 〔雪〕六一

扇風機（せんぷうき）

子の名前考へてをり扇風機 〔父〕三一

風鈴（ふうりん）

師は如何に南部風鈴軒に吊り 〔花〕九五
風鈴を奥にも吊りて雑貨店 〔余〕一三二
部屋の中風鈴提げて持ち歩く 〔花〕

走馬燈（そうまとう）

走馬燈虚子桃邑と廻るなり 〔星〕八一
並べ売る真昼の燈影走馬燈 〔花〕九九

打水（うちみず）

一日の空白なりし水を打つ 〔父〕二五
水打つて人には会はぬ門を閉ぢ 〔父〕二六
待つ用意大方は出来水を打つ 〔父〕二六
夕焼のさめし打水黒々と 〔父〕三七
子に託す心の張りの水を打つ 〔雪〕六二
水打つて燈ともるまでの佃島 〔花〕九三
水打つて電柱一つ映りたる 〔花〕一〇二
水打つていよいよ路地の親しまれ 〔童〕一七六
火を使ふ頃ともなりて水を打つ 〔蝶〕一七九

田植（たうえ）

北上川のあふるるばかり田植かな 〔童〕一八二
陵に近く一人の田植かな 〔童〕一九二

草取（くさとり）

草取女時々石に鎌を当て 〔余〕一二八

草刈（くさかり）

音もなく草刈をりぬ心字池 〔父〕二〇

芝刈（しばかり）

見下ろして隣の庭の芝刈機 〔花〕九一

袋掛（ふくろかけ）

二人ゐて少し離れて袋掛 〔童〕一八七
名は今も多摩の横山袋掛 〔童〕一八七

誘蛾燈（ゆうがとう）

庭園の昼のあはれや誘蛾燈 〔日〕一四一

避暑（ひしょ）

避暑二日父ののこせし山荘に 〔雪〕六二

341　季題索引　夏

納涼(すずみ)

置かれたる一つ一つの涼み石　[花]　九八

師の墓のうしろの石に涼みけり　[余]　一二八

玄関に井戸の残れる涼みかな　[蝶]　一五九

大川の波見るとなく夕涼み　[蝶]　一七〇

船遊(ふなあそび)

帆掛島遊覧船の窓にあり　[雪]　六二

ゆれてゐることもたのしき舟遊　[花]　九〇

百年の昔の噴火舟遊び　[余]　一二一

燈を満たし遊船進む淡海かな　[余]　一二三

登山(とざん)

登山靴しめ直しゐる背に蝶　[雪]　六一

うしろより霧を噴きゐる登山小屋　[花]　九一

泳ぎ(およぎ)

雨止めばすぐに人出て泳ぐなり　[父]　三七

抜手切り父の貫禄泳ぎけり　[余]　一一二

泳ぎ子の数自転車の数七つ　[蝶]　一七〇

釣堀(つりぼり)

釣堀の儻網二三十並べ立て　[蝶]　一六六

釣堀の短き竿のなほ撓ひ　[蝶]　一六六

箱釣(はこづり)

箱釣の電球二つ点けて暇　[花]　九六

蛍売(ほたるうり)

指先につまみ点して蛍売る　[父]　二八

花火(はなび)

音のなきときの青天昼花火　[父]　三〇

屋上やビルのかげなる遠花火　[父]　三〇

盛んなる花火を傘に橋往き来　[父]　三五

遠花火音にぎやかになりて止む　[星]　七六

母の忌の花火いくつも上りけり　[余]　一二三

一発の花火里富士ゆるがして　[日]　一三一

ふるさとの淋しき数の揚花火　[蝶]　一五七

水中花(すいちゅうか)

紫の赤より目立ち水中花　[菫]　一九七

蓮見(はすみ)

棹を立て少し沖まで蓮見舟　[日]　一四七

漕ぎやめて人立ち上る蓮見舟　[蝶]　一七〇

蛍籠(ほたるかご)

霧吹きてなまぐさきもの蛍籠　[蝶]　一五九

草笛(くさぶえ)

草笛や室の八嶋を去り難く　[蝶]　一六二

かけつこに負けて草笛にも勝てず　[菫]　一七八

草矢(くさや)

遅れたる友待ち伏せの草矢かな　[父]　三五

端居(はしい)

又もとの端居心に戻りゐし　[父]　二一

誰ぞ燈すうしろの燈夕端居　[父]　二三

空に色なくなつて来し夕端居　[父]　二三

別府の燈旅の端居の膝抱けば　[父]　二九

旅ここに端居のラジオドラマ了ふ　[父]　二九

旅の師に心飛ばして夕端居　[父]　三六

蔀戸を上げし山河に端居かな　[花]　九九

汗(あせ)

人のよき小さき目尻に汗の玉　[父]　三四

太陽を見ぬ日がつづき土用灸　[蝶]　一六六

祭（まつり）

戻りたる神輿に子供ぶらさがり　[父]　三五
潮焼けの老いし肋や祭酒　[雪]　六一
ちちははも神田の生れ神輿舁く　[花]　九三
座を移るときも吹きをり祭笛　[花]　九三
馬下りるとき支へられ祭禰宜　[花]　九九
腕組んで神輿につづく街の衆　[花]　一〇二
鋸を並べてゐるも祭店　[花]　一〇六
陰祭ながら支度の少しづつ　[花]　一〇六
眦に酔のまはりし祭髪　[余]　一二〇
天に地に気合千貫神輿舁く　[余]　一二〇
あの店の看板娘祭髪　[余]　一二三
祭髪にも香煙を二度三度　[余]　一二五
祭着の洗ひざらしの男ぶり　[余]　一二五
昔はとその昔はと祭人　[余]　一二六
早くより二階燈ともし祭宿　[日]　一三三
街道を夕日に向ひ神輿揉む　[日]　一四一
退る時ありて一気に荒神輿　[日]　一四一
白粉を鼻に忽ち祭の子　[蝶]　一五五
神輿来る鳳凰をいや羽搏かせ　[蝶]　一六二
紅さして腕の中なる祭の子　[菫]　一八六
名うてなる祭太鼓の打ちこまれ　[以]　二〇五
楠若葉天に輝き祭来る　[以]　二〇五

府中祭（ふちゅうまつり）

このあたりとつぷり暮れぬ闇祭　[花]　一〇五

祇園会（ぎおんえ）

これやこの鉾の粽のかく匂ひ　[菫]　一九二
九十の厄こそ払へ鉾ちまき　[菫]　一九二

夏越（なごし）

降り出して茅の輪の映る石畳　[花]　九五
胸の子のたひらに茅の輪くぐりけり　[花]　一〇二
三味線の稽古にはげみ夏祓　[余]　一一四
うちけむり降り昏みゆく茅の輪かな　[余]　一一八
曾祖母を先頭茅の輪くぐりけり　[余]　一二五
本殿を閉ぢ月のある茅の輪かな　[日]　一三四
池くらく緋鯉を散らす夏越かな　[日]　一三八
形代のわが名軽々風に浮き　[日]　一三八
一蝶の現れくぐる茅の輪かな　[日]　一四二
よき齢を召されし禰宜や夏祓　[日]　一四六
形代の白こそ男の子我の手に　[水]　一五〇
形代の黄はをみなとぞ妻の手に　[水]　一五〇
ぢりぢりとこめかみに日や夏祓　[蝶]　一五九
木綿を裂き麻を裂きたる夏祓　[蝶]　一六二
地より湧く斎主の祝詞夏祓　[蝶]　一六二
昼の空こがす篝火夏祓　[蝶]　一六二
白々と鎮火のけむり夏祓　[蝶]　一六二
形代の襟のあたりのかげりかな　[蝶]　一六六
花と散りし砂利の切幣夏祓　[蝶]　一六六
形代にわが名まつすぐ書き下す　[蝶]　一七〇
宮司様ともどもに老い夏祓　[菫]　一七八
てのひらの形代をまづ足腰に　[菫]　一七八
形代や鹿島の沖の波のむた　[菫]　一七八

日輪に真向ひくぐる茅の輪かな　〔菫〕一九七
野菜もて鎮めし焔夏祓　〔菫〕一九七
切幣の風に流るる夏越かな　〔菫〕一九七

四万六千日（しまんろくせんにち）
ふところに四万六千日の風　〔花〕九九
残んの身四万六千日詣　〔日〕一四二

閻魔参（えんままいり）
閻王の金を嵌めたる眼かな　〔花〕九九
ひらきたる掌も真赤なり閻王図　〔花〕一〇二
ふえて来し子供の声や宵閻魔　〔花〕一〇二
潦掃いて店出す宵閻魔　〔花〕一〇三

動物

河鹿（かじか）
瀬頭の見えて暮れゆく河鹿かな　〔余〕一一八

蜥蜴（とかげ）
小走りの尼に蜥蜴のきらと跳ね　〔父〕三六

羽抜鳥（はぬけどり）
なほひとつ首をのばして羽抜鶏　〔花〕九三
やすやすと抱かれて腕の羽抜鶏　〔花〕九三

時鳥（ほととぎす）
別荘に表札打てばほととぎす　〔父〕二三
授札所の僧ただ読書ほととぎす　〔父〕二六
里山のゆらぐばかりやほととぎす　〔菫〕一七八
老の身も命惜しめとほととぎす　〔菫〕一七八
山荘に富士仰ぐ日々ほととぎす　〔菫〕一八七

郭公（かっこう）
離愁とは郭公が今鳴いてゐる　〔父〕二二
人よりも早き目覚めに閑古鳥　〔雪〕五九
暁の郭公聞けば父恋し　〔雪〕六〇
一人来て郭公鳴けり父の墓　〔雪〕六〇
郭公の鳴き移り来し父の墓　〔雪〕六〇
掃き清めたる父の墓閑古鳥　〔雪〕六〇
郭公や武蔵野台地住みなじみ　〔花〕八七
郭公や顔を寄せあふ虚貝　〔余〕一一三

老鶯（おいうぐいす）
老鶯に旅をはらんとしてゐたり　〔父〕二三
老鶯の一つ大きく澄みわたり　〔花〕九八
老鶯の声のほがらや雨の中　〔余〕一二〇
暮れなんとして老鶯のはるかなる　〔余〕一二三
老鶯の鳴き移りつつ朝の富士　〔余〕一二八
老鶯や雨の頬打つ男山　〔菫〕一七八

燕の子（つばめのこ）
浮御堂こぼれ子燕飛び習ふ　〔余〕一二三

葭切（よしきり）
黒潮の沖へひびきて行々子　〔余〕一一三
その辺に雀が飛んで葭雀　〔余〕一一四
沈むほど吹かれとりつき葭雀　〔余〕一二三
一茎に現れ風の行々子　〔余〕一二三
来しばかりなる葭切の鳴きつぷり　〔余〕一二五
葭切のはや渾身や沼の朝　〔以〕二一一

翡翠（かわせみ）
翡翠や蓬莱島に色残し　〔菫〕一八三

水鳥の巣（みずとりのす）
浮巣見の舳の向きを立て直し　［花］一〇六
大鷭の巣の階段をなすところ　［花］一〇六
浮巣ともまがひて沼に浮けるもの　［余］一二〇
あらあらと組まれ鷭の巣緑濃し　［花］一二三

夏燕（なつつばめ）
夕空の青澄むばかり夏燕　［蝶］一六二
夕空の雲つきぬけて夏燕　［余］一二〇

駒鳥（こまどり）
駒鳥や靄れて雫す渓の木々　［余］一二〇

雪加（せっか）
雪加鳴く沼一枚に日を返し　［花］九三
鳴き翔ちてなほも雪加の声をひく　［余］一二〇
羽撓め撓め雪加の鳴き移り　［余］一二三
阿蘇の風少しつめたく雪加鳴く　［蝶］一五八

海猫（うみねこ）
蕪島の幟はたはた海猫のこゑ　［童］一八七
翅ひろげ風に乗りたる海猫の数　［童］一八七

鮎（あゆ）
中流の鮎釣一歩一歩を進め　［父］三五
藁帽子見えて鮎釣居りにけり　［雪］六一
鮎釣のしばらく流れ窺へる　［余］一二四
たしかめて又泳がせし囮鮎　［余］一二三
てのひらに残れる鮎の香を洗ふ　［蝶］一二八
その一人真白き棹や鮎を釣る　［蝶］一六六
鮎釣の白波立てて戻り来る　［蝶］一六六
たつぷりと腰の深さや鮎を釣る　［童］一八六

鮎釣の腰より深く徒渡り　［以］二〇五
反る力なほ存分に囮鮎　［以］二〇六

岩魚（いわな）
串伝ふ脂の光り岩魚焼く　［余］一二〇

金魚（きんぎょ）
金魚また留守の心に浮いてをり　［父］二二
向い

蛾（が）

手を濡らす汀の波に黒揚羽 ［雪］五七
沼風の少しにほひて夏の蝶 ［花］九〇
飛び過ぎぬ燕のやうな黒揚羽 ［童］一九二

蛍（ほたる）

ワイキキの黒き夜空の火取虫 ［雪］七〇
北上の闇繽紛と火取虫 ［日］一三三

水馬（あめんぼう）

ふりかへる女の顔に蛍飛ぶ ［父］三六
蛍飛ぶまで小説を読む女 ［星］八一
君と見し蛍小諸の水車小屋 ［花］一〇六
田の闇の定まりて来て蛍飛ぶ ［花］一〇六
蛍火の風に消え又風に燃え ［花］一〇六
木にこもる雨の蛍火数知れず ［水］五〇

蝉（せみ）

雨降ってゐるやうに群れあめんぼう ［水］五一

次の日となつてをりたる夜の蝉 ［日］一三四
一匹の蝉しんしんと蚶満寺 ［日］一四六
落蝉に蟻ひとたびは弾かるる ［水］五〇

空蝉（うつせみ）

ききさげの葉裏空蝉ゐるはゐるは ［童］一三二
空蝉の眼に及ぶ水明り ［余］一三三

蜻蛉生る（とんぼうまる）

蜻蛉生る池塘の水の昏きより ［余］一三三

川蜻蛉（かわとんぼ）

川蜻蛉水にうつりて現れし ［花］九四

蠅（はえ）

人急に去りたる宿の夜の蠅 ［父］二三
戸樋こぼれをる雨音か夜の蠅 ［父］二八
自画像を飛ばし黒点夜の蠅 ［童］一六
蠅遊ぶ三艸書屋の厨窓 ［日］一三三
飛んでをり叩き損ぜし昨夜の蠅 ［日］一三四
喫茶店大きな蠅の現れし ［以］二〇六

蟻（あり）

デッサンの蟻百態のノートあり ［星］七六
止りし蟻の思案のすぐ終り ［星］八一
小さき蟻更に細かき蟻もゐて ［水］五一
足もとの蟻の話の聞えさう ［蝶］七〇
蟻の道天へ天へと大欅 ［童］一八二
蟻走る時には風に飛ばされて ［童］一九六
大蟻の走る小蟻の群る上 ［以］二〇五
杖ついて人は歩くや蟻走り ［以］二〇五
こまごまと大河の如く蟻の列 ［以］二〇五

蜘蛛（くも）

ものを書く机の上や蜘蛛走り ［童］一九七
蜘蛛飛んで積みたる本にぶら下り ［以］二二一

蝸牛（かたつむり）

伸びきつて大蝸牛ぬれぬれと ［余］一三八
ででむしや曲屋雨の竈口 ［日］一四一
この頃の降れば荒れぐせ蝸牛 ［日］一四六
ででむしや久女の墓は虚子の文字

余花（よか）

前山に余花の見えゐる生簀かな　［花］　九〇

葉桜（はざくら）

葉桜となるに間のある葉のそよぎ　［蝶］　一六九
降り出して葉桜の下未だ濡れず　［以］　二一一

薔薇（ばら）

バラ散つてバラ咲いて今朝下り立ちし　［父］　二一
薔薇はその人の情の紅に　［雪］　五五
人の顔たそがれて来て薔薇白し　［雪］　五八
父偲ぶ日々庭の薔薇部屋の薔薇　［雪］　五八
母立てる夕べの土に薔薇散つて　［雪］　五八
薔薇園の薔薇よりも濃き夕茜　［花］　八七
買ふ人のうしろに薔薇を見てゐたり　［花］　九三
薔薇園の小屋の中なる電話鳴り　［花］　九八
散らばりてそれぞれ好きな薔薇に立つ　［花］　九八
ひとめぐりして薔薇園の風にあり　［花］　九八
薔薇園の露そのままに薔薇届く　［蝶］　一六九
身じろぎをするたび部屋の薔薇香る　［蝶］　一六九
二十本挿せば黄薔薇も繚乱と　［以］　二〇五
それぞれに生きて今日この薔薇園に　［以］　二一一

牡丹（ぼたん）

庭に入る牡丹明りに導かれ　［父］　三四
目の前に牡丹目つぶり師の牡丹　［父］　三四
虚子去りて遂に崩れし牡丹かな　［父］　三四
白牡丹滾々として傘寿の詩　［雪］　五八
日当りて雨はじきをり白牡丹　［雪］　五八
夕影を得てしづもれり白牡丹　［雪］　五八
白牡丹月光に散り城はなし　［雪］　五八
連鶴の十花をつらね白牡丹　［星］　八〇
夕闇の既に牡丹の中にあり　［花］　九三
牡丹の杖をたのみて雨にあり　［花］　一〇五
風よりも荒く蝶来る牡丹かな　［余］　一二五
白牡丹大輪風にをさまらず　［日］　一三三
白炎となりしづもれる牡丹かな　［日］　一三七
里坊といふも比叡や白牡丹　［日］　一四五
白牡丹散りて頭上の師のもとへ　［蝶］　一五七
ひつそりと墓守をりし牡丹かな　［蝶］　一五八
日のありて牡丹曇と申すべき　［蝶］　一五九
金粉の溢れこぼるる牡丹かな　［蝶］　一六六
見劣りの一花もありて牡丹園　［蝶］　一六六
一塵の我一輪の白牡丹　［菫］　一八二
夕翳の漂ひそめし白牡丹　［菫］　一九一
この寺へ通ふ歳月牡丹咲く　［以］　二一一

紫陽花（あじさい）

紫陽花の昨夜の雨の水鏡　［雪］　五八
送らるゝ紫陽花は濃く雨の中　［雪］　五九
紫陽花や母の心の浮き沈み　［雪］　五九
紫陽花のしんしんと色加へをり　［星］　八一
あぢさゐの水色にじみそめにけり　［星］　八一
あぢさゐの濃き毬一つ剪り抱へ　［花］　九五
あぢさゐの藍にもありぬ好き嫌ひ　［余］　一二八
あぢさゐの萌黄の毬の照り合へる　［日］　一三四

黝々とありてさだかに夜の新樹　［星］八一
月光にそよぎたちたる新樹かな　［蝶］一六二

若葉（わかば）
日を星とちりばめ欅若葉かな　［菫］一八六
底石の見える川波若葉風　［菫］一九六
日蝕のかげりとなりし庭若葉　［菫］一九六
家居して日に日に濃ゆく庭若葉　［以］二一一

新緑（しんりょく）
新緑に飛ぶ三階の軒雫　［父］二八
新緑の中来し我にトルソの眼　［雪］五九
新緑や罪あるごとく手足冷え　［雪］五九
新緑に染まりて風と走りけり　［花］八七
新緑の谿へ電車の先曲る　［花］九〇
新緑に吹きもまれゐる日ざしかな　［花］九八
みちのくの今こそみどり旅二日　［菫］一七八
川筋の雨にけむれるみどりかな　［菫］一八二
杉山もみどりさす日の師の墓前　［菫］一八三

茂（しげり）
展望や茂にかくれ衣川　［日］一三四

万緑（ばんりょく）
万緑の一点となりわが命　［菫］一七八

木下闇（こしたやみ）
下闇や河童と会ひし人の貌　［日］一三八
下闇を現れて来る目鼻立　［日］一三八
下闇にひびきて水の流れあり　［蝶］一六二

緑蔭（りょくいん）
緑蔭の冷えゆくばかり信と愛　［雪］五九
緑蔭に水棹交錯十二橋　［雪］五九
校門の中緑蔭にポストあり　［星］七六
その奥へつづく緑蔭関所趾　［花］九三
緑蔭の大きく池へはみ出せる　［余］一三三
緑蔭に時には休み明日をこそ　［余］一二八
緑蔭や時には蟻の降つて来て　［日］一四二
鎌倉の緑蔭小諸にも緑蔭　［蝶］一六二
緑蔭に池の近くを見るとなく　［以］二〇六
緑蔭といふには少し早き頃　［以］二一一

柿若葉（かきわかば）
風の出て夕日まみれの柿若葉　［余］一二〇
ガラス戸の中の暗さや柿若葉　［菫］一九六
児を抱ける母となりゐし柿若葉　［菫］一九六

樟若葉（くすわかば）
そよぎては空へ湧き立つ樟若葉　［菫］一七八

若楓（わかかえで）
師の座より眺めて窓の若楓　［日］一三三

土用芽（どようめ）
土用芽の花の如くにほぐれそめ　［余］一二六

病葉（わくらば）
病葉を掃き大学の老使丁　［父］二九
病葉の流れ放生池真昼　［雪］五九
病葉の遠くの水に落ちし音　［日］一四二

常磐木落葉（ときわぎおちば）
脇宮の海神社夏落葉　［日］一四一

桐の花（きりのはな）
桐の花夕べの色を重ねたる　［花］八八

冷え冷えと落花を重ね南部桐　　　　　　　　　　　　[水] 一五一
岩手山見えぬといへど桐の花　　　　　　　　　　　　[蝶] 一五七
よく止まる東北本線桐の花　　　　　　　　　　　　　[蝶] 一五七
その先に淡海の展け桐の花　　　　　　　　　　　　　[蝶] 一五九
吹かれ飛ぶ一花まざまざ桐の花　　　　　　　　　　　[蝶] 一六六
雨雲にまぎれまさしく桐の花　　　　　　　　　　　　[蝶] 一六六
師の墓前桐の落花をてのひらに　　　　　　　　　　　[童] 一七六
桐の花にも雲の来て南部領　　　　　　　　　　　　　[童] 一七六

朴の花（ほおのはな）
朴の花父を尊ぶごと対し　　　　　　　　　　　　　　[以] 二〇六
朴の花揺れしづまりて座を得たる　　　　　　　　　　[父] 一九
傾ける枝に傾き朴の花　　　　　　　　　　　　　　　[日] 一四六
うち開き天を支へる朴の花　　　　　　　　　　　　　[星] 一七八
男山その頂の朴の花　　　　　　　　　　　　　　　　[蝶] 一六九

棟の花（おうちのはな）
見下ろして梅檀の花森に浮き　　　　　　　　　　　　[童] 一七八

樒の花（もちのはな）
もちの花こぼれ夕べは主婦の刻　　　　　　　　　　　[雪] 五九
樒の花咲けば故人のことさらに　　　　　　　　　　　[日] 一四一

椎の花（しいのはな）
椎の花例大祭はしづかなる　　　　　　　　　　　　　[花] 九三

えごの花（えごのはな）
うぶすなの杜深く来て椎の花　　　　　　　　　　　　[童] 一九七
こゝに又散り急ぐものえごの花　　　　　　　　　　　[星] 八一
敷きつめしえごの落花に蜂とまり　　　　　　　　　　[花] 一〇五
珊々と咲き重なりてえごの花　　　　　　　　　　　　[余] 二三

合歓の花（ねむのはな）
傘さしてしばらく合歓の花の下　　　　　　　　　　　[花] 九五

玫瑰（はまなす）
玫瑰やきのふより濃き空の色　　　　　　　　　　　　[花] 九五
咲き闌けて白玫瑰のうすき紅　　　　　　　　　　　　[童] 一八七

桑の実（くわのみ）
桑の実や秩父の午後のとりとめなく　　　　　　　　　[余] 三八

梧桐（あおぎり）
梧桐の実にさんさんと午後の雨　　　　　　　　　　　[星] 八二

竹落葉（たけおちば）
千仭の谷へ舞ひいで竹落葉　　　　　　　　　　　　　[蝶] 一六七
夕風の誘ひ出したる竹落葉　　　　　　　　　　　　　[蝶] 一五七

若竹（わかたけ）
今年竹あり竹林のさやさやと　　　　　　　　　　　　[童] 一六六

杜若（かきつばた）
又一人来て佇みぬ燕子花　　　　　　　　　　　　　　[蝶] 一六九
水も又夕べの音に燕子花　　　　　　　　　　　　　　[童] 一八二

あやめ（あやめ）
昔沼ありしと話しあやめ野に　　　　　　　　　　　　[父] 二九
あやめ野の遠く遠くと目を移し　　　　　　　　　　　[父] 二九

花菖蒲（はなしょうぶ）
立ちくらみ紫黒く花菖蒲　　　　　　　　　　　　　　[雪] 五九
ただ一花雑草園の白菖蒲　　　　　　　　　　　　　　[雪] 八七
日の当る遠くの吹かれ花菖蒲　　　　　　　　　　　　[雪] 八八
吹かれぬるひとつひとつの花菖蒲　　　　　　　　　　[雪] 九三
花菖蒲さびしき色をあつめたる　　　　　　　　　　　[雪] 九三
なほ強き夕日をとどめ白菖蒲　　　　　　　　　　　　[花] 九九

351　季題索引　夏

江戸菖蒲肥後の菖蒲と刈り束ね [花] 九九
昃れば白もさまざま花菖蒲 [余] 一一一
花菖蒲しづかに人を集めをり [蝶] 一五五
畦ぎはの水きらきらと花菖蒲 [蝶] 一六二
木の間より見ゆる日向の花菖蒲 [蝶] 一六二
水影に雨の一滴花菖蒲 [蝶] 一七〇
雨粒の奔りそめたる花菖蒲 [菫] 一七八

菖蒲（しょうぶ）

師の葬り菖蒲一茎づつ持ちて [花] 一〇五
日のうちに菖蒲放ちしさら湯かな [日] 一三七
創刊のよき言葉あり軒菖蒲 [菫] 一八六

芍薬（しゃくやく）

父の魂失せ芍薬の上に蟻 [雪] 五六
忌日なる芍薬のたゞ白かりし [雪] 五八

ダリア（だりあ）

鉱山社宅ダリア盛りを訪ひ訪はれ [父] 三八

向日葵（ひまわり）

向日葵と立つ門衛や農学部 [父] 二〇
向日葵の厚き花芯や朝日吸ふ [星] 七六
一本の向日葵が立ち一家あり [星] 七六
向日葵をめぐりて虻の止らず [星] 七六
向日葵の大輪風にゆるぎなく [星] 七六
向日葵の花弁の炎燃え上り [星] 七六
向日葵の花芯の凹み夕べ来し [星] 七六
向日葵のゆらぐともなきゆらぎかな [菫] 一八三

葵（あおい）

髪を刈る鏡の中の立葵 [花] 九三
銭葵納屋から畑へ咲きわたり [余] 一一六
人気なき家より人や立葵 [以] 二〇六

紅蜀葵（こうしょっき）

侘び住みてをり一本の紅蜀葵 [父] 三六
御仏や一つ咲きたる紅蜀葵 [花] 一〇二

罌粟の花（けしのはな）

その人の記憶断片芥子の花 [雪] 五九

夏菊（なつぎく）

夏菊やお不動さまの百度石 [花] 一〇二

矢車草（やぐるまそう）

旅遠し矢車草の花乱れ [父] 二八
膝ついて矢車草の花畑 [余] 一一八

月下美人（げっかびじん）

一花よし二花なほ月下美人かな [星] 八一
月下美人たまゆらの香の満ちにけり [星] 八一
月下美人人の気配にゆらぎたる [星] 八一

睡蓮（すいれん）

睡蓮のしばらく人を絶ちて紅し [父] 二〇
睡蓮の近くの紅はつまびらか [日] 一四一
睡蓮のしづまりかへる花畳 [蝶] 一六二
睡蓮の蕾ばかりに夕日影 [菫] 一七八
佇みて睡蓮よりも人静か [菫] 一八三
睡蓮や水をあまさず咲きわたり [菫] 一八三

百合（ゆり）

鬼百合の傾ぎ抜んで杣の宿 [父] 二九
鬼百合に白波立てゝ湯檜曽川 [雪] 五九
山百合の昃りて画布の昃りけり [花] 八七

青薄（あおすすき）
昨夜の雨乾くにほひの青芒　［花］九九

青蘆（あおあし）
青芦の中へと流れきらめける　［余］一二一
青蘆のぞめきや沼のはるかより　［蝶］一五五

夏蓬（なつよもぎ）
何につけ君亡きことを夏蓬　［余］一二五

夏萩（なつはぎ）
顧みし君病む門の夏萩を　［父］二〇

竹煮草（たけにぐさ）
降り出してすぐにしぶけり竹煮草　［日］一三八

浜昼顔（はまひるがお）
海女見えず浜昼顔の咲いてただ　［父］二五

月見草（つきみそう）
月見草胸の高さにひらきそめ　［父］二四
われのみのこれよりの刻月見草　［雪］五九
杖とめて師の見たまひし月見草　［蝶］一五九
晩年といふもの人に月見草　［蝶］一五九

真菰（まこも）
舟とめて真菰屑又早苗屑　［雪］五九

菱の花（ひしのはな）
山雨又降りはじめたる菱の花　［花］九九

虎杖の花（いたどりのはな）
紅ほのと染む虎杖の咲きそむる　［星］七九

浜木綿の花（はまゆうのはな）
浜木綿に島の夕日の当りをり　［菫］一九七

灸花（やいとばな）
夕風に蟻の来てをり灸花　［菫］一八七

萱草の花（かんぞうのはな）
忘草川は小さな渦を持ち　［星］七八

十薬（じゅうやく）
句碑囲む十薬星を鏤めし　［星］七六

捩花（ねじばな）
不揃ひに文字摺草の花ざかり　［花］一〇六

烏瓜の花（からすうりのはな）
烏瓜咲ききはまつてもつれなし　［花］九一

鴨足草（ゆきのした）
鴨足草母を送りし日も遠く　［菫］一九二

白根葵（しらねあおい）
うすき日に白根葵の色満たす　［花］八七

黴（かび）
かびるもの黴び吾子の瞳の澄みにけり　［父］三一
黴臭き部屋の記憶のあれこれと　［以］二〇六
黴の出しいただきものや甕の中　［以］二〇六

秋

時候

秋（あき）
一人なる旅の気安さ嵯峨の秋　［父］三七
街尽きて波音ありぬ諏訪の秋　［雪］六四
大雨に張り出してある秋日除　［花］八九

ゆき暮れし思ひいよいよ秋深し　[蝶]　一六〇
上げ潮の大川の紺秋深み　[蝶]　一六三
人や先我や先の世秋深し　[蝶]　一六三
深秋の一天武蔵国分寺　[菫]　一七九
楓未だ青々として秋深し　[以]　二〇八

暮の秋（くれのあき）
北海に突き出し工場暮の秋　[父]　三九
子規庵の畳に手当て暮の秋　[蝶]　一六七

秋惜む（あきおしむ）
この句碑に立ちたる月日秋惜む　[以]　二〇二

天文

菊日和（きくびより）
父の居間障子を立てて菊日和　[父]　一九
母いつか老のまなざし菊日和　[雪]　六二
母と子の心は鏡菊日和　[雪]　六二

秋晴（あきばれ）
泊船のロープの張も秋の晴　[父]　三
妻母に答へ洗濯秋の晴　[父]　二四
岨てる高炉の下の秋日和　[父]　三九
掛けて久し父の遺影も秋の晴　[雪]　六四
秋日和母のよろこぶ顔を見て　[雪]　六四
池の中小さな島の秋日和　[花]　九四
足垂らし飛ぶ蜂のあり秋日和　[花]　一〇三
一夜明け師のふるさとの秋日和　[余]　一一四
子規堂のランプの埃秋日和　[余]　一一四
政所庇の中の秋日和　[余]　一一四
秋晴やとどめ詣りの宇佐の宮　[余]　一一九
秋晴を今日もいただき観世音　[日]　一三五
ゆるむことなき秋晴の一日かな　[日]　一四七
見回して雲のありたる秋の晴　[蝶]　一六三
秋晴となり一日の終りたる　[以]　二〇八

秋旱（あきひでり）
逝く人に病む人になほ秋旱　[菫]　一八八

秋の声（あきのこえ）
虚子塔に木洩日ひそと秋の声　[余]　一一四

秋の空（あきのそら）
秋天下雲流れ潮流れをり　[雪]　六八
秋天やひねもすに師の南部富士　[余]　一一六
秋天や森から森へ牧の柵　[余]　一一六
見えてゐし雲いつか消え秋の空　[以]　二〇一

秋高し（あきたかし）
落葉松の谷くらくして天高し　[雪]　六九
山寺の天の高きを来て仰ぐ　[花]　八八
天高しのり出したまふ磨崖仏　[余]　一一九
天高し抱いて明日香はまなむすめ　[余]　一二一
正面に表磐梯天高し　[日]　一四七
安達太良に続く峰々秋高し　[菫]　一八四

秋の雲（あきのくも）
巌角にかゞやき流れ秋の雲　[雪]　六八
夏雲となく秋雲となく白く　[菫]　一七九

鰯雲（いわしぐも）
鰯雲くづれゆきつつ月の雲　[父]　二四
句碑を去る靴音一つ鰯雲　[花]　八八

月（つき）

盆の月（ぼんのつき）

待宵（まつよい）

名月（めいげつ）

良夜（りょうや）

十六夜（いざよい）

後の月（のちのつき）

天の川（あまのがわ）

銀漢や胸に生涯師の一語　［蝶］　一六七

流星（りゅうせい）

月山へわけても大き流れ星　［菫］　一八八

秋風（あきかぜ）

秋風や敬ふ故に言少な　［父］　二六

秋風の当り流るる肘曲げて　［父］　三〇

湖に向く窓の秋風いつか冷ゆ　［雪］　六三

丘上り来て秋風のわたる墓　［雪］　六四

波白く岩捉へをり秋の風　［雪］　六四

熔鉱炉火の色動く秋の風　［雪］　六四

秋風にしばらく吹かれ戻りけり　［花］　一〇三

裏窓の向き合ふ暮し秋の風　［余］　一一六

秋風や草の中なる水の音　［余］　一二六

屋上に立てば秋風四方より　［日］　一四七

別れ来し誰彼の顔秋の風　［水］　一五一

秋風や大きくなりし蟻地獄　［菫］　一七九

杖一つ命一つや秋の風　［菫］　一九三

何かにと行列の出来秋の風　［以］　二〇八

杖とめて少し汗ばむ秋の風　［以］　二〇八

野分（のわき）

人ひとり見えぬ棚田や野分雲　［蝶］　一七一

颱風（たいふう）

台風の過ぎていたみし山の色　［花］　八七

秋の雨（あきのあめ）

秋雨にぬれいそぐ我誰が為ぞ　［雪］　六四

秋雨にすぐ潦八重の墓　［花］　八八

秋時雨（あきしぐれ）

師の句碑に侍るわが句碑秋時雨　［菫］　一八四

稲妻（いなずま）

稲妻や夜の水打つ山の町　［父］　三三

稲妻の折々かかる廃石場かな　［父］　三八

稲妻に又しも浮かび妙義山　［蝶］　一六三

霧（きり）

勤行の扉は朝霧を堰きあへず　［父］　二六

空の色うつりて霧の染まるとか　［父］　二六

霧我へ流すばかりぞ諏訪の湖　［雪］　六四

霧の中短き言葉交し過ぐ　［星］　七七

たゞ立つや霧ひた包む虚子旧廬　［星］　七八

葉より葉へ霧が雫を落す音　［星］　七九

忽ちに霧濃くなつて霧雫　［星］　七九

軒雫しづかに霧の流れをり　［花］　一〇六

露（つゆ）

子をねかせ妻と露けき言交す　［父］　三一

兵燹の礎石露けし国分寺　［日］　一三九

蟻の貌大きく映り芋の露　［蝶］　一六七

もの音を時にかたみに露の宿　［以］　二〇一

露の夜の悲しみ一つ加はりぬ　［以］　二〇一

露時雨（つゆしぐれ）

どの木にも朝日の当り露しぐれ　［以］　二〇一

地理

秋の山（あきのやま）

秋山のしづけさ妻は傍に　［父］　二四

生活

新豆腐（しんどうふ）
水の中包丁捌き新豆腐　［菫］一八三
新酒（しんしゅ）
拭きこみし酒蔵の階新走　［花］九五
蔵町に名立たる店や新走　［蝶］一六三
温め酒（あたためざけ）
虚子恋ひの話となりし温め酒　［花］一〇三
秋の燈（あきのひ）
秋燈の少し暗しと相対し　［父］二三
窓の女秋燈まざと照らしをり　［雪］六八
噴水の秋日失ひ秋燈　［雪］六八
屋根の窓秋燈燈し暮れゆく野　［雪］六八
祝意残る疲れのほのと秋燈　［星］七七
秋燈の届く木立の先は湖　［星］七八
秋扇（あきおうぎ）
まさらなる秋の扇のうらおもて　［星］八二
秋扇を落とせし音に気のつきし　［日］一三五
池を見て使ふともなく秋扇　［以］二〇七
秋団扇（あきうちわ）
食卓の本の上なる秋団扇　［以］二〇七
秋簾（あきすだれ）
退院をして来てをられ秋簾　［余］一一二
街道へ垂らし大きな秋簾　［余］一一三
しもた屋にまじる小店の秋簾　［余］一二四
わが窓の古りも古りたる秋簾　［以］二〇七
燈籠（とうろう）
軒に燈る燈籠安房の果に着く　［父］一六

松手入（まつていれ）
庭の中庭の外より松手入　［余］一一一
手入れせしあとゆさぶつて松の枝　［余］一二一
秋耕（しゅうこう）
秋耕の一人に瀬音いつもあり　［父］一九
鳥威し（とりおどし）
降りさうでいきなり照つて鳥威　［花］九一
威銃鹿島へ夕日傾きて　［余］一一四
なみなみと最上の流れ威銃　［余］一二一
木の間なる千曲の流れ威銃　［日］一四七
稲刈（いねかり）
落日をのせ稲車ひいて来る　［父］二六
稲刈の大勢をりて遥かかな　［父］三八
稲刈機四角四面を刈り進む　［日］一四七
稲干す（いねほす）
稲掛の遠き母娘を見て母と　［雪］六四
掛稲の乾かぬままの日数かな　［蝶］一六〇
稲架（はざ）
稲架の中離れ離れに遺跡あり　［父］二七
高稲架を重ねし果は日本海　［父］三〇
豊年（ほうねん）
正面に工場の門豊の秋　［父］三〇
夜なべ（よなべ）
夜業人合図の笛を胸にかけ　［父］三九
夜業人並び突つ立つ鋼滓明り　［父］三九
若煙草（わかたばこ）
ずつしりと縄のしなひて懸煙草　［余］一一六

行事

みどり児の兄も来ませと門火焚く　［余］　一二六
迎火のひととき明く顔照らす　［日］　一三四
かき立つる焰ひととき苧殻焚く　［日］　一三八
こまごまと折りねんごろに苧殻焚く　［日］　一四二
苧殻火の思はぬ風を呼びにけり　［蝶］　一六三
森の上出てゐる月や苧殻焚く　［菫］　一七九
苧殻焚く膝のあたりにぬくみ来て　［菫］　一八三
折り重ね折り重ねては苧殻焚く　［菫］　一八七
苧殻火の風巻き込みし高さかな　［菫］　一八七
月を背に戻りて遅き苧殻焚く　［菫］　一九二
来合せし次男一家と苧殻焚く　［以］　二〇一

茄子の馬（なすのうま）

うす闇に立たせ申して茄子の馬　［蝶］　一六七

墓参（はかまいり）

墓の前蹲み小さくなりて拝む　［父］　二六
よく汗をかく父なりし墓洗ふ　［星］　七七
掃苔や父の一生一穢なし　［花］　八七
掃苔の一人の音を立ててをり　［花］　九四
掃苔や隣の墓は知らぬ人　［花］　九六
山寺の展墓の人にうちまじり　［花］　一〇三
どの墓に参りし人か戻り来る　［花］　一〇三
命日の過ぎたる墓の草を抜く　［花］　一〇五
雲の出て急ぎ心の墓参　［菫］　一八三
子に持たす大きな鋏墓参　［菫］　一八三
木を伐つて淋しくなりし墓参かな　［以］　二〇一

送り盆（おくりぼん）

一望の田に夕風や送り盆　［余］　一一六

送り火（おくりび）

送火の風を誘ひて消えにけり　［花］　九一
送火の消えて月光及びけり　［余］　一二一
送火の嵩なく打たれ朝の雨　［余］　一二三
送火のほてりといふもしばしほど　［日］　一三八
送火のたまゆら高き焰かな　［日］　一四二

燈籠流（とうろうながし）

燈籠を胸に抱き来て流さんと　［余］　一一四
流燈を置かんと川に手を浸し　［日］　一三一
流燈を置きて放さず川流れ　［日］　一三一
流燈に雨脚見えて来りけり　［日］　一三一

精霊舟（しょうりょうぶね）

濃竜胆精霊舟に飾りそへ　［雪］　六二

踊（おどり）

踊見の人ばかりなる宵の町　［余］　一二一
大太鼓しつかと結はへ踊待つ　［余］　一二一
踊子の彦三頭巾の目と合ひし　［余］　一二一
打ち囃す願化踊のかなしとも　［余］　一二一
腰に吊る瓢つやつや踊りけり　［余］　一二一
笠とつて踊疲れのかくれなく　［余］　一二一
指先を決めて目深の踊笠　［余］　一二三
見られゐること知つてゐる踊の手　［余］　一二三
二階より下りて踊にまぎれけり　［日］　一三四

盆休（ぼんやすみ）

盆休長男次男入れ替り　［菫］　一八三

べつたら市（べったらいち）

傘ぬれてべつたら市の人通り　［花］　九二

秋祭（あきまつり）
鋪道ぬれべつたら市の燈りたる 〔花〕九二
べつたら漬だらけの指が売り崩す 〔花〕一〇三
角店の景気べつたら市通り 〔余〕一二六
雨の中出てゐる神輿秋祭 〔花〕三八
街中にふるさとはあり秋祭 〔父〕三一
ばらばらに賑はつてをり秋祭 〔花〕一〇三

吉田火祭（よしだひまつり）
火祭の火の粉流るゝ星の中 〔星〕八二
火祭の薪はぜる音はじまりし 〔雪〕六四

芝神明祭（しばしんめいまつり）
植込の中に人ゐて生姜市 〔花〕九四

秋遍路（あきへんろ）
磴上る影きくきくと秋遍路 〔余〕一二四

菊供養（きくくよう）
行き違ふ手提の中の供養菊 〔花〕九一
内陣のうしろも拝み菊供養 〔花〕九一
菊の屑しづかに掃いて菊供養 〔花〕九二
金竜山魚がし講の菊供養 〔花〕九二

乃木祭（のぎまつり）
そのままに厩はくらし乃木祭 〔花〕九一
棗の実二人で仰ぎ希典忌 〔星〕八七

子規忌（しきき）
遥かなる髢音子規忌子規墓前 〔花〕八二
虚子も亦遠くの人の子規忌かな 〔花〕八九
女傘明るき墓前獺祭忌 〔花〕九四
人声の墓のあたりに子規忌寺

獺祭忌悪人虚子を敬ひて 〔花〕九四
供へある柿の大きな子規忌かな 〔花〕一〇三
樒挿し松山ぶりに子規祀る 〔余〕一二八
かくて又子規忌近づく墓の前 〔日〕三一
虚子一語懇ろなりし子規忌かな 〔日〕三九
糸瓜忌や寺子屋風に集まりて 〔日〕四〇
虚子の軸かけて一人の子規忌かな 〔日〕四二
糸瓜忌や虚子に聞きたる子規のこと 〔日〕四三
既にして子規忌の月の上りをり 〔蝶〕五五
集まりて老人ばかり子規祀る 〔蝶〕六七
新人と呼ばれし日あり獺祭忌 〔蝶〕七六
月明は望むすべなし子規祀る 〔童〕一七九
白雲の湧きて止まざる子規忌かな 〔以〕二〇七

動物

鹿（しか）
手を出せば寄り来る鹿の霧にぬれ 〔父〕三七

蛇穴に入る（へびあなにいる）
蛇穴に入りおほせたる野の仏 〔花〕一〇三

渡り鳥（わたりどり）
鳥渡る勤め帰りの鞄抱き 〔雪〕六三
ハイ

枝移り来て色鳥の貌を見せ　[日]　一三一
色鳥や浅間をかくす松の枝　[日]　一四三

小鳥（ことり）
城山の七谷晴れて小鳥来る　[余]　一一四
気ままなる妻との暮し小鳥来る　[日]　一三一
名ばかりの書庫に万巻小鳥来る　[日]　一四三
師の句碑に我等も映り小鳥来る　[菫]　一七九

燕帰る（つばめかえる）
草に音立て、雨来る秋燕　[星]　八二
秋燕の声のたまりし水の上　[余]　一一二
悲しみは尽きず秋燕ひるがへり　[蝶]　一五九
うち晴れて帰燕の空の国分寺　[蝶]　一六七

鵙（もず）
野の鵙や夕日に眉を染めてゆけば　[父]　二六
鵙鳴いて松美しきお城かな　[父]　三九
鵙鳴いてちらと子のこと退勤時　[雪]　六三
工場の裏田鉄塔雨の鵙　[雪]　六三
ぐづり鳴きしてゐて鵙にまぎれなし　[余]　一一九

鶺鴒（せきれい）
鶺鴒や川下遠く昼の月　[星]　七七
鶺鴒のつゝと水辺に胸映す　[星]　七九

啄木鳥（きつつき）
横すべりして啄木鳥にまぎれなし　[花]　一〇六
ややありて又明らかにけら叩く　[花]　一〇七
日の当る幹の高さにけら叩く　[日]　一三五

鴫（しぎ）
鴫の脚くつきり映り忘れ潮　[日]　一四七

雁（かり）
雁渡る下赤彦の歌碑に立つ　[父]　三一

初鴨（はつがも）
貯水池も既に歴史や鴨が来る　[雪]　六六
初鴨の二つ水輪を重ね合ふ　[花]　一〇四
沼波にいつしかまぎれ鴨来る　[日]　一四三

落鮎（おちあゆ）
鮎落ちし黒羽にゐる忌日かな　[花]　八九

鯊（はぜ）
蕉庵の昔はいかに鯊の潮　[蝶]　一六〇
鯊の潮思はぬ波を寄せにけり　[蝶]　一六〇

秋刀魚（さんま）
大正も昭和も生きてさんま食ふ　[日]　一四七
我よりも母知る妻とさんま食ふ　[蝶]　一六七

秋の蚊（あきのか）
秋の蚊や寄木作りの御本尊　[星]　八二
秋の蚊を叩く一人の音を立て　[日]　一三五

秋の蝶（あきのちょう）
たまたまの日ざしを運び秋の蝶　[日]　一三四
黄縅の紋様それも秋の蝶　[以]　二〇一
秋の蝶業平塚に黄を曳ける　[以]　二〇一

秋の蟬（あきのせみ）
秋蟬や後姿の兄弟　[雪]　六三
秋蟬の音立てとまる堂庇　[花]　九四
墓碑どれも井伊家の信女秋の蟬　[日]　一三五

蜩（ひぐらし）
かなかなやかぶれる帽をやや浮かせ　[父]　三二

昼も鳴くひぐらし四万に逗留す　　　　　　［父］三九
ひぐらしの鳴きそむころの沢の家　　　　　［父］三二
かなかなや細かにしるす鉱山日誌　　　　　［父］三八
かなかなや今の命を吊橋に　　　　　　　　［父］三二
峡の村かなかなが鳴く戻れば　　　　　　　［父］三二
退勤時鉱山の蜩鳴き揃ふ　　　　　　　　　［父］三二
かなかなや森は鋼のくらさ持ち　　　　　　［蝶］八一
風に乗りかなかなかなとはるけくも　　　　［蝶］六二
かなかなや茜さめゆく雲と川　　　　　　　［蝶］六二
蜩や池に燈影の濃くなりて　　　　　　　　［蝶］七〇

つくつく法師（つくつくほうし）
父とありし今子とありて法師蟬　　　　　　［雪］六三
法師蟬鳴き終りたる水明り　　　　　　　　［花］九一
じゆくじゆくと蟬その中の法師蟬　　　　　［童］七九
法師蟬遠くに鳴いて月上り　　　　　　　　［童］七八
夕茜やがて夕闇法師蟬　　　　　　　　　　［童］七八
だんだんと月に明るさ法師蟬　　　　　　　［童］七八

蜻蛉（とんぼ）
庇よりゆるき矢となり夕蜻蛉　　　　　　　［星］八二
その上にその上に飛び夕蜻蛉　　　　　　　［花］八九
点となり光となりし夕蜻蛉　　　　　　　　［花］九一
蜻蛉のかさととまりし石の上　　　　　　　［花］九九
蜻蛉の光り山河をひるがへし　　　　　　　［余］二三
蜻蛉を見てゐるとなく池を見て　　　　　　［余］二四
蜻蜒や失ひたまふ珠二つ　　　　　　　　　［日］四二
蜻蛉や昨日逢ひたる人のこと　　　　　　　［日］四二
潮引きし潟に影なし蜻蛉飛ぶ　　　　　　　［日］四七

赤蜻蛉（あかとんぼ）
人ゐても人ゐなくても赤とんぼ　　　　　　［雪］六三
風の出て忽ち失せし夕蜻蛉　　　　　　　　［以］二〇六
夕蜻蛉きも高さもばらばらに　　　　　　　［以］二〇七
蜻蛉の我に向つて来るかとも　　　　　　　［以］二〇一
日の当たる遠くの町や夕蜻蛉　　　　　　　［童］一九三
夕蜻蛉一番星の見ゆるまで　　　　　　　　［童］一九三
とんぼうが行きとんぼうの影が行き　　　　［童］一八七
とんぼうの空へと一つ蜂飛んで　　　　　　［童］一八三
とんぼうの影水の上草の上　　　　　　　　［蝶］五九
園丁の屈み仕事やとんぼ飛ぶ　　　　　　　［蝶］五五
石段の湯町親しや夕蜻蛉　　　　　　　　　［蝶］五五

虫（むし）
父思ふ心に虫も澄みきつて　　　　　　　　［父］一九
人の云ふ幸せ我に虫を聞く　　　　　　　　［父］二四
卒業の近づく虫の夜を重ね　　　　　　　　［父］四〇
山小屋の他に燈のなし虫時雨　　　　　　　［雪］六三
月育つ一夜一夜の虫時雨　　　　　　　　　［雪］六二
昨夜虫の鳴きはじめしも旱畑　　　　　　　［日］三五
人声のあればまぎれて昼の虫　　　　　　　［蝶］六八
同じ虫聞いて一と言話したる　　　　　　　［童］一九三
目つむりて野のしづけさや昼の虫　　　　　［童］一九三
あれほどの雨も日のさし昼の虫　　　　　　［童］一九二

山の虫野の虫に窓二つ開け　　　　　　　　［雪］六三
船窓の如くに凭れ虫の窓　　　　　　　　　［雪］六三
窓開けて虫の世界に顔出し　　　　　　　　［余］二六
虫聞くや明日へとつくつくわが勤め　　　　［父］四〇

365　季題索引　秋

残る虫（のこるむし）

残る虫池塘の草の深きより　［余］　一二六

蟋蟀（こおろぎ）

雨の音どこかに残りちちろ虫　［花］　八九

窓近く鳴く蟋蟀に棲みつかれ　［日］　一三一

月満つる夜は雨となり初ちちろ　［以］　二〇七

鈴虫（すずむし）

月影に籠の鈴虫ひとしきり　［日］　一四七

燈を消して籠の鈴虫りんりんと　［菫］　一八八

月の夜の鈴虫月へひびきけり　［菫］　一八八

邯鄲（かんたん）

邯鄲や一と連りのお山の燈　［余］　一一四

邯鄲の宿といふべし月上り　［蝶］　一六七

邯鄲や渾身の翅ふるはせて　［蝶］　一六七

邯鄲や谿をへだてて御嶽の燈　［蝶］　一六七

邯鄲の月にいよいよ昂れる　［以］　二〇八

鉦叩（かねたたき）

だんだんに心一つに鉦叩　［父］　三七

父の墓久しく訪はず鉦叩　［日］　一三九

鉦叩一と日一と刻過ぎ易く　［菫］　一九三

螽蟖（きりぎりす）

雨音や畳の上のきりぎりす　［日］　一三一

螇蚸（ばった）

工場の空地ばつたの飛ぶ日和　［雪］　六三

蝗（いなご）

時折に翅しらじらと蝗飛ぶ　［日］　一四七

地虫鳴く（じむしなく）

くらやみに目の馴れ来れば地虫鳴く　［父］　二九

秋蚕（あきご）

齢のほど見せず切々秋蚕飼ふ　［蝶］　一六七

植物

木犀（もくせい）

この家も金木犀や雲白く　［菫］　一八八

木槿（むくげ）

底紅や娘なければ孫娘　［菫］　一九三

芙蓉（ふよう）

お暇は厨口より紅芙蓉　［花］　九六

秋薔薇（あきばら）

風あれど隈なく晴れて秋の薔薇　［蝶］　一六七

秋薔薇や光を重ね翳重ね　［以］　二〇二

桃の実（もものみ）

桃一顆置きて生れし桃の影　［蝶］　一七〇

桃の紅影の如くにくろずめる　［蝶］　一七〇

掌につつむ桃の大きくこそばゆし　［菫］　一八七

桃色の一刷け黄金桃の肌　［以］　二〇一

柿（かき）

そくばくのものに並べて柿を売り　［父］　二四

柿落としをりたる音に行き会ひぬ　［雪］　六三

街角となりたる柿の色づきし　［花］　八九

一本のこの柿ありて柿日和　［余］　一二一

校庭の柿色づきて授業中　［余］　一二六

安達太良の一日見えて柿の秋　［菫］　一八四

林檎（りんご）

一望に佐久市小諸市林檎園 　［日］一四七

わが家の建て込みたれど柿日和 　［童］一六九
わが町も八方柿の色づきて 　［以］二〇八
どことなくどの家となく柿の秋 　［日］一四七

栗（くり）

線路までゆるき傾斜や栗林 　［父］三七
いろいろな角出来てゆく栗をむく 　［花］一〇三
一山は雨音ばかり虚栗 　［蝶］一五七
栗剝いて横川泊りのわれらかな 　［蝶］一五七
墓に来る人に見られて栗拾ふ 　［蝶］一五九
庭となく踏み入りそこに栗落つる 　［蝶］一六〇
包丁の角の直角栗を剝く 　［童］一八八

柚子（ゆず）

山住みの元校長と柚子落す 　［日］一三九

模樹の実（かりんのみ）

模樹青し重ねし旅の帽を手に 　［父］三〇
雨雫飾りくわりんは枝にあり 　［雪］六三

紅葉（もみじ）

桟橋に舟着く紅葉戻るとき 　［父］三〇
見返りの松と仰ぎ見紅葉中 　［父］三一
濃紅葉に偲ぶ関所の昔はも 　［父］三三
芒山紅葉山色重ね暮れ 　［父］三五
紅葉冷えして来て古き宮柱 　［父］三六
一筋の煙動かず紅葉山 　［星］七六
黒々と暮れて色ある紅葉山 　［父］三七
せみ塚に紅葉木洩日ありにけり 　［花］八八

橋も又眺めの一つ峡紅葉 　［余］一二四
川の水引きて音立ち庭紅葉 　［日］一四七
岩肌をつづるもありぬ谷紅葉 　［日］一四七
湯ぼてりの紅葉明りに鉱山偲ぶ 　［蝶］一六八
映りゐる紅葉にひびき水の音 　［童］一八八
映りたる紅葉に舟を漕ぎ入れし 　［以］二〇八

初紅葉（はつもみじ）

禊沢水ほとばしり初紅葉 　［花］九六
水影をゆらりと置きし初紅葉 　［水］一五〇
遠くよりその人らしく薄紅葉 　［父］三七

薄紅葉（うすもみじ）

薄紅葉とも初紅葉ともなくありぬ 　［花］一〇三
薄紅葉とも眺めやるひとところ 　［童］一二三
どことなくどこからとなく薄紅葉 　［以］一六三
水影はただ黒々と薄紅葉 　［蝶］一六八

黄落（こうらく）

黄落の大津町筋細格子 　［父］二〇二

銀杏黄葉（いちょうもみじ）

一本の銀杏黄葉の村社 　［父］三三

桜紅葉（さくらもみじ）

一もとの桜紅葉のかくす景 　［花］八九

柿紅葉（かきもみじ）

いくつかの染みさみどりに柿紅葉 　［以］一六〇

桐一葉（きりひとは）

草むらに落ちて沈みし桐一葉 　［日］一四二
柄を立てて少したゆたふ桐一葉 　［日］一四二
提げてゆく勤めの鞄桐一葉 　［蝶］一五九

367　季題索引　秋

折からの月明らかに桐一葉　[蝶]　一六六
桐一葉吹かれて音を立てにけり　[童]　一七九
作務僧の箒の音や桐一葉　[以]　二〇七

銀杏散る（いちょうちる）
表から裏から中から銀杏散る　[蝶]　一六八
銀杏散るエレベーターは上りゆき　[童]　一八四
人の背のみな遠くなり銀杏散る　[童]　一八九

木の実（このみ）
木の実にも器量よしあし拾ひけり　[花]　一〇七
風の又起る気配に木の実落つ　[日]　一三一
森閑と平林寺領木の実落つ　[日]　一三九
境内を埋めんばかりの木の実かな　[日]　一四三
一礼を天神さまへ木の実落　[水]　一五一
ころげたる音の加はり木の実落つ　[蝶]　一五五
降り出して落ちし木の実もやがて濡れ　[童]　一八八

団栗（どんぐり）
どんぐりの影ものびたる土の上　[花]　九六

衝羽根（つくばね）
衝羽根といひて載せくれたなごころ　[余]　一二四

紫式部（むらさきしきぶ）
水照りて深大寺領実むらさき　[余]　一二八

野葡萄（のぶどう）
野葡萄の一と日一と日と玉の色　[花]　八九

通草（あけび）
通草蔓ひつぱつてみて仰ぎけり　[花]　九六

蔦（つた）
蔦紅葉雲は二十重に富士包む　[雪]　六三

内濠に映る石垣蔦紅葉　[蝶]　一六三

芭蕉（ばしょう）
芭蕉葉に燈し公園事務所あり　[父]　三〇
風に音ありて芭蕉葉ひるがへり　[父]　三〇

破芭蕉（やればしょう）
全き葉一枚立ちて破芭蕉　[花]　一〇〇

朝顔（あさがお）
朝顔の一碧を咲きつらねたる　[童]　一八三
朝顔の一碧を張りにけり　[日]　一二九
朝顔の瑞の一碧張りにけり　[日]　一三一
朝顔の大輪風に浮くとなく　[父]　二六
朝顔のかむりの紅の初々し　[父]　三六
朝顔にすぐ日の高くいそがしく　[父]　三六
朝顔や第一日の稽古会　[父]　三六
朝顔の色に染まりて蟷落つ　[父]　三〇

鶏頭（けいとう）
鶏頭の炎の先へ蟻上る　[父]　二〇
鶏頭のもゆるにまかせ山の寺　[父]　二二
鶏頭のかむりの紅の初々し　[父]　三六
人も亦父偲びをり鶏頭花　[父]　六三
子規の墓去り鶏頭の炎消ゆ　[星]　八二
鶏頭の芯までほてりゐたりけり　[花]　九六
鶏頭や財布の鈴を手に鳴らし　[花]　九九

葉鶏頭（はげいとう）
かまつかのゆるみそめたる紅の張り　[星]　七七
今日の日もかまつかも燃えつくしたる　[星]　七七
庭広く掃いて農家の葉鶏頭　[日]　一三五
かまつかや版画家芥子ここに住む　[日]　一四二

西瓜（すいか）
いつまでも埠頭の波の西瓜屑　［余］一二八

糸瓜（へちま）
壜に透く糸瓜の水の半ばほど　［余］九六

芋（いも）
芋畑車の屋根の疾走し　［日］一三八

貝割菜（かいわりな）
山畑の大雨のあとの貝割菜　［雪］一二九
貝割菜海原荒れてゐたりけり　［

曼珠沙華（まんじゅしゃげ）

好日や日に日にあせて曼珠沙華　［父］　三八
彼岸花咲く裏山も庭のうち　［余］　一一六
どこそことなしに一気や彼岸花　［日］　一四三
一本を見て満目の曼珠沙華　［蝶］　一六七
縦横に由布の湧き水曼珠沙華　［蝶］　一七〇
曼珠沙華余燼となりて暮れゆける　［蝶］　一七一
鏤めて夕日の雫曼珠沙華　［菫］　一七九
蘂一つ一つに力曼珠沙華　［菫］　一八四
雨粒に蘂に夕日や曼珠沙華　［以］　二〇二

桔梗（ききょう）

目をとめしその桔梗のうすかりし　［父］　二〇
夕焼の一瞬さめし桔梗かな　［父］　三三
桔梗やヘルンの高き文机　［余］　一一八

女郎花（おみなえし）

尻曲げて蜂のかかへる女郎花　［蝶］　一七〇
加へ挿すりんだうそして女郎花　［以］　二〇一

吾亦紅（われもこう）

山の雲一日低し吾亦紅　［父］　三八
湖の遠き白波吾亦紅　［雪］　六二

水引の花（みずひきのはな）

みづひきや母に仕へる妻の日々　［花］　九九
水引の花あたらしく日の射して　［花］　一〇三
水引草に蜆蝶さへ大き過ぎ　［蝶］　一六三

竜胆（りんどう）

今日の日を惜みて折りし濃竜胆　［父］　二〇
尾瀬ヶ原蝦夷竜胆に花尽きん　［余］　一二六

松虫草（まつむしそう）

朝富士に松虫草は盛りかな　［父］　三三
山の風松虫草を吹き白め　［父］　三三

露草（つゆくさ）

一泊をして露草の色深き　［蝶］　一五五
露草や今になつかし鉱山暮し　［蝶］　一五七
露草や我より若き友の墓　［以］　二〇一

蓼の花（たでのはな）

向ふ岸日の残りをり蓼の花　［花］　九一

赤のまんま（あかのまんま）

戻りて日当りて濃き赤のまゝ　［雪］　六三

烏瓜（からすうり）

日は既に山が奪ひぬ烏瓜　［星］　七七
一つづつ夕日を捉へ烏瓜　［花］　一〇三

水草紅葉（みずくさもみじ）

きらめきて萍紅葉はじまりし　［花］　一〇三

茸（きのこ）

鉱山を偲び集まり茸汁　［以］　二〇二

冬

時候

冬（ふゆ）

諏訪の冬山肌汽笛こだまして　［雪］　六六
橋のせて黒き運河の街冬に　［雪］　六八
冬の芝青く雨降り瀑布落つ　［雪］　六九

初冬（はつふゆ）
冬悲し春の花鳥に遊ばれよ 〔童〕一八四
初冬のわが身におよび来りけり 〔日〕一四三

十一月（じゅういちがつ）
安房に来て十一月の鉦叩 〔余〕一一七

立冬（りっとう）
立冬の空青々と蝶一つ 〔蝶〕二〇二
立冬の浅間眺めて旅にあり 〔星〕八二
立冬のハンカチ白き駅に買ふ 〔星〕七七
立冬の白面さらす朝の月 〔花〕九一

冬ざれ（ふゆざれ）
畦道に残るみどりも冬ざるる 〔花〕九七
葡萄棚からつぽとなり冬ざるる 〔蝶〕一五六

小春（こはる）
屋根の上湖の小春の鏡置き 〔父〕三一
小春日の母の心に父住める 〔雪〕六六
小春日や硯を買ひて中華街 〔花〕九二
胸立てて鶏走る小春かな 〔花〕九七
面影のそのまま小春日和かな 〔日〕四八
小春日の山懐の草と虫 〔蝶〕一五六
刈りしもの剪りしもの積み小六月 〔蝶〕一五七
その人の好きといふ径園小春 〔蝶〕一六三
なつかしき茨城弁や園小春 〔童〕一八〇
鳥籠を置く交番の小春かな 〔童〕一八一
大川を蝶わたりゆく小春かな 〔童〕一八九

冬暖か（ふゆあたたか）
冬ぬくくしあした葉畑の島男 〔花〕一〇〇

十二月（じゅうにがつ）
十二月人々木蔭得て歩く 〔雪〕七〇
俳諧の忌を又加へ十二月 〔余〕一一七
新河岸のゆるき流れも十二月 〔余〕一一九
赤き実のもろもろ安房の十二月 〔日〕一二七
青邨忌までのしばらく十二月 〔日〕一三六
城山の錦を今に十二月 〔日〕一三八
西の下の防風長けぬ十二月 〔日〕一三五

冬至（とうじ）
印旛沼冬至の入日たゆたへる 〔花〕一〇〇
玲瓏とわが町わたる冬至の日 〔余〕一二六
お守を妻へいただく冬至かな 〔以〕一〇九

師走（しわす）
母亡くし師走ひと日の川ほとり 〔余〕一二二

年の暮（としのくれ）
歳晩の燈に雑踏の浮き上り 〔父〕三二
師のために馳す雑事また年の暮 〔父〕三五
師の病みて憂ひの日々も年の暮 〔父〕三九
歳晩の銀座に近き病舎訪ふ 〔父〕三九
歳晩の木の間の星の農学部 〔雪〕六六
年迫る追はる、ことはいつもいつも 〔雪〕六七
年の瀬の上げ潮となりさくら橋 〔花〕九五
年の瀬の大き葬りの中にあり 〔花〕一〇四
大仏のお蠟新たに年迫る 〔余〕一二三
恩寵のわが俳諧も年暮るる 〔蝶〕一六四

373　季題索引　冬

みちのくもこの歳晩の月の下　[以]　二〇三

数え日（かぞえび）

数へ日の入日府中の町外れ　[日]　一四四
数へ日の月皓皓と君の霊　[以]　二〇三

行く年（ゆくとし）

わが行く手夕月淡し年は逝く　[星]　七八
行年の日の沈みゆく中華街　[花]　八八
行年の忘るすべなき幾仏　[日]　一四〇

大晦日（おおみそか）

黒き輪のゆれて日の落つ大晦日　[星]　七八
仲見世を大つごもりの夜番ゆく　[余]　二二七
仲見世の裏の月影大晦日　[日]　一三六
笑みのこしおほつごもりにみまかられ　[以]　二〇九

年惜しむ（としおしむ）

胸の中まで日が射して年惜む　[星]　八二
飛火野に鹿と時雨れて年惜む　[余]　二二三
師を語る一と年なりし年惜む　[菫]　一八九

年の夜（としのよ）

だんだんに澄みゆく焔除夜篝　[余]　二二三
除夜篝焚く万端のととのひし　[日]　一三一

寒の入（かんのいり）

童子堂聖観音も寒に入る　[菫]　一九〇

大寒（だいかん）

大寒の海は夕焼け墓拝む　[雪]　六七
大寒の日を挟みたる雲居かな　[蝶]　一六一
大寒の日和となれば歩きけり　[以]　二〇三

寒の内（かんのうち）

寒一日更に一日と対しけり　[以]　二〇九

冬の日（ふゆのひ）

波頭冬の没日へしぶき上げ　[雪]　六七
峠に見冬の日返しゐし壁ぞ　[雪]　六七
赤城山頂染めし冬日はや　[雪]　六七
住職やくわりん干したる冬日向　[雪]　六七
古時計今日の冬日の時刻む　[雪]　六九
靴屋冬日の棚に靴すこし　[星]　七六
冬の日や流人の墓の頂に　[花]　一〇〇
みちのくの遠山にある冬日かな　[余]　二二一
忽ちに風の攫ひし冬日向　[余]　二二三
丸ビルの窓の冬日は虚子も見き　[余]　二二七
雲を出て冬日しばらく走りたる　[日]　一三五
真つ向にさし来る虚子の冬日かな　[日]　一四四
大阿蘇にやゝ傾きて冬日あり　[日]　一四八
冬の日の珠と落ちゆく大井川　[蝶]　一五八
一天の玉となりたる冬日かな　[菫]　一八九

短日（たんじつ）

ガラス戸に額を当てて短き日　[父]　一〇
工場の煙に火の粉短き日　[父]　一三
大阪に少しなじみて日短　[余]　二一三
細見綾子偲ぶ人散り日短　[日]　一三一
鍬使ふ音の聞えて日短　[日]　一四三

冬の夜（ふゆのよ）

冬の夜の空金色に塔浮ぶ　[雪]　六九

北風（きたかぜ）

那須嶽の北風当る祖父の墓　［父］　二〇
温泉の煙北風しづまれば山かくす　［父］　二七
北風に暮れて明けたる窓の富士　［雪］　六七

初時雨（はつしぐれ）

立つてゐる子は子の心初時雨　［父］　二七
門前の塵塵取に初時雨　［父］　二七
陸橋に遠山を見て初時雨　［以］　二〇八

時雨（しぐれ）

門よりの時雨るる坂となり下る　［父］　二七
赤彦の松時雨るるに来て立てり　［父］　三一
沖晴れて時雨るゝ此処が三国町　［雪］　六七
時雨過ぎ天の夕焼地の水に　［雪］　六八
しぐるゝと赤い傘さし老婆ゆく　［雪］　七〇
玻璃すこしよごれて時雨来りけり　［星］　七八
しぐるるや燈してこけし作りの座　［花］　八八
ちちははの心思へば時雨れけり　［余］　一一七
源氏山時雨の糸をひきそめし　［余］　一二六
蝦夷塚の夜目にも光る時雨かな　［日］　一三一
いち早く虚子と時雨れてをらるるや　［日］　一三三
時雨るるや座右去来抄歎異抄　［日］　一四三
部屋部屋に別れしよりの時雨かな　［蝶］　一五八
しぐるるや風祭より梅丘　［董］　一八四
日輪の真つ只中へ時雨れけり　［以］　二〇二
湖の日当たりつつも時雨れけり　［以］　二〇八

霙（みぞれ）

大阪へ青森へ汽車みぞれつゝ　［雪］　六七

霜（しも）

霜晴の那須野那須嶽故郷去る　［父］　二〇
霜突きし杖の泥拭き納棺す　［雪］　六七
燈を消して峡のひとり寝霜の声　［日］　一四八
川烏けらつつきにも霜の朝　［日］　一四八
青げらの楡ひとめぐり霜の朝　［日］　一四八

雪催い（ゆきもよい）

大仏の裏山黒く雪もよひ　［父］　二〇
サイレンの音雪空にすぐ終る　［父］　二四
雪雲の走りて暮るる高炉かな　［父］　四〇
故郷の那須は雪雲裏戸開け　［雪］　六七

雪（ゆき）

病む父の目覚め語りに雪積る　［父］　一九
たゞ白し基地日曜の雪敷いて　［雪］　六八
雪窓にはりつき我等ワイン酌む　［雪］　六九
君の眉雪片つけて顧みし　［雪］　六九
雪いつか降り今を降り街燈る　［雪］　六九
野の果は知らず雪積みハイウェー　［雪］　六九
雪のせて庭木一本づつ暮るる　［花］　八九
雪積る胸の子睫毛長く閉ぢ　［花］　八九
雪の川日のきらめきをのせにけり　［花］　九七
雪に傘さして治部煮の運ばるる　［余］　一一三
北寄舟にぎはひ見せて雪の中　［余］　一一三
降り止んで眺めるほどに庭の雪　［蝶］　一六〇
これしきの雪と思へどためらひぬ　［蝶］　一七二
朝からの日のにぎはひや雪の庭　［董］　一九五

雪晴（ゆきばれ）

雪晴の海水平に烏飛び 〔星〕七五

風花（かざはな）

大仏の胸に風花生れ浮き 〔父〕二〇
風花や我も一燭大師堂 〔日〕一二四

冬霞（ふゆがすみ）

今見えし比叡忽ち冬霞 〔以〕二〇二

地理

冬の山（ふゆのやま）

枯山を重ね重ねし果に海 〔雪〕三〇
赤彦の住み今刀自住める冬山家 〔父〕三二
この軍旗かの枯山を幾度越えし 〔雪〕六六
一水の鏡の如し冬の山 〔童〕一九〇
頂を染めて日のある枯木山 〔童〕一九〇

山眠る（やまねむる）

母こゝに育ちし窓や山眠る 〔雪〕六六
皇子の墓ふところにして山眠る 〔雪〕六六
甲斐の山重なり眠り遺訓あり 〔父〕六六
遺訓なほ今に伝へて山眠る 〔雪〕六六

枯野（かれの）

車窓越し枯野ふるさと見えて来し 〔父〕二〇
落つる日を惜しみ枯野に車駐め 〔雪〕六六
藁塚のそこより闇となる枯野 〔雪〕六六
葬列の枯野の道は線路越す 〔雪〕六六
大枯野牧牛をればみどりあり 〔雪〕六九
覚めて又同じ枯野のハイウェー 〔雪〕六九

枯園（かれその）

枯園に池あり人の影映り 〔童〕一九五

水涸る（みずかる）

庭先の涸れし舟路が湖へゆく 〔雪〕六七

冬の水（ふゆのみず）

大仏の裾に一縷の冬の水 〔父〕二〇
佇みし我に音立て冬の水 〔童〕一八〇

冬の泉（ふゆのいずみ）

湧ける音流るゝ音の冬泉 〔童〕一三三
鳥深く嘴を沈めぬ冬泉 〔日〕一四三
自らに問ふこと多し冬泉 〔日〕一五〇
人影に時にまじるる人声冬泉 〔水〕一五〇
遠くより溢るゝ音の冬泉 〔蝶〕一六八

冬の川（ふゆのかわ）

菜の花のすがれ咲きして冬川原 〔余〕二一一

冬の海（ふゆのうみ）

冬海に捨てたる熔滓にたたむ波 〔余〕一二五
帆の如く捨て冬海濤を立てにけり 〔日〕一三九

霜柱（しもばしら）

霜柱崩れて花をなすところ 〔日〕一四〇

氷（こおり）

氷蹴る子らにかなしき里曲あり 〔父〕一三七
逆さまに捨てあり閼伽の厚氷 〔花〕九〇

氷柱（つらら）

氷柱垂れ同じ構の社宅訪ふ 〔雪〕六七
つらゝ垂れいつよりかある星明り 〔雪〕六七
星の空深し氷柱の育ちをり 〔雪〕六八

窓に垂る氷柱も真夜のエアポート　［雪］六八

生活

セーター（せーたー）

セーターの男タラップ駈け下り来　［父］二三

外套（がいとう）

墓地の中ゆく外套の中の我　［父］二五
外套の中の寒さを覚え立つ　［父］三二
外套の軽し重しや日々勤め　［雪］六五
外套に今の心を包みゐる　［雪］六五
外套の後姿に気づかざり　［雪］六五
船を見てゐる外套の背を並べ　［雪］六五
今別れゆく外套の背を見せて　［雪］六九
外套と赤い帽子が画布にある　［星］七六

蒲団（ふとん）

山の背を渡りゆく日に蒲団干し　［雪］六五

角巻（かくまき）

角巻の行き橇のゆく二重窓　［父］四〇

着ぶくれ（きぶくれ）

着ぶくれて見つめあふともなく対す　［蝶］一六〇

冬帽子（ふゆぼうし）

冬帽子目深に今日も町へ出づ　［日］一三二
あとさきに来て掛け並べ冬帽子　［日］一三六
冬帽子鳥の動きを見落とさず　［蝶］一五八
あの時の虚子先生の冬帽子　［菫］一九四
冬帽子一寸つまみて答へられ　［以］二〇二
誰と会ふこともなけれど冬帽子　［以］二〇九

頬被（ほおかむり）

ふるさとの那須の乙女の頬かむり　［父］二〇

マスク（ますく）

なかなかに鼻高かりしマスクの娘　［蝶］一五八
マスクしてなほ美しき目鼻立　［以］二〇九

襟巻（えりまき）

マフラーを巻きぬ芦の湖渡らんと　［父］三〇
垂らしたる襟巻の中荷物もち　［父］四〇
自愛せよとて襟巻をして別れ　［日］一四四
襟巻をして不機嫌な者同士　［水］一五〇

手袋（てぶくろ）

はめてみし革手袋の指反らす　［日］一三五
手袋や大学生の孫娘　［以］二〇九

塩鮭（しおざけ）

新巻を吊し厨のかく豊か　［菫］一八九

焼薯（やきいも）

角材に焔とろとろ焼藷屋　［日］一三二
火を赤く日のあるうちの焼藷屋　［菫］一八九

水餅（みずもち）

水餅のすぐふくれたるめでたさよ　［父］三七

熱燗（あつかん）

熱燗の故の涙と晦ましぬ　［日］一三九

桜鍋（さくらなべ）

おそく来て若者一人さくら鍋　［雪］六四
追込の一人離れてさくら鍋　［雪］六五

おでん（おでん）

雨の糸燈に見えて来しおでん鍋　［菫］一九四

隙間風（すきまかぜ）
泊り込む息子と二人おでん食ふ 〔以〕二〇九
父病みて我病みて夜々隙間風 〔父〕三七

霜除（しもよけ）
霜除の縄巻き上げてゆるみなし 〔花〕九二

風除（かぜよけ）
風除に今日沖晴れて一と日ゆく 〔雪〕六五

寒燈（かんとう）
寒燈に影曳いて来て歩み去る 〔父〕三五
宿場跡今みなとやの冬燈 〔父〕六五
湖をかこむ冬の燈わが宿も 〔雪〕六六
教会を出て寒燈に歩き去る 〔雪〕六八
寒燈下小諸百句の黄の表紙 〔以〕二〇九

冬座敷（ふゆざしき）
後苑に尾長のをりし冬座敷 〔余〕一一七
冬座敷師の足音の聞えけり 〔余〕一一九

障子（しょうじ）
父の幸我が幸障子白く立つ 〔父〕一九
紅葉貼りこめし障子に夜の瀬音 〔父〕二九
水明りして名苑の茶屋障子 〔父〕一二三
人声や二ヶ間つづきの白障子 〔日〕一三六

暖炉（だんろ）
悲しみに兄弟集ひ煖炉燃ゆ 〔雪〕六五

炭（すみ）
バレリーナ着かへ炭つぐ妻として 〔父〕三一
炭点前座をひきしめて了りたる 〔星〕八〇

炬燵（こたつ）
とり散らし旅の絵葉書夜の炬燵 〔父〕二七

湯気立（ゆげたて）
湯気立て、五山文学今は無し 〔雪〕六五

ラッセル車（らっせるしゃ）
更けて又除雪車街をゆっくりと 〔花〕九七

蓮根掘る（はすねほる）
蓮根掘体あづけて田舟押す 〔花〕九七
蓮根掘又二三歩を踏みかへし 〔花〕九七
尚深く踞みて掘りし蓮根かな 〔花〕九七

狩（かり）
保養所の猟犬にして老いにけり 〔日〕一三二

池普請（いけぶしん）
枝燃やし日輪はあり池普請 〔星〕七五
池普請一人離れて徒渉る 〔花〕八九
真中に杭打ちこんで池普請 〔花〕九五
重き石抱へて歩き池普請 〔蝶〕一七一
鳴き騒ぐ百羽の鴉池普請 〔蝶〕一七一

紙漉（かみすき）
貫ける太梁一つ紙を漉く 〔花〕九四
紙漉場居間の障子を立ててあり 〔花〕九四

寒紅（かんべに）
寒紅をひきしづかなる一日を 〔父〕二七
寒紅をさせるお顔を見納めに 〔日〕一三六

焚火（たきび）
薪積み上げて小さな焚火の図 〔星〕七六
裸婦赤く塗りて焚火の色あせて 〔星〕七六

379　季題索引　冬

探梅（たんばい）
探梅やうしろより来し老夫婦　［雪］六五
探梅や馬坂の名のなほ残り　［以］二〇三
寒稽古（かんげいこ）
丹田にのりし全身寒稽古　［日］一四〇
わが背骨鏡に正し寒稽古　［蝶］一七二
寒稽古鏡の奥へつづきけり　［以］二〇三
湯ざめ（ゆざめ）
湯ざめして純文学を好みけり　［蝶］一六〇
風邪（かぜ）
母いつか老いなか〳〵に風邪ぬけず　［雪］六五
風邪引いてあたらの時を失ひし　［菫］一九四
咳（せき）
縁側を咳きてしづかに尼通り　［父］三四
水洟（みずばな）
水洟をぬぐふも親し三社さま　［蝶］一六〇
懐手（ふところで）
観音の裏の広場をふところ手　［余］一一五
懐手俳諧無頼通しけり　［日］一四八
雪眼（ゆきめ）
雪眼尚ありて近代美術館　［雪］六五
木の葉髪（このはがみ）
何につけただただ一途木の葉髪　［日］一三九
日向ぼこ（ひなたぼこ）
病む父に話ふれ来し日向ぼこ　［父］一九
身につきし工場暮し日向ぼこ　［雪］六五
生涯のよき友ありて日向ぼこ　［蝶］一七二
日向ぼこどこの川にも魚ゐし　［蝶］一七二
年用意（としようい）
大漁旗立てて一村年用意　［余］一一五
日記買う（にっきかう）
倖せの星子にあれと日記買ふ　［雪］六五
門松立つ（かどまつたつ）
松立てて月の明るき夜なりけり　［菫］一八四
冬休（ふゆやすみ）
雪降つてゐる赤門や冬休　［父］三七

行事

勤労感謝の日（きんろうかんしゃのひ）
くぐり開け赤門勤労感謝の日　［雪］六五
十日夜（とおかんや）
玄関のすぐにくらやみ十日夜　［余］一一五
七五三（しちごさん）
七五三日和となりぬ鹿島町　［余］一一一
駆け寄つて二人は双子七五三　［余］一二六
お不動の力賜はれ七五三　［水］一五一
大楠の根方はなやぎ七五三　［蝶］一五七
年の市（としのいち）
袋詰めされし海鼠も年の市　［余］一一五
注連縄の丈もの立てて年の市　［日］一四四
納め観音（おさめかんのん）
おだやかに納め観音暮れにけり　［日］一四四
柚子湯（ゆずゆ）
妻病んでわが身つつしむ冬至風呂　［以］二〇九

豆撒（まめまき）
早くより神棚にあり年の豆　［菫］一八五
踏みつけて書斎に音や年の豆　［菫］一九五
とりどりや病院食の年の豆　［以］二〇九
酉の市（とりのいち）
又一つ夜空へ積まれ古熊手　［花］一〇〇
だんだんに顔が燈に浮き酉の市　［花］一〇三
人波のそれに従ふ大熊手　［以］二〇八
除夜詣（じょやもうで）
燈りて除夜詣には間のありて　［花］一〇四
御正忌（ごしょうき）
俳諧の他力を信じ親鸞忌　［日］一三九
除夜の鐘（じょやのかね）
戸を閉めに立てば近くの除夜の鐘　［菫］一八〇
クリスマス（くりすます）
クリスマスツリーの下の調律師　［蝶］一六八
聖路加の聖樹にふれて通院す　［菫］一八四
芭蕉忌（ばしょうき）
長生きの我も一人や翁の忌　［菫］一八九
京よりも淡海親しや翁の忌　［以］二〇二
青邨忌（せいそんき）
いそ夫人よりのひと言青邨忌　［余］一一二
武蔵野の松風聞かな青邨忌　［余］一二四
俳諧もこの世のさまも青邨忌　［日］一三三
白鳥のこゑに囲まれ青邨忌　［日］一三六
又一人友を亡くしぬ青邨忌　［蝶］一六〇
青邨忌一日過ぎしゆりかもめ　［蝶］一六〇
あらためて高き齢や青邨忌　［蝶］一六四
おしめりのあとの冬晴青邨忌　［蝶］一七一
一面の霜に明けたり青邨忌　［菫］一八〇
霜そめて日の上り来し青邨忌　［菫］一八〇
全句集繙き迎ふ青邨忌　［菫］一八四
たぐひなき冬青空や青邨忌　［菫］一八九
今日も散る銀杏を仰ぎ青邨忌　［菫］一九四
晴れつづき今日もよく晴れ青邨忌　［以］二〇九
蕪村忌（ぶそんき）
蕪村忌のそれぞれ家に更けにけり　［花］九二

動物

寒禽（かんきん）
庭手入済みし枝飛ぶ冬の鳥　［日］一三九
飛び移る寒禽白き翅の裏　［以］二〇三
笹鳴（ささなき）
大学の今日のしづけさ笹鳴ける　［父］三二
日面のだんだん日陰笹子鳴く　［日］一四四
寒雀（かんすずめ）
又庭に戻つて来たる寒雀　［菫］一九五
寒鴉（かんがらす）
揚舟に下りて吹かるゝ寒鴉　［雪］六七
何羽など云へず鳴き立て寒鴉　［以］二〇九
水鳥（みずとり）
祈り幾歳ベルリン月の浮寝鳥　［雪］六八
水舐めて届く夕日に浮寝鳥　［余］一一二
まるき目を時に光らせ浮寝鳥　［日］一四〇

覚めて又いつからとなく浮寝鳥　〔日〕一四〇
水鳥の水をつかんで翔び上り　〔水〕一五一
水鳥の水ふくらませ進みけり　〔蝶〕一五八
水鳥の群るる日向のやや移り　〔蝶〕一六四
有明の月のまぶしき浮寝鳥　〔蝶〕一六八

鴨（かも）

一刷の日の移りゆく鴨の湖　〔父〕三一
鴨流れゐるや湖流るるや　〔父〕三一
池染めし日の沈みゆき鴨が鳴く　〔雪〕六六
胸白く羽搏き下りし番ひ鴨　〔雪〕六六
水明り首突つこんで鴨すすむ　〔花〕八八
鴨黒く飛びぬ不忍夕まぐれ　〔花〕八八
鴨小屋の水より浮きて柱立ち　〔花〕九四
囮鴨時々鳴いて波の上　〔花〕九七
籠の中頸を重ねて囮鴨　〔花〕九七
着水の音して鴨のはやまぎれ　〔花〕九七
真中を夕日貫き鴨の陣　〔花〕九七
鴨四五羽翔ち二三羽のおくれ翔ち　〔花〕九七
日輪のしぶきて鴨の羽搏ける　〔花〕一〇四
夕波にまぎるる鴨の数知れず　〔花〕一〇四
波立ちし鴨と一つに吹かれけり　〔花〕一〇四
もつさりと葺かれ鴨小屋新しく　〔余〕一一二
鴨を見るコートの下に喪服着て　〔余〕一一五
鴨とゐて池の日向をそれぞれに　〔余〕一一九
ひそみゐる四五羽の鴨に水流れ　〔余〕一一九
漕ぎ寄せて鴨小屋に人かくれけり　〔余〕一二七
師を偲ぶ北上川に鴨を見て　〔日〕一三一
ひとめぐりしても一人や鴨の池　〔日〕一三五
近くにもひそみ遠くに鴨のこゑ　〔日〕一三五
北上に来れば親しや鴨のこゑ　〔日〕一四三
中州より流れにのりし二羽の鴨　〔蝶〕一五六
木がくれに人のをりたる鴨の池　〔蝶〕一五六
羽搏ける遠くの鴨の目立ちけり　〔蝶〕一六三
鴨を見てをりしがいつか鳰　〔蝶〕一六三
日輪を砕きまぎるる池の鴨　〔蝶〕一六八
波の上波の底なる鴨の群　〔蝶〕一六八
横向きに鴨ゆつくりと流さるる　〔菫〕一八四
並び立ち鹿嶋の鴨を見しことも　〔菫〕一八九
湖を飛び翔つ鴨のつづきけり　〔以〕二〇二
湖に沿ひ鴨を見て来て瀬田の橋　〔以〕二〇二

千鳥（ちどり）

川千鳥らしやと見ればひるがへり　〔日〕一四三

鳰（にお）

鳰の笛正倉院を離れ来て　〔余〕一二三
それと見ゆ遠くの水輪かいつぶり　〔菫〕一八〇

都鳥（みやこどり）

都鳥だんだんにふえ鳴くもあり　〔父〕二七
都鳥嘴の赤さを見せて飛ぶ　〔父〕二七
近々と飛び都鳥あはれ鳴く　〔父〕二七
舟の上しばらく高し都鳥　〔父〕二七
我等ここに都鳥見て君を送る　〔父〕二七
母を亡くし友ここに住み都鳥　〔父〕三五
都鳥父亡き我に高く飛ぶ　〔雪〕六七
くぐり来し橋ふりかへり都鳥　〔花〕八八

植物

冬木の桜（ふゆきのさくら）

風生の冬木桜の枝垂れやう　［余］一一七

冬薔薇（ふゆばら）

庭なべて凍て冬薔薇の紅も　［父］二〇

冬牡丹（ふゆぼたん）

くれなゐは影とも冬の白牡丹　［余］一三三
雲の出て力ゆるみし寒牡丹　［余］一二七
被せ藁の洩れ日一筋寒牡丹　［日］一四〇
日に透きてひたくれなゐの寒牡丹　［日］一四〇
寒牡丹落花一片かく遥か　［蝶］一六四
火の珠を包みこみたる寒牡丹　［蝶］一六四
寒牡丹人は言葉をこぼし過ぐ　［蝶］一六四

寒椿（かんつばき）

人の名を心に留め冬椿　［父］二四
花よりも葉の輝きて寒椿　［花］一〇四
畑にも雑魚干場にも冬椿　［余］一二五
枯蔓のからみ垂れたる冬椿　［余］一二五
寒椿水面映りの数へられ　［日］一四八

山茶花（さざんか）

山茶花や同じ心に師を慕ふ　［花］九二
死にたまふ山茶花の白きはまれば　［余］一一七

八手の花（やつでのはな）

降り出せる雨のとりつく花八手　［蝶］一六八
かぶさりて蜂の歩ける花八手　［菫］一八四

茶の花（ちゃのはな）

茶の花の今年大きく夥し　［花］九四
茶の花の蘂たつぷりと蟻溺れ　［蝶］一六〇
ころころと落ち茶の花のはや盛り　［蝶］一六八
茶の花のはなびら透けて極まりぬ　［蝶］一六八
畑となく家となく茶の花の垣根　［菫］一八四
茶の花にかぶさる蜂と飛ぶ蜂と　［以］二〇八

万両（まんりょう）

万両や障子のうちの話し声　［父］三九

枯芙蓉（かれふよう）

街音の中に芙蓉は枯れ果てて　［父］二四
枯れ果てて芙蓉は風に音もなく　［父］二四

蜜柑（みかん）

見てゐたる出船の汽笛蜜柑むく　［父］二三
湖碧し蜜柑の皮を投げ入れし　［父］三〇
蜜柑むき人の心を考へる　［雪］六六

冬紅葉（ふゆもみじ）

袖垣の冬の紅葉に沿ひて訪ふ　［父］三一
冬紅葉車の窓を染めて過ぐ　［星］七八
日の力失ふときの冬紅葉　［星］七九
燈を受けてゐて燈に透けて冬紅葉　［花］九六
水底にまことくれなゐ冬紅葉　［日］一四八
好文亭廊下づたひの冬紅葉　［蝶］一六四

紅葉散る（もみじちる）

日当りてしばらく紅葉散らぬとき　［星］七九
風の音山の音とも紅葉散る　［余］一二六
散紅葉踏みて翁の墓の前　［以］二〇二
作り滝止まり一面散紅葉　［以］二〇九

木の葉（このは）

池に落つ木の葉忽ち走り出し　［余］一二六

落葉（おちば）

朴落葉（ほおおちば）

冬木（ふゆき）
わが立ちて冬木のいのちわがいのち　〔父〕二三
境内の冬木のひまに街燈る　〔父〕二四
温泉櫓の立ちて冬木とまぎれたる　〔父〕二七
吾に賜ふ師の一言の冬木道　〔父〕三五
夜鳥鳴く冬木が天に影をなし　〔雪〕六八
その中に月まどかなる冬欅　〔日〕一四〇

寒林（かんりん）
寒林の中ゆく人に日の当り　〔余〕一二四
寒木の声ともなりて風の音　〔菫〕一八一
寒木を攀づ蔓の葉の青きこと　〔菫〕一八一
寒林に径あり人の歩きをり　〔菫〕一八五
寒林の遠くの枝に四十雀　〔以〕二〇三
寒林のかくまで晴れし枝の先　〔以〕二〇三

枯木（かれき）
提げ帰る子へオルゴール夜の枯木　〔父〕三一
夜の部屋の鏡の裏の枯木立　〔雪〕六六
枯木立屋敷林の面影を　〔余〕一一九
凭れゐる枯木のゆれの身を伝ふ　〔余〕一二四
奥までも幹に日当る枯木立　〔日〕一四七
あまねき日枯木の幹もその枝も　〔菫〕一八五
少し葉をつけし枯木とみななりぬ　〔菫〕一八九
病窓の枯木に今日も夕日さし　〔以〕二〇八

枯桑（かれくわ）
どこまでも枯桑遠く日が沈む　〔父〕二三
桑枯るる我がゆく径は水も急ぐ　〔父〕二六
落日は枯桑畑遠く燃ゆ　〔雪〕六六

枯蔓（かれづる）
枯蔓を巻きて深空へ楡大樹　〔日〕一四七
枯蔓を晒しさしもの真葛原　〔蝶〕一六八

冬枯（ふゆがれ）
火口壁枯れ果つ底に湖たたへ　〔父〕三〇
満目の枯れて浅間を聳えしめ　〔日〕一三五
もの枯れてゆくこと人の命又　〔以〕二〇九

霜枯（しもがれ）
霜枯の湧水ちちと四十雀　〔日〕一四八

冬芽（ふゆめ）
月山の空に浮べる冬芽かな　〔花〕八八
一つづつ旧居の冬芽たしかめて　〔余〕一一九

冬苺（ふゆいちご）
冬苺海一枚となり光る　〔父〕二七

水仙（すいせん）
水仙に一かたまりの夕日かな　〔星〕八〇
水仙を活けても心定まらず　〔星〕八〇
七人に水仙の卓ゆれやすし　〔花〕九二
水仙を剪つて青空匂ひけり　〔余〕一二一
水仙や修善寺に住む面作り　〔余〕一二三
水仙や一碧をなす御座の海　〔余〕一二五
凜として水仙の香を遺されし　〔日〕一三六

葉牡丹（はぼたん）
葉牡丹にライフワークの稿の燈が　〔雪〕六六
葉牡丹や遠くの道を郵便夫　〔花〕八九

枯菊（かれぎく）
舟宿の海光黄菊枯れそめし　〔雪〕六六

新年

時候

新年（しんねん）

九十を迎ふる年の始かな　［菫］一九四

正月（しょうがつ）

青空の張りつめてゐるお正月　［花］一〇四

初春（はつはる）

約束をするも励みや老の春　［蝶］一七一

目をつむり断ることも老の春　［蝶］一七一

いまもなほ敵は己や老の春　［蝶］一七一

天と地と一つに舞はれ喜寿の春　［菫］一九五

元日（がんじつ）

元日の暮れて燈す服喪にて　［雪］五六

誰も来ぬ元日なれば子と散歩　［雪］五六

二日（ふつか）

家訓とてなくて集まる二日かな　［日］一三二

二昔雑草園の二日はも　［日］一三六

七日（なぬか）

人日の札所極楽地獄絵図　［菫］一九〇

松の内（まつのうち）

浅野川ほとりの宿も注連の内　［余］一一三

普段着も松の内てふ心あり　［以］二〇三

松過（まつすぎ）

松過ぎし雑草園に師と対す　［花］一〇一

松過といふ光陰を惜みけり　［余］一二二

小正月（こしょうがつ）

何くれと小正月なるおもてなし　［余］一一七

代々の農を誇りに小正月　［余］一一九

天文

初明り（はつあかり）

みささぎのほとりに宿り初明り　［日］一四〇

住み旧りし庭木の松の初明り　［菫］一八九

波頭一つ一つの初明り　［以］二〇三

初日（はつひ）

遠富士の頂染まり初日の出　［菫］一八〇

初空（はつぞら）

街中にして陵の初御空　［余］一二二

御降（おさがり）

お降りのやがては音も聞え来し　［菫］一八〇

地理

初富士（はつふじ）

初富士の暮るゝに間あり街燈る　［雪］五六

初富士の翳とも見えてはるかなる　［蝶］一五六

初富士や遥かなれども富士見台　［蝶］一六四

初富士の一日ありし窓辺かな　［蝶］一六八

初富士の裾を引きたる波の上　［菫］一八〇

初富士の遠くはあれど裾を引き　［以］二〇三

生活

春着（はるぎ）
バス停り重り降り来春著の娘　[父]一九
春著着て人形町を小走りに　[花]九七
春著着て五百羅漢のつむり撫で　[花]一〇一
棲とって南大門を春著の娘　[花]一三三
垂らしたる春著の袖の花鳥かな　[余]一八〇

数の子（かずのこ）
数の子や金婚さして遠からず　[日]一四三
数の子や九十一へ一日づつ　[日]一四三

切山椒（きりざんしょう）
いつまでも生きるはずなし切山椒　[蝶]一七二
夕暮の仲見世通り切山椒　[童]一八〇

年の餅（としのもち）
ふくれたるところより餅ふくれけり　[蝶]一六八
餅を焼く子供の頃の匂ひ立ち　[蝶]一六四
餅を焼く網より下へふくれもし　[童]一九〇
まだ焦げぬうちあっさりと餅ふくれ　[童]一九四
ふくれてもなほ焦げるまで餅を焼く　[童]二〇三

雑煮（ぞうに）
長生きといへば長生き雑煮食ふ　[蝶]一五八
嫁作る雑煮いただき寿　[以]二〇九

門松（かどまつ）
乾門ほとともりたる松飾　[花]九二
関所趾立てしばかりの松飾　[花]九四

注連飾（しめかざり）
輪飾の影月光に垂れてあり　[雪]五六

鏡餅（かがみもち）
鏡餅霞まじりの音となり　[余]一二二
鉱山に生れし誇り鏡餅　[日]一四四

松納（まつおさめ）
夕月の光を加ふ松納　[星]七七
とっぷりと暮れて音立て松納　[花]九五
くらやみに納めし松の香りけり　[蝶]一六八

繭玉（まゆだま）
にぎやかにゆれて繭玉飾り了ふ　[余]一二七
お繭玉めをと飾りに華やげる　[余]一三二
繭玉やあの世の君の長寿眉　[蝶]一六四
繭玉のゆれてまづまづ繁盛す　[童]一九四

初暦（はつごよみ）
我が生の余光ばかりや初暦　[日]一三六

初湯（はつゆ）
抱き上げて初湯ぼてりの子の匂ふ　[余]一二七

初電話（はつでんわ）
初電話阿蘇へと心動きつつ　[日]一四四

笑初（わらいぞめ）
もの忘れしたることより初笑　[童]一八五

初髪（はつかみ）
初髪の鼻筋に日のかぐはしく　[日]一三六

初鏡（はつかがみ）
わが心映し顔あり初鏡　[日]一三六
翁とも幼顔とも初鏡　[童]一九四

初夢（はつゆめ）
初夢の虚子先生に近づけず　［蝶］一六四
宝船（たからぶね）
ふところに東叡山の宝舟　［余］一一一
一筆の帆の満々と宝舟　［余］一二七
寝正月（ねしょうがつ）
仲見世に昨夜は遊び寝正月　［蝶］一七一
年始（ねんし）
師の墓に詣り合はせて年賀かな　［雪］五六
子供まづ走り込み来て年賀客　［花］一〇四
年玉（としだま）
次男から長男からのお年玉　［蝶］一六八
お年玉鬚たくはへし父のこと　［蝶］一七一
髭なんど生やす孫へのお年玉　［蝶］一七二
書初（かきぞめ）
花といふ一字を以て筆初　［余］一一七
筆先の力ぬけ来し吉書かな　［蝶］一六〇
書初の一字しばらく胸の中　［蝶］一六四
吉野紙うちひろげたり筆始　［菫］一八〇
初旅（はつたび）
初旅の松山に来て月仰ぐ　［日］一四〇
乗初（のりぞめ）
だんだんと富士へ近づく初電車　［菫］一八九
稽古始（けいこはじめ）
まづ拝む窓の遠富士初稽古　［余］一二七
面授てふ言葉かしこみ初稽古　［日］一三三
初稽古富士見えねども筑波あり　［日］一三六
板の間の即ち大地初稽古　［日］一四四
争はぬ太極拳の初稽古　［蝶］一六四
老いてなほ基本大切初稽古　［蝶］一六八
師に学び鏡に学び初稽古　［菫］一八〇
右左大きな鏡初稽古　［菫］一八五
力ぬき心をこめて初稽古　［以］二〇三
初句会（はつくかい）
地球儀の赤道に燈や初句会　［雪］五六
長寿眉持つの持たぬの初句会　［蝶］一六八
初句会珠の言葉の湧き出でよ　［蝶］一七二
推敲のこの一句こそ初句会　［菫］一九〇
仕事始（しごとはじめ）
入院の妻の介添初仕事　［蝶］一六八
羽子板（はごいた）
羽子の音一つとなりて澄む書斎　［父］三二
破魔弓（はまゆみ）
父のため母のためにと破魔矢受く　［父］一九
父のため受く一筋の破魔矢かな　［父］一九
父として受く八幡の破魔矢これ　［父］三一
かざし持つ破魔矢の影を面にうけ　［父］三四
一束の破魔矢加ふる矢桶かな　［父］三四
破魔矢持つて来るは少年航空兵　［父］三七
電車降り月明らかに破魔矢持ち　［雪］五六
わが持てる破魔矢一筋月照らす　［雪］五六
羽にとまる雨の白銀破魔矢持ち　［雪］五六
や丶暗きところ白妙破魔矢立ち　［星］七五
一刀を賜る如く破魔矢受く　［菫］一八九

行事

植物

深見けん二俳句集成

二〇一六年三月五日第一刷
定価＝本体一二〇〇〇円＋税

●著者――深見けん二
●編者――『深見けん二俳句集成』刊行委員会
●発行者――山岡喜美子
●発行所――ふらんす堂
〒一八二―〇〇〇二 東京都調布市仙川町一―一五―三八―二F
TEL〇三・三三二六・九〇六一 FAX〇三・三三二六・六九一九
ホームページ http://furansudo.com/ E-mail info@furansudo.com
●装幀――君嶋真理子
●印刷――株式会社トーヨー社
●製本――株式会社松岳社
落丁・乱丁本はお取替えいたします。
ISBN978-4-7814-0851-4 C0092 ¥12000E